Felice Stevens

Ich wette ... für immer

– Ein Roman der Breakfast Club Reihe –

Band 2

Aus dem Amerikanischen von Janina Steves

Impressum:
© dead soft verlag, Mettingen 2016
http://www.deadsoft.de

Titel der Originalausgabe: Betting on forever
Übersetzung von: Janina Steves

Cover: Irene Repp
http://www.daylinart.webnode.com
Bildrechte:
© XtravaganT – fotolia.com
© Spectral-Design – fotolia.com

1. Auflage
ISBN 978-3-96089-049-2
ISBN 978-3-96089-50-8 (epub)

DANKSAGUNG

Zunächst muss ich meiner Herausgeberin danken, die darum bat, Zachs Story als zweites zu schreiben, bevor ich Buch Eins beendet hatte. Ich freue mich, dass du ihn genauso sehr geliebt hast wie ich. Danke Hope Cousin für deine Hilfe, deinen Rat und deine Freundschaft; du hast keine Ahnung, wie viel mir das bedeutet. Danke an Jessica de Ruiter für deine wundervollen Adleraugen. An Denise, danke für deinen Beistand und deine Unterstützung. Es bedeutet mir alles.

Und an meine Leser, besonders meine Facebook-Gruppe ‚Felice's Fierce Fans', es dreht sich alles um euch. Ohne euren Zuspruch und Liebe für diese Charaktere gäbe es keine Geschichten. Ihr seid die Leidenschaftlichsten!! Ich liebe euch bis zum Mond und zurück und freue mich darauf, euch alle irgendwann kennenzulernen.

KAPITEL EINS

Die Hölle selbst konnte nicht schlimmer sein, als im Sommer in südlicher Richtung über die Garden State Bundesstraße zu fahren. Zach Cohens einziger Lichtblick war, dass jemand anderes hinter dem Steuer saß. Wie nett von den Sponsoren der Convention, ihm einen Fahrer zu schicken und ihm den Ärger zu ersparen, selbst fahren zu müssen.

Er blinzelte dem grellen Licht der späten Nachmittagssonne entgegen, das heiß und hell durch die Autofenster hereinschien. Die neuen Kontaktlinsen, die er speziell für dieses Wochenende besorgt hatte, verursachten ihm immer noch Probleme. Doch nach all den Jahren, in denen er eine Brille getragen hatte, wollte er sie noch einmal auszuprobieren. Dieses Wochenende würde voller Veränderungen für ihn sein, und Zach beschloss, sich selbst sowohl äußerlich als auch innerlich zu erneuern. Mit seinem alten Ich lief es nicht so gut.

Sein Handy vibrierte mit einer Textnachricht seines besten Freundes Marcus.

Hau sie um. Und denk daran, sei verrückt und lass dich gehen. Atlantic City ist wie Vegas – was dort passiert, bleibt dort.

Schön wär's, dachte Zach verdrossen und starrte aus dem Fenster auf die endlosen Autoschlangen. Er ohrfeigte sich mental, als er an die gestrige Unterhaltung beim Frühstück zurückdachte.

Er, seine beiden Freunde Julian und Marcus und Julians fester Freund Nick hatten sich an ihrem üblichen Frühstücksort in der Stadt getroffen, auch wenn es zum verabredeten Zeitpunkt eher ein Brunch war.
„Zach, bist du bereit für morgen und A.C.?“ Marcus signalisierte dem Kellner mit einer kreisförmigen Geste seiner Finger drei ihrer üblichen Mimosas und ein Bier für Nick zu bringen.
„Mann, wie gerne würde ich im Sommer zu einer Convention dort gehen. Nichts als Sonne, Sand und knappe Badehosen.“
„Hast du alle Männer in Manhattan durch, dass du jetzt auf Strandtouristen in Jersey erweitern musst, Marcus?“ Julian hob eine Augenbraue und grinste sie beide an. „Außerdem fährt Zach geschäftlich dorthin, nicht zum Vergnügen.“
Zach öffnete den Mund, aber wie üblich kam Marcus ihm zuvor. „Pffft. Blödsinn. Zach muss etwas Spaß haben und sich flachlegen lassen.”
„Das ist deine Antwort auf alles, aber das heißt nicht, dass es das Richtige für Zach ist“, argumentierte Julian. Nick blieb still; er war lange genug mit Julian zusammen, um die Dynamik der jeweiligen Freundschaften innerhalb der Gruppe zu verstehen.
„Weil du jetzt in einer Beziehung bist, glaubst du, das wäre für jeden am besten. Aber was, wenn er gar keine will? Was, wenn – “
„Ähm, hallo. Ich bin immer noch hier.“ Zach lehnte sich an den Tisch und fuchtelte mit den Händen zwischen den beiden sich streitenden besten Freunden herum. „Schön, dass ihr zwei denkt, mein Wochenende und mein Sexleben

für mich planen zu müssen, aber ich brauche eure Hilfe nicht.“ Schlimm genug, dass seine Mutter ihm Dating-Ratschläge gab, das Letzte, was er in dieser Hinsicht brauchte, war die Einmischung seiner Freunde.
Bedauern spiegelte sich in Julians Augen. „Tut mir leid. Er“, Julian zeigte auf Marcus, „reizt mich so. Wir sind in unseren Dreißigern und nicht einundzwanzig, gerade fertig mit dem College und ständig auf der Suche nach einer Affäre.“
„Nicht jeder ist für Monogamie und Beziehungen gemacht, Juli. Du hast deine gefunden und ich freue mich für dich und Nick. Aber versuche nicht, uns anderen einzutrichtern, das wäre der einzige Weg um glücklich zu sein. Manche von uns sind absolut zufrieden, so wie wir sind – indem wir uns um Bedürfnis Nummer eins kümmern.“ Marcus nippte an seinem Drink und zuckte mit den Schultern. „Ich mag meine Männer auf die Art, wie ich meine Skittles mag: in jeder Farbe des Regenbogens. Außerdem“, seine Augen funkelten und Zach hatte den unguten Verdacht, dass das, was auch immer als Nächstes aus dem Mund seines Freundes kommen mochte, etwas Unverschämtes sein würde, „wenn Zach nach Atlantic City geht, sollten wir eine Art Wette abschließen.“
„Ich wette nicht“, sagte Julian. Er legte seine Ellenbogen auf den Tisch. „Das Geschäft läuft an und ich werde kein Geld für ein dummes Glücksspiel verzocken.“
„Du warst viel lustiger, bevor du angefangen hast, dich wie eine alte verheiratete Lady zu verhalten.“ Durch die jahrelange Erfahrung mit Marcus’ Unfug wusste Zach, dass

dieser Gesichtsausdruck Schwierigkeiten für ihn verhieß. „Ich habe sowieso nicht mit dir geredet. Ich meinte Zach."
Das musste er seinem Freund lassen. Unabhängig davon, dass es wahrscheinlich komplett unverschämt war und ziemlich sicher mit Sex Toys zu tun hatte, von denen er noch nie gehört hatte, konnte Zach es wider besseres Wissen nicht verhindern, interessiert zu sein.
„Ich werde das wahrscheinlich später bereuen, aber an was hattest du gedacht?", fragte er, woraufhin er Julians frustriertes Stöhnen hörte, sowie Nicks Gelächter.
„Warum ermunterst du ihn auch noch? Du solltest es besser wissen."
Marcus grinste Zach mit einem teuflischen Blick an und es war, als wären sie wieder in der Mittelstufe. Wild, wunderschön und verrückt; Zach konnte sich an keine Zeit seines Lebens ohne Marcus an seiner Seite erinnern. Sie kannten einander seit sie Babys waren und waren die Brüder, die keiner von ihnen je hatte.
„Ich habe über die Jahre gelernt, Marcus bei Laune zu halten, anderenfalls würde er hinter mir her sein wie der Hund hinter einem Knochen." Zach machte eine Geste mit seiner Hand. „Komm schon, raus damit. Was geht vor in deinem wahnsinnigen Verstand?"
„Du verletzt mich." Marcus tat beleidigt, aber ein durchtriebenes Lächeln umspielte seine Lippen und Zach machte sich bereit. „Es ist ganz einfach. Du besuchst einen Ort, der bekannt dafür ist, dass man sich dort gehen lassen und Spaß haben kann. Keiner kennt dich dort, weil deine ganze Arbeit hinter den Bildschirmen stattfindet."

„Also, wie lautet die Wette?“ Angespannt ignorierte Zach Julians Gemurmel.
„Triff einen Kerl und ergattere seine Telefonnummer oder du schuldest mir einhundert Dollar.“
Nick schnaubte. „Das ist ja langweilig, besonders für dich, Marcus.“ Er dachte einen Moment nach, dann funkelten seine Augen böse. „Ich weiß etwas Besseres.“
„Oh Gott. Achtung!“ Julian vergrub seinen Kopf in den Händen. „Wenn er diesen Ausdruck in den Augen hat, bist du in Schwierigkeiten.“
Zach beobachtete, wie Nick seinen Arm um Julians Nacken schlang und ihn rasch umarmte. „Hab keine Angst, Babe. Es ist so unverschämt, dass es wahrscheinlich keiner von ihnen wagen wird. Aber es ist einfach zu lustig.“
Anscheinend hatte jeder seiner Freunde eine Meinung darüber, wie er sein Leben zu leben hatte. Während er Julian über den Tisch hinweg musterte, ihn so liebevoll mit Nick umgehen sah, durchfuhr Zach eine Welle der Sehnsucht. Wie würde es sein, so zu lieben und geliebt zu werden? Aber Julian und Nick, die für so viele Jahre getrennt waren, hatten lange und hart gekämpft, um an diesen Punkt zu kommen. Zach war nicht die Art von Mann, für die irgendjemand kämpfen würde. Er war einer, an den sich die Menschen kaum erinnerten.
„Los, weiter, Nick“, spornte Zach ihn an. „Ich bin ganz Ohr für das, was dir vorschwebt. Wie du schon sagtest, das heißt nicht, dass ich es durchziehen muss.“
Nick ignorierte Julians funkelnden Blick, verschränkte die Arme und ließ seinen Blick zwischen Zach und Marcus schweifen. „Nun ja, die Sache mit Wetten ist, dass sie

immer auf beiden Seiten extrem sein sollten. Darauf zu wetten, dass du nicht in der Lage bist, die Telefonnummer eines Typen zu ergattern, ist langweilig, weil Zach natürlich dazu in der Lage ist. Das macht keinen Spaß. Warum nicht stattdessen darauf wetten, dass Zach einen Kerl aufgabelt und mit ihm das Wochenende über eine Affäre hat."

Julian prustete los. „Das ist lächerlich."

„Warte kurz, Julian. Lass Nick ausreden." Zach konnte nicht anders. Er wollte mehr von dem hören, was Nick zu sagen hatte.

„Zumindest wird Zach eine tolle Zeit haben. Doch hier kommt der spannende Teil." Nicks Augen blitzten vor Vergnügen. „Der zweite Teil der Wette dreht sich darum, ob du Erfolg hast oder scheiterst. Wenn Zach scheitert, muss er sich jedes Wochenende für die nächsten drei Monate von uns verkuppeln lassen. So sehr, wie er es hasst, durch die Clubs zu ziehen und jemanden zu daten, ist es ein ziemlich guter Anreiz zu gewinnen."

„Du bist ganz schön hinterhältig, Nick. Ich wusste, dass ich dich mag." Marcus grinste und trank von seinem Mimosa.

„Einen Moment, du Teufelskerl, ich bin noch nicht fertig. Was, wenn Zach gewinnt und sein sexerfülltes Wochenende hat?" Nick lehnte sich zurück und verschränkte die Hände hinter seinem Kopf. „Dann musst du, mein Freund, für drei Monate enthaltsam bleiben."

Julian blieb für einen Moment ganz ruhig und brach dann in lautes Gelächter aus, während Marcus seinen Drink ausspuckte und seine Empörung heraushustete. „Was? Willst du mich verarschen? Drei Monate? Ich war keine drei *Tage* ohne einen Kerl seit vor meiner Collegezeit." Angewidert linste er in sein leeres Glas und winkte den Keller für ein neues Glas heran. „Abgesehen davon ist das bescheuert. Jeder weiß, dass Zach dem niemals zustimmen würde. Er ist zu nett und mag keine Affären. Er würde verlieren und wäre dann gezwungen mit in die Clubs zu gehen, was er hasst.“

Marcus’ Worte taten weh. „Du denkst nicht, dass ich das tun könnte? Oder geht es eher darum, dass du glaubst, dass mich niemand wollen würde?”

„Sei kein Idiot.“ Marcus’ Blick verhärtete sich. „Natürlich könntest du, aber du glaubst an die wahre Liebe, nicht an *Liebesabenteuer*.“ Marcus machte kleine Anführungszeichen mit seinen Fingern und feixte.

„Du tust so, als wäre Liebe eine Krankheit, anstatt etwas, das sich Menschen weltweit erhoffen.“

„Nicht jeder. Und seit wann bist du interessiert daran, Männer zu treffen und einfach nur Sex zu haben? Das bist nicht du.“

Zach zuckte zusammen bei Marcus’ scharfem Tonfall.

Abgesehen davon, dass Zach sich selbst nicht sicher war, wer er war, war es für ihn ein Rätsel, wieso Marcus sich selbst offenbar als allwissend betrachtete, bei allen Dingen, die ihn betrafen.

Zach sah Marcus an, der noch damit beschäftigt war, seinen Mund abzuwischen. „Vielleicht würde ich dich überraschen.“

In seinem Stuhl schmollend, grummelte Marcus: „Das ist die Rache dafür, dass ich immer als Erster beim Eiswagen war, als wir klein waren, oder?“ Er wartete, bis der Kellner die frischen Drinks abgestellt hatte. „All diese Jahre hast du

auf den richtigen Zeitpunkt und Ort gewartet, um deine Revanche zu bekommen."
„Du bist albern."
„*Ich* bin albern?", höhnte Marcus und sah ihn spekulierend an. „Ich habe nie vorgegeben, jemand anderes zu sein als ich selbst. Kannst du dasselbe von dir sagen?"
Darauf hatte Zach keine Antwort. Was hätte er sagen können? Dass er es leid war, ein Niemand zu sein? Und wenn er sich änderte, würde es überhaupt irgendjemand merken?
Diese und weitere Gedanken gingen ihm am nächsten Tag auf dem Weg nach Atlantic City durch den Kopf. Es gab Nächte, da hätte ihm ein einfacher One-Night-Stand nichts ausgemacht, und sei es nur, um jemanden im Dunkeln nahe bei sich zu haben. Nicht, dass er nicht von verschiedenen Männern geküsst worden wäre, aber der schnelle Druck von Lippen und ein hastiges Eintauchen einer fremden Zunge in seinen Mund als Vorspiel erfüllte kaum Zachs Begehren. Er sehnte sich nach harten, tiefen Küssen; diese schmutzige, verruchte, bis tief in die Hoden zu spürende Art von Küssen, die einen stundenlang atemlos macht.
Er hatte einen solchen Kuss noch niemals erlebt, aber er wusste, dass es sie gab. Wie auch immer – Zach bewegte sich in seinem Sitz, als die Hoteltürme entlang der Promenade in Sicht kamen – jemanden zu finden, dem er nicht nur seinen Körper, sondern auch sein Herz anvertrauen konnte, hatte sich für ihn als unmöglich herausgestellt. Der Affäre mit Nathan hatte es zu verdanken, dass er niemals wieder einer anderen Person von Herzen vertrauen konnte.

Sich in seinem Keller zu verstecken, sich online mit Männern zu unterhalten, war für ihn zur Regel geworden. Zach wusste, dass er ein Problem hatte. Jahrelang erfahrene Ablehnung und Erniedrigungen machen so etwas mit einem. Wenn dir immer wieder gesagt wird, dass niemand dich will, dass du langweilig und nichts Besonders bist – fängst du letzten Endes an, es zu glauben.
Und vielleicht hatte Marcus recht: Nicht jedem ist ein Happy End in der Liebe bestimmt. Er dachte einmal, seinen Seelengefährten in Nathan gefunden zu haben, wurde aber stattdessen grausam vor den Kopf gestoßen, als dieser mit ihm Schluss machte.
„Du bist einfach … nicht anwesend. Manchmal vergesse ich sogar, dass du im selben Raum bist, wenn wir zusammen sind. Ich brauche jemanden, mit dem ich Spaß haben kann, keinen Goldfisch im Glas, der mich nur anstarrt."
Zach war unendlich verletzt gewesen, war es ihm doch nie bewusst geworden, dass Nathan ihm gegenüber einen solchen Groll hegte.
„Warum bist du bei mir geblieben?" Sofort hatte Zach es bereut, gefragt zu haben.
„Du bläst super und warst immer da, wenn ich Sex haben wollte", hatte Nathan gesagt, als er seinen Rucksack schulterte. „Ich wäre ein Idiot gewesen, das abzulehnen."
Nathan hatte ihn auch noch auf andere, hinterlistigere Arten verletzt, die sich als permanente Narben in sein Herz geätzt hatten, aber diese Aussage hatte Zach tief in sich vergraben, wollte niemals diese Verletzung und Erniedrigung wieder nach oben kommen lassen. Er hatte niemandem das Ausmaß seiner Schande anvertraut.

Und seitdem erlaubte er sich maximal ein paar Dates mit einem Mann, bevor er weiterzog, nicht bereit, das Risiko einzugehen, sich näher zu kommen. Wenn er die Intimität aussperrte, war die Chance, wieder verletzt zu werden, geringer. Zumindest hatte er so die Kontrolle. Vielleicht waren Julian und Nick nicht normal, und Marcus' Singleleben war die richtige Lebensweise.

Das Auto bog in die geschwungene Auffahrt vor dem Tropicana Hotel an der Promenade ein und Zach wappnete sich dagegen, den Massen gegenüberzutreten. Er hatte die Einladung zur ‚Next Big App'-Konferenz akzeptiert, um dem Gewinner ihres App Design Contests den Preis zu überreichen und zudem mehrere Podiumsdiskussionen zu moderieren. Normalerweise hasste er diese sozialen Veranstaltungen; sie hatten ihm immer das Gefühl gegeben, linkisch und unbeholfen zu sein. Aber das Versprechen, das er sich selbst gegeben hatte – dass er versuchen würde, dieses Wochenende ein anderer Mann zu sein – stützte seine Entschlossenheit, den Schritt zu wagen und sich selbst von einem Computergenie in einen selbstbewussteren Zach zu verwandeln.

Nach jahrelanger Beobachtung von Marcus und Julian hatte er sich deren Verhalten gut eingeprägt. Er hatte seine Jugend in Marcus' dominierendem Schatten verbracht, schüchtern und überzeugt von seiner Unzulänglichkeit. Es spielte keine Rolle für Zach, dass seine Mutter ihm sagte, wie klug er war und wie stolz sein Vater gewesen wäre, dass er zwei Klassen übersprungen und den High-School-Abschluss mit sechzehn gemacht hatte. Das änderte nichts daran, dass er ein streberhaftes Kind mit Brille war. Das

Kind, das die Antwort zu dem verzwicktesten Matheproblem kannte, aber nicht darauf, wie es im Sportunterricht in eines der Teams gewählt werden würde.
Marcus konnte ihm nur bedingt helfen.
Es war Zeit, einen neuen und verbesserten Zach zu enthüllen, jemanden, der nicht die Drinks nach dem Abendessen und die Zusammentreffen an der Bar ausschlagen würde. Hier war eine gute Gelegenheit; niemand kannte sein wahres Ich und er konnte leicht vortäuschen, jemand anderer zu sein. Ein Mann, der selbstbewusst war und die Kontrolle hatte. Alles, was er brauchte, war der Mumm es durchzuziehen.
Er machte sich auf den Weg zur Rezeption und durchquerte dabei die elegante, mit Bronze und Kristall dekorierte Lobby. Es war voll, viele Familien und Paare, teilweise bereits für das Abendessen gekleidet. Ein Blick auf seine Armbanduhr verriet Zach, dass es kurz vor 18 Uhr war; die Anreise war langwierig gewesen und er hatte noch eine knappe halbe Stunde vor dem Aperitif Meet and Greet. Mit seiner ausgedruckten Bestätigung in der Hand ging Zach auf den jungen Mann hinter dem Schalter zu, der ihm ein geübtes breites Lächeln zuwarf.
„Guten Abend, Sir. Checken Sie ein?"
„Ja. Ich nehme an der Konferenz teil."
„Ausgezeichnet." Er tippte ein paar Mal auf den Bildschirm, und schon war Zach eingecheckt und außerdem in eine kleine Suite hochgestuft worden. Eine angenehme Überraschung.
„Benötigen Sie Hilfe mit Ihrem Gepäck?"

Zach beäugte seinen Seesack und den kleinen Trolley und lächelte dem Rezeptionisten zu. „Danke, nicht nötig. Diese Design-Konferenzen sind großartig, weil ich mich nie schick machen muss."
Der junge Mann begegnete Zachs Blick, sein einnehmendes Lächeln war nicht länger künstlich, sondern versetzt mit einer Wärme, die die bernsteinfarbenen Streifen seiner dunkelbraunen Augen zum Leuchten brachte. Er übergab Zach die Keycard in einem Umschlag.
„Manchmal ist es schön, sich herauszuputzen, vor allem, wenn man jemand Besonderen hat, mit dem man seine Zeit verbringen kann."
Oh, verdammt. Durch das Flirten des Mannes aus der Fassung gebracht, trat Zach zurück. „Äh, danke." Er wandte den Blick ab und fummelte an der Keycard herum, steckte sie letztlich ein und hastete zum Aufzug, den kleinen Trolley hinter sich herziehend. Schnell stieg der Aufzug in die Höhe und ließ seinen Magen und seine Nerven unten zurück.
Unter Zeitdruck wie er war, hatte Zach keine Gelegenheit, den weitläufigen Blick auf die Hotelgebäude in dem schnell voranschreitenden Abendrot über dem atlantischen Ozean oder die Annehmlichkeiten seiner Suite zu genießen, wenn er nicht zu spät zur Cocktailparty erscheinen wollte. Er benötigte nur ein paar Minuten, um in ein himmelblaues Seidenhemd und in helle Khakihosen zu schlüpfen. Ein Vorteil, wenn man einen Modedesigner als besten Freund hatte: Zach musste sich niemals um seine Garderobe sorgen. Ganz gleich, wie viel oder laut er protestierte, jede Saison schickte ihm Julian eine komplette neue Garderobe.

Der seidene Stoff des Hemdes fühlte sich auf seiner Haut an wie der flüsternde Hauch von Luft.
Vielleicht hatte Julian recht und Kleidung konnte einem tatsächlich irgendwie mehr Macht verleihen. Nachdem er den Großteil seiner Zeit in Jeans und T-Shirt oder abgetragenen Sweatshirts herumgeschlurft war, erhöhte es sein Selbstvertrauen für die Wette, sich in dieses seidenweiche Hemd zu hüllen. Er dachte nicht länger, dass Nicks Idee blöd gewesen war, sondern sah dem Abend mit einer gewissen Distanziertheit und Zielstrebigkeit entgegen.
Der wahre Zachary Cohen, der es genoss seine Nächte mit chinesischem Essen auf dem Sofa zu verbringen und alte Filme mit seiner überfürsorglichen Mutter zu schauen, würde ersetzt werden durch einen coolen, souveränen und selbstsicheren Zach. Ein Zach, der das Nachtleben New York Citys liebte und an einen Ort wie das ‚Sparks' gehörte. Durch seine Freundschaft mit Marcus und Julian hätte Zach ein National Geographic Spezial über die Paarungsrituale von schwulen Männern auf der Jagd in New York City produzieren können. Er legte etwas Parfum auf und nach nur einem kurzen Zögern nahm er Kondome und eine kleine Tube Gleitgel aus seinem Koffer und verstaute sie in der Schublade des Nachttisches.
Zufrieden mit seiner gesamten Verwandlung steckte Zach die Keycard in seine Brieftasche und verließ den Raum. Die Fahrt in dem Hochgeschwindigkeitsaufzug in die dritte Etage des Hotels hinterließ ein leicht flaues Gefühl in seinem Magen und der Teppich, gemustert in einem grellen rot-schwarz-goldenen Design, machte ihn benommen. Die Energie der Menschenmenge tat ihr Übriges zu seinem

Unwohlsein und Zach, der normalerweise nicht viel trank, war noch nie glücklicher in seinem Leben gewesen, eine Bar zu sehen.
„Einen doppelten Wodka auf Eis, bitte."
„So schlimm, hm?"
Zach nahm den Drink entgegen und wurde, nachdem er sich umdrehte, von einem breiten Lächeln aus einem extrem gutaussehenden, rauen Gesicht begrüßt. In den haselnussbraunen Augen des Mannes spiegelten sich Humor, Wärme und, der ansteigenden Intensität seines Blickes nach, Verlangen wider. Zachs Atem und Herz beschleunigten sich.
„Jetzt nicht mehr."

KAPITEL ZWEI

„Vorsicht, Sammy.“

Reflexartig hob Sam Stein seinen Handschuh in die Höhe und fing den Ball, bevor dieser ihn am Kopf treffen konnte. Er grunzte und warf ihn zu seinem Freund Henry zurück.

„Tut mir leid.“

„Das täte es, wenn er dich getroffen hätte. Du bist mit deinen Gedanken meilenweit entfernt.“ Henry nahm seine Mütze ab und kratzte sich am Kopf. „Willst du eine Pause machen?“

„Ja.“

Henry kam zu ihm herüber, nicht ohne vorher bei der Kühlbox anzuhalten, die sie, gefüllt mit Getränken mitgebracht hatten, um zwei Flaschen herauszunehmen. Henry gab ihm eine Flasche mit kaltem Wasser, öffnete sich selbst die andere und trank die Hälfte davon in einem Zug.

Der Schock, als das kalte Wasser seine trockene Kehle hinunterrann, weckte Sam aus seiner Verstimmung. Er hatte gedacht, nach draußen zu gehen und etwas Ball zu spielen, täte ihm gut, um seine Gedanken von den Geschehnissen des letzten Winters abzulenken, aber er konnte sich noch immer nicht konzentrieren. *Schätze, es braucht mehr als einen Tag im Park, um damit klarzukommen, fast jemanden getötet zu haben.*

„Du denkst nicht immer noch an Andy, oder?“

Er folgte Henry zu der Kühlbox, die im Schatten einer riesigen Eiche stand. Sie saßen auf der Bank, das von der

Sonne gewärmte Holz fühlte sich angenehm unter seinen Oberschenkeln an.
„Eigentlich nicht."
Henry warf ihm einen zweifelnden Blick zu. „Dann denkst du an deinen Ex-Partner. Hör zu, Sam. Was geschehen ist, ist geschehen. Er ist zurück bei der Arbeit, und ja, du hast einen Fehler gemacht, aber du hast den ultimativen Preis mit deiner Marke gezahlt."
„Ich bin es leid darüber zu reden, und ich kann mir vorstellen, das bist du auch, aber es scheint, dass ich einfach nicht loslassen kann." Er schob die Kappe auf seinem Kopf nach oben und starrte in den blauen Himmel hinauf. „Ich dachte, ich würde ewig ein Cop sein." Er schloss die Augen und sog die sonnengeküsste Wärme in sich auf.
„Zwanzig Jahre sind eine lange Zeit, Sammy. Und du konntest dich zur Ruhe setzen und erhältst deine Pension."
Das war Henry – er sah die Dinge immer positiv. Und Sam nahm an, dass er recht hatte. Aber Sam vermisste seine tägliche Routine; Polizeiarbeit fand von Natur aus in einer sozialen Atmosphäre statt. Es war die härteste Entscheidung, die er je getroffen hatte, aber sein spektakulärer Fehler lastete zu schwer auf seinem Gewissen, als dass er seinen Job hätte fortsetzen können.
An dem Tag, an dem er seine Pensionierungspapiere eingereicht und mit seinem Bezirkskommandeur gesprochen hatte, wurde es für Sam offensichtlich, dass er und die Force zu diesem Zeitpunkt nur noch wenig füreinander übriggehabt hatten. Jeder Versuch von Mitgefühl und Verständnis klang hohl für Sam, und es wurde auch kein Versuch unternommen, um ihn zum Bleiben zu überzeugen.

Sam und der Kommandeur waren nie gut miteinander ausgekommen, und Sam vermutete schon lange, dass es dem Mann nicht gefiel, einen schwulen Cop in seinem Team zu haben. Einen, der nicht damit einverstanden war, seine Homosexualität zu verstecken.
Und Sam nahm keinem seiner vormaligen Kumpel die Ausweichmanöver, die gemurmelten Abschiedsgrüße und das allgemein unbehagliche Verhalten in seiner Gegenwart übel. Er verdiente es, wie der Ausgestoßene, der er war, behandelt zu werden. Sein blödes, idiotisches Verhalten hätte seinen Partner beinahe das Leben gekostet. Alle waren sich einig, dass es das Beste für ihn war, sie zu verlassen. Die Tränen, die er in der Nacht nach der Rückgabe seiner Marke und Pistole vergossen hatte, waren nur für ihn alleine bestimmt.
„Und", sagte Henry, „ich weiß, dass dein Geburtstag kurz bevorsteht, also haben Heather und ich dir ein vorzeitiges Geschenk besorgt."
Sam öffnete die Augen und blickte in Henrys grinsendes Gesicht. Dieses verschmitzte Lächeln hatte etwas Boshaftes, und Sams Magen zog sich in dem Wissen zusammen, dass es ihn höchstwahrscheinlich in schlimme Verlegenheit bringen würde.
„Was zur Hölle hast du getan?"
„Heather dachte, du bräuchtest eine Veränderung, also hat sie dir einen Life-Coach besorgt. Jemanden, der mit dir zusammenarbeitet, um dein Chi und deine ganze versteckte Wut freizusetzen."
Zum Teufel, Henry hatte gerade nicht gesagt, was Sam glaubte, gehört zu haben. „Ihr habt was?" Sam hielt seinen

Tonfall mild und ruhig. Verdammt, er lächelte sogar, während er flüchtig den Park taxierte, um festzustellen, dass dort auf jeden Fall zu viele Leute waren, als dass er einen Mord begehen und die Leiche hätte verstecken können.
„Du hast dich den ganzen Winter verkrochen und nichts anderes getan, als dir den Lieferservice zu bestellen und vermutlich Pornos zu sehen, und nicht einmal die guten Pornos – die hätte ich mit dir zusammen angesehen – sondern dieses Schwulenporno-Zeugs." Henry trank den Rest seines Wassers und warf die leere Flasche in den Mülleimer. „Es ist Zeit, Mann, diesen miserablen Mistkerl von einem Exfreund zu vergessen und nach vorne zu schauen."
Er würde Henry nicht töten, sondern ihn nur schwer verletzen. Das würde sein Chi oder wovon auch immer Henry sprach, schon freisetzen. Sam sprang auf und zeigte auf Henrys Gesicht. „Ich schaue keine Pornos und mit verdammter Sicherheit braucht ihr mich nicht bei einem verfluchten Life-Coach anmelden." Beim letzten Teil dieses Satzes schrie er sich die Lunge aus dem Leib. In diesem Moment interessierte es ihn nicht weiter, wer ihn hörte. „Bist du total bescheuert? Was hat dich geritten, das zu tun?"
Henry blieb unbeeindruckt und starrte zurück. „Weil du verdammt nochmal dein Leben vergeudest, indem du einen Mann vermisst, der sich einen Dreck um dich geschert hat, um ehrlich zu sein. Und das kotzt mich an, denn ich weiß, dass du Besseres verdienst."
Oh, Mist. Was sollte er darauf sagen? Er rieb sich über den Nacken. Er konnte Henry nicht schlagen, wenn er es aus reiner Herzensgüte getan hatte. „Nun, danke", murmelte

er. „Aber du hättest das nicht tun sollen. Jetzt hast du nur dein Geld verschwendet, denn ich werde mich nicht mit ihm treffen."

„Mit ihr." Henrys fröhliches Grinsen ließ Sam das Blut in den Adern gefrieren. „Dein Coach ist eine Frau. Ich dachte mir, du könntest dich besser mit einer Frau als mit irgendeinem heterosexuellen Mann identifizieren. Natürlich von mir einmal abgesehen."

„Ich *werde* dich verdammt nochmal umbringen."

„Na, na, Sammy, komm schon." Henry stupste sein Bein an. „Es ist Zeit, dass du dich wieder den Lebenden anschließt. Warum herumsitzen und schmollen, wenn du da draußen Spaß haben könntest? Du solltest Clubs besuchen, feiern gehen und Leute treffen. Nicht hier herumsitzen, alte Filme ansehen und tagealtes chinesisches Essen vertilgen." Henry warf den Baseball in die Luft und fing ihn wieder auf. „Ich weiß, du denkst, ich täte das nur, weil ich jetzt verheiratet bin und keine Zeit mehr übrig haben werde, die ich mit dir verbringen kann, aber Heather hat dich gern, das weißt du."

„Sie ist toll. Ich weiß immer noch nicht, warum sie dich geheiratet hat. Ich dachte, sie wäre klüger." Er fing den Ball, mit dem Henry ihn bewarf. Ganz gleich, wie genervt Sam auch war, er wusste, dass Henry aus Liebe und Fürsorge gehandelt hatte. Henry war sein ältester Freund, eher wie ein Bruder. Er war derjenige, dem Sam mit fünfzehn während eines Feriencamps von seiner Homosexualität erzählt hatte und derjenige, der ihm zur Seite gestanden hatte, als sich das Debakel seines Privatlebens in sein berufliches entlud. Wäre Henry nicht gewesen, hätte er nicht

einmal einen Job, aber dank der Hartnäckigkeit seines Freundes hatte er die Lizenz eines Privatdetektivs erhalten und arbeitete nun für Henrys Unternehmen, wann immer er gebraucht wurde.
Henry ignorierte ihn und fuhr fort: „Heather hat gesagt, diese Frau würde dir helfen, die nächsten Schritte herauszuarbeiten, damit dein Leben leichter wird und du dieselben Fehler in deiner nächsten Beziehung nicht wiederholst."
„Ich bin nicht an einer weiteren Beziehung interessiert. Jeder lügt über irgendwas: das Alter, den Job … irgendwas."
Er würde sich eher die Augen ausstechen als zuzugeben, dass er sich manchmal immer noch fragte, was Andy gerade tat. Sein letzter Stand war, dass er nach Washington D.C. gezogen war. Zwei Jahre in fünf Monaten auszuradieren war nicht leicht, ganz gleich, was die Leute versuchten, um ihn vergessen zu lassen.
„Andy ist weg", sagte Henry geradeheraus. „Er kommt nicht wieder zurück, und ich garantiere dir, er sitzt nicht herum und denkt an dich. Du musst ausgehen und Leute treffen, denn es wird niemand kommen, um dich zu finden. Vielleicht versuchst du mal Onlinedating oder gehst zu diesen Singletreffen oder Clubnächten."
Autsch. Das tat weh. Aber Henry hatte nicht ganz unrecht. Der Frühling war eine gute Zeit für einen Neubeginn. „Na schön, aber das bedeutet nicht, dass ich ein Loser bin und zu diesen Single-Events gehen muss. Ich komme gut alleine zurecht."

Henry schnaubte. „Ja, genau. Erstens verlässt du nie das Haus, außer für einen neuen Job von mir oder um Baseball zu spielen. Zweitens sagen die neuesten Statistiken aus, dass ein Drittel aller Ehen bei einer Art organisierter Treffen ihren Anfang finden."
„Hat dir schon einmal jemand gesagt, dass du sehr langweilig bist, besonders wenn du Statistiken zitierst?"
Henry stand auf und nahm seinen Handschuh. „Nope. Für Heather bin ich ein heißer Typ. Jetzt müssen wir jemanden für dein mürrisches Ich finden."
„Ich bin nicht mürrisch", entrüstete sich Sam und lief neben Henry im Gleichschritt. „Du bist nur fürchterlich nervig."
„Gut, ich habe einen weiteren Vorschlag für dich."
„Was zur Hölle? Solltest du nicht besser an deine Frau denken und dich um ihre Bedürfnisse kümmern, anstatt dich um meine zu sorgen?"
Ein Lächeln umspielte Henrys Lippen. „Oh, keine Sorge, sie ist perfekt umsorgt, dankeschön. Ich kann dir die Details erzählen, wenn du willst."
„Nein." Sam hielt seine Hand hoch und drehte sein Gesicht weg. „Bitte. Das Letzte, was ich brauche, ist, daran zu denken wie du Sex hast. Und du solltest nicht so sehr in mein Sexleben verwickelt sein."
Das Lächeln wich aus Henrys Gesicht und er sah ungewöhnlich ernst aus. „Du hast gar keins, deswegen *bin* ich darin verwickelt. So", sagte er, als sie den Park verließen, „morgen ist diese große Computer Software Convention in Atlantic City."

„Ja, und?“ Sam warf den Ball hoch und fing ihn wieder auf. „Was ist damit?“
„Komm mit mir. Heather ist das ganze Wochenende mit Freundinnen unterwegs und ich will nicht alleine gehen. Vielleicht kannst du etwas über Computer lernen.“
Er konnte sich Interessanteres vorstellen, als das ganze Wochenende auf einer Convention voller Computerfreaks zu verbringen. Soweit es Sam betraf, sprachen sie eine fremde Sprache und er hatte null mit ihnen gemein.
„Keine Chance. So viel könntest du nicht bezahlen, um mich dazu zu bringen, mit diesen Typen herumzuhängen. Die Hälfte der Zeit verstehe ich nicht, was sie sagen; das ganze Gerede von Kodierungen und Datengewinnen und so einem Mist.“
„Du gehst total mit der Zeit, was?“ Henry knuffte ihn in die Seite, sodass er knurrte. „Komm schon, Sammy“, bat Henry. „Ich will nicht alleine gehen. Alles, was du tun musst, ist mich zu begleiten. Du musst mit niemandem reden. Die Firma bezahlt für alles.“
Hmm. Schwer, einen kostenlosen Trip auszuschlagen. „Du bist ja total verzweifelt. Hast du so Heather dazu bekommen, dich zu heiraten? Indem du zu so einem Quälgeist wurdest, dass sie nicht Nein sagen konnte?“
„Das und meine anderen Talente.“ Henry grinste und studierte den Baseball in seinen Händen. „Außerdem, vielleicht triffst du ja einen Kerl, der dich zum Bitten und Betteln bringt oder der am Ende dich anbettelt.“
Auf keinen Fall. Er würde sich nicht wieder in einer Beziehung gefangen nehmen lassen, sodass er einen anderen Menschen so dringend brauchte, dass er ihn anbetteln

würde zu bleiben. Er hatte bereits geliebt, und es hatte ihm das Leben ausgesogen und ihn dazu genötigt, sich selbst zu verändern, um den anderen Menschen zufriedenzustellen.
Nie wieder, schwor sich Sam. Aber er stand in Henrys Schuld und nahm an, dass es ihm nicht schaden konnte, ihn das Wochenende zu begleiten. Vielleicht würde es warm genug werden, um an den Strand zu gehen. Er liebte den Ozean; er träumte davon, einmal ein Grundstück am Strand zu besitzen und jeden Tag an der Küste entlang zu spazieren. Als er jung war, hatte er sich ausgemalt, einen Mann an seiner Seite zu haben, mit dem er alles teilen konnte, aber jetzt vermutete er, dass er sich mit einem Hund zufriedengeben musste.
„Okay, okay." Es kostete ihn nichts Henry nachzugeben, und das breite Lächeln seines Freundes zu sehen ließ ihn sich schuldig fühlen, überhaupt gezögert zu haben. „Ich komme mit, aber zwing mich nicht, zu irgendeiner dieser stinklangweiligen Podiumsdiskussionen zu gehen. Ich würde wahrscheinlich einschlafen und dich in Verlegenheit bringen."
Sie hatten Henrys Auto erreicht. Henry deaktivierte den Alarm, öffnete die Tür und warf seinen Handschuh und den Ball auf den Beifahrersitz. „Du wirst es nicht bereuen, versprochen. Wer weiß, vielleicht hast du ja Spaß."
Spaß. Was könnte daran Spaß machen, mit einem Haufen Nerds Zeit zu verbringen? Aber zumindest würde er in der Nähe des Strandes sein.
„Und was zum Teufel ist mein inneres Chi?"
Henrys Augen blitzten vor Vergnügen. „Ich habe keinen blassen Schimmer. Ich dachte, ihr schwulen Kerle würdet

euch alle für dieses Zeug interessieren. Du bist eine einzige große Enttäuschung, echt …“ Henry wich seinem Schlag aus und ließ sich in den Fahrersitz seines Autos sinken. „Ich hole dich morgen um drei ab, okay?“
„Ja, ja. Bis dann.“ Leise pfeifend ging Sam die Straße entlang.

***

„Los, Sammy, den Letzten beißen die Hunde. Wir sollten langsam losfahren, oder wir werden es niemals bis heute Abend schaffen.“
„Reg dich ab, Henry.“ Sam schwang seine kleine Reisetasche auf den Rücksitz von Henrys Jeep und ließ sich auf den Sitz neben ihm fallen. Er setzte seine Sonnenbrille auf, zog seine Baseballmütze in die Stirn und grinste. „Ich bin soweit – worauf wartest du?“
„Klugscheißer“, lachte Henry. Er warf den Motor an und innerhalb von Minuten waren sie auf der Brooklyn Bridge. „Also, was willst du das ganze Wochenende machen, wenn es nicht warm genug wird, um am Strand herumzuhängen? Du zockst nicht; bist du sicher, dass du nicht mit mir zu den Podiumsdiskussionen kommen willst?“ Fachmännisch manövrierte er das Auto auf den FDR Drive, und schon waren sie im Stop-and-Go Verkehr der Stadt auf ihrem Weg nach New Jersey gefangen.
„Ich weiß es nicht. Mal sehen. Diese Panels werden so langweilig sein, dass ich durchdrehen werde, wenn ich sie aussitzen muss.“

„Na, du kommst auf jeden Fall mit mir zur Cocktail Party. Kostenloser Alkohol, Essen und eine Menge Menschen zum Reden. Ich wette, du könntest dir einen superheißen Softwareentwickler angeln, der dir etwas über seine Spezialkodierung beibringt.“ Henry lachte über seinen eigenen Witz.

Klasse. Sein Leben war auf dem besten Weg zu einer Late Night Comedy zu werden. „Du bist ein Komiker. Hoffentlich hast du damit deinen Vorrat an billigen Schwulenwitzen für diesen Abend aufgebraucht.“

„Nö, davon habe ich Millionen.“ Henry warf Sam einen Blick zu und beide verfielen in dieses leichte, angenehme Gelächter, das nur auftrat, wenn man jemand anderen so gut kannte wie sich selbst.

„Hör zu, du warst viel zu lange ohne einen Mann. Vielleicht könntest du dieses Wochenende ein bisschen Spaß in der Sonne haben, einen Kerl finden, um –“

„Nein.“ Das kam etwas schärfer heraus als beabsichtigt. „Ich weiß, was du da versuchst, aber ich bin nicht interessiert. Mir geht es gut.“

„Dir geht es nicht gut, du bist fast schon verängstigt. Es ist verständlich, nachdem du mit jemandem zusammengelebt hast, der dich betrogen hat. Aber ich weiß, dass du es hasst, alleine zu sein, auch wenn du versuchst, dich auf den Job als Einsiedler zu bewerben.“

„Ich bin nicht alleine, mit mir ist alles in Ordnung.“

„Du hattest eine Pause“, sagte Henry, darauf bedacht, seinen Standpunkt zu verdeutlichen. „Du warst monatelang alleine damit beschäftigt, mit mir an meinem Geschäft zu arbeiten. Jetzt, da ich dich schon dazu genötigt habe, dieses

Wochenende mitzukommen, werde ich dich nicht in deinem Zimmer sitzen lassen, während ich bei den Panels bin."

Henry hielt an einer roten Ampel und musterte ihn ausgiebig. „Du siehst nicht schlecht aus. Ich bin sicher, es gibt ein paar heiße Männer, die dich alten Griesgram wollen."

„Ich bin nicht griesgrämig", sagte Sam in einem eingeschnappten Tonfall. „Ich bin wählerisch." Er funkelte Henry an. „Und ich brauche deine Hilfe nicht, um einen Kerl zu finden."

Ein paar Meilen sagte Henry nichts und nur die Musik eines Pop/Rock-Radiosenders war zu hören.

„Was für einen Mist hörst du dir da an?" Er drückte auf den Knöpfen des Radios herum, bis die Musik von Billy Joel das Auto erfüllte. „Da. Schon besser."

Henry lachte in sich hinein. „Heather hat die Kontrolle über die Musik, während ich fahre; das stört mich nicht. Zurück zum Wochenende – wir sind seit Jahren nicht zusammen unterwegs gewesen und jetzt haben wir ein komplettes Wochenende vor uns. Ich will, dass du ins Leben zurückkommst, Mann. Hör auf, dich zu verstecken und hab Spaß."

Sie hielten vor dem Hotel an. Sam starrte aus dem Autofenster und dachte über die Worte seines Freundes nach, während Henry auf den Parkservice wartete.

Sam fiel der Anblick eines netten Hintern ins Auge, der sich an sein Auto lehnte. Sam hatte kein Problem damit, ihn anzustarren; rund und knackig befand sich diese Schönheit direkt vor seinem Gesicht. Zum ersten Mal seit Monaten erfasste ihn Verlangen und erhitzte sein Blut. Der

Rest dieses Kerls war auch nicht zu verachten – jetzt richtete er sich zu seiner vollen Größe auf, hob seinen kleinen Koffer hoch, schlug dann die Tür zu und ging ins Hotel. Sam hatte sein Gesicht nicht sehen können, bewertete aber die Attribute des Fremden schnell anhand seiner Hinteransicht. Er wirkte weder zu groß noch breit, aber sein Körper sah fest und fit aus. Dunkles Haar lockte sich in seinem Nacken, und Sam konnte praktisch spüren, wie seine Finger durch diese seidenen Strähnen fuhren, während er den Mann unten hielt und in ihn hineinstieß.

„Hey, Sammy, steigst du aus oder hast du vor, den ganzen Tag da sitzen zu bleiben?“

Henrys laute Stimme riss Sam aus seiner perversen Fantasie. Seine Wangen erhitzten sich, als er seinen Sicherheitsgurt löste und zögerlich ausstieg. Den Seesack trug er vor seinem Körper. Das Letzte, was er gebrauchen konnte, war von Henry mit einem Ständer erwischt zu werden. Scheiße. Hatte Henry womöglich doch recht gehabt? Vielleicht musste er tatsächlich flachgelegt werden, um sich davon zu befreien.

Die Nachmittagssonne strahlte immer noch warm auf seine Schultern nieder, als er seine Mütze vom Kopf nahm, damit seine Kopfhaut etwas Luft zum Atmen bekam. Sam konnte jedoch keine Geräusche vom Ozean hören; sie waren durch das Hotel zu sehr vom Wasser abgeschottet. Er brauchte heute Abend einen Spaziergang am Strand, um seinen Kopf freizubekommen. Der mysteriöse Mann mit dem großartigen Hinterteil war weg, vermutlich in der Menschenmenge des Hotels abgetaucht.

Er und Henry traten in die klimatisierte Lobby. Nebenbei scannte er den weitläufigen Innenraum, während sie zur Rezeption gingen, doch es liefen zu viele Leute umher, als dass er jemanden entdecken konnte, den er nur für einen kurzen Moment gesehen hatte. Was hätte er tun können? Jeden Mann anhalten und ihn bitten, sich einmal umzudrehen, damit er seinen Hintern begutachten konnte?

Möglicherweise würde er an diesem Wochenende jemanden für sich finden, solange er nicht in seinem Zimmer blieb. Vielleicht sollte er mit Henry mitgehen und sich unter die Leute begeben, selbst, wenn er nichts von dem verstehen würde, was sie sagten. Sam tippte seinem Freund auf die Schulter, als dieser die Kreditkartenrechnung für das Zimmer unterschrieb.

„Ich werde mich dir anschließen, wenn du mir versprichst, mir nicht mit dem Thema Dating auf den Wecker zu gehen."

Gut, dass Henry niemals nachtragend war. In seinem Gesicht zeichnete sich ein breites Lächeln ab. „Ja? Fantastisch."

Nach dem Einchecken verabredeten sie sich für den Cocktail-Empfang im Raum Ambassador, dann trennten sie sich, um die Kleidung zu wechseln. Sam dachte sehnsüchtig an eine Dusche, wusste aber, dass die Zeit nicht reichte. Also zog er sich schnell aus, wusch sich in Rekordtempo und legte dann ein leichtes Parfum auf, das er eine ganze Weile nicht mehr benutzt hatte. Er zog ein schwarzes, kurzärmeliges Leinenhemd und eine braune Hose an und verließ dann sein Zimmer, als er sich daran erinnerte, dass

Raum Ambassador sich auf der dritten Etage befand und Henry ihn dort treffen wollte.
Es fühlte sich seltsam an, abends ohne Andy auszugehen, aber zum ersten Mal verspürte er keinen Stich der Traurigkeit, als er an seinen Ex dachte. Zurückblickend vermutete Sam, dass er genauso schuldig wie Andy an der Vernachlässigung ihrer Beziehung gewesen sein könnte, nur hatte er sich, anstatt ihn zu betrügen, in seiner Polizeiarbeit vergraben.
Als er im Aufzug hinunterfuhr, klimperte Sam nervös mit dem Wechselgeld in seiner Hosentasche und hoffte, Henry würde ihn nicht sofort nach Betreten des Raumes für geschäftliche Diskussionen mit computererfahrenen Leuten verlassen. Er gönnte seinem Freund die Chance, Beziehungen zu knüpfen. Henry hatte seine Arbeitsstelle an der Wall Street verlassen, um sein eigenes Unternehmen zu gründen, das sich sowohl auf computerforensische Untersuchungen, worum er sich selbst kümmerte, als auch auf private Ermittlungen spezialisierte, wofür er Sam nach Bedarf anheuerte.
Er konnte Henry noch nicht sehen, entdeckte aber die Bar und machte sich ohne Umwege auf in den abgedunkelten Raum, während er sich durch die herumstehenden Menschengruppen hindurchschlängelte, die sich über Apps und anderen Kram unterhielten, den er nicht verstand. Verdammt, ihm war nicht bewusst gewesen, dass so viele Leute diese Convention besuchen würden. Warum auch nicht, wenn sie in Atlantic City stattfand und die Wetterprognose ein perfektes, frühsommerliches Wetter versprach.

Sam lehnte seine Hüfte gegen die Bar und wartete, bis er an der Reihe war, seinen Drink zu bestellen. Seit der High-School spielte er das ‚schwul, nicht schwul'-Spiel, wann immer er in einer Menschenansammlung war und Zeit totzuschlagen hatte. Als er die Menge taxierte, suchte er einige wahrscheinlich schwule Männer heraus und fragte sich, ob er bereit dazu war, den Abend mit jemandem zu verbringen. Niemand weckte sein Interesse und er richtete seine Aufmerksamkeit wieder auf die Bar zurück, um zu bestellen.

„Einen doppelten Wodka auf Eis, bitte."

Nun, das war ein Drink für jemanden, der einen harten Tag hatte.

„So schlimm, hmm?"

Der Mann starrte auf den Boden, stellte mit niemandem Blickkontakt her. Sein Kiefer und seine hochgezogenen Schultern waren verkrampft. Sam fühlte mit ihm mit; es war schwer auf solchen Feiern alleine zu sein.

Als er aufschaute, wurde Sam vom schieren Blau seiner Augen überwältigt. Zusammen mit dem dunklen, lockigen Haar des Mannes und der hellen Haut, war diese Kombination verführerisch, und Sams Körper regte sich zum zweiten Mal für heute. Seit Monaten hatte er sexuell niemanden gewollt. Bis jetzt. Er konnte sein Lächeln nicht zurückhalten.

Und die Götter waren ausnahmsweise auf seiner Seite, als der Mann ihn ebenfalls anlächelte und sich Lachfältchen an den Seiten dieser hypnotisierenden Augen bildeten. Da war eine Intensität, die Sam anzog, er musste die unbehagliche Stimmung des Mannes falsch gedeutet haben. Er stellte

sich vor, wie sie beide nackt und verschwitzt beieinanderlagen und hoffte aufgrund der plötzlichen Reglosigkeit des Mannes, dass dieser dasselbe spürte.
„Jetzt nicht mehr."
Sam atmete erleichtert aus. „Ich bin Sam. Sam Stein."
„Zach Cohen."
Sam reichte ihm die Hand, und als sie sich die Hände schüttelten, hielt Sam Zachs für einen Moment fest. „Darf ich Sie zum Abendessen einladen? Später?"
Bei Zachs Zögern krampfte sich Sams Magen zusammen. Er hätte es wissen sollen, dass ein Kerl wie er nicht alleine war.
„Ich würde mich freuen."

KAPITEL DREI

Zwei Stunden später saß Zach im Steakhouse des Hotels und wartete auf Sam Steins Eintreffen, während nervöse Erwartung ihn von innen auffraß. Eine Affäre in seinem Kopf zu planen ist eine Sache. Es tatsächlich persönlich auszuführen war etwas, von dem er dachte, dass er es niemals auch nur in Betracht ziehen würde. Zach starrte mit leerem Blick auf die flackernde Kerze in der Mitte des Tisches.

Mit jemandem wie Sam Stein zusammen zu sein, wäre der erste Schritt den Unsichtbarkeitsumhang abzustreifen, der ihn normalerweise bei diesen Events umfing. Wenn er seine Nervosität nicht hinuntergeschluckt und ja gesagt hätte, würde er jetzt in seinem Zimmer sein, fernsehen und sich wünschen, zu Hause und anonym vor seinem Computer zu sitzen.

Er war über die Jahre bei genug Conventions gewesen, um zu wissen, dass die Spiele bei Nacht immer interessanter waren als die Aktivitäten, die tagsüber stattfanden. Zach trommelte mit seinen Fingern auf die Tischplatte, seine Ferse klopfte auf den Boden durch den angestauten Stress. Vielleicht würde Sam nicht erscheinen und all die Aufregung wäre umsonst.

Was, wenn er es nicht zustande brachte? Nur weil er Marcus jahrelang beobachtet hatte, fühlte sich Zach trotzdem in der Gegenwart von Fremden nicht wohl. Marcus war selbstbewusst und konnte mit einem Lächeln alle bezaubern.

„Hey, tut mir wirklich leid, dass ich zu spät bin."

Zach erstarrte und schluckte schwer, seine Finger ballten sich zu verschwitzten Fäusten. *Atme, entspann dich und bleib ruhig.*
„Hi. Sie sind nicht zu spät. Ich bin immer zu früh. Schlechte Angewohnheit.“
Sam nahm ihm gegenüber Platz, sein Gesicht zu einem Lächeln verzogen. „Ich denke nicht, dass das schlecht ist, es zeigt eher, dass Sie rücksichtsvoll sind. Ich versuche immer pünktlich zu sein, aber manchmal funken äußere Kräfte dazwischen.“ Er nahm die Speisekarte vom Kellner entgegen. „Was möchten Sie trinken – immer noch Wodka oder möchten Sie Wein zum Abendessen?“
„Wein wäre schön.“ Ihre Blicke trafen sich über dem flackernden Kerzenschein und Zach lächelte. *Oh, wie leicht es wäre, sich in diesen Mann zu verlieben.* Doch sich zu verlieben gehörte nicht zu seinem Plan. Eine Nacht, vielleicht zwei, aber das war’s. Heißer Sex und dann Auf Wiedersehen. Um sich selbst zu beweisen, dass ihn ein anderer Mann attraktiv finden konnte. Nur, damit er Nathans letzte, hasserfüllte Worte aus seinen Gedanken tilgen konnte.
„Weiß oder rot, was meinen Sie?”
Zach studierte Sams Gesicht, während dieser die Weinliste überdachte. Seine Brauen waren gerunzelt und er biss sich in seine volle Unterlippe. „Ich hätte gern ein schönes großes Steak, was ist mit Ihnen?“
„Äh, was?“ Zach riss sich aus seinen Überlegungen, wie wohl Sams Mund schmecken würde – reichhaltig und dunkel wie ein Cabernet oder leicht süß wie ein Riesling. Er fragte sich, ob er die Chance bekommen würde, es später herauszufinden. „Oh, ja, Steak, definitiv.“

„Dann nehmen wir den Cab." Sam gab dem Kellner die ledergebundene Weinkarte zurück, und Zach dachte krampfhaft darüber nach, was er sagen könnte. Er nahm an, die Arbeit wäre für den Anfang ein sicheres Thema. Schließlich waren sie auf einer Computer Messe, also hatten sie das offensichtlich gemein.
„Also –", begann Zach.
„Was – ", sagte Sam zur gleichen Zeit.
Sie lachten ein bisschen befangen und Sam wies auf Zach. „Nur zu – Sie sind der Star der Show hier. Ich habe Ihren Namen auf dem Programm für morgen Abend gesehen. Sie sind der Präsentator für den großen Award, richtig?"
Seitdem er klein war, wusste Zach nie, wie er sich selbst „verkaufen" konnte. Er hatte schon immer die Tendenz gehabt, an der Seitenlinie zu stehen und alle anderen den Beifall ernten zu sehen. Selbst als er seinen großen Verkauf gemacht hatte, den, der ihm all seinen Wohlstand gebracht hatte, war er bescheiden geblieben und hat sich geweigert, in einen Lifestyle aus leichten Drogen, zwanglosem Sex und sofortiger Befriedigung zu fallen. Er schätzte sich selbst zu sehr für diese Welt, die nichts als schnelles Geld und schnelles Leben anpries.
Er zuckte mit den Achseln. „Ja, ich habe ein paar Apps entwickelt, keine große Sache, aber es ist schön, die jungen Leute, die Nachwuchstalente der Branche zu sehen."
Bei seinen Worten fing Sam an laut zu lachen, in seinen Augen blitzte der Humor. „Junge Leute. Ich liebe es. Wie alt sind Sie, dreißig?" Er griff in den Korb, den der Kellner zusammen mit den Wassergläsern auf den Tisch gestellt

hatte, und holte zwei Brotstücke hervor, eines für sich und eines für Zach.

„Fast“, gab Zach widerwillig zu. Er war ein paar Jahre jünger als Marcus, aber hatte dieselbe Stufe wie er besucht, weil er nebenbei ein paar Klassen übersprungen hatte. Julian war älter als sie beide, da er seinen Abschluss auf der FIT gemacht hatte, bevor er zurück zum College ging, um Wirtschaft zu studieren. Keiner von ihnen hatte jedoch jemals über ihre Altersunterschiede nachgedacht. Julian und Marcus schweißten ihre Sexeskapaden zusammen, was nahtlos in die Freundschaft zwischen Zach und Marcus passte.

„Wow, Sie sind jünger, als ich dachte“, sagte Sam, sein Lächeln schwand und das Leuchten in seinen Augen verdunkelte sich ein wenig. „Ich bin fast vierzig. Sie sind es wahrscheinlich gewohnt, mit Männern Ihres Alters oder mit Jüngeren zusammen zu sein.“

Ja, ich bin der Meister der Erfahrungen. Wenn Sam wüsste, dass all die Action, die ich im letzten Jahr hatte, nur auf einem Computerbildschirm stattgefunden hatte …

Anstelle einer Antwort beschloss Zach ein Brotstück zu vertilgen und beobachtete den Kellner, der mit dem Wein auf sie zukam und Sam die Flasche zeigte.

Sam schwenkte den Wein im Glas und kostete ihn. Er nickte beifällig. „Der ist gut.“

Der Kellner füllte beide Gläser mit der reichhaltigen rubinfarbenen Flüssigkeit, nahm ihre Steak-Bestellungen entgegen und ging davon.

Sam beugte sich vor und lächelte, das Kerzenlicht traf seine haselnussbraunen Augen und brachte die goldenen und grünen Sprenkel darin zur Geltung, „Ich sage immer, dass er gut schmeckt. Was weiß ich denn schon?“ Er lehnte sich lachend zurück und rieb sich das Kinn. „Solange es nicht wie Essig schmeckt, bin ich zufrieden, aber ich frage mich, ob irgendjemand jemals Wein zurückgehen lässt, falls er das wirklich tut.“

Einen Moment in Sams Lächeln verloren, wollte Zach das Essen überspringen und sich gleich auf den Weg nach oben machen. Himmel, war er ein Flittchen? Es war nicht normal für ihn, körperlich so auf einen Mann zu reagieren. In den letzten paar Jahren, in denen er sich immer mehr hinter seine Computerarbeit und die Entwicklung seiner Apps zurückzog, hatte er sich auch immer mehr in sich selbst zurückgezogen. Er hatte den Leuten erzählt, es wäre notwendig, und dass er die Zeit alleine brauchte, um seine Arbeit zu perfektionieren.

Und weil er von Natur aus der Ruhige war, derjenige, der am Rand stand – da, aber nicht da, anwesend, aber nie richtig wahrgenommen – war es für Zach einfach, die Scharade ohne zu viele Fragen aufrecht zu erhalten. Sein Spiel war nicht dazu bestimmt, von jemandem gelöst zu werden.

Dieses Wochenende hatte er einen Versuch, der Mann zu sein, der er gern sein würde. Der Mann, der er hätte sein können, bevor die von Nathan gesäten Selbstzweifel und Demütigungen Wurzeln geschlagen und sich in ihm verankert hatten. Er konnte es auf dieser Konferenz ohne Auswirkungen tun und sich dann in den Zufluchtsort seiner Computerbildschirme und anonymen Onlinepräsenz zurückziehen, in der es keine Vorurteile gab und ihn nichts und niemand berühren oder verletzen konnte.

„Ich bin umgänglich … wenn es um Wein geht.“ Er hielt Sams Blick fest und schmunzelte, auch wenn er dank der Hitze in seinem Gesicht mit einem komischen, miserablen Gefühl wusste, dass er rot angelaufen war. Seit seiner Kindheit errötete er so leicht wie andere atmeten.

Sam zog eine Augenbraue hoch und sagte nichts.

Sollte er interessiert sein, würde Sam seinerseits mit einem kleinen Flirt antworten. Zach nahm einen großen Schluck Wein, bereits erschöpft davon, präsent zu sein. Es hatte etwas für sich, sich an den Seitenlinien zu verstecken, während andere die Führung übernahmen. Jahre waren vergangen, seitdem er aktiv geflirtet hatte, und wenn er ehrlich zu sich selbst war, hasste er es genauso sehr wie damals am College.

Obwohl er normalerweise vorsichtiger war, trank Zach seinen Wein aus, mehr aus Nervosität als wegen der Vorzüglichkeit des Jahrgangs. Ihre Gerichte wurden serviert und Sam begutachtete sein Steak mit glänzenden Augen.

„Das sieht toll aus.“

Zach musste zustimmen; sie beide hatten das Fleisch mit den karamellisierten Zwiebeln und Champignons und den extra-knusprigen Pommes bestellt. „Ich würde Ihnen ja antworten, aber zuerst muss ich diese Pommes essen.“ Er nahm sich Ketchup, dann steckte er sich schnell ein Stück in den Mund. Der salzige Kartoffelgeschmack vermischte sich mit dem Ketchup. „Hmm, ja, die sind ziemlich gut.“

Sam sah ihn angespannt an. „Du hast Ketchup auf deiner Lippe.“ Er berührte seine Oberlippe mit seinem Finger. „Genau da.“

Zach schickte sich an es wegzuwischen, stoppte dann und dachte darüber nach, was Marcus tun würde. Plötzlich scherte er sich einen Teufel um die Wette; er wollte, dass Sam Stein ihn wie ein Liebhaber berührte. „Warum wischst du es mir nicht ab?"

Habe ich das gerade wirklich gesagt?

Anscheinend hatte er das, weil Sams Augen sich verdunkelten und er hinüberfasste, um ihn von dem Ketchupfleck zu befreien. Sams Daumen verharrte eine Sekunde an Zachs Oberlippe, dann, mit einer quälenden Langsamkeit, die Zach Schmerzen im Unterleib verursachte, zog er seine Daumenkuppe über Zachs Mundwinkel.

„Alles sauber", raunte Sam und wandte sich mit Begeisterung wieder seinem Steak zu.

Offensichtlich hatte ein Mann wie Sam Stein, groß, männlich und gutaussehend, mit einem rauen Gesicht, das seine Anziehungskraft noch verstärkte, keine Probleme jemanden zu finden, der ihm das Bett wärmte. Entschlossen, seine neuentdeckte Courage im Vordergrund zu halten und sie nicht verschwinden zu lassen, versuchte sich Zach an Smalltalk, während sie aßen.

„Was machst du beruflich?"

Sam kaute, schluckte und trank einen Schluck Wein, bevor er antwortete. Zach beobachtete gierig seine Bewegungen, seine Magengrube ein einziger enger Knoten. Verflixt, selbst der Hals dieses Mannes war sexy.

„Private Ermittlungen. Ich bin viel undercover unterwegs. Die Leute heuern mich an, wenn sie bei der Arbeit Probleme haben und jemanden vor Ort brauchen, um zu sehen, was Sache ist."

„Ich habe Sendungen dieser Art im Fernsehen gesehen." Zach leerte sein zweites Glas Wein. Er fühlte sich unbekümmert und wollte einen Schwips, der ihm half, die von ihm geplante Nacht ins Rollen zu bringen. „Du gibst vor, mit den Angestellten zusammenzuarbeiten, während du in Wahrheit versuchst herauszufinden, ob sie stehlen oder sowas in der Art, stimmt's?"
Sam putzte sich den Mund mit einer Serviette ab und warf sie auf den Tisch. „Sowas in der Art." Sein Teller war so gut wie leer, während Zach sein Essen kaum angerührt hatte. Er war zu sehr damit beschäftigt gewesen, zu trinken und Sam anzustarren.
„Keinen Hunger? Du hast dein Essen kaum angerührt." Weiße Zähne blitzten in Sams gebräuntem Gesicht auf; sein Dreitagebart jetzt wesentlich stärker ausgeprägt als noch während der Cocktail Party. Zach wollte sein Kratzen auf der Wange, seinem Bauch und seinen Oberschenkeln spüren.
Wow.
„Nicht so richtig." Zach hielt Sams Blick stand.
„Dann lass uns von hier verschwinden. Da gibt es etwas, das ich unbedingt machen will, seitdem ich heute Abend hierhergekommen bin." Sam winkte dem Kellner, während Zach die Nerven durchzugehen drohten und sein Herz wie verrückt schlug. Würde er es wirklich durchziehen?
„Ach ja?", würgte er hervor und fragte sich, woher er die Stimme zum Sprechen nahm. Zach tastete nach seiner Brieftasche, um die Kreditkarte hervor zu holen. „Was ist los?"

„Pack deine Brieftasche weg. Das Abendessen geht auf mich."

„Sei nicht albern", protestierte Zach. „Ich kann dich nicht für mich bezahlen lassen."

Sam ignorierte ihn und unterschrieb die Rechnung, schob den Stift zusammen mit dem Beleg in das Lederetui, schloss es und gab es dann dem Kellner zurück. „Alles in Ordnung, mach dir keine Sorgen."

„Aber –"

„Hey." Sein ruhiger Tonfall lenkte Zachs Aufmerksamkeit auf Sams attraktives Gesicht zurück. „Wie wär's, wenn du uns beiden dann ein Frühstück ausgibst?"

Lustig, dass Sam sich Zachs Antwort so unsicher schien. Während er entschlossen war, seine Fassade unerschütterter Coolness weiter aufrecht zu erhalten, stotterte Zachs Herz doch ein paar Mal, bevor er seine Stimme wiederfand. „Sicher. Ich hoffe, du hast morgens großen Appetit."

Sie verließen das Restaurant. „Ich habe vor, mir den heute Abend zu holen", sagte Sam leise, als sie durch das Casino gingen, Sam leicht hinter Zach, während seine Hand auf Zachs Hüfte ruhte. Es mochte eine leichte Berührung gewesen sein, aber sie hinterließ ein bleibendes Mal auf Zach. Er brauchte seine ganze Kraft, um nicht zu stolpern; der warme, würzige Duft von Sams Aftershave, verbunden mit dem reichhaltigen Wein in seinem Atem ergaben eine berauschende Mischung, die Zachs lange vernachlässigte Libido auf Hochtouren brachte. Er achtete kaum darauf, wohin sie gingen, bis ihn die kühle Nachtluft im Gesicht traf und Zach sich selbst aus seinem Tagtraum riss.

„Wo gehen wir hin?“ Er blinzelte und spähte in die Dunkelheit hinaus. Seine Kontaktlinsen juckten. Seit Monaten hatte er sie nicht mehr so lange getragen und er wollte sie endlich herausnehmen. Die gähnende schwarze Oberfläche des Ozeans lag vor ihnen und seine Wellen schwappten mit einem beruhigenden Geräusch ans Ufer. Alles schien bedeutungslos zu werden, wenn man so am Rande der See stand. Der endlose Horizont und die tintenschwarzen Tiefen des Wassers verbunden mit seiner Gewalt, blieben ein Rätsel für diejenigen an Land.

Er war von Nathan als „nicht da“ verspottet worden, und Zach konnte jetzt beinahe verstehen, was er gemeint hatte. Er hatte sich selbst immer für einen bedeutungslosen Tropfen in diesen endlosen Wassern gehalten; einer, der ein vorübergehendes Plätschern verursacht, das sich verteilt, bis alles wieder ruhig ist und er vergessen sein wird. Nur, wie die Redensart schon sagt, stille Wasser sind tief. Ganz gleich, wie nah er und seine Freunde sich waren, Teile von sich hielt er zurück, nahe an seinem Herzen.

„Ich wollte schon immer bei Nacht einen Spaziergang den Strand entlang machen.“ Sam blieb in der Nähe der Stufen stehen, die zum Sand und an die Uferlinie hinunter führten. „Willst du mich begleiten?“

Er streckte seine Hand aus und Zach nahm sie ohne zu zögern. Ihre Handflächen glitten ineinander, die Finger verschränkten sich ganz selbstverständlich. Es gab weder das Verlangen noch den Drang zu reden, als sie auf den Rand zugingen, an dem die Wellen heranpreschten und sich wieder zurückzogen.

Zach ließ Sams Hand los, zog seine Schuhe aus und rollte seine Hosenbeine hoch. Sam tat es ihm gleich; danach hielten sie sich wieder an den Händen, immer noch schweigend, und gingen die Küste entlang, während das kalte Wasser ihre Knöchel und Zehen umspülte. Einige andere hatten dieselbe Idee wie sie, Zach entdeckte mehrere verschlungene Pärchen im Sand, doch er beachtete sie kaum. Wie konnte er, wenn sich jedes Nervenende in seinem Körper auf die Berührung seiner Finger mit denen von Sam konzentrierte?

Hoffnungsloser Romantiker, der er war, hielt Zach an dem Glauben fest, dass es möglich war, die einzig wahre Liebe und ein Happy End zu finden, auch wenn das Leben es für manche schwerer machte als für andere. Obwohl Marcus ihn wegen seines Interesses an kitschigen Filmen aufzog, waren es nicht diese Filme, die er als Beweis anführte – er erkannte wahre Liebe, wenn sie vor seinen Augen geschah. Julian und Nick wiedervereint nach all diesen Jahren, endlich in der Lage der Welt zu zeigen, wie sehr sie einander liebten, war wie eine wahrgewordene Fantasie, und er freute sich wahnsinnig für seine Freunde.

Das hieß nicht, dass er keine eigenen Fantasien hatte – er war zwar nicht der wildeste Kerl, aber er war auch noch nicht tot. Das hier gerade war gleich am Anfang seiner Liste: den mondbeschienenen Strand mit einem gutaussehenden Mann entlangzugehen und geküsst zu werden. Jetzt brauchte er diesen Kuss.

Sam hielt an und sah auf das Meer hinaus, sein kräftiges Profil undurchdringlich in dem Schwarz des Nachthimmels. Zach konnte den salzigen Tang und den fischigen

Geruch riechen, der von dem Felsvorsprung draußen an der Küste emporstieg, während die Wellen hart dagegen schlugen. Er stellte sich die kleinen Krabben und anderen Meeresbewohner vor, wie sie herumkrabbelten und blind nach einem Versteck, einem sicheren Hafen suchten, in dem sie Schutz finden konnten.

Zach identifizierte sich mit diesen kleinen Kreaturen – die sich versteckten, schüchtern, kontaktscheu, aus Angst verletzt oder gefangen zu werden. Aber was hatte es ihm gebracht? Gar nichts. Und obwohl er wusste, dass seine Freunde ihn liebten und niemals im Stich lassen würden, wollte Zach nicht dieser Freund sein, das dritte Rad, derjenige, den jeder bedauerte, weil er alleine war. Er wollte sich profilieren, nicht mit seiner Arbeit, sondern mit seinem Herzen. Denn was war die Reise ohne Liebe schon wert?

Ein Tag voller erster Male und eine Nacht der Chancen. Jetzt übernahm Zach die Kontrolle, um herauszufinden, wer er ohne seine Freunde – seine Stützen – an seiner Seite sein konnte. War das nicht der Grund, aus dem er hergekommen war? Er hatte geschworen, nicht seiner vorsichtigen Natur zu unterliegen, nicht Schüchternheit und Unsicherheit sein Ziel bezwingen zu lassen.

Zach würde die Nacht haben, die er geplant hatte, und er würde sie mit Sam Stein haben.

„Wunderschön, nicht?“, raunte Sam. „Ich war schon immer von der Kraft der See beeindruckt.“

„Eine meiner liebsten Erinnerungen ist, als mein Vater mich im Sommer mit zum Strand nahm“, sagte Zach gedankenverloren. „Wir haben in den Wellen gespielt, unsere Sandwiches und Trauben gegessen; dann habe ich ihn im Sand vergraben, bis nur noch sein Kopf zu sehen war." Er stieß ein befangenes Lachen aus. „Ich habe seit Jahren nicht mehr an diese Zeit zurückgedacht."

Sein Vater war plötzlich gestorben, als Zach elf war und hatte seine Mutter gebrochen und unfähig mit ihrer Einsamkeit und dem Witwendasein klarzukommen, zurückgelassen. Über Nacht war er der Mann des Hauses geworden ohne jemals die Chance bekommen zu haben, erwachsen zu werden oder den Verlust seines Vaters zu betrauern. Er seufzte und trat eine Linie in den Sand.

Sam beendete sein Studium des Ozeans und legte eine Hand auf Zachs Schulter. „Ich hoffe, ich habe keine unangenehmen Erinnerungen in dir hervorgeholt."

„Nein, das hast du nicht. Ich denke gerne an ihn. Das hält die Erinnerung an ihn am Leben. Ich sollte es eigentlich viel öfter tun."

Zu Zachs Überraschung zog Sam ihn dicht an sich und ließ einen Arm auf seinen Schultern ruhen. „Wie wäre es, wenn du jetzt stattdessen an mich denkst, und daran, wie sehr ich dich küssen will?"

Während sein Herz wie verrückt klopfte, presste Zach seine Lippen auf die von Sam und sank in dessen Arme. Das Wasser, das sich um ihre Füße sammelte und den Saum seiner Hose durchnässte, ignorierte er komplett.

KAPITEL VIER

Zachs Mund schmeckte warm und schwer von Wein und Steak. Die Weichheit von Zachs Lippen, das friedvolle und beruhigende Geräusch der Wellen, alles vereint, bereitete ihm ein unerwartetes, aber perfektes Vergnügen. Dann glitt Zachs Zunge in seinen Mund und raubte Sam den Atem und die Fähigkeit, überhaupt geradeaus zu denken.

Als er beschloss, sich Henry für dieses Wochenende anzuschließen, hatte Sam keinerlei Erwartungen gehabt, jemanden zu finden, der sein Interesse weckte. Er hatte erwartet, dass es eine langweilige Konferenz mit lauter Kauderwelsch redender Computerleute werden würde. Zach zufällig an der Bar zu finden, war pures Glück gewesen.

Als er jetzt hier stand, Zach küsste, sein Körper vor Verlangen kribbelte, die Haut heiß war trotz der Kühle der Nachtluft, wollte Sam erstmals seit Monaten jemanden in seinem Bett. Instinktiv und verzweifelt, so sehr, dass er hoffte, es zurück nach oben zu schaffen, bevor er die Kontrolle verlor.

„Dein Zimmer oder meins?", fragte er gegen Zachs Mundwinkel, als er die Seide von Zachs Hemd unter seinen Händen nach oben schob, damit er die warme, glatte Haut seines Rückens berühren konnte.

„Lass uns meins nehmen", wisperte Zach.

Hatte er sich ein Zögern eingebildet? Er musste falsch liegen, dachte Sam, als er den Druck von Zachs unverkennbarer Erektion gegen seinen Oberschenkel spürte.

Sie gingen keineswegs langsam, und Sam musste lobte sie im Stillen, dass sie nicht mit voller Geschwindigkeit ins Hotel zurückstürmten. Er schaffte es, während der Fahrt im Aufzug und sogar, als Zach seine Karte aus der Brieftasche befreite, die Fassung zu bewahren.

Als sich die Tür hinter ihnen schloss, packte Sam Zach, sodass ihre Körper zusammenprallten. „Ich bin so verdammt hart wegen dir, ich habe keine Zeit, liebevoll und vorsichtig zu sein."

„Lass uns ins Schlafzimmer gehen." Zach zog ihn durch einen dunklen Raum zum hinteren Teil der kleinen Suite, in dem ein King-Size-Bett, bereits für den Abend zurechtgemacht, auf sie wartete.

Durch zusammengekniffene Augen beobachtete Sam, wie Zach sich auszog, und sein Herz schlug höher bei dem Anblick von Zachs Körper, als dieser endlich nackt war. Obwohl seine Gestalt bekleidet eher schmächtig erschien, war Zachs Körper wunderschön, mit schlanken sehnigen Muskeln und langen Gliedmaßen. Seine Brust war ansehnlich mit dunklem Haar bedeckt, und sein Schwanz, dick und lang, stand gerötet aufrecht mit glänzender Spitze.

„Du bist dran." Zach zeigte auf ihn. „Es funktioniert so viel besser, wenn wir beide nackt sind." Er grinste. „Zumindest für mich."

„Schlauberger", knurrte Sam, aber er zog seine Kleidung aus, bis auch er nackt war. Einen Moment lang war er sich seines Körpers unsicher. Zach war jünger und fitter; sein Körper trug nicht die Narben von Messerattacken wie sein eigener, noch zeigte er das unaufhaltsame Heranschleichen des Alters. Plötzlich verlegen drehte sich Sam um, nur

damit sich Zach, nackt, heiß und mit glatter Haut, fest gegen seinen Rücken presste. Sams Schwanz zuckte gegen seinen Bauch.
„Nicht." Zachs Lippen waren in seinen Haaren vergraben. „Ich will dich ansehen."
„Ich bin nichts Besonderes", sagte Sam leicht lachend, um sein Unbehagen zu verbergen. Er hatte so eine Unbeholfenheit noch nie mit einem Lover erlebt, aber Zach war nicht irgendeine Eroberung, obwohl Sam beim besten Willen nicht sagen konnte, wieso.
Sie stolperten zusammen Richtung Bett, die Beine verschlungen, die Arme nacheinander ausstreckend. Zachs schlanke Oberschenkel wanden sich um Sams Hüften, als er sich rittlings auf ihn setzte, sein Gesicht immer noch versteckt in der Dunkelheit des Raumes. Das war der Zeitpunkt, an dem Sam normalerweise durch die Vorbereitungen hastete, um schnell zum Kern der Sache zu kommen, dem Grund, weswegen er und sein Lover zusammen im Bett waren.
Minimale Vorbereitungen, hartes, heißes Ficken. Alles, um die allumfassende post-orgasmische Glückseligkeit zu erreichen, und dabei alles andere auf seinem Weg auszulöschen. Körperliche Befriedigung statt der emotionalen war der von ihm gewünschte Zweck.
Aber als Zach mit seiner Hand sein Gesicht berührte, spannte Sam sich an. Er wollte ihm sagen: ‚Stopp, ich will nicht, dass das so für mich funktioniert.' Stattdessen lehnte er sich Zachs Hand entgegen, packte seinen Nacken und zog ihn für einen tiefen, suchenden Kuss zu sich herunter. Ihre Zungen wanden sich umeinander und ihr Atem ver-

mischte sich. Zachs Schwanz ruhte hart an Sams Oberschenkel, und Sam stöhnte in Zachs Mund.
„Wo ist dein Zeug? Sag mir, dass du welches mitgebracht hast."
Schwer atmend und mit leicht geöffnetem und feucht glänzendem Mund nickte Zach und krabbelte zu der gegenüberliegenden Seite des Bettes, dann holte er seine Utensilien aus der Nachttischschublade hervor.
„Komm her." Sam streckte seinen Arm aus, und Zach rutschte neben ihn, ihre Körper passten sich aneinander an. Er begann, Zach zu küssen und zog eine heiße, feuchte Spur von Küssen von Zachs geschmeidiger Braue, hinunter zu seiner kratzigen Wange und der fest zusammengepressten Kieferlinie und stoppte nur, um Zach ins Ohr zu flüster: „Entspann dich." Er fuhr damit fort, Küsse seitlich an Zachs Hals hinunter zu verteilen.
Zach schluckte und sein Hals bewegte sich gegen Sams Lippen.
„Ich bin entspannt. Hör nicht auf."
Nicht die geringste Chance. Sam grinste innerlich und blickte nun auf den Mann hinunter, der sich jetzt unter ihm ausgebreitet hatte, sein Körper perfekt in der lavendelfarbenen Dunkelheit des Raumes. Wieder neigte er seinen Kopf und mit ineinander verhakten Blicken stützte Sam seine Hände auf beiden Seiten von Zachs Körper ab und küsste sich seine Brust und den flachen Bauch hinunter, bis er Zachs Schwanz erreichte. Bevor er ihn in den Mund nahm, leckte Sam um seinen steifen Schaft herum und genoss Zachs Stöhnen und Keuchen.
„Jesus, hör endlich auf mich zu quälen."

Sam grinste ihn nur kurz an, bevor er Zachs Schwanzspitze mit seiner Zunge nachzeichnete. Zachs abgehackter Atem und seine beschleunigten Beckenbewegungen spornten Sam an, und er verschlang Zachs Länge mit seinem Mund, ganz hinunter bis zum Ansatz. Er erhöhte den Druck seiner Lippen und seiner Zunge, saugte hart, bis Zach mit einem rauen Schrei kam und sich heiß und schwer in Sams Kehle ergoss. Sam schluckte und sog auch das letzte bisschen Vergnügen aus Zachs Schwanz.

Nachdem er sich zurückgezogen hatte, lehnte Sam sein Gesicht an Zachs Oberschenkel, atmete seinen warmen Duft ein und spürte die Bewegungen unter seiner Haut. Einige Momente verstrichen, bevor Sam Zachs Oberschenkel küsste und sich aufsetzte.

Zach lag still, doch seine Augen waren weit geöffnet und ein leichtes Lächeln umspielte seine Lippen.

„Fühlst du dich gut?“ Sam konnte es sich nicht verkneifen zu fragen, geschockt von dem nervösen Flattern in seiner Brust. Er war beinahe vierzig Jahre alt, Herrgott nochmal, und hatte bereits Sex seitdem er sechzehn war. Mit einem Mal war es anders, auf eine Art und Weise, die er nicht verstand.

„Wenn du fragen musst, schätze ich, ich war nicht laut genug, hm?“ Zach drehte sich auf seinen Bauch und gab Sam zum ersten Mal den Blick auf seinen Hintern frei. „Aber jetzt geht es darum, dass *du* dich gut fühlst.“ Über seine Schulter und durch seine dunklen Locken hindurch spähend, warf Zach ihm ein Lächeln zu. „Sobald du in mir bist, verspreche ich dir, dass du hörst, wie gut ich mich fühle.“

Verlangen sammelte sich in Sams Leistengegend und sein Schwanz zuckte. Der Anblick all dieser nackten Haut vor ihm sorgte für einen Kurzschluss in seinen Gehirnzellen. Zachs Körper leuchtete im schummrigen Licht des Schlafzimmers wie kalter Marmor, fühlte sich aber warm an. Und Sam berührte Zach überall, seine Hände glitten über die halbrunden Kugeln von Zachs Hintern und tasteten sich über Zachs Rücken zu seinen Schultern hinauf. Sam folgte der Berührung seiner Hände mit seinen Lippen, presste Küsse auf jeden Rückenwirbel, leckte an Zachs Hals entlang, bis Zach sich unter ihm wand, seine Beine weiter spreizte und seinen Hintern nach oben schob.
„Jetzt. Komm *schon.*“
Sam grinste, zufrieden mit Zachs hartnäckiger Begierde und ließ seinen Finger in Zachs Pofalte hoch und runter gleiten, während Zach unter seinen Berührungen erzitterte. Ja, das nährte sein Ego, kein Zweifel. Diesen jungen Kerl so von Sinnen unter sich zu haben und dass er Sam so verzweifelt wollte, turnte ihn unglaublich an.
Mit einer Hand griff Sam nach der Tube mit dem Gleitgel, öffnete sie und tröpfelte etwas von ihrem Inhalt über seine Finger und Zachs Öffnung. Zach spreizte seine Beine weiter und stützte seine Knie auf dem Bett ab.
„Jetzt – tu es jetzt. Ich warte schon den ganzen Abend.“
Für einen Moment geriet Sam ins Stocken. Er hatte sich nicht verhört, und er bildete sich Zachs nackten, geschmeidigen Körper und den perfekten Arsch unter seinen Händen nicht nur ein. Er riss die Kondomverpackung auf und rollte es über seinen Schaft, dann drückte er die Spitze

seines umhüllten Schwanzes in Zach hinein und versenkte sich tief in ihm.
Zach stöhnte auf, ein dunkles, kraftvolles Geräusch, das eine Welle der Lust durch Sams Körper sendete. Er würde nicht lang genug aushalten, um es nett und schön für Zach zu machen; er wollte ihn zu sehr. Zachs Hintern spannte sich eng um seinen Schwanz und zog ihn tiefer. Sam hielt sich an Zachs Hüften fest und stieß drei, vier, fünf Mal in ihn hinein, bevor sein Orgasmus durch ihn hindurchschoss und ihn in tausend Teile zerspringen und nach Luft schnappend zurückließ.
Die Intensität seines Orgasmus raubte ihm die Möglichkeit klar zu denken. Sam ließ sich einfach fallen und presste mit seinem Gewicht Zach flach aufs Bett, sein Schwanz immer noch bis zum Anschlag in Zachs Hintern vergraben. Es war Monate her, dass er das letzte Mal flachgelegt worden war und selbst da war der Sex nicht so unbeschreiblich gewesen wie dieser. Er liebkoste Zachs Nackenkurve, fragte sich, ob er eine zweite Runde später in der Nacht schaffen würde und ob Zach ihn bitten würde zu bleiben.
„Bitte geh von mir runter." Zachs Körper unter ihm versteifte sich und bebte. Alarmiert glitt Sam aus Zachs Körper und rollte dann zur Seite.
„Ist alles okay?" Zögerlich streckte er seine Hand aus, um die geschmeidige Fläche von Zachs Rücken zu streicheln, aber als Sams Hand mit seiner Haut in Kontakt kam, zuckte Zach zusammen und entzog sich ihm. „Ich wollte dich nicht –"
„Es ist okay." Obwohl Zachs Stimme dumpf klang, konnte er keinen Ärger heraushören. Zach drehte sich um und sah

ihn an, und selbst in dem nur vom Mondlicht erhellten Zimmer konnte Sam das Angstgefühl spüren, das sich in Zachs gerunzelten Brauen und der verkniffenen Haut um seinen Mund Bahn brach. „Ich … ich mag es nicht, nach unten gedrückt zu werden. Es tut mir leid."

Sam entledigte sich des Kondoms und warf es in den Müll, dann kehrte er zum Bett zurück und legte sich neben Zach.

„Es gibt nichts, was dir leidtun müsste." Er fuhr Zachs Wangenbogen mit seinem Finger nach. „Ich habe nicht daran gedacht, dich zu fragen, wie du es magst. Alles passierte so schnell, und du hast mich ziemlich umgehauen."

Ein kleines Lächeln zeigte sich auf Zachs Lippen. „Ja?"

Ein bisschen wacklig und unsicher streifte Sam seine Lippen über Zachs. „Ja."

Zach biss sich auf die Lippe und sah überraschend nervös aus nach seiner wilden Hemmungslosigkeit im Bett. „Sam?"

„Hmm?"

„Du bleibst hier, oder?"

Erleichterung durchfuhr ihn, doch er hielt seinen Ton nonchalant, als würde das alleine alles, was zwischen ihnen passiert war, alltäglich und gewöhnlich machen. „Sicher, wenn du willst."

Zach belohnte ihn mit einem liebenswerten, schläfrigen Lächeln. „Will ich." Seine hypnotischen blauen Augen fielen zu. „Lass uns versuchen, etwas zu schlafen."

Seinen pochenden Herzschlag ignorierend, streckte sich Sam neben Zach aus und lauschte dem ruhigen Rhythmus seines Atems. Er fragte sich, was zur Hölle heute Nacht geschehen war. Warum er bleiben, die Nacht mit einem völlig Fremden verbringen wollte, wenn er es in der Ver-

gangenheit kaum hatte erwarten können, sich anzuziehen und von den paar Männern, mit denen er geschlafen hatte, zu verschwinden.
Außerstande all diese tiefgründigen Gedanken nach so herzergreifendem Sex zu verarbeiten, drehte Sam sich auf die Seite und schlief ein.

Es dauerte einen Moment oder zwei, bis Sam sich nach dem Erwachen orientieren konnte. Es war unangenehm in einem ungewohnten Bett aufzuwachen und nichts wiederzuerkennen. Nicht nur war Sam nicht zu Hause, er war nicht einmal in seinem eigenen Hotelzimmer. Die solide Wärme eines Körpers, der sich von hinten an ihn presste, entspannte ihn und die Erinnerungen des Vorabends durchströmten ihn – strömten direkt in seine Leistengegend.
„Guten Morgen."
Er drehte sich um zu Zach, der, obwohl vom Schlaf zerzaust, strubbelig, und nur halbwach, immer noch das Beste war, neben dem er seit Langem aufgewacht war.
„Morgen."
Blinzelnd rieb Zach sich die Augen und ließ sich zurück aufs Kissen fallen. „Ich hasse es, so früh aufzustehen, aber ich habe ein Frühstücksmeeting mit der Firma, die heute Abend den Award verleiht, und den ganzen Tag Podiumsdiskussionen, an denen ich teilnehmen muss." Er gähnte und rieb sich mit den Händen über sein Gesicht. „Ich habe erst heute Abend nach dem Dinner bei den Awards wieder Zeit."

Gut, da schwand die Idee von morgendlichem Sex dahin. Aber Sam verstand ihn. Das war Zachs Art, ihn abblitzen zu lassen, ein ‚Danke für letzte Nacht, man sieht sich', nur subtiler. Was hatte er anderes von Sex mit einem Fremden erwartet? Sam verstand den Wink und glitt auf der Suche nach seiner Kleidung aus dem Bett.

„Ja, ich muss mich auch auf den Weg machen."

Zach setzte sich auf und strich sich das Haar aus den Augen, ein verwirrter Ausdruck erschien auf seinem Gesicht. „Oh. Ich hatte irgendwie gehofft, dass wir zumindest zusammen den Room Service bestellen könnten. – Vielleicht Pläne für den späteren Abend machen, um uns zu treffen, nachdem all die Zeremonien und der Nonsens vorbei sind?"

Überrascht hörte Sam auf, seine Hose zuzuknöpfen. Zachs süßes, leicht banges Lächeln schien ernst gemeint zu sein. „Ahh, ja, ich hätte gern etwas Kaffee. Und den Rest können wir spontan entscheiden, wie wäre das?"

Etwas Dunkles flackerte durch Zachs Augen, wahrscheinlich war es ein Streich des Lichts, das vom Ozean hereinströmte und jetzt blaugrau schimmerte im Nebel des frühen Morgens. Wenn Zach Sam auch nur etwas ähnlich war, fühlte er sich gerade ebenfalls sehr unbeholfen. Im Licht des frühen Morgens sah alles ganz anders aus als noch am Abend zuvor.

„Sicher, spontan entscheiden, schauen, wie sich die Nacht entwickelt." Er schenkte Sam ein schiefes Halblächeln und verließ das Bett. „Ich rufe den Room Service und dusche dann, ist das okay?"

„Hört sich gut an." Sam hatte keine Idee, wie man sich am Morgen danach verhielt. Er folgte Zachs Beispiel, da dieser offensichtlich erfahrener war in der Welt des Gelegenheitssexes. Er hatte gehofft, später die Chance zu bekommen, mehr Zeit mit Zach zu verbringen, hatte sich aber nicht darauf verlassen, weil er wusste, wie gefragt und beliebt ein Mann wie Zach sein musste, angesichts seines Status als Moderator und erfolgreichen App-Entwicklers. Sam wollte nicht zu bedürftig oder verzweifelt erscheinen.

Zach kam frisch rasiert aus dem Bad, während sich seine Haare in nassen Wellen um seinen Kopf ringelten. Er hatte sich leger gekleidet und trug eine dunkle Brille, die merkwürdigerweise Sams Blut in Wallung brachte. Sam starrte ihn einen Moment lang an, wünschte sich, sie könnten sich in die nächste Runde im Bett stürzen, aber er verstand, dass es für sie an der Zeit war, die Nacht hinter sich zu lassen.

Sam sammelte seine Boxershorts und Hose von dort auf, wo er sie letzte Nacht hingeschleudert hatte und ging ins Badezimmer, um zu pinkeln und sich das Gesicht zu waschen, während er sich fragte, ob sich Zach genauso unwohl fühlte wie er, neben einem Fremden aufgewacht zu sein. Der Sex war unglaublich gewesen, aber das half nicht, die Verlegenheit darüber zu verjagen, dass ihnen der Smalltalk nun so schwerfiel.

Der Kaffee und die Croissants, die Zach bestellt hatte, erwarteten ihn, als Sam den Raum wieder betrat. Das kräftige Aroma frisch aufgebrühten Kaffees wehte ihm entgegen, reizte sein Gehirn, und er konnte die erste Kostprobe kaum erwarten. Er goss sich selbst etwas aus der

Thermoskanne ein und hielt sie Zach entgegen, der etwas auf seinem Tablet las.
„Ja, gib mir eine Sekunde.“ Zach hörte auf zu tippen und sprang dann vom Bett auf, um seine Tasse zu entgegenzunehmen. „Danke.“ Er nippte an seinem Kaffee, schloss die Augen und stöhnte. „Nichts ist besser als die erste Tasse.“
Sam musste zustimmen. Er versuchte sich an einer Maske der Gleichgültigkeit, um vorzugeben, dass mit einem Mann zu schlafen nichts weiter bedeutete als eine jähe, heiße Welle des Vergnügens, ein körperliches Verlangen nach Erlösung. Während er versuchte zu verbergen, welche Freude es ihm bereiten würde, wieder Teil eines Paares zu sein und morgens neben jemandem aufzuwachen. Bis jetzt hatte er nicht realisiert, wie einsam er gewesen war, seitdem Andy ausgezogen war. Doch genau wie seine Beziehung mit Andy war das hier mit Zach ebenso wenig real.
Sie betrieben müßig Konversation während ihres Kaffees, und Sam fragte sich, ob Zach regelmäßig auf Conventions ging und x-beliebige Männer auflas. Er hasste es, das zu denken, als er sich erinnerte, wie süß Zachs Küsse geschmeckt hatten.
„Ah, ich hasse es hetzen zu müssen, aber ich muss mich für meine Meetings heute vorbereiten.“ Zachs entschuldigendes Lächeln half nicht, dass Sam sich besser damit fühlte, gehen zu müssen.
„Sicher“, sagte er und täuschte einen nonchalanten Tonfall vor. „Wir sehen uns später, hoffentlich.“ Er beugte sich vor und hauchte einen nachlässigen Kuss auf Zachs Wange. Dann leerte er seinen Kaffee und verschwand.

Erst als er in sein Zimmer zurückgekehrt war, um sich umzuziehen und zu duschen, kroch die Unausweichlichkeit seiner Einsamkeit in ihm hoch. Mit einem Plumps ließ sich Sam schwer auf das Bett sinken und starrte an die Wände seines Zimmers. Letzte Nacht, als sie am Rand des Ozeans gestanden hatten und Zach über seinen Vater gesprochen hatte, war Sam von der Verletzlichkeit in seinen Augen überrascht gewesen.

Er musste sich wieder konzentrieren und sich daran erinnern, dass er nicht hier war, um seinen Seelengefährten zu finden. Das war Mist, den sich Hollywood ausdachte und die romantischen Bücher, die seine Mutter gelesen hatte, als er ein Kind gewesen war. Alles was er tun musste, war seinen Weg zurück zu finden, sein Leben zu leben und nicht in Selbstmitleid zu versinken. Versuchen, etwas Normalität in den Wahnsinn zu bringen. Manchmal dachte er, es wäre einfacher Narnia zu finden.

Er holte sein Handy hervor und rief Henry an.

„Guten Morgen, Dornröschen."

„Was?", krächzte Henry. „Es ist verdammte sieben Uhr dreißig am Morgen. Was erwartest du?" Ein herzhaftes Gähnen drang an Sams Ohr. „Wo warst du nach der Cocktailstunde letzte Nacht? Ich dachte, wir wollten uns treffen."

„Äh … ich hatte eine bessere Beschäftigung gefunden."

„Ach ja?" Henry hörte sich sofort wacher an. „Details, Bruder. Ich brauche Details."

„Ein Gentleman genießt und schweigt. Du wirst mir glauben müssen."

„Frühstück in einer Stunde", sagte Henry. „Ich brauche Informationen, einen Beweis; wenigstens einen Namen und Bilder von euch zusammen. Ich erwarte keinen – wie sagt man hier? – ‚blow-by-blow' Bericht deiner Nacht." Er fing an zu gackern und Sam fluchte.

„Arschloch. Jetzt bist du wohl sehr stolz auf dich, was?" Sam packte seine Klamotten für den heutigen Tag aus und sammelte seinen Rasierer und den Rasierschaum ein.

„Du musst schon zugeben, dass der gut war." Henry gluckste. „„Blow by Blow."'"

Sam konnte nicht anders und grinste über den groben Witz seines Freundes. „Jesus, du bist erbärmlich. Suchst du nach Hinweisen oder so? Gib mir Zeit mich fertigzumachen und dann sehen wir uns in einer Stunde."

Er beendete das Telefonat und verschwand unter der Dusche. Er hätte es genossen, mit Zach eine Dusche zu nehmen, aber der Mann hatte nicht gefragt, und Sam hatte sich selbst auch nicht durchringen können zu fragen. Außerdem, dachte er, als er sich einseifte, war es ja nicht so, als machte ein unglaublicher Fick gleich eine Beziehung.

Sam hoffte, er konnte die Härte seines Herzens ebenso aufrecht erhalten wie die seines Schwanzes, wenn er Zach das nächste Mal sah.

KAPITEL FÜNF

Zachs Gedanken begannen zu wandern, als er in seiner zweiten Besprechung des Morgens saß. Das Interesse, das er für eine Diskussion über Hybridisierung von Apps für Android, Windows oder iOS aufbringen konnte, war einfach begrenzt.

Jesus, Leute, es geht nicht um den Weltfrieden, es geht um eine App.

Er trommelte mit seinen Fingern auf dem Tisch und sein Bein wippte tanzend auf und ab vor Langeweile, während er sich Sam oben vorstellte, der einen gemütlichen Morgen im Bett genoss. Zach ärgerte sich hier zu sitzen, wenn er oben bei Sam sein, ihn küssen und berühren könnte. Mit ihm Liebe machen konnte. Sehnsucht brannte sich heiß durch seine Blutbahn.

„Zach, was hältst du von der Art und Weise, wie sie ihr ‚Native User Interface' integriert haben? Diese Firma hat jahrelang daran gearbeitet, ihre Kodierung für alle Plattformen verfügbar zu machen."

Aus seiner sexuellen Fantasie geschreckt, realisierte Zach schuldbewusst, dass er aufmerksamer sein sollte; schließlich hatten sie ihn für das Wochenende aufgestellt.

„Äh, ja, das ist klasse." Konnten sie merken, wie wenig es ihn interessierte? Doch er musste zumindest versuchen, sich Mühe zu geben und etwas Enthusiasmus zu zeigen. Seine schmutzigen Träume konnten bis später warten. „Ich wollte eine App, die ihre Daten aus allen möglichen Social Media Seiten des Users zieht. Mit der Einbeziehung ihrer Yelp Rezensionen, gelikten Seiten auf Facebook, Beiträgen auf Tumblr und anderer Fußspuren im Web, halte ich es

für eine einzigartige Methode, die Leute auf einer Dating Seite zusammenzubringen."
Das war seine Rede – die, die er benutzt hatte, als er die Seite für eine irrwitzige Summe Geld an eine Softwarefirma verkauft hatte. Und es hatte sich als erfolgreich herausgestellt, denn die Leute meldeten sich in Scharen für den monatlichen Dienst auf der Webseite an. Er war dankbar für seine Voraussicht, Aktienoptionen in seinem Verkaufsvertrag eingeschlossen zu haben und hatte Julian und Marcus ebenfalls einige Aktien des Unternehmens geschenkt. Zach hatte nicht vergessen, dass seine Freunde ihn zuverlässig unterstützt hatten, obwohl sie frei heraus zugaben, keine Ahnung zu haben, was er tat.
„Das ist brillant, Zach, einfach brillant", schwärmte Cicely Long, die Leiterin der Entwicklungsabteilung bei Rocket Launch Software. „Im ersten Jahr allein hatten wir über zwanzigtausend Abonnenten, mit Hunderten neuen Anmeldungen pro Tag."
„Gut. Das freut mich", sagte Zach. Er fragte sich, wie er eine Dating Seite für andere hatte kreieren können, damit sie die Liebe fanden, wenn er in seinem eigenen Leben so elendig unzulänglich war.
Die Nacht mit Sam Stein war eine wundervolle Ablenkung gewesen, aber Zach wusste, das war eine einmalige Sache; dazu bestimmt, ihm für eine lange Zeit schöne Träume zu bescheren. Heute Morgen, als Zach nicht auf die Abendesseneinladung einging, hatte er zwar gehofft, Sam hätte eine weitere Nacht mit ihm verbringen wollen. Aber er war sich nicht sicher, denn Sam hatte bestenfalls eine unverbindliche Antwort gegeben.

Selbst wenn er versuchte ein Spieler zu sein, war Zach ein Versager. War er schon immer gewesen. Er war zu ungeschickt, zu sicher, dass die Menschen ihn nicht mögen würden. Deswegen bemühte er sich normalerweise gar nicht erst.

Das Meeting kam zum Ende, und er sah mit einem Blick auf seine Armbanduhr, dass es Mittagszeit war – doch zuerst musste er seine Mutter anrufen. Sie würde ihn unbedingt sprechen wollen und er wollte ihr nicht unnötig Sorgen bereiten. Er suchte sich einen zurückgezogenen Platz in der Lobby, setzte sich auf einen bequemen Stuhl und holte sein Handy hervor.

„Liebling, wie geht es dir? Wie ist die Konferenz?“

Die vertraute, redselige Stimme seiner Mutter drang an sein Ohr. „Mir geht es gut, alles ist gut.“

„Ich habe mir Sorgen gemacht, als ich letzte Nacht nichts von dir gehört habe. Normalerweise rufst du mich an, wenn du eincheckst, um mich wissen zu lassen, dass alles okay ist.“

Der leicht verurteilende Tonfall versetzte Zach den bekannten Stich der Schuld. Ganz gleich, wie sehr er sich anstrengte, es endete immer damit, dass er jemanden enttäuschte. Ihre Ängste berücksichtigend, gab er sich große Mühe sie nicht zu beunruhigen und ihr immer mitzuteilen, wo er sich befand.

„Sorry, Mom. Ich bin von etwas aufgehalten worden, das länger dauerte, als ich gedacht hatte und es wurde sehr spät.“

„Das ist schon in Ordnung. Solange es dir gutgeht. Irgendjemand Nettes dabei, den du magst?“

Noch etwas, wofür er sich schuldig fühlte. Cheryl Cohen gab niemals die Hoffnung auf, dass er ein nettes Mädchen treffen und sich niederlassen würde. „Ein Enkelkind wäre so schön“ war ihr üblicher Spruch.
Aber, so rechtfertigte Zach sich selbst, es hatte niemals den richtigen Zeitpunkt gegeben, seiner Mutter zu sagen, dass er schwul war. Sie war wie alle anderen begeistert gewesen, als Julian und Nick zusammengekommen waren. Doch nachdem sie ihm gegenüber angemerkt hatte, wie enttäuscht Nicks Eltern sein mussten, dass er niemals eigene Kinder haben würde, hatte Zach alle Gedanken darüber beiseitegeschoben, ihr seine eigene sexuelle Orientierung zu gestehen. Sie hatte in ihrem Leben genug Schmerz und Verlust erlitten. Warum ihr mitteilen, sie hätte ihre einzige Chance auf ein Enkelkind verloren, weil sie Zach als ihren Sohn hatte?
„Ich bin geschäftlich hier, nicht um ein Date zu finden.“ Er hörte ein ersticktes Glucksen und warf einen Blick zur Seite, wo er den Blick des Mannes auffing, der ein paar Meter von ihm entfernt auf dem Sofa saß. Zachs Gesicht glühte, als er realisierte, dass der gutaussehende Mann sein Gespräch aufgeschnappt hatte und er senkte hastig den Blick, damit er nicht zu dem lachenden Fremden sehen musste.
„Es gibt keinen Grund, nicht beides zu verbinden. Du bist jung! Du solltest Spaß haben und dich amüsieren können.“
Und doch wusste Zach, dass seine Mutter selbst dann nervös und besorgt sein würde, sollte er anfangen sich mit jemandem zu treffen und die Zeit weg von zuhause zu ver-

bringen. „Mir geht es gut. Wie geht es dir? Deswegen hatte ich eigentlich angerufen. Ist mit dem Haus alles okay?“

Über die Jahre hatte er versucht, nicht zu viele Konferenzen zu besuchen und seine Mutter alleine zu lassen, weil er wusste, wie sehr sie es hasste, alleine zu sein. Aber ihr war es in letzter Zeit besser gegangen und er hatte zu dieser hier einfach gehen müssen.

„Bei mir ist alles in Ordnung. Marcus kam auf einen Besuch vorbei. Er ist wirklich ein Schatz.“

„Er ist ein guter Freund und er hat dich gern. Ich freue mich, dass er bei dir war.“ Zach sah auf die Uhr und stellte fest, dass er noch zehn Minuten bis zum Beginn der nächsten Diskussionrunde hatte, die er moderieren sollte. „Ich muss los. Hab dich lieb.“

„Ich habe dich auch lieb, Liebling. Ruf mich später an.“

„Mache ich“, versprach er und legte auf. Es gab nichts, das er gerade weniger tun wollte, als eine Diskussion zu moderieren. Er hätte es vorgezogen, weiter in diesem bequemen Stuhl zu sitzen, versteckt hinter den Palmen und die Leute zu beobachten. Oder zum Strand zu gehen, den Wellen zuzuhören und die Magie der letzten Nacht mit Sam wieder erwachen zu lassen. Leider rief die Pflicht und mit einem tiefen Seufzen stand er auf und durchquerte die Lobby.

„Familiäre Verpflichtungen, hm?“ Der Mann von dem Sofa schloss sich ihm an. „Sowas kann stinklangweilig sein.“

Überrascht von dem unverhohlenen Geständnis des Mannes, sein Gespräch belauscht zu haben, nickte Zach höflich und zuckte mit den Schultern. „Äh, ja. Aber das war meine Mutter, also geht das für mich in Ordnung.“

Der Mann warf ihm mit hochgezogenen Brauen einen Blick zu. „Nicht viele Männer würden das zugeben."

Zach zuckte erneut mit den Schultern, antwortete aber nicht. Er musste seine Beziehung zu seiner Mutter nicht vor einem Fremden oder sonst irgendwem rechtfertigen. Sicher, sie war ein bisschen überfürsorglich und anstrengend, und Zach hatte dagegen rebelliert wie so viele Teenager. Aber das war, bevor er verstanden hatte, wie sehr sie der plötzliche Tod seines Vaters getroffen und eine tiefverwurzelte Angst vor Verlusten ausgelöst hatte. Er hatte ein paar Psychologiekurse im College besucht, woraufhin er verstand, dass ihr Verhalten das Ergebnis ihrer Liebe zu ihm war, kein Bedürfnis nach Kontrolle. Klammerte sie einmal zu sehr und sorgte sich ein bisschen zu viel, beschwerte er sich nie. Es war eine kleine Bürde und er zählte sich selbst zu den Glücklichen, die ein Elternteil hatten, das sich sorgte. Natürlich wusste er, dass er sich losreißen sollte, auf seine Unabhängigkeit bestehen, aber da er immer zu Hause und nicht Teil einer Beziehung war, hatte es nie die Notwendigkeit gegeben.

„Sie sind wegen der Convention hier, richtig?" Der Mann wich ihm nicht von der Seite und folgte Zach weiter, als er durch die Lobby zu einem der kleineren Säle ging, in dem die Diskussionen stattfanden.

„Äh, ja. Und Sie?" Der Mann war nicht schwul. Er wollte sich nicht an ihn ranmachen, zumindest empfand es Zach nicht so, also fragte er sich, was er wollte.

„Ja." Der Mann zog eine Karte aus seiner Brieftasche hervor. „Henry Walker. Ich bin der Inhaber von *Eyes on You*, einer computerforensischen Ermittlungsfirma."

Zach steckte seine Karte ein. „Schön, Sie kennenzulernen. Ich bin Zach Cohen."
„Ich weiß."
Zach sah ihn erschrocken an, bis der Mann lachte und auf den Plakataufsteller zeigte, der vor dem Eingang des Raumes stand. Darauf waren Bilder der vier Diskussionsteilnehmer und ihm selbst als Moderator. Er zuckte vor seinem Bild zurück. Es war ein Jahr alt und zeigte ihn mit seiner Brille, vor einem Computer sitzend. Der Bildschirm bewarb die Dating-Webseite, die er ins Leben gerufen hatte.
„Sie sind berühmt. Ich bewundere Ihre Arbeit, und ich habe Ihren Erfolg die letzten Jahre verfolgt."
Hitze stieg Zach ins Gesicht. „Nicht wirklich berühmt. Nun, schön, Sie kennengelernt zu haben." Er ging hinein, in den vorderen Teil des Raumes und setzte sich an das Ende des langen Tisches, wo sich ein Zettel mit seinem Namen befand. Henry folgte ihm und setzte sich in die erste Reihe, dann studierte er die Broschüre, die jeder bekam, der den Raum betrat. Zach hasste es, dass seine Social Media Informationen preisgegeben wurden. Seine kurze Biographie wie auch seine Facebook-Seite, Twitter, und andere Profile, aber er wusste, dass sich daran nichts ändern ließ. Abgesehen davon konnte jeder mit ein bisschen Wissen diese Dinge herausfinden. Sein Handy vibrierte mit einer Textnachricht von Julian.

Hast du Spaß? Wie ist die Konferenz?

In diesem Moment schlenderte Sam Stein in den Raum und Zach vergaß die Nachricht, seine Mutter und welcher Tag der Woche gerade war. Stark, rau und mit einem durchdringenden, aufmerksamen Blick in seinen Augen war Sam Stein persönlich besser als jede Fantasie, die Zach sich je ausdenken könnte. Es war schwer zu glauben, dass er heute Morgen aufgewacht war, nackt mit diesem Mann im Bett, aber das wunde Gefühl in seinem Hintern und der Schmerz von überlasteten Muskeln ließ ein leises Lächeln übüer sein Gesicht huschen. Die Erinnerung, wie Sam sich letzte Nacht in ihn hineingestoßen hatte, sein Atem heiß und schwer in seinem Nacken, große Hände seine Hüften packten, ließ Zach um seine Selbstbeherrschung kämpfen. Verdammt. Er konnte wohl kaum ein Panel mit einem Ständer moderieren.

Zu seinem Entsetzen nahm Sam neben Henry Walker Platz. Zach erinnerte sich, wie Sam sagte, dass er als Privatermittler arbeitete, und fragte sich, ob die zwei Männer zusammenarbeiteten. Waren sie Liebhaber? Vielleicht hatte Zach Henry falsch eingeschätzt, aber dann sah er zu seiner Erleichterung den Glanz eines goldenen Eherings an Henrys Finger. Gott, er war wie ein Kind bei seinem ersten Schwarm, aber nichts hätte das stetige Hämmern seines Herzens stoppen können.

Sein Handy vibrierte mit einer weiteren Nachricht und er war sicher, dass sie entweder wieder von Julian oder von Marcus war. Wenn er nicht antwortete, wäre das Nächste ein Anruf, das wusste Zach. Diese beiden waren wie zwei Glucken, die ständig an ihm herumpickten. Normalerweise ging er humorvoll und tolerant mit ihrer Überfürsorglichkeit um, aber jetzt gerade brauchte er etwas Freiraum.

Moderiere jetzt eine Diskussion. Wir sprechen später.

Es dauerte keine fünf Sekunden, bis er eine Antwort erhielt.

Schade. Wir dachten, du hättest vielleicht Glück gehabt.

Wieder betrachtete Zach Sam, der mit seinem Freund redete.
Vielleicht hatte er das ja.

KAPITEL SECHS

Obwohl er nichts von dem verstand, was zur Hölle er die letzte Stunde gehört und über sich ergehen hatte lassen, wusste Sam genug, um von den Diskussionsteilnehmern und besonders Zach als Moderator beeindruckt zu sein. Trotz seiner jugendlichen Erscheinung und Bescheidenheit hatte Zach die Diskussion themenbezogen im Fluss gehalten und war in der Lage gewesen, Fragen aus dem Publikum aus dem Stegreif zu beantworten, wenn einem der Teilnehmer einmal nichts einfiel.

Henry faltete sein Programm zusammen und steckte es in seine Tasche. „Dieser Typ, Zach Cohen, ist wahnsinnig intelligent, selbst wenn er ein bisschen nerdig ist."

Sam schnaubte. „Was meinst du mit ‚nerdig'? Er hat Köpfchen, ein verflucht brillantes sogar. Was hast du damit für ein Problem?"

„Ist das der Mann, mit dem du die letzte Nacht zusammen warst?" Henrys Augen weiteten sich schockiert als Sam nickte. „Nun, verdammt. Hack mir nicht den Kopf ab, großer Junge. Ich habe es nicht böse gemeint." Er neigte den Kopf und lächelte schief. „Du magst ihn, hmm?"

Sam zuckte die Schultern und hielt seine Stimme so unverbindlich wie möglich. „Wir hatten Spaß, weiter nichts."

Henry warf ihm einen amüsierten Blick zu, aber Sam weigerte sich noch mehr zu sagen. Die Menge vorne lichtete sich und aus dem Augenwinkel beobachtete Sam, wie Zach sich mit einem der Diskussionsteilnehmer unterhielt. Er fragte sich, warum ein Mann wie Zach, brillant, gutausse-

hend, und sehr angesehen, auf eine Nacht mit einem Fremden zurückgreifen musste.
Dann ertappte er Zach dabei, wie er ihn beobachtete – dieser verdammte blauäugige, durchdringende Blick, der ihn als Erstes angezogen hatte – und das Atmen fiel ihm schwer. Sam wollte nicht, dass Henry erfasste, wie sehr ihn ein einfacher Blick dieses Mannes, den er kaum kannte, aus der Fassung brachte, und anstatt Zach ein aufmunterndes Lächeln zuzuwerfen, zwang sich Sam wegzusehen.
„Bist du soweit?" Seine Stimme hörte sich abgehackter und knapper an als sonst, und Henry musterte ihn mit zusammengezogenen Brauen.
„Was ist los? Du siehst plötzlich so verärgert aus." Er blickte hinüber zur Stirnseite des Raumes, wo sich, wie Sam wusste, noch immer Zach aufhielt, und schaute auf sein Handy. „Ich dachte, du willst vielleicht mit ihm reden."
„Nichts ist los." Er presste den Kiefer zusammen. „Und wenn ich mit ihm reden wollte, würde ich das tun. Können wir jetzt gehen?"
„Äh, ja, klar."
Ohne Zach noch einmal anzusehen, folgte Sam Henry aus dem Konferenzzimmer. Sie nahmen den Aufzug hinunter zum Erdgeschoss und gingen zur Promenade hinaus. Die Sonne schien Sam auf den Rücken, überraschend warm für Anfang Juni. Er stand am Geländer und sah auf den Ozean hinaus.
„Was ist los, Sammy? Rede mit mir." Henry lehnte sich an das eiserne Promenadengeländer und sah zum Hotel.
Es dauerte ein paar Minuten, bis er seine Gedanken sortiert hatte und sprach. „Hast du jemals das Gefühl, etwas ver-

passt zu haben? Als wenn dein Leben dich irgendwie überholt hätte, aber du es nicht gemerkt hast, weil du keine Ahnung hattest, dass es noch etwas anderes gibt?"

„Ich weiß nicht genau, was du meinst."

Kein Wunder. Sam war sich nicht sicher, ob er selbst verstand, was er da zu sagen versuchte. Aber die letzte Nacht mit Zach hatte ihn dazu gebracht, darüber nachzudenken, was er verpasst hatte, indem er bei einem Mann geblieben war, der letztendlich weder seiner Zeit noch seiner Liebe würdig gewesen war.

„Ich denke, dass ich so viel Zeit damit verschwendet habe, eine dem Untergang geweihte Beziehung aufrecht zu erhalten und darüber vergessen habe, dass es manchmal besser ist, einer Sache ein Ende zu machen und wegzulaufen. Vielleicht habe ich es verpasst, die richtige Person zu treffen, weil ich zu sehr damit beschäftigt war, die falsche Person in etwas zu formen, das sie niemals sein könnte."

Die Geräuschkulisse auf der Promenade verstärkte sich, als Menschenmassen in der Mittagspause aus den Hotels und Casinos strömten. Alle wollten nach draußen an diesem schönen Tag. Möwen schwebten über ihren Köpfen, ihre lärmenden Rufe durchdringend in der Nachmittagssonne. Das Aroma von Fett und Zucker aus einem Laden an der Promenade, der stechend-salzige Geruch des Ozeans und dieser unbeschreibliche sandige Duft – Sam liebte all das.

In die Sonne blinzelnd betrachtete Henry ihn nachdenklich. „Liegt es an der Nacht, die du mit Zach Cohen verbracht hast? Ich würde keine lebensverändernden Entscheidungen aufgrund einer Nacht treffen."

„Ich hatte nicht die Absicht, das zu tun", sagte Sam schroff. Er verstand Henrys Sorge, dass er von einem Fremden verletzt werden könnte, den er kaum kannte. „Ich meine generell. Falls ich wieder anfange jemanden zu daten –"
„Du meinst wenn", unterbrach ihn Henry.
„*Falls.*" Sam funkelte Henry an. „Falls ich wieder anfange jemanden zu daten, werde ich es mir einen Mann suchen, den ich nicht ändern muss und für den ich mich selbst nicht ändern muss, der dieselben Dinge will wie ich. Ich werde denselben Fehler nicht zweimal machen."
„Wie kannst du das mit Sicherheit wissen? Niemand weiß je alles über eine Person, erst recht nicht in der Flitterwochenphase. Du weißt, wovon ich rede. Diese Kennenlernphase, in der jeder sich von seiner besten Seite zeigt, um sicherzugehen, nicht das zu vermasseln, was wie der Beginn einer tollen Beziehung aussieht." Henry zuckte die Achseln und wandte sich dem Wasser zu. „Es dauert etwas, bis man einen Menschen richtig kennengelernt hat."
„Sieh mal, nehmen wir den Mann, mit dem ich letzte Nacht zusammen war, Zach. Gelegenheitssex ist wahrscheinlich normal für ihn. Er ist jung, gutaussehend und klug, und geht wahrscheinlich ständig zu solchen Conventions. Ich möchte niemanden, der ein notorischer Aufreißer ist."
„Er wirkte wie ein ordentlicher Kerl, nicht wie ein Spieler."
„Wer weiß? Aber ich belüge mich nicht selbst. Ja, wir hatten eine tolle Nacht und ich hoffe, ihn heute Nacht wiederzusehen, aber ich weiß, wie diese Dinge laufen."
Der Hauch eines Grinsens lag auf Henrys Lippen. „Ach ja, Mr. Erfahrung? Erzähl mir, wie sie laufen."

„Oh, du kannst mich mal“, sagte Sam mit einem Lachen, wurde aber wieder ernst, als er sich erneut dem Wasser zuwandte. Mehrere Boote schaukelten in der Ferne und das Wasser glitzerte, wo Sonnenlichtstrahlen auftrafen. „Du weißt, was ich meine. Ich wäre verrückt, keine Zeit mit dem Kerl verbringen zu wollen. Ich setze allerdings nicht darauf, dass es für immer hält. Ich halte meine Augen weit geöffnet. Es ist eine Wochenendaffäre und das ist alles.“

Er stieß Henrys Schulter mit seiner eigenen an. „Lass uns etwas zu essen holen. Du hast mich den ganzen langen Mist aussitzen lassen. Das Mindeste, was du tun kannst, ist, mir einen Hotdog oder Funnel Cake zu spendieren.“

Henry warf ihm einen ungläubigen Blick zu. „Bist du verrückt? Wer isst diesen Mist?“

„Ich. Komm schon.“ In geselligem Schweigen schlenderten sie die Promenade hinunter und wichen dabei den Fahrradrikschas und Horden von eisverschmierten Kindern mit klebrigen Fingern aus.

„Lass uns hier anhalten. Ich will etwas Buttertoffee.“ Sam stoppte vor Steel's, dem berühmten Buttertoffee-Laden der Promenade. Der Duft der zuckrigen Schokolade füllte seinen Kopf und sein Magen grummelte.

„Hungrig?“, fragte Henry. „Schätze, das kommt von letzter Nacht.“

„Halt die Klappe.“ Sam ignorierte seinen Freund und stiefelte in den Laden. Und dann stand er plötzlich direkt vor Zach, der eine Tasche in der einen und ein großes Stück Buttertoffee in der anderen Hand hielt. Ein Krümel Buttertoffee hing an seiner Oberlippe und Sam fragte sich, was

Zach täte, wenn er sich nach vorn lehnte und es von seinem Mund leckte.
„Oh, hey."
Zach wirkte nervös, ihn bei Tageslicht wiederzusehen. Vielleicht wollte er nicht, dass jemand wusste, dass sie zusammen gewesen waren, aber er brauchte sich keine Sorgen machen. Es war nicht, als würde Sam ihn sich vor aller Augen schnappen, aber es war dennoch nett, erkannt zu werden.
„Hi."
„Gut?" Sam deutete auf das Stück Buttertoffee und genoss die weniger selbstbewusste Seite von Zach. Sie machte ihn menschlicher als das datenspeiende Computergenie, das er vorhin gesehen hatte.
„Was? Das Buttertoffee? Ja."
Der Größe der Tasche nach zu urteilen, war der Mann entweder eine enorme Naschkatze oder er wollte etwas mit nach Hause nehmen.
„Ich wollte mir selbst auch etwas kaufen. Es vielleicht als Mitternachtssnack verputzen." Er zwinkerte und lächelte in sich hinein, als er sah, wie Zach die Schamesröte den Hals hinaufkroch. „Welche Sorte hast du dir geholt?"
„Ähm, einfache Schokolade, Schokolade-Erdnussbutter und Rocky Road." Zach zeigte auf das Stück in seiner Hand. „Ich habe ein Stück so mitgenommen, weil ich hungrig war." Er dachte einen Moment nach, bot es dann Sam an. „Willst du ein Stück?"
Ohne jedes Zögern lehnte Sam sich vor und biss ein Stückchen des Buttertoffees ab, das Zach ihm hinhielt. Es hatte beinahe etwas Intimes, etwas Sinnliches; Sam blinzelte

hoch und sah, dass Zach ihn anstarrte, sein Blick dunkel und unleserlich. Sam leckte sich die Lippen und grinste.
„Danke, das war köstlich. Ich liebe Schokolade. Mein Favorit sind die Schokoladen-Cannolis aus Carusos Gebäckladen bei mir um die Ecke."
„Ja, ich liebe Schokolade auch sehr." Zach hob die Tüte hoch. „Nun, ähm, wir sehen uns." Er ging an Henry vorbei und aus dem Laden hinaus, ließ Sam stehen, der ihm hinterhersah und sich eigenartig beraubt fühlte.
„Du siehst aus, als hätte jemand deinen Welpen getreten, Sammy-Boy. Ich muss jetzt arbeiten, aber ich bin mir sicher, dass du mit ihm mehr Spaß haben wirst als mit mir."
Was wollte er? Während Zach sich immer weiter die Promenade hinunter von ihm entfernte, war sich Sam bewusst, dass er sich schnell entscheiden sollte oder er würde Zach in dem Gedränge der Menschen verlieren. Und doch hielt er sich zurück.
Henry allerdings verstand ihn, auch ohne dass Sam etwas sagte. „Du musst den Jungen ja nicht gleich heiraten. Es ist nur ein Mittagessen. Wir werden die Award-Verleihung zusammen verbringen, da ich mir sicher bin, dass Zach oben auf dem Podium sein wird, schließlich ist er einer der Präsentatoren. Los, hab ausnahmsweise einmal ein bisschen Spaß."
Nachdem er seinem Freund ein dankbares Lächeln zugeworfen hatte, sprintete Sam aus dem Laden und die Promenade hinunter, Zach hinterher. Vielleicht war er dumm, sich so unbeschwert zu fühlen – immerhin war es nicht so, als wären er und Zach in einer Beziehung. Doch er hatte seit einer langen Zeit nichts mehr in seinem Leben gehabt,

auf das er sich freuen konnte, dass sogar diese kleine Kostprobe von Spaß ihn glücklicher machte, als er die letzten Monate gewesen war. Sam holte Zach ein und hielt hinter ihm Schritt.

„Hey." Er legte seine Hand auf Zachs Schulter und zu Sams Überraschung fuhr Zach zusammen und entzog sich seiner Hand. „Ähm, ich habe vergessen dir etwas zu sagen."

„Oh, hi, sorry. Was machst du denn hier?" Zach linste über seine Schulter. „Wo ist dein Freund?"

„Der hat noch einiges zu tun."

Zach drehte sich zu ihm um mit einem verwirrten Ausdruck in seinen Augen. „Was hast du vergessen mir zu sagen?"

Zufälligerweise klebte das Stückchen Buttertoffee immer noch an Zachs Oberlippe, was Sam die Kitschigste aller Ausreden lieferte, sich einen Kuss zu angeln. Sam packte ihn bei den Schultern und presste seine Lippen auf Zachs. Er ließ seine Zunge über Zachs Lippen gleiten, um das verirrte Stück Buttertoffee von seiner Lippe zu lecken. Zuerst versteifte sich Zach, aber bei Sams hartnäckigem Drängen gab sein Mund nach, und bald küssten sie sich, ohne die Pfiffe und Rufe der Leute auf der Promenade, die an ihnen vorbeigingen, wahrzunehmen.

Er war niemals ein Mann gewesen, der gern in der Öffentlichkeit stand und hatte es vorgezogen sein Sexleben größtenteils unter Verschluss zu halten. Doch Zachs Mund schmeckte so süß auf Sams Zunge, dass alle Gedanken an Mittagessen verschwanden und durch eine andere Art von Hunger ersetzt wurden. Seine Libido von damals, als er

fünfundzwanzig war, trat wieder hervor und er hätte Zach ewig weiterküssen können.
Was hatte dieser bescheidene Mann an sich, das dieses Verlangen hervorbrachte? Sam hatte geglaubt, dieses Gefühl für immer verloren zu haben. Keiner der Männer, mit denen er seit seiner Trennung zusammen gewesen war, hatte ihn so fühlen lassen. Doch jetzt gerade hätte ihm nichts gleichgültiger sein können, als Zach die Tüte voller Buttertoffees fallen ließ und seine Arme um Sams Taille legte, während er seinen Mund öffnete und sich in den Kuss lehnte.
Ohne zu wissen, wie viel Zeit vergangen war, brach Sam den Kuss ab und ließ seine Lippen auf Zachs Stirn ruhen. Zachs Herz klopfte wie wild.
„Was war das denn gerade?“, murmelte er gegen Sams Brust, machte aber keine Anstalten zurückzuweichen.
„Ich konnte dich doch nicht in die Verlegenheit bringen, mit Schokolade an deinem Mund herumzulaufen. Du bist schließlich der Star der Show heute Abend.“ Sam hob Zachs Tüte auf und reichte sie ihm, hielt dabei aber seinen anderen Arm um Zachs Schultern gelegt. „Betrachte das, was ich für dein Image getan habe, als eine Art Freundschaftsdienst.“
„Sehr zuvorkommend von dir“, sagte Zach trocken, aber als Sam seinen Blick auffing, wirkte Zachs Lächeln ehrlich.
„Keine Ursache.“
Schweigend traten sie den Gang zurück zum Hotel an. „Bist du bereit für die Verleihung heute Abend?“ Er hielt das für ein ziemlich neutrales Gesprächsthema, doch Zachs Schultern spannten sich unter seinem Arm an.

„Eigentlich nicht. Ich hasse solche Veranstaltungen."
Das war eine Überraschung. Sam hatte angenommen, dass Zach diese Events und Verleihungen gewohnt war. „Warum?"
Zach zuckte mit den Schultern, aber er antwortete nicht.
Sam entschloss sich, dass es Zeit war, das Thema zu wechseln und lenkte das Gespräch auf etwas Erfreulicheres – die Aktivitäten nach der Veranstaltung.
„Also, bist du nach dem Dinner beschäftigt oder hast du Zeit?"
Sie hatten den Teil der Promenade erreicht, an dem sich ihr Hotel befand, doch da sich keiner von ihnen anschickte hineinzugehen, wies Sam zu einer der leeren Bänke. „Sollen wir uns für eine Weile hinsetzen?"
Zach wählte die nächstgelegene Bank und setzte sich ohne zu antworten, die Tüte mit dem Toffee stellte er neben sich. Sam setzte sich neben ihn und streckte die Beine aus.
„Ich dachte, wir könnten uns vielleicht hinterher treffen." Als Zachs Bestätigung ausblieb, schwand Sams Lächeln. „Solange du keine anderen Pläne hast."
„Nein. Ich habe keine Pläne. Aber was ist mit dir?" Zach beobachtete die Frisbee-Spieler am Strand. „Du bist mit einem Freund hier – willst du deine Zeit nicht mit ihm verbringen?"
Nicht wenn Zach auf ihn wartete und sie wie letzte Nacht zusammen im Bett landen konnten. Der Gedanke daran, wieder in Zach zu versinken, sendete sofort all sein Blut in seinen Schwanz. „Henry muss arbeiten und er ist verheiratet. Er ist kein Partygänger."
„Und du bist einer?"

In dem Bestreben nicht zu alt zu wirken, lachte Sam verlegen auf. „Ist das nicht jeder, den man heutzutage trifft?“
Ein überraschend nachdenklicher Ausdruck huschte über Zachs Gesicht. „Ich frage mich, ob das wahr ist oder ob die Leute heutzutage so einsam sind, dass sie es vorgeben. Wir haben alles sofort greifbar: Unsere Handys und Computer haben es uns ermöglicht uns zu isolieren oder den Menschen nur das zu zeigen, was wir wollen.“
Das war ein ziemlich ernstes Gespräch, eines, das Sam nicht erwartet hatte, aber Zach hatte recht. „Und manchmal kannst du mit einer Person zusammenleben, sie jeden Tag sehen und weißt trotzdem nicht, wer sie ist. Du musst dich nicht einmal hinter einem Bildschirm verstecken. Du denkst, du kennst sie, aber sie ist niemals die Person gewesen, die sie vorgab zu sein.“ *Verdammt.* Er hatte nicht vorgehabt, das laut auszusprechen.
Der suchende Blick, den Zach ihm zuwarf, ermutigte Sam nicht gerade, sich weiter zu öffnen. So hatte er sich nicht vorgestellt seinen Tag zu verbringen. Er war hier, um Spaß zu haben und sich gehen zu lassen.
„Wie wär’s, wenn wir für nach dem Dinner Pläne schmieden? Wir können uns treffen, etwas trinken, vielleicht ins Casino gehen.“ Er stupste Zachs Schulter an. „Und was uns auch immer sonst in den Sinn kommt.“
Als Zach nicht sofort antwortete, wurde Sam ein bisschen nervös. Vielleicht hatte er ihn etwas zu sehr angegraben oder Zach war nicht länger interessiert.
„Hey, ist schon gut. Ich verstehe, wenn du dich für heute Abend nicht festlegen willst.“

„Nein, das ist es nicht. Ich würde mich gerne mit dir treffen.“ Zach starrte auf das Meer hinaus, das jetzt ganz ruhig war. Die graublaue Oberfläche schimmerte im Licht der Nachmittagssonne, und weit draußen in der Ferne konnte Sam die Segelboote auf dem funkelnden Wasser dahingleiten sehen. Vielleicht würde er sich ein Haus und ein Boot kaufen.

„Weißt du, was ich wirklich gerne machen würde?“

Hoffentlich würde das, was Zach vorschlug, ein Bett und nackte, verschwitzte Körper beinhalten. „Nein, aber raus damit, sag es mir.“

„Ich würde gerne an den Strand zurückgehen und am Wasser entlanglaufen. Wie wir es gestern Abend getan haben.“ Diese liebenswerte Schamesröte überzog erneut Zachs Hals. „Das ist eines der Dinge, die ich schon immer tun wollte und bevor ich morgen abreise, will ich es nochmal tun.“ Er zögerte. „Mit dir. Ist das okay?“

Lange zurückgehaltene Emotionen stürzten auf Sam ein, würgten ihn und beraubten ihn einen Moment lang seiner Fähigkeit zu sprechen. So viele Widersprüche tobten in ihm. Von Anfang an hatte er vorgehabt, die Dinge zwischen sich und Zach einfach zu halten. Schließlich war das hier eine Convention und die Leute trafen sich ohne die Absicht mit jemandem eine Bindung aufzubauen. Keine Bedingungen. Sie beide hatten nichts gemeinsam und würden sich nie wiedersehen müssen, sobald das Wochenende vorüber war.

Aber da war etwas so Verletzliches an Zach, Sam konnte noch nicht genau sagen was, das ihn immer weiter anzog anstatt ihn wegzustoßen. Was, wenn da mehr war, etwas, das sie verband und heller brannte als bloße gegenseitige sexuelle Anziehungskraft? War Sam bereit, es darauf ankommen zu lassen und es zu erforschen? War Zach bereit? Unter Zachs jugendlichem Aussehen und seinen großen blauen Augen war ein Mann, der in seinem Leben über Hürden geklettert war und er es nicht einfach gehabt hatte, das spürte Sam.

Irgendwie war Zach Sam so unter die Haut gekrochen, dass Sam ihn nun in einem anderen Licht betrachtete. Wer war der wahre Zach Cohen? War er ein Computergenie, das endlose Details über Apps und Entwicklungssoftware und anderen Kram, der Sams Verstand zum Rotieren brachte, ausspie? Oder war er ein Spieler, einer dieser Senkrechtstarter, die Sam aus den Nachrichten kannte, die zu viel, zu schnell erreicht hatten und ihr Geld und ihren Ruhm benutzten, um zu bekommen, was sie wollten? War das alles ein Spiel, um Sam ins Bett zu bekommen?

Sam hasste es, an sich selbst zu zweifeln. Er war sich seiner Vorstellung vom Leben immer so sicher gewesen. Aber betrogen worden zu sein, den Job, den er liebte, zu verlieren und mit neununddreißig neu zu starten hatte ihn unsicher zurückgelassen. Als Polizist hatte er sich etwas auf seine Instinkte eingebildet, sowohl um herauszufinden, wer ein Verbrechen begangen hatte, als auch die Motive hinter dem Verhalten der Person zu erkennen. Zu schade, dass er mehr auf seinen Job als auf sein in sich zusammenfallendes Privatleben geachtet hatte, sodass er nun taumelte, argwöhnisch war und jeden, den er betraf, für suspekt hielt.

Er fühlte sich mehr wie ein Kind als ein erwachsener Mann, als er seinen Arm um Zachs Schultern legte. „Das würde mir auch gefallen."

KAPITEL SIEBEN

„Und der Sieger des Net Big App Awards ist Paul Smith für sein innovatives Design von It's my Party, einer App, die es erlaubt, Daten von vielen, unterschiedlichen Partyplanungsquellen zu sammeln. Das beinhaltet Kalender, Event Planning Websites, und alles Weitere, was man für den reibungslosen Ablauf seines besonderen Anlasses benötigen könnte."

Applaus ertönte in dem überfüllten Festsaal und nachdem Zach die Auszeichnung an den nervösen jungen Mann übergeben hatte, suchte er beiläufig die Tische nach Sam ab. Er fand ihn, zusammen mit seinem Freund, an einem Tisch im hinteren Teil. Alle Tische vorne und in der Mitte waren von bekannten Softwareentwicklern und den anderen wichtigen Sponsoren des Events gekauft worden, sodass Zach nicht überrascht war, die normalen Leute an die Tische mit schlechterer Sicht verbannt zu sehen.

Es war Zachs zweites Jahr, in dem er diese spezielle Konferenz besuchte, die zu einem großen Event in der Branche geworden war. Die Anzahl der Besucher wurde größer und mit vielen etablierten teilnehmenden Firmen, sowohl als Präsentatoren als auch als Sponsoren, musste er dem Event mehr Zeit widmen, als er erwartet hatte. In den vergangenen Jahren hatte Zach versucht, sich so unsichtbar wie möglich zu machen, wenn er an diesen Events teilnahm und nach jeder Award-Verleihung war er hinausgeschlichen, um sich bis auf die Mahlzeiten in seinem Hotelzimmer zu verstecken.

Heute Abend war das anders. Sein Blut beschleunigte sich bei dem Gedanken daran, mehr Zeit mit Sam zu verbringen. Zum ersten Mal seit Langem wollte er, dass ein Mann ihn berührte. Ihn nahe bei sich hielt. Die Zärtlichkeit, die Sam ihm letzte Nacht gezeigt hatte, konnte beinahe die Erniedrigung auslöschen, die er in der Zeit, die er und Nathan zusammen gewesen waren, erduldet hatte. Eigentlich hatte sich Zach mit dem Eifer seiner Antwort sogar selbst überrascht.

Sie hatten sich darauf geeinigt, sich eine halbe Stunde nach dem Ende der Verleihung in der Hotelbar in der Lobby zu treffen. Das würde Zach genügend Zeit geben, aus der erdrückenden Bedrängnis seines Anzugs zu entkommen und in etwas Legereres für den Strandspaziergang zu schlüpfen. Dieser Gedanke und was auch immer danach passieren mochte, trieb Zach an, ein paar weitere Hände zu schütteln, dem Gewinner lächelnd zu gratulieren und zu seinem Zimmer zurückzukehren.

Erst als er seine Kleidung abgelegt hatte, dachte Zach daran, die Nachrichten seines Handys zu überprüfen. Die freudige Erwartung der bevorstehenden Nacht mit Sam verließ seinen Körper, als er den nervösen und weinerlichen Klang der Stimme seiner Mutter hörte.

„Es tut mir so leid, dich zu stören, Zach. Ich weiß, dass das deine große Nacht ist, aber ich habe niemand anderen. Alle Jungs sind das Wochenende über weggefahren und ich bin so allein. Ich denke, jemand hat versucht einzubrechen, aber ich bin mir nicht sicher; ich habe Glas zerbrechen hören und komische Geräusche. Ich weiß, dass ich diese

Nacht niemals schlafen werde, so schnell schlägt mein Herz."

Das Handy vibrierte und Zach wusste nicht, ob er lachen oder weinen sollte. Er wusste, es wäre zu schön gewesen, um wahr zu sein, wenn die von ihm geplante und erhoffte Nacht ohne Schwierigkeiten verlaufen wäre. Aber er konnte seiner Mom nicht böse sein. Sie war ganz allein und er war alles, was sie hatte. Er hatte diese Verantwortung an dem Tag übernommen, als sein Vater gestorben war und er sich versprach, sie niemals im Stich zu lassen und sich immer um sie zu kümmern.

Mit einer Schwere, die auf das Wissen zurückzuführen war, dass seine Nacht dabei war, sich in Rauch aufzulösen, rief Zach zu Hause an.

„Hi, Mom. Was ist los?"

„Oh, du hättest nicht anrufen sollen. Mir geht es gut, wirklich, mein Herz hat sich beruhigt. Ich habe jemanden im Hinterhof gesehen, doch als ich das Licht auf der Terrasse angemacht habe, ist er weggerannt. Ich habe mich nach einem kaputten Fenster umgesehen, aber da war keins." Ihr Gelächter konnte ihre brüchige Stimme nicht übertönen. „Wann kommst du nach Hause, morgen schon?"

Zach sah auf seine Armbanduhr und rechnete schnell nach. Wenn er jetzt abfuhr, konnte er hoffentlich gegen Mitternacht zu Hause sein. „Ach nein, ich hatte daran gedacht, heute Abend nach Hause zu fahren."

„Ich habe deinen Abend ruiniert, nicht? Das war nicht meine Absicht, es tut mir leid."

„Nein, nein", beruhigte er sie, da er nicht wollte, dass sie in Tränen ausbrach. „Es ist langweilig hier und es gibt nichts zu tun. Das Dinner ist vorbei, also kann ich zu Hause sein, bevor du auch nur bemerkst, dass ich weg war."

„Oh, Liebling, ich weiß immer, wenn du nicht da bist. Ich weiß, dass ich eine Bürde für dich bin und das möchte ich nicht sein. Ich kann mir nicht helfen. Selbst nach all diesen Jahren", ihre Stimme senkte sich zu einem Flüstern, „vermisse ich noch immer deinen Vater." Sie lachte wieder, aber es lag wenig Humor darin. „Vielleicht bin ich verrückt."

Es brach Zach das Herz und er verstand ihre Angst. Der Schmerz der Einsamkeit war wie ein knurrendes Rudel Wölfe, das einem auf den Fersen war und nur darauf wartete, dass man unachtsam wurde, um einen zu verschlingen. Glücklicherweise hatte er seine Freunde und wenn es zu schlimm wurde, waren sie immer da, um sich zu einem Frühstück zu treffen. Er konnte sich in ihren interessanten Leben verlieren, und zumindest für diese paar Stunden fand Zach seine Balance wieder und konnte sich vorwärtsbewegen. Seine Mutter hatte gar nichts. Erst vor Kurzem hatte sie angefangen ehrenamtlich im Seniorenzentrum zu helfen, und als er versucht hatte sie dazu zu bringen, sich in weiteren Stiftungen einzubringen, hatte sie sich gesträubt, behauptete, es ginge ihr zu schnell. Ein winziger Schritt nach dem anderen.

„Du bist nicht verrückt, Mom, du bist traurig. Ich vermisse ihn auch. Aber deine Traurigkeit erdrückt dich und macht es dir unmöglich dein Leben zu leben."

„Sei nicht albern", sagte sie, ihr Ton gereizt vor Verdruss. „Ich bin absolut imstande mein Leben zu leben. Ich hatte einen kurzfristigen Aussetzer und jetzt geht es mir gut. Ich

weiß nicht, wieso du angerufen hast, wenn du mich nur anschreist."
Traurigerweise verstand Zach, wieso sie auf ihn losging: Sie war verlegen und beschämt. „Ich schreie dich nicht an. Ich komme nach Hause, das ist alles."
„Aber … hast hast du keine Leute, die du sehen willst, keine Pläne?"
Für eine kurze Sekunde erinnerte er sich an die wilden Küsse der letzten Nacht, als er und Sam einander so verzweifelt gewollt hatten, dass sie es gerade so ins Bett geschafft hatten. Ja, er war enttäuscht. Doch er verdankte seiner Mutter doch so viel mehr, als dass er sie für eine zweite Nacht Sex mit einem Fremden vertrösten konnte, ganz gleich, wie toll dieser Sex sein würde.
„Ach nein. Wie ich sagte, hier sind lauter langweilige Leute. Ich kann packen und innerhalb einer halben Stunde auf dem Weg nach Hause sein. Versuch dich zu entspannen, stell sicher, dass alle Türen und Fenster verschlossen sind. Ich werde dich anrufen, sobald ich in der Nähe bin, okay?" Er hoffte, die gezwungene Heiterkeit in seiner Stimme würde sie täuschen.
„Oh, ich weiß, dass ich egoistisch bin, aber ich freue mich, dass du nach Hause kommst. Ich fühle mich besser, wenn du in der Nähe bist. Nicht, dass dir hier in New York nicht auch etwas passieren könnte, aber trotzdem …"
„Ist schon gut. Bis bald. Ich liebe dich, Mom."
Er beendete das Gespräch und bewegte sich auf Autopilot durch sein Zimmer, packte eilig die paar Habseligkeiten, die er mitgebracht hatte. Da das Unternehmen, das die Convention sponserte, für ihn zahlte, musste sich Zach keine

Sorgen wegen der Rechnung machen. Im letzten Moment, bevor er die Lichter ausmachte, erinnerte er sich an die Kondome und das Gleitgel in der Nachttischschublade. Mit einem Stoßseufzer bei dem Gedanken, was hätte sein können, nahm er sie heraus und warf sie in seine Tasche. Dann löschte er die Lichter und verließ das Zimmer.

An der Rezeption gab er seine Keycard einer jungen Frau. „Könnte ich jemandem eine Nachricht hinterlassen?" Zach war aufgefallen, dass er nicht einmal Sams Telefonnummer oder Zimmernummer kannte. „Sein Name ist Sam Stein und er ist hier registriert, aber ich weiß das Zimmer nicht."

„Ich darf die Zimmernummer eines Gastes nicht herausgeben, aber ich kann Sie durchstellen und Sie können ihm eine Sprachnachricht hinterlassen. Oder ich kann Ihnen Papier und einen Umschlag geben und Sie können ihm eine Mitteilung hinterlassen. Wenn er sich dann an der Rezeption erkundigt, werden wir sie ihm übergeben."

Zach dachte einen Moment nach. „Kann ich beides machen?"

„Gewiss." Sie sah etwas in ihrem Computer nach, tippte ein paar Zahlen ein und gab ihm das Telefon.

Während er sich wünschte, er hätte etwas mehr Privatsphäre, sprach Zach so neutral wie möglich, nicht in der Lage zu zeigen, wie enttäuscht er tatsächlich war. „Hey, Sam. Zach hier. Ich, äh, habe einen Notfall zu Hause, um den ich mich kümmern muss, deswegen muss ich schon heute Abend abreisen. Es tut mir leid, dass ich damit unsere Pläne über den Haufen geworfen habe." Er zögerte eine Sekunde, unsicher, was er noch sagen sollte. „Ähm, nun, äh … hab ein tolles Restwochenende. Bis dann." Zach

stolperte über seine Worte, als er mit schwerem Herzen realisierte, dass er Sam Stein vermutlich nie wiedersehen würde.
Die Rezeptionistin lächelte ihn mitfühlend an und gab ihm eine Unterlage mit Hotelbriefpapier, einen Stift und einen Umschlag. „Bitte sehr, Mr. Cohen. Sobald Sie fertig sind, geben Sie ihn mir und ich stelle sicher, dass Ihr Freund ihn erhält."
Zach warf ihr ein dankbares Lächeln zu. „Danke."
Was soll ich nur sagen, fragte sich Zach, als er sich auf einem der Hotelstühle niederließ. Er konnte kaum schreiben, dass er nach Hause eilen musste, um nach seiner Mutter zu sehen; er war Sam oder sonst irgendwem keine Erklärung schuldig, warum er tat, was er tat. Also gab es nicht viel zu sagen. Er hinterließ nicht einmal seine Handynummer; nur eine kurze und auf den Punkt kommende Nachricht, die kaum mehr ins Detail ging als die hinterlassene Sprachnachricht, mit einer Ausnahme.

Musste abreisen. Ich hatte mich wirklich auf unseren Spaziergang gefreut. Ich schätze, es ist einfach eines dieser Dinge, die ich mir weiter wünschen muss.

Er faltete das Papier, steckte es in den weißen Umschlag und verschloss ihn. Die Rezeptionistin nahm ihn entgegen und wies auf den Haupteingang. „Ihr Auto wartet vor dem Eingang, Mr. Cohen. Es tut mir leid, dass Sie Ihren Aufenthalt abkürzen mussten und hoffe, dass Sie bald zurückkehren werden."

Während seine Gedanken immer noch um die Vorstellung kreisten, was heute Nacht hätte sein können, dankte Zach ihr mit einem Halblächeln und ging. Er durchquerte die Lobby in schnellem Tempo, als ob er es jetzt, nachdem er sich entschieden hatte, kaum erwarten konnte zu verschwinden.

Er verbrachte die gesamte Fahrt nach Hause damit, aus dem Fenster hinaus in die Dunkelheit der vorbeiziehenden Straße zu starren. Das erste Mal seit Jahren, vielleicht das erste Mal überhaupt, ärgerte Zach sich über seine Mutter, ärgerte er sich über das Leben, das er sich aufgebaut hatte, in dem das, was er tat, zum großen Teil dazu da war, andere Menschen zufriedenzustellen. Er war immer der Gute, derjenige, auf den man sich verlassen konnte, der niemals Nein sagen würde, wenn er um einen Gefallen gebeten wurde, der da war, ganz gleich wie viel Umstände es ihm selbst bereitete, weil er so ein netter Kerl war.

Marcus hatte keinen Witz gemacht, als er sagte, nette Kerle rennen immer als Letztes ins Ziel und, dass die meisten Männer lieber einen Mistkerl mochten. Zach war sein ganzes Leben lang der Letzte gewesen und war es leid – müde, immer der Letzte auf der Liste für die Liebe zu sein, der Letzte zu sein, wenn es um seine eigene Lebensplanung ging. Es gab niemanden außer sich selbst, den der dafür verantwortlich machen konnte. Er hatte sich selbst in die sprichwörtliche Ecke gestellt, indem er so ekelerregend gefällig war.

Doch als er sich erinnerte, wie seine Mutter bei allem zu ihm gehalten und ihn unterstützt hatte, schluckte Zach seinen Ärger hinunter. Von damals, als er klein war und nicht verstehen konnte, wieso niemand außer Marcus mit ihm spielte, bis hin zu der Zeit, als er älter wurde und die meisten seiner Wochenenden alleine zu Hause verbrachte, ihr beim Einkaufen half und wobei immer sonst sie Hilfe brauchte. Sie sagte jedem, was für ein perfekter Sohn er wäre: so hilfsbereit und klaglos.

Wie könnte er sich jemals von ihr abwenden, selbst wenn es ihm alles ein wenig zu viel wurde?

Trotz der unangenehmen Fahrt und der Gedanken, die ihm durch seinen Kopf gingen, musste Zach irgendwann eingedöst sein, und er wachte erst wieder auf, als das Auto vor seinem Haus zum Stehen kam. Er kletterte hinaus und griff nach hinten, um seine Reisetasche und seinen Seesack vom Haken im hinteren Bereich des Autos zu holen.

„Danke“, sagte Zach, durch die Seitenscheibe zum Fahrer spähend, der hinter getöntem Glas versteckt war.

„Gern geschehen, Sir.“ Der Fahrer tippte an seinen Hut, und das Auto setzte vom Bordstein zurück und ließ Zach vor seinem Haus stehen. Das Licht der Vorderveranda spiegelte sich in den beiden Fenstern und Zach konnte das Licht im hinteren Teil des Hauses schimmern sehen, das darauf hinwies, dass seine Mutter sehr wahrscheinlich immer noch wach war und in der Küche auf seine Rückkehr wartete.

Obwohl sein Körper noch immer angenehm schmerzte, wusste er doch, dass innerhalb von ein paar Tagen die Erinnerung an Sams Geschmack und Berührung verblassen würde. Er fragte sich, wie es Leute wie Marcus machten;

ohne jede Sorge, ohne jedes Gefühl von Mann zu Mann zu springen. Wie lernte man, Herz und Kopf zu trennen?
Er dachte, es würde leicht sein nach Hause zu kommen und die Begegnung mit Sam zu vergessen. Schließlich war es nur eine Nacht gewesen und sie kannten einander kaum. Womit Zach nicht gerechnet hatte, war, dass er, indem er Sam verließ, ein Stück von sich selbst zurücklassen würde.
Er hatte jetzt keine Zeit, länger darüber nachzudenken und stapfte die steile Vordertreppe seines Hauses hinauf. Es war das gewesen, was er die ganze Zeit geplant hatte: ein Wochenende voller Spaß und dann ins Leben zurück, wie er es kannte. Und er hatte nicht die Absicht, seinen Jungs davon zu erzählen. Sollten sie ruhig denken, er hätte seine Gelegenheit loszulassen und Spaß zu haben verpasst. Es war mehr als wahrscheinlich, dass sie sowieso genau das von ihm erwarteten. Ohne belastende Fotos oder andere Beweise hatte Zach keinen Zweifel, dass weder Marcus noch Julian glauben würden, dass er mit einem Mann geschlafen hatte, den er gerade erst getroffen hatte.
Zach hatte selbst Probleme es zu verstehen, aber das spielte keine Rolle. Er würde diese Erinnerung festhalten, wenn ihm die Einsamkeit in den kommenden Monaten zu viel wurde. Er öffnete die Haustür und steuerte den hinteren Teil des Hauses und die Küche an, wo wie er vermutet hatte, seine Mutter mit ihrer allgegenwärtigen Tasse Kaffee saß, ein angespannter Ausdruck lag auf ihrem Gesicht.
„Oh Zach, es tut mir leid. Ich bin so eine schreckliche Mutter." Das Bedauern in ihrer Stimme war echt, sie konnte ihre Angst nicht unterdrücken. Sie war immer da, eine lebendige Kraft, die ihren Tagesablauf hemmte und

Zach befürchtete, dass seine Mutter eines Tages entscheiden könnte, dass es den Schmerz nicht wert war. Er wandte sich ihrem tränenüberströmten Gesicht zu. „Ich habe mit meiner Dummheit dein Wochenende ruiniert, nicht wahr?“

Er ignorierte ihre selbstmitleidigen Kommentare und beugte sich vor, um ihre Wange zu küssen. „Mom, du solltest nicht mehr wach sein“, rügte er sie sanft. Er ließ seine Tasche auf den Boden fallen und legte den Kleidersack über den leeren Stuhl, den Stuhl seines Vaters. „Und es ist keine große Sache. Ich hatte gar keine Pläne. Wirklich.“ Er zwang sich zu einem Lächeln, in dem Wissen, dass es sie besänftigen würde.

Und er hatte recht, denn er konnte beobachten, wie ihr ängstlicher Gesichtsausdruck durch ein Lächeln ersetzt wurde. Es war schmerzhaft für Zach, dass seine Heimkehr das Einzige war, was sie diese Nacht ruhig schlafen ließ. Er setzte sich ihr gegenüber an den Küchentisch und betrachtete die ausgeprägten Linien auf ihrem Gesicht. Linien, die mit jedem vorübergehenden Jahr tiefer wurden. Er würde niemals vergessen, wie die Polizei bei ihnen zu Hause erschien, um ihnen mitzuteilen, dass sein Vater von einem Auto, dessen Fahrer danach Fahrerflucht begangen hatte, erfasst und getötet worden war. Über Nacht war seine Mutter gealtert, der Glanz und das Lachen war aus ihren Augen verschwunden.

„So spät ist es noch gar nicht, erst kurz nach halb eins. Ich habe ferngesehen.“ Sie deutete auf den kleinen Fernseher, der auf dem schmiedeeisernen Gestell stand. „Da laufen spätabends interessante Shows: Teenager-

Schwangerschaften, Streichspiele und Nackt-Dating." Ihre Brauen zogen sich zusammen. „Wer denkt sich diesen Kram aus? Nackt-Dating?" Sie schüttelte ungläubig den Kopf. „Ich verstehe deine Generation einfach nicht."

Sie lachten zusammen und sie holte ihm eine Tasse mit heißem Kaffee. Zach machte sich keine Sorgen, dass das Gebräu ihn wachhalten würde; er würde diese Nacht ohnehin kaum schlafen. Sehr wahrscheinlich würde er wach liegen, an Sam denken, dem nachtrauern, was möglich gewesen wäre, was hätte sein können und was niemals geschehen würde.

KAPITEL ACHT

„Nervös?“

Sam fuchtelte mit seinem Besteck herum. „Warum sagst du das?“ Das Dinner und die Verleihung schienen endlos und alles, woran Sam denken konnte, war die Nacht, die vor ihnen lag, an den Strandspaziergang mit Zach und was danach passieren würde.

Heute Nacht würde er seinen üblichen Schutzschild herunterlassen und Henry, der vielleicht diese Schwäche spürte, schoss sich auf ihn ein wie ein Falke auf eine Feldmaus.

Henry grinste. „Oh, vielleicht weil du nicht aufhören kannst, Zach Cohen auf der Bühne anzustarren und dein Bein wippt wie eine außer Kontrolle geratene Feder.“

Mist. Das war das Problem, wenn man einen besten Freund hatte, der einen nicht nur fast besser kannte als man sich selbst, sondern der auch noch ein Ermittler war. Henry mochte mit Computern arbeiten, doch er hatte die beneidenswerte Fähigkeit, genau den einen Schwachpunkt zu sehen und – falls er es so wollte – darauf herumzureiten. Und außerdem war er mit Heather verheiratet, die der schlaueste Mensch war, den Sam je getroffen hatte.

„Das ist nur Sex.“ Sam zwang sich sein Bein stillzuhalten und griff nach einem Brotstück aus dem Korb auf dem Tisch.

„Nur Sex, soso. Gib’s zu, du magst den Kerl. Ich mache dir keine Vorwürfe: Ich habe dir schon gesagt, ich halte ihn für brillant. Einer der Aufsteiger des *Forbes Magazines*, ein Millionär, bevor er dreißig wird. Komm schon.“ Henrys Augen

verengten sich mit einer Ernsthaftigkeit, die er nicht gesehen hatte, seitdem er mit Andy Schluss gemacht hatte. „Der Kerl ist ein Glücksgriff und dir gefällt, was du siehst.“
Nicht bereit, dieses Gespräch weiter zu vertiefen, entschloss sich Sam sein Brotstück mit Butter zu bestreichen anstatt zu sprechen, aber durch seine Wimpern blieb sein Blick weiter auf Zach geheftet, selbst als weitere Leute an ihren Tisch kamen. Er schaffte es, sie alle oberflächlich zu grüßen, während er Zach auf der Bühne im Auge behielt. Seiner Körpersprache zu urteilen war Zach nicht begeistert davon dort zu sein, doch das konnte das Publikum seinem vorsichtig neutralen, freundlichen Gesichtsausdruck nicht anmerken. Diesen Ausdruck, bemerkte Sam, hatte Zach perfektioniert und nutzte ihn den Großteil der Zeit.
Sam gefiel es, vielleicht in einer fast übermäßig lächerlichen Art und Weise, dass in dem ganzen Raum voller Industrie-Experten, er der Einzige war, der wusste wie Zach Cohen schmeckte, das Gewicht seines Körpers kannte und das Gefühl der unter Zachs glatter Haut gleitenden Muskeln. Nur er hatte Zach – den coolen, ruhigen und reservierten Mann auf der Bühne – seinen Namen stöhnen hören, als er sich in Sams Armen der Lust ergab. Zach trug heute Abend seine Brille und Sam wollte Zach gegen die Wand drücken und ihn ficken, während er nur diese Brille trug, bis er wieder Sams Namen schrie.
Mit brennenden Wangen schluckte Sam sein Eiswasser hinunter, nur um den wissenden Blick Henrys aufzufangen, den er für den Rest des Abends gezielt ignorierte. Stattdessen beschloss er, sich mit den anderen Männern und Frauen an ihrem Tisch zu unterhalten. Er hatte gedacht, er

würde sich langweilen, doch Sam fand sich rasch in interessanten Gesprächen über Computersicherheit wieder, sodass er angenehm überrascht und hellwach war, als das eigentliche Dinner und die Verleihung zum Ende kamen, obwohl es schon kurz vor zehn Uhr war.

Nun kommen wir zum spaßigen Teil des Abends. Er tauschte Visitenkarten mit den anderen Leuten am Tisch aus, die sich schon erhoben, um zu gehen. Es schien, als hätten alle etwas zu erledigen und Pläne für nach dem Dinner. Sam blickte zur Bühne hinauf, in der Hoffnung Zachs Blick einzufangen, doch sie war leer; nur die Reihe unbesetzter Stühle war übrig. Zach musste zu seinem Zimmer zurückgegangen sein, um seinen Smoking abzulegen, und Sam hatte die feste Absicht, das ebenfalls zu tun. Wenn sie später den Strand entlangliefen, wollte er nichts tragen, das seine Bewegungsmöglichkeiten einschränkte.

„So", sagte er, während er aufstand und sah auf Henry hinunter, der eine Nachricht auf seinem Handy beantwortete. „Ich gehe zu meinem Zimmer zurück, um mich umzuziehen."

Ohne das Tippen auf seinem Handy zu unterbrechen grinste Henry. „Und um den Wunderknaben zu treffen?"

„Sei still." Sam trat nach Henrys Fuß. „Wir sehen uns morgen."

„Aber nicht zu früh und nicht zum Frühstück, richtig?" Henrys Grinsen wurde breiter.

Diesmal fiel Sam in sein Lächeln ein. „Absolut richtig."

Der Raum hatte sich geleert, bis nur noch eine Handvoll Leute übrigblieben. Früher am Nachmittag, als er und Zach vom Strand zurückgekehrt waren, hatten sie sich darauf geeinigt, sich nach dem Dinner unten in der Lobby-Bar zu treffen. Während er an die bevorstehende Nacht dachte, eilte Sam in sein Zimmer zurück, zog sich aus und sprang unter die Dusche. Der heiße Wasserstrahl entspannte ihn. Er rollte seine Schultern und die Anspannung in seinen Muskeln schmolz dahin.

Keine fünfzehn Minuten später stand Sam vor der Kommode und knöpfte sein Hemd zu. Obwohl sich sein Haar noch immer in feuchten Wellen um seinen Kopf kräuselte, hatte er keine Lust, Zeit zu verschwenden und es zu föhnen. Nicht wenn Zach unten auf ihn wartete. Es war dumm, dass keiner von ihnen daran gedacht hatte, Telefonnummern auszutauschen. Aber es passte zu Sam, das zu vergessen. Obwohl er für ein Unternehmen arbeitete, das sich unter anderem mit Computerforensik beschäftigte, war er technisch nicht sehr versiert. Er lächelte in sich hinein, als er sein Handy in die Tasche steckte – wenn es nach Henry gegangen wäre, hätte Sam schon seit Jahren ein Smartphone gehabt, anstatt verbissen bei seinem alten Klapphandy zu bleiben.

„Also gut, auf geht's", murmelte er in sich hinein, als er die Tür hinter sich schloss. Der Aufzug war sofort da und kurz darauf durchquerte er die Lobby mit ungeduldigen Schritten, überraschend aufgeregt wegen der bevorstehenden Nacht. Sam überblickte den Barbereich, konnte aber Zach nicht entdecken. Er nahm auf einem Stuhl an einem kleinen runden Tisch Platz und eine lächelnde, leicht bekleidete Cocktailkellnerin, die das glatte schwarze Haar zu einem Knoten gedreht hatte, erschien sofort an seiner Seite.

„Was kann ich Ihnen bringen, Sir?" Ihre scharfen braunen Augen taxierten ihn mit einem interessierten Ausdruck und ihr Lächeln wurde breiter.
Falsches Team, wollte Sam sagen, hielt sich aber zurück.
„Ich nehme ein Heineken."
„Aus der Flasche oder vom Fass?"
„Eine Flasche, bitte."
Sie tänzelte von dannen, aber er registrierte ihren Abschiedsgruß kaum, er war zu sehr damit beschäftigt, seine Augen nach Zach offen zu halten. Das Glas und die Bierflasche erschienen vor ihm und er dankte der Kellnerin abwesend, während er auf seine Armbanduhr sah. Zach war nur fünfzehn Minuten zu spät, aber Sam hatte gedacht, er würde sich die Mühe machen pünktlich zu sein, falls er ihn sehen wollte. Sam erinnerte sich, dass er letzte Nacht ein bisschen zu spät zu ihrem Dinner gekommen war und seine wachsende Ungeduld ließ ein wenig nach.
Eine halbe Stunde später war das Bier leer und seine Geduld hatte sich längst verabschiedet. Sam bezahlte das Getränk, hinterließ der enttäuschten Kellnerin ein nettes Trinkgeld und verließ die Bar. Ohne zu wissen, wieso Zach ihn nach dem Nachmittag, den sie geteilt hatten, versetzt hatte, stand Sam in der Lobby, kurzzeitig ratlos, bevor er auf die Rezeption zuging.
Mehrere Leute standen vor ihm an und es dauerte weitere fünfzehn Minuten, bis er die Rezeptionistin erreichte.
„Kann ich Ihnen helfen, Sir?"
Endlich.

„Ich versuche, einen Gast zu finden. Zach Cohen?" Seine nervösen Finger führten auf der ebenen glatten Granitoberfläche des Schalters einen Stepptanz auf.

„Ich hätte ihn vor fast einer Stunde hier unten treffen sollen, aber er ist nicht gekommen. Er war einer der Präsentatoren bei der Konferenz heute Abend. Könnten Sie für mich in seinem Zimmer anrufen?"

Ein wissendes Licht trat in ihre Augen. „Oh, ja. Sind Sie Mr. Stein?" Sie hielt einen Umschlag in der Hand und Sam konnte seinen Namen darauf erkennen. Ein ungutes Gefühl durchflutete ihn.

„Äh, ja, der bin ich."

„Hier. Mr. Cohen hat das hier für Sie hinterlassen, als er ausgecheckt hat." Sie hielt ihm die Hand mit dem Umschlag entgegen, der das Ende seiner Abendpläne signalisierte.

„Danke." Mit einem grimmigen Lächeln nahm er ihn und steckte ihn in die Tasche. Er sah keinen Grund, ihn hier in der Lobby aufzureißen und eine lahme Ausrede zu lesen. Genau das hatte er von Anfang an vermutet. Es war Samstagnacht und ein Kerl wie Zach Cohen würde sie nicht mit einem abgehalfterten Ex-Cop wie Sam vergeuden. In der Zeit, die zwischen ihrem Auseinandergehen an der Promenade und dem Dinner vergangen war, hatte Zach vermutlich eine bessere Einladung von seinen Freunden erhalten, etwa in die Stadt zurückzukehren und zu feiern, sodass er es nicht erwarten konnte zu verschwinden.

Er ging in die Bar der Lobby zurück und dieselbe Kellnerin, die wahrscheinlich an das großzügige Trinkgeld dachte, das er ihr bereits gegeben hatte, hastete herbei, um ihn wieder zu bedienen.

„Sie sind zurück“, sagte sie, breitete eine Serviette aus und stellte ihm eine kleine Schale mit gesalzenen Erdnüssen hin. „Kann ich Ihnen noch ein Heineken bringen?“

„Sorgen Sie für Nachschub, bis ich Ihnen sage, dass Sie aufhören können.“

Ihre braunen Augen weiteten sich, doch sie sagte nichts, verließ ihn mit einem Nicken, um eilig mit einer Flasche und einem Glas zurückzukehren.

„Schlechte Nachrichten?“ Sie schenkte ihm ein und er beobachtete, wie der Schaum den Rand des gekühlten Glases erreichte, wo er sich absetzte.

„Wieso meinen Sie das?“ Er nahm einen Schluck und hieß die kalte Flüssigkeit willkommen, die angenehm durch seinen Körper glitt.

„Ihr Gesichtsausdruck. Als hätte etwas oder jemand Sie enttäuscht.“

„Nein“, sagte er und nahm einen weiteren Schluck seines Bieres. „Keine Enttäuschung.“

Sie ging fort, versprach aber, ein Auge auf ihn zu halten und ihm ein weiteres zu bringen, sobald er fertig war.

„Man kann nicht enttäuscht werden, wenn man nichts erwartet“, brummte er in sich hinein. Der Umschlag raschelte in seiner Tasche. „Was soll's.“ Sam riss ihn auf und nahm das Blatt Papier heraus, die paar Zeilen überfliegend. Nichts, was er las, half ihm sich besser zu fühlen, kein *Es tut mir leid* oder irgendeine Erklärung.

Wenn ihn das in der Dating-Welt erwartete, hatte er nichts verpasst, indem er zu Hause geblieben war und es bestätigte, was er bereits wusste: Er war nicht für den Party-Lifestyle gemacht. Vielleicht war es gar nicht so verkehrt gewesen, dass Henry ihn bei dem Life-Coach angemeldet hatte, auch wenn er den Teufel tun würde, ihm das zu sagen. So viel hatte sich in seinem Leben verändert, von der Trennung und seiner Pensionierung bis dahin, herausfinden, was der nächste Schritt in seinem Leben sein könnte. Es konnte nicht schaden, eine frische Perspektive zu bekommen.

Das dritte Bier ging leichter hinunter als die ersten beiden und an diesem Punkt wusste Sam, dass es Zeit war zu gehen, bevor er nicht mehr in der Lage war, aus eigenem Antrieb aufzustehen. Es wäre kein schöner Anblick, jemanden kommen lassen zu müssen, um ihn aus der Bar zu tragen. Er schwankte leicht, als er aufstand, dann warf er ein paar Scheine auf den Tisch und machte sich mit so viel Würde, wie er in seinem betrunkenen Zustand aufbringen konnte, langsam auf dem Weg zum Aufzug und zu seinem Zimmer, wo er noch vollständig bekleidet auf das Bett fiel.

Den ganzen Nachmittag lang und auch während des Dinners heute Abend hatte er geplant, sich mit Zach dieses Bett zu teilen. Die Begegnung letzte Nacht hatte seine Erwartungen so weit übertroffen, dass Sam nicht gewusst hatte, was er denken sollte. Alles an Zach erregte ihn; sein weicher Mund mit seinen vollen, warmen Lippen und seine heiße, eifrige Zunge, seine schmalen Hüften, der runde, perfekte Hintern und diese wahnsinnig blauen Augen, die von langen, gewellten schwarzen Wimpern gerahmt wurden. Mit diesen Augen hatte er das ruhige und gelas-

sene Leben, das Sam für sich selbst geschaffen hatte, direkt durchbohrt und ihn die Kontrolle verlieren lassen.
Während seiner letzten Beziehung hatte Sams Sex-Drive an Intensität und Begeisterung verloren. Und was immer für ein Verlangen zwischen ihm und Andy gewesen war, es war lange vor ihrer Trennung ausgebrannt, wenn Sam ehrlich zu sich selbst war. Sie hatten sich am Faden einer Beziehung festgeklammert, der sich auflöste, ohne dass einer von ihnen den Wunsch geäußert oder die Möglichkeit gehabt hätte, ihn zusammenzuflicken und wieder ganz zu machen. Er hatte eine Farce gelebt, wie Sam jetzt verstand. Die Menschen glaubten, Sam wäre ein zäher Brocken, zu keiner Emotionen fähig, nur an Körperlichem interessiert, weil er ein Polizist war. Doch für Sam war der körperliche Teil einer Beziehung nur die Hälfte der Gleichung.
Mit Zach Liebe zu machen, sich selbst einem anderen Mann gegenüber zu öffnen, hatte den tief verborgenen Hunger in Sam nach einer persönlichen Verbindung wiederaufleben lassen; nach etwas, das über den Sex hinausging. Jetzt, nachdem er dieses Etwas verloren hatte, als es bereits zum Greifen nahe war, ihm eine flüchte Kostprobe von Leidenschaft gegeben hatte, die so schnell verschwunden war wie das Lächeln einer Jungfrau, fragte er sich, ob er sich all das nur eingebildet hatte. Als er so in seinem Bett lag, betrunken, mit einem Körper, der vor Verlangen nach einem Mann schmerzte, der nicht länger für ihn existierte, schlief Sam ein.

Es war nie ein gutes Zeichen, mit einem hämmernden Schädel und einem pelzigen Mund aufzuwachen. Die verdammt grelle Sonne, die durch die halb zugezogenen Jalousien hereinschien, brachte Sam beinahe zum Wimmern, während sich seine Finger in der Bettdecke verkrallten, um sie über seinen Kopf zu ziehen und seine Augen zu schützen. Verflucht, wann hatten ihn zuletzt drei Biere in die Knie gezwungen? Wahrscheinlich, als besagte drei Biere innerhalb eines einstündigen Zeitrahmens konsumiert worden waren. Er hatte sich nicht mit dem gummiartigen Hühnchen-Gericht aufgehalten, das sie bei dem Bankett der Verleihung servierten hatten, weil er sich auf nächtliche Snacks vom Room Service verlassen hatte, die es nie gegeben hatte.

„Was für ein Scheißleben." Mehrere Minuten verstrichen, bevor er die Kraft fand, seinen Kopf von dem klammen Kissen zu heben. Behutsam rollte er sich auf den Rücken, dankbar, dass sein Kopf immer noch am Rest seines Körpers befestigt war und sich mitbewegte. Das blinkende rote Licht des Telefons, das neben dem Bett stand, fiel ihm ins Auge.

Erst als er sicher war, sich bewegen zu können, beschloss Sam, nach dem Hörer zu greifen und auf den Knopf zu drücken, um die Nachricht abzuhören. Er klemmte den Hörer zwischen das Kissen und seinen Kopf und hörte sich die Nachricht an.

„Hey, Sam. Zach hier. Ich, äh, habe einen Notfall zu Hause, um den ich mich kümmern muss, deswegen muss ich schon heute Abend abreisen. Es tut mir leid, dass ich damit unsere Pläne über den Haufen geworfen habe. Ähm, nun, äh … hab ein tolles Restwochenende. Bis dann."

Zusammen mit der Notiz, die ihm praktisch nichts verriet, beschloss Sam, Zach Cohen zu vergessen. Wenn er wollte, könnte er innerhalb von Minuten mehr über den Mann in Erfahrung bringen, das wusste Sam; mit seinen Ermittlungsfähigkeiten und denen von Henry – sollte er sich entscheiden, ihn um Hilfe zu bitten – könnten sie herausfinden, was der Mann letzten Dienstag zum Frühstück hatte, wenn sie das wollten.
Es hatte jedoch keinen Zweck. Zach hatte Sam bewiesen, was er bereits befürchtet hatte: dass Sam ein One-Night-Stand war und Zach niemals die Absicht hatte, nach dem Wochenende weiterzumachen. Sam warf das Telefon auf das Bett, brachte sich mit nur einem minimalen Kampf gegen seine übrigen lebenden Gehirnzellen in eine sitzende Position und ging ins Bad, um sich danach hoffentlich wieder etwas menschlicher zu fühlen.
Unter der Dusche zu stehen, bis das Wasser kalt wurde, gab ihm ein wenig Durchblick zurück. Warum hatte er andere Erwartungen als Sex und Spaß gehabt? Schließlich war er genau deswegen dieses Wochenende hergekommen. Er drehte das Wasser zu, trocknete sich ab, putzte seine Zähne und rasierte sich. Um sich anzuziehen und nach Hause zu fahren, brauchte er nicht mehr als in Shorts und T-Shirt zu schlüpfen und sich seine Baseball Cap auf den Kopf zu setzen.
Es dauerte nur Sekunden, die paar Habseligkeiten, die er mitgebracht hatte, in seine Reisetasche zu werfen und ein Trinkgeld für das Zimmermädchen zu hinterlassen. Das Telefon klingelte und obwohl er wusste, dass es Henry sein

musste, wünschte er für einen Moment, es wäre Zach, der ihn anrief, um mit ihm zu reden und sich zu entschuldigen. Wütend auf sich selbst, dass er einem Mann nachhing, der bewiesen hatte, dass er es nicht wert war, nahm Sam sein Telefon und antwortete ein bisschen barscher, als angemessen war.
„Ja?“
„Dir auch einen guten Morgen, Sonnenschein.“ Henrys heitere Stimme ging Sam auf die Nerven. „Hört sich an, als wäre jemand gestern nicht zum Zug gekommen.“
„Wann fahren wir ab?“ Dumpfer Schmerz pochte hinter Sams Augen. Alkoholgenuss war nie etwas gewesen, mit dem er es übertrieben hatte und Sam hatte das blanke Elend eines tobenden Katers verdrängt. Er setzte seine Sonnenbrille auf und hieß die Dunkelheit willkommen. „Ich bin bereit, wann immer du es bist.“
„Ich bin fertig. Wir treffen uns in fünf Minuten unten, okay?“
„Ja.“ Sam stellte das Telefon in die Ladestation zurück und sah sich kurz im Raum um, bevor er seine Tasche nahm und ging. Im Aufzug auf der Fahrt nach unten wappnete er sich dagegen, Henrys Fragen zu beantworten, aber zu seiner Überraschung grüßte sein Freund ihn lediglich mit einem Nicken, als sie auscheckten, weiter nichts.
Erst als sie auf dem Highway waren und Sam mit dem Radio herumspielte, auf der Suche nach anständiger Musik, begann Henry zu sprechen.
„Weißt du, ich habe dich bisher in Ruhe gelassen, weil du die ganze Zeit so empfindlich bist, aber wirst du mir erzählen, was letzte Nacht passiert ist?“

Sams Finger schwebte eine Sekunde über dem Knopf am Armaturenbrett, bevor er ihn drückte, dann drang Britney Spears durch die Lautsprecher. Henry hob eine Braue, sagte aber nichts.

„Da gibt es nichts zu erzählen. Der Kerl ist nach New York zurück und hat mir eine Notiz hinterlassen, in der stand, dass es ihm leidtäte. Ende der Geschichte."

„Und du wirst sie enden lassen. Du wirst nicht versuchen mit ihm Kontakt aufzunehmen, wenn du in die Stadt zurückgehst?" Ein Auto schnitt sie, Henry wich aus und schimpfte. „Verfluchtes Arschloch."

„Redest du mit mir oder mit ihm?" Sam war sich der Antwort nicht so sicher.

„Mit euch beiden." Henry wechselte die Spur, drosselte das Tempo auf vernünftige 70 Meilen, während Sam sich auf den Fragenansturm vorbereitete. Hinterhältig wie er war, wartete Henry bis Sam nicht mehr entkommen konnte, bevor er ihn attackierte.

„Wenn er gewollt hätte, hätte er mir seine Nummer hinterlassen. Ist keine große Sache; warum bläst du etwas unverhältnismäßig auf, das nichts weiter als eine Wochenendaffäre war? Nicht mehr, nicht weniger."

Henry grunzte. „Blödsinn. Ich kenne dich beinahe dein ganzes Leben und habe dich seit Jahren nicht so von einem Mann gefesselt gesehen."

„Gar nicht wahr."

„Lügner. Und ich werde es beweisen."

Das Schweigen war unangenehm. Mehrere Meilen auf der Schnellstraße rauschten vorbei, während Britney ‚Hit Me Baby One More Time' sang, bevor Sam nachgab.

„Also gut. Beweise es." Sam warf Henry, der ein süffisantes Grinsen im Gesicht hatte, einen bösen Blick zu. „Ich werde das bereuen, oder?"
„Quatsch", sagte Henry heiter. „Als ich gesehen habe, wie sehr du ihn magst, habe ich eine kleine Recherche betrieben."
„Du meinst, du hast geschnüffelt", verbesserte Sam.
Henry blieb still.
„Okay, sorry. Weiter", spornte Sam ihn an.
„Meine Recherche förderte einen Artikel in einem kleinen Indie Computermagazin zutage, das ein Profil von Zach Cohen erstellte, als er seine App verkaufte und anfing sich wirklich einen Namen zu machen. Er sprach nicht nur über seinen Aufstieg in der Branche, sondern auch über sein Privatleben. Dass einer seiner besten Freunde einen Club namens Sparks in Tribeca besitzt und sie versuchen, sich ein Mal pro Woche zusammen mit dem Fashiondesigner Julian Cornell, einem weiteren Freund, zum Frühstück zu treffen, um in Verbindung und sich nahe zu bleiben. Nicht schlecht, was?"
„Ja, und? Wir treffen uns an den Wochenenden und spielen Baseball. Ist dasselbe."
Henry beschleunigte, um einen langsam fahrenden SUV zu überholen, während er den Fahrer durch die Scheibe anfunkelte. „Nun, ich habe dir das erzählt, weil sie die Namen der Restaurants nannten, die sie besuchen. Eins ist in Downtown in der Nähe deiner Wohnung, und das andere ist in SoHo. Vielleicht willst du dir das einmal ansehen."

„Du schlägst vor, ich soll den Kerl stalken, um ihn zu finden? Das ist krank, selbst für dich.“ Dennoch, das war etwas an Zach, süß und doch kantig, das Sam ansprach. Eine Vergangenheit voll verstecktem Kummer, die Zach sich beeilte zu verstecken, die in den wenigen Momenten leiser Verletzlichkeit offenbart wurde, die sie am Strand in der Nacht und am nächsten Nachmittag geteilt hatten. Aber Sam hatte es zu sehen bekommen, wenn auch nur flüchtig. Das reichte aus, um Zach unvergesslich zu machen.

Sam starrte aus dem Fenster, sah wie sich die Landschaft entlang der Autobahn von ländlich zu vorstädtisch änderte, dann zu hässlichen, verwitterten Warenhäusern, Stahl- und Zementbauten. Der Verkehr nahm zu, als sie sich New York City näherten. Henrys ununterbrochenes Klopfen auf dem Lenkrad und frustrierte Seufzer waren zu viel für Sam, er konnte sie nicht ignorieren.

„Was jetzt? Sag schon. Du willst seit einer Stunde was sagen.“

Sie passierten die Mautgrenze und fuhren in den Holland Tunnel, bevor sich Henry entschloss zu sprechen.

„Ich will dich nur endlich wieder glücklich sehen.“

Und verdammt, wenn das Sam nicht härter traf als alles andere, was Henry in diesem Moment hätte sagen können. Er kämpfte um seine Beherrschung, nicht bereit den Emotionen, die in seinem Inneren tobten, nachzugeben. Schon immer ein Experte darin, seine eigenen Gefühle zu verstecken, war es der Grund gewesen, dass Sam in Zach eine verwandte Seele glaubte erkannt zu haben.

Henry hielt vor Sams Haus und schaltete den Motor aus. „Es tut mir leid, dass es dieses Wochenende nicht so geklappt hat, wie du wolltest, aber du solltest dadurch nicht im Haus bleiben und dich vor den Menschen verstecken. Nur weil es mit Zach nicht funktioniert hat bedeutet nicht –“

„Henry?“

„Ja?“

„Halt die Klappe und gib mir die Infos.“

KAPITEL NEUN

Seit seinem Auftritt letzten Monat bei der Preisverleihung war Zach mit Anfragen überflutet worden, von den Medien nach Interviews und von Technologieunternehmen mit der Bitte um Hilfe in der Entwicklung. Er hatte mit einigen der unbekannteren Agenturen gesprochen, in dem Bestreben den kleinen, unabhängigen Tech-Magazinen und Webseiten, die sich versuchten durchzusetzen, zu helfen und hatte kürzlich zugestimmt Beta-Tester für einige Unternehmen zu werden. Wenn ein gut gefülltes Konto alles wäre, was er bräuchte, um zufrieden zu sein, wäre er der zufriedenste Mann der Welt.

Stattdessen war Zach unglaublich einsam.

Noch mehr als vorher hielt er sich zu Hause auf, versteckte sich vor seinen Freunden, indem er ihre Versuche, ihn nach draußen zu locken ignorierte. Wenn er nicht arbeitete, verbrachte Zach seine Zeit damit, auf den Bildschirm zu starren. Und doch sah er immer nur Sam. Tage, Wochen vergingen und selbst diese verschwammen am Rand seiner Erinnerung, löschten den Schmerz des Verlangens aus und ließen ihn mit nichts außer dem Stich seiner eigenen Feigheit zurück.

„Jepp, du bist ein dummer Feigling."

Die Tür am oberen Treppenabsatz öffnete sich und Licht flutete in den Raum.

„Zach, Liebling, ist es nicht ein bisschen früh für dich schon vor dem Computer zu sitzen? Du hast schon die ganze Nacht hier unten verbracht." Seine Mutter, in eines ihrer üblichen farbenfrohen Outfits gekleidet, hielt sich am

Geländer fest, während die steilen Stufen sie zwangen, sich langsam zu bewegen. Er beobachtete, wie ihre schmale Gestalt in Sicht kam.

„Ich komme hoch, Mom." Er loggte sich aus den verschiedenen Foren aus, in denen er gelesen hatte, und speicherte seine Notizen über die App, die er gerade testete. „Ich musste zuerst etwas fertigstellen."

Sie hatte den Fuß der Treppe erreicht. Ihr Blick schweifte durch den Raum und hielt in der Ecke inne, in der Zach hinter seinen zwei Computerbildschirmen saß, verschiedene offene Laptops auf dem langen Tisch hinter ihm. „Ich verstehe nicht, was du hier unten machst, aber ich schätze, das ist zu erwarten. Aber bitte, komm hoch und trink zumindest etwas Kaffee, damit du ein wenig Tageslicht siehst." Sie lächelte ihn an. „Wenn ich es nicht besser wüsste, würde ich schwören, du wärst ein Vampir."

Sie teilten ein Lachen, dann stand er auf und dehnte sich die Verspannungen aus dem Rücken. „Ein Kaffee hört sich gut an. Ich brauche immer welchen, selbst, wenn ich die Jungs zum Frühstück treffe."

Er folgte ihr die Treppe hinauf und in ihre kleine, aber komfortable Küche. Seltsam, obwohl sein Vater seit Ewigkeiten tot war, legte seine Mutter immer noch drei Platzdeckchen auf den alten hölzernen Küchentisch, als ob jede Minute Robert Cohen durch die Haustür hereinkommen und fragen würde, was es zum Abendessen gab. Als wären die letzten achtzehn Jahre nur ein böser Traum gewesen, aus dem sie endlich erwacht waren, um sein lächelndes Gesicht wiederzusehen.

Er legte seine Hände um die warme Tasse und nippte an dem Kaffee mit Zimtgeschmack. „Der ist großartig, danke.“ Er trank weiter und lächelte, als sie automatisch seine Tasse wieder auffüllte und sich ihm gegenübersetzte.

„Hast du Pläne für heute? Gehst du rüber ins Seniorencenter?“ Seitdem er aus Atlantic City zurückgekehrt war, schien es, als würde sie sich größere Mühe geben, ihre Kräfte zu sammeln, die Dämonen auf ihren Schultern beiseite zu schieben und unabhängiger zu werden.

Natürlich hatte er kaum das Haus verlassen, aber Zach hielt sich nicht mit diesem deprimierenden Gedanken auf.

„Ja. Ich lese ihnen vor und leite dann die Buchmesse heute Nachmittag. Eventuell bleibe ich, um mit dem Abendessen zu helfen. Ich bin froh, dass du heute die Jungs zum Frühstücken triffst. Du hast sie schon eine Weile nicht mehr gesehen. Ich hoffe, du hast für den Rest des Tages etwas Schönes geplant und pferchst dich nicht im Keller ein.“ Sie küsste und tätschelte ihm die Wange, dann stand sie auf und sah ihn mit trauriger Zuneigung an. „Es ist schön draußen. Viel Spaß!“

Zach kam nicht umhin zu lächeln. Ganz gleich, wie alt er und seine Freunde waren, seine Mutter nannte sie immer ihre Jungs. Letzte Nacht hatten sowohl Julian als auch Marcus ihm geschrieben und ihn angerufen, um ihm mit körperlicher Gewalt und schwerwiegenden persönlichen Schwierigkeiten – das kam von Marcus – zu drohen, sollte er heute nicht zum Frühstück erscheinen.

„Werde ich haben. Ich werde ihnen liebe Grüße von dir ausrichten.“

„Bitte mach das." Sie spülte ihre Tasse am Spülbecken aus. „Und sag Julian danke für die Tickets zu der Fashionshow. Ich kann es kaum erwarten hinzugehen."

„Mache ich." Er küsste ihre Wange und eilte die Treppen hinauf, um sich fertigzumachen. Innerhalb einer Dreiviertelstunde war er geduscht, rasiert und angezogen. Als er seine Schlüssel und seine Brieftasche einsteckte, fand er seine Mutter wieder am Küchentisch vor, wo sie Samen in kleine Blumentöpfe einpflanzte.

„Ich dachte, es wäre schön, frische Kräuter anzupflanzen." Ihre Hände waren schmutzverschmiert, aber ihr Lächeln heiter und er atmete leichter in dem Wissen, dass er gehen konnte und sie heute glücklich wäre.

„Gute Idee. Bis später."

Auf der Straße spielten Kinder Himmel-und-Hölle und verkauften Limonade. Die Pizzabuden hatten ihre Fenster für Essen zum Mitnehmen geöffnet und boten Eis zum Verkauf an. Das alles gab es nur im Sommer in der Stadt – Zachs liebste Zeit des Jahres. Die Tage waren lang und warm und immer, wenn man es am wenigsten erwartete, passierte etwas Neues. Vielleicht war es die strahlende Sonne, die Vögel, die ihre Bahnen durch die beblätterten Bäume flogen, als er vorbeilief oder die offensichtliche Freude auf den Gesichtern der Leute, dass sich Wärme und Licht angesiedelt hatten, um ein paar Monate zu bleiben.

Zach betrat das Restaurant in Brooklyn Heights, in dem seine Freunde und er sich normalerweise trafen. Es war ein schöner Spaziergang von seinem Haus durch die Carroll Gardens, doch nun konnte er ein kaltes Getränk gut vertragen. Die Sonne hatte ihm bereits zu schaffen gemacht und er konnte ein leichtes Brennen auf seinen Wangen spüren.

„Zach, wir dachten, du hättest uns vergessen.“ Marcus klopfte auf den Stuhl neben sich. „Ich war schon bereit, meine Überraschung zu dir nach Hause zu schicken, um dich umzustimmen. Komm, setz dich. Ich habe dir einen Kaffee bestellt, aber sonst nichts Weiteres zu trinken.“ Er nippte an seinem Mimosa und winkte dem Kellner zu, der sich im Hintergrund aufhielt, die Speisekarte in der Hand.

„George, bringen Sie mir noch einen weiteren, und was willst du?“

„So spät bin ich doch nicht, oder? Hi, Julian, Nick.“

„Nee, er ist nur so nervig wie immer.“ Julian hatte einen Mimosa in der einen Hand, während die andere mit Nicks Fingern spielte. Zach vermutete, dass er das völlig unbewusst tat. Die beiden Männer berührten sich ununterbrochen, wenn sie zusammen waren.

„Ich hatte zwei der heißesten Kellner soweit, zu deinem Haus zu gehen und dich hierher zu schleifen, falls du nicht aufgetaucht wärst.“ Marcus’ Grinsen wurde breiter. „Du wärst mir dankbar gewesen, vertraue mir.“

Zach rollte mit den Augen. „Und ich bin sicher, du weißt das aus persönlicher Erfahrung. Manchmal, Marcus, weiß ich nicht, ob ich mir Sorgen um dich machen muss oder eifersüchtig sein soll.“

„Du weißt, dass du mich liebst. Aber wo zur Hölle bist du gewesen? Seitdem du aus Atlantic City zurück bist, haben wir dich kaum gesehen und ich glaube, wir hatten eine Wette.“

Zach dankte dem Kellner für seinen Drink und bestellte belgische Waffeln mit Früchten. „Ich war beschäftigt."
Julian hob eine Braue. „Zu beschäftigt, um anzurufen oder wenigstens zu texten? Wir haben dich letztes Wochenende ins Sparks eingeladen, aber wie immer hast du uns abblitzen lassen."
Zach zuckte bei Julians heftiger Zurechtweisung zusammen, winkte dann aber ab. „Du weißt, dass das nicht mein Ding ist."
„Ja, aber es war Nicks Geburtstag, also dachte ich, es wäre okay für dich mitzukommen und mit uns abzuhängen."
Verdammt. „Sorry, Nick, und alles Gute nachträglich." Er fing Nicks Blick auf und lächelte. „Ich hoffe, du hattest eine tolle Nacht."
„Nun, als du unsere Nachrichten nicht beantwortet hast, haben wir beschlossen, die Festivitäten zu verschieben. Es wäre nicht richtig gewesen zu feiern ohne dass wir alle da sind." Nick zwinkerte ihm zu. „Also wirst du jetzt mitkommen müssen." Er lehnte sich zurück und verschränkte seine gewaltigen Arme. „Ich werde kein Nein akzeptieren."
„Nick, du hast mir seit Ewigkeiten versprochen, mich ein paar heißen Feuerwehrmännern vorzustellen." Marcus runzelte die Stirn. „Ich meine, was bringt's, einen Freund zu haben, der uniformiert ist, wenn er einem nicht ein paar der Leckerlis zukommen lassen kann?"
Julian schnaubte. „Ich würde meinen, du hättest genug mit all den hübschen Jungs in deinem Club zu tun."
„Ich kann nie genug haben, Baby. Es gibt noch so viele Männer hier in der Stadt, die ich probieren kann, dass es nicht genug Tage in der Woche und Stunden am Tag dafür

gibt." Marcus goss sich Kaffee aus der Thermoskanne nach. Zach sah zu, wie Marcus einen Schluck nahm, ohne einem von ihnen in die Augen zu sehen.
„Außerdem geht es heute nicht um mich, wir sind wegen Zach hier."
„Was ist das – eine Intervention?" Obwohl Zach lachte, stimmte niemand sonst mit ein. „Mir geht es gut, er ist derjenige, um den ihr euch sorgen müsst", sagte er und zeigte auf Marcus.
„Lasst mich und mein Sexleben in Ruhe." Marcus lenkte das Gespräch wieder auf ihn. „Ich sage dir, was passieren muss. Zach, du musst raus aus diesem Haus. Ich liebe Cheryl – das weißt du, das tun wir alle." Es war Bedauern in Marcus' Stimme, aber auch Entschlossenheit. Er hatte schon immer lautstark dagegen argumentiert, dass Zach zu Hause lebte und beharrte gegenüber jedem, der es hören wollte, darauf, dass Zach sein eigenes Apartment bekommen sollte. „Doch ganz egal, wie sehr wir deine Mutter lieben, sie vernichtet deine Chance auf Spaß und ein normales Sexleben."
„Es geht nicht immer nur um mich und mein Privatleben. Sie ist meine Mutter und ich bin alles, was sie hat." Er spielte mit seinem Besteck und wartete, als der Kellner seinen dampfenden, duftenden Teller mit Waffeln, Sirup und Früchten vor ihm abstellte. „Ich kann sie nicht im Stich lassen. Es stört mich nicht, wenn sie sich in mein Leben einmischt. Ich bin daran gewöhnt."
„Das ist das Problem, siehst du das nicht?" Obwohl Julian leise und freundlich sprach, war sein Gesicht überschattet

von Traurigkeit. „Es macht dir noch nicht einmal mehr etwas aus. Es ist, als hättest du alles aufgegeben."
„Und ich bin mir sicher, sie will, dass du Spaß hast und glücklich bist und nicht jede Nacht ganz alleine zu Hause sitzt und tust, was zur Hölle auch immer es ist." Marcus stach auf seine ‚Eier Benedict' ein. „Warum denkst du, du würdest sie im Stich lassen?"
Zachs Appetit verflüchtigte sich und wurde durch ein unangenehmes Gefühl in der Magengrube ersetzt. „Können wir jetzt bitte aufhören, davon zu reden?" Er übergoss seine Waffeln mit Sirup, schnitt sie in kleine Stücke und begann zu essen, ohne etwas zu schmecken.
„Nein, tatsächlich können wir das nicht. All die Jahre haben wir dich dein Ding machen lassen, du konntest dich verstecken und hast uns an Wochenenden und auf Partys abblitzen lassen. Es ist noch schlimmer geworden, seit du aus A.C. zurückgekommen bist. Du hast kaum mit uns über das geredet, was dort passiert ist. Stattdessen hast du dich noch mehr eingeigelt. Schämst du dich für uns?" Marcus hielt seinen Blick fest.
Zach war so schockiert, dass ihm die Gabel aus der Hand fiel und klappernd auf dem Teller landete. „Sei nicht irrsinnig. Und ja, ich habe die Wette in Atlantic City verloren, aber ich wollte euch das nicht sagen, damit ihr mich nicht damit aufzieht, dass ich nicht in der Lage war zu punkten."
„Wir würden dich niemals aufziehen. Das weißt du, oder?" Julian stützte seine Ellenbogen auf dem Tisch ab, seine grünen Augen dunkel vor Sorge, als er Zachs Gesicht absuchte. „Ich zum Beispiel kann es nicht ausstehen, dich die ganze Zeit alleine zu sehen und zu wissen, dass du mit

jemandem, den du lieben kannst und der dich liebt, glücklich sein würdest.“

Die Luft im Raum wurde dünner und würgte ihn. Sams Gesicht stieg vor ihm auf, so klar und lebhaft wie in der Nacht, als sie sich geliebt hatten. Zach wurde abwechselnd heiß und kalt, von seiner schwitzenden Kopfhaut bis zu seinen Zehen, die nicht aufhören wollten, sich in seinen Sneakers zu verkrampfen. In was für einem Durcheinander er doch steckte. „Ich weiß. Und in Atlantic City ist nichts passiert. Ich bin okay. Ihr müsst es endlich gut sein lassen.“

Sie aßen weiter und es war ungewöhnlich still. Marcus warf ihm unter seinen dunklen Brauen missbilligende Blicke zu, während Julian und Nick leise miteinander redeten. Zach ignorierte ihn; es war zwecklos Marcus in eine Diskussion zu verwickeln, da der Mann immer glaubte, recht zu haben, wenn es darum ging Zach zu sagen, wie er sein Leben zu leben hatte. Jetzt, da Julian glücklich und sesshaft geworden war, hatte Marcus niemanden mehr, mit dem er Spaß haben konnte und in Zach keimte der Verdacht auf, dass Marcus’ Vorträge und Beschwerden noch eine Weile so weitergehen würden.

Julian und Nick waren in eine Diskussion über ihre Pläne für den Sommerurlaub vertieft, die beinhalteten, ein Haus am Strand zu mieten und zu segeln. Nicht länger hungrig, spielte Zach selber mit dem Gedanken, sich ein Haus am Meer zu kaufen – er und seine Mutter konnten die Sommer dort verbringen, weg von der drückenden Schwüle der Stadt. Wunschdenken, da sie wahrscheinlich nicht die vertraute Behaglichkeit ihres Hauses würde verlassen wollen. Dennoch erinnerte sich Zach an die Nacht, in der er mit

Sam am Wasser entlangspaziert war und dass es einer der romantischsten Momente seines Lebens gewesen war. Sehnsucht pulsierte tief in seiner Leistengegend und er wurde hart, als er sich an Sams starke, sichere Hände und sanfte Küsse erinnerte.
Zu Zachs Überraschung schob Marcus seinen Stuhl näher zu ihm heran und legte ihm einen Arm um die Schultern. Zach wich zurück. Marcus' Berührung fühlte sich falsch an, deplatziert, zum ersten Mal. Möglicherweise, weil er an Sam gedacht hatte und sich wünschte, er wäre es und nicht Marcus. Er dachte, er hätte sein Unbehagen schnell verborgen, doch Marcus zog sich zurück und studierte sein Gesicht. „Was ist los?"
„Nichts. Alles gut." Zach trank seinen Kaffee und zwang sich zu einem Lächeln. „Siehst du?"
„Es tut mir leid, wenn ich dich bedrängt habe. Du weißt, dass ich die besten Absichten habe, oder?" Marcus suchte ängstlich seinen Blick. „Du bist nicht wie ich, du willst diesen ‚Und-sie-lebten-glücklich-bis-ans-Ende-ihrer-Tage'-Quatsch wie in diesen verdammten Filmen, die du dir anguckst. Mehr als das, du bist derjenige, der jemanden verdient, den er lieben kann. Nur einmal musst du an dich selbst denken und dich einen Teufel um alle anderen scheren."
Ergriffen pflanzte Zach Marcus einen impulsiven Kuss auf die Wange. „Du verdienst das genauso, auch wenn du das aus irgendeinem Grund nicht zugeben würdest. Aber ich liebe dich und du wirst immer mein bester Freund sein."
Zu Zachs Überraschung fing Marcus nicht an zu lachen oder machte einen Witz. „Ich liebe dich auch, deswegen

mache ich mir Sorgen darüber, was du mit deinem Leben anstellst, warum du dich in diesem Keller versteckst, nie mit uns ausgehst oder dich mit irgendwem triffst."

„Ich … ich verstecke mich n–" Sein schwacher Protest konnte Marcus nicht aus der Bahn werfen, der nun, da er einmal zu sprechen begonnen hatte, nicht mehr aufhören konnte.

„Doch, tust du", flüsterte Marcus, seine Lippen nah an Zachs Ohr, sodass seine Stimme kaum zu hören war. „Tust du, und ich weiß nicht, warum."

Die alte Demütigung kam wieder hervor, packte Zachs Hals, bis es wehtat zu schlucken. Nathans erniedrigende Behandlung lebte wie ein Parasit in Zach, ernährte sich von seinen Unsicherheiten. Jede Nacht befahl er sich selbst ein Mann zu sein und darüber hinwegzukommen. Weder Julian noch Marcus würden einem anderen Mann je erlauben sie zu verletzen, und Zach wünschte sich wenigstens die Hälfte ihres Selbstvertrauens.

Aber Zach war nicht wie seine Freunde; seine Grenzen standen ihm deutlich vor Augen, verspotteten ihn mit der Unmöglichkeit zu verändern, wer er war. Er konnte auf dem Cover jedes Magazins dieses Landes sein und es würde nicht das geringste bisschen ändern. In seinem Spiegel starrte ihm derselbe nerdige, streberische Zach mit seiner herunterrutschenden Brille entgegen wie immer. Der Junge, den alle ausgelacht hatten, als er den Ball nicht weit genug schießen konnte und der nicht fluchte oder sich betrank. Der Mann, der nur von außen zusah, zu schüchtern, um sich selbst jemandem aufzudrängen. Das Letzte, was er

brauchte, war mitleidiges Lächeln und Versuche, ihn davon zu überzeugen, was für ein wundervoller Mann er war.
Bereit zu antworten, schwand das Lächeln von seinen Lippen und die Worte blieben ihm im Hals stecken, als er vom anderen Ende des Restaurants den Blick eines ernsten, nicht lächelnden Sam Steins auffing.

KAPITEL ZEHN

Der Sommer hatte die Stadt übernommen. Das flüchtige Versprechen von Sonne zog die Menschen aus ihrem selbst auferlegten Exil nach draußen, um die Wärme aufzusaugen, von der sie im Februar und März nur geträumt hatten. Der Himmel erstreckte sich über ihm in endlosem Blau und das Laub raschelte kaum in der winzigen Brise frischen Windes, die vom Wasser herüberwehte. Nur die wie verrückt zwitschernden Vögel, die in den Büschen Fangen spielten, und die Kinder, die mit fröhlichem Geschrei durch die Sprinkler im Park liefen, hatten ihren Spaß. Der Rest der Lebenden plagte sich ab, träumte von Klimaanlagen und großen Eiskaffees. Mit extra Eis.

Es war lange her, seitdem Sam jemanden gehabt hatte, mit dem er die heißen Tage und schwülen Nächte hatte teilen können. Er hätte nicht gedacht, dass er es vermissen würde, doch Händchen halten und die Straße mit einem Liebhaber entlangspazieren, hatte etwas für sich. Das letzte Mal, dass er die Hand von jemandem gehalten hatte, war über einen Monat her, in Atlantic City, als er und Zach den Strand entlangspaziert waren, in der einen Nacht, in der sie zusammen gewesen waren.

Auf seinem Weg, um Henry zu treffen, dachte Sam darüber nach, wie schon so häufig, dass es nur eine einzige Nacht gewesen war. Wie war es möglich, dass Sam diese Erinnerung und Zach nicht aus seinem Kopf verbannen konnte? Er hatte schon vorher Nächte mit anderen Männern verbracht, den Dating-Tanz gespielt – wieso blieb diese Nacht, das ganze Wochenende, so in seinem Gedächtnis hängen?

Das Summen in seiner Tasche ließ ihn aufschrecken, bis er sich an sein neues Handy erinnerte. Blöde Technologie.
„Was?“
„Mann, bist du griesgrämig.“
Gegen seinen Willen brachte Henrys heitere Stimme Sam zum Lächeln.
„Und du bist lästig.“
„Schuldig in allen Anklagepunkten. Anderenfalls wäre dein Hintern fest auf das Sofa gepflanzt und von alten Behältern mit chinesischem Essen umgeben. Wir würden dich vielleicht tagelang nicht finden.“
„Ich gehe gerade spazieren, was willst du?“ Sam wechselte sein Telefon ans andere Ohr, um Geld hervorzukramen, weil er eine Zeitung kaufen wollte.
„Du kannst nicht gleichzeitig gehen und reden? Da habe ich dich wohl überschätzt, Sammy.“
„Du Komiker. Ein Ratschlag? Gib deine Arbeit nicht auf.“ Er grinste in sich hinein.
Seine witzige Retourkutsche ignorierend, fuhr Henry fort. „Hör mal. Ich habe ein bisschen nachgeforscht, was zahllose Stunden der Lektüre von Seite sechs der *Post* und Stunden in sozialen Netzwerken bedeutete, aber ich glaube, ich habe ihn gefunden.“
„Stunden in sozialen Netzwerken. Du liebst diesen Mist, gib’s zu.“ Sam zögerte. „Wen hast du gefunden?“
„Mr. Zachary Cohen, deine Wochenendaffäre, den Mann, wegen dem du seit einem Monat Trübsal bläst.“
„Ich habe keine Trübsal geblasen.“
„Lügner“, sagte Henry fröhlich. „Abgesehen davon bin ich nicht hier, um diesen Punkt zu diskutieren. Triff mich im

Cadman Park Restaurant. Wenn ich recht habe, trifft dein Kerl dort seine Freunde zum Frühstück."

Ein bisschen beunruhigt darüber, wie sein Herz bei diesen Nachrichten schneller schlug, weigerte sich Sam, so schnell klein beizugeben. „Ich weiß nicht. Ich wollte –"

„Nichts", sagte Henry, so unverblümt und auf den Punkt, dass Sam zusammenzuckte. „Du hast gar nichts geplant. Und genau aus diesem Grund wirst du mich treffen, denn wenn du das nicht tust, werde ich rüber zu Zach Cohen gehen, sollte er da sein, und ihm sagen, wie sehr du ihn vermisst hast und du ihn wiedersehen willst."

„Du bist wirklich ein Dreckskerl, weißt du das?"

„Jepp. Wir sehen uns dort in einer halben Stunde."

Sam hörte eine Stimme im Hintergrund und nahm an, dass es Henrys Ehefrau war. „Sag Heather, dass ich dich vielleicht töten muss. So kann sie sicherstellen, dass die Lebensversicherung komplett gedeckt ist."

„Heather sagt, sie will den ersten Tanz auf deiner Hochzeit, aber ich habe abgelehnt. Den bekomme ich." Einen Moment lang war Henry still, auch wenn Sam wusste, dass er nicht aufgelegt hatte. „Wir sehen uns gleich, ja?"

„Ja."

Eine halbe Stunde später betrat er das Restaurant und entdeckte Henry in einer Seitennische, wo er sich eine Tasse Kaffee genoss.

„Hey." Er glitt in den Sitz seinem Freund gegenüber. Jahre der Polizeiarbeit hatten ihn mit der Gabe gesegnet, einen Bereich zügig nach Verdächtigen abzusuchen, und Sam sah sofort, dass Zach nicht im Restaurant war.

Er bestellte Pfannkuchen und Eier, denn wenn sonst nichts passierte, konnte er wohl zumindest etwas essen. „Warum hast du darauf bestanden, dass ich hierherkomme?"

„Siehst du diese Männer da im hinteren Teil des Restaurants?" Henry neigte seinen Kopf zur Seite und Sam sah über seine Schulter.

Zwei Männer saßen zusammen, einer blond, einer dunkelhaarig und offensichtlich ein Paar, ihren intimen Berührungen und Blicken nach. Ein weiterer Mann, mit dem Rücken zu Sam, gestikulierte mit den Händen, mitten in einer Erzählung steckend. Seine Stimme erhob sich über das Geschwätz der anderen Gäste.

„Ja, und?" Das neue Handy, das er sich in seine Jeanstasche gesteckt hatte, drückte auf seinen Oberschenkel, sodass Sam es zwischen sich und Henry auf den Tisch legte und es beäugte, als würde es gleich lebendig werden und ihn attackieren.

„Diese Männer sind Zach Cohens beste Freunde." Henry nahm sein getoastetes Körnerbrötchen vom Kellner entgegen und packte das kleine Stück Butter aus. „Ich bin der Meinung", fuhr er fort, während er die Butter auf seinem Brötchen verteilte und zusah, wie sie schmolz, „dass Zach sich bald zu ihnen gesellen wird."

„Verdammt nochmal." Sam fiel gegen das Polster seiner Bank. „Warum treibst du diese Sache so voran?"

Henry funkelte ihn an. „Weil du dich wie ein Arschloch verhältst, indem du dich weigerst zuzugeben, was ich sehe, selbst wenn du es nicht siehst. Dass du dich in den Kerl verguckt hast und Angst hast wieder verletzt zu werden. Und es ist nichts falsch daran, Angst zu haben. Aber den

Rest deines Lebens mit der Decke über dem Kopf dazusitzen? Jesus, Sammy. Was für ein Leben ist das?"
Vom Kellner gerettet, der sein Essen brachte, übergoss Sam seine Pfannkuchen mit Sirup und stürzte sich auf sie.
Henry öffnete den Mund, aber Sam fiel ihm ins Wort. „Ich bin nicht an einem Spieler interessiert. So einen hatte ich schon, erinnerst du dich?" Sein Essen zu kauen gab Sam Zeit seine Gedanken zu sortieren. „Ohne eine Erklärung abzuhauen oder mir wenigstens die Möglichkeit zu geben, ihn zu kontaktieren, war der Zug eines Spieler-Arschlochs." Er schluckte. „Ich habe keine Angst. Ich bin nicht interessiert."
Henry hob eine Braue. „Denkst du das wirklich von ihm, denn, wenn du mich fragst –"
„Habe ich nicht, aber du wirst es mir trotzdem sagen."
„Du denkst, du hast es besser, wenn du zu Hause bleibst, nichts tust und dir unter der Dusche einen runterholst?"
„Du bist ekelhaft." Sam nippte an seinem kalt werdenden Kaffee. Was für ein Glück, dass der Kellner da war, um ihm nachzuschenken und diese Unterhaltung zu beenden. Er hatte die Ecke, in der Zachs Freunde saßen, fleißig ignoriert.
„Ich sage die Wahrheit. Du hast seit Monaten kein Date gehabt, jetzt hast du einen Kerl getroffen, mit dem du dich anscheinend gut verstehst. Wirst du ins kalte Wasser springen und versuchen herauszufinden, ob da etwas zwischen euch beiden ist oder wirst du mit schmutzigen Fantasien in der Dusche vorliebnehmen? Ich war immer der Meinung, das ist Verschwendung eines Ständers, wenn es

jemanden gibt, der bereit ist, sich um meine Bedürfnisse zu kümmern, weißt du?"
„Manchmal ist Sex nicht alles. Du bist verheiratet, du solltest das wissen." Wie zur Hölle war er um elf Uhr morgens in seine persönliche ‚Dr. Phil Show' geschleift worden?
„Um den Sex-Teil hast du dich bereits gekümmert und ihr scheint euch gut amüsiert zu haben."
Sams Augen verengten sich. „Das ist nie das Problem. An Sex herrscht kein Mangel. An Vertrauen schon eher."
„Heather sagt –"
„Ich liebe deine Frau, aber sie hat keine Ahnung von meinem Leben, oder wonach ich suche oder was ich will."
„Weißt du das?"
Sam blickte finster drein, nicht bereit, Henrys Köder zu schlucken, dann schreckte er hoch, als sein Handy piepte und vibrierte. „Gott, muss es sich bei jeder E-Mail so anhören, als würde es kommen?" Nach einem leichten Zögern hob Sam das Handy hoch und hielt es in der Hand. Er starrte auf den Bildschirm.
„Du bist so ein Technologie-Kenner."
„Jedes Mal, wenn ich eine Nachricht bekomme, hat das Ding einen verdammten Orgasmus."
„Selbst dein Handy hat mehr Spaß als du."
Der Kellner räumte ihre Teller ab und Sam fragte nach der Rechnung, während er sein Handy zurück in die Tasche steckte, ohne die Nachricht gesehen zu haben. Sie war wahrscheinlich von seinem Life-Coach, den er tatsächlich ein paar Mal gesehen hatte. Sie hatte ihm Übungen aufgegeben und eine Liste mit Büchern, die er lesen sollte. Mit nichts dergleichen hatte er sich aufgehalten. Stattdessen

hatte er seine Zeit damit verbracht, in der Nachbarschaft umherzuwandern, all die glücklichen Paare anzusehen und sich zu fragen, woher sie das Geheimnis kannten, eine Beziehung am Leben zu halten.

Obwohl er es nicht wagen würde, es Henry gegenüber zuzugeben, hatte er sich sogar ein paar Dating Websites angesehen – nicht sich angemeldet – und sich Profile durchgelesen, die alle gleich klangen.

Ich mag exotische Urlaube, Abendessen zu zweit und lange Spaziergänge am Strand bei Nacht.

Seine Gedanken wanderten zurück zu der Nacht am Strand mit Zach – die weiche Wärme seines Mundes und die heiße Umklammerung seines Arsches. Verdammt, er wünschte, er hätte Zach Cohen nie getroffen.

Ich muss nach vorne schauen, dachte Sam grimmig. Auch wenn Zach zu vergessen schwerer war als er sich hätte vorstellen können.

Er rieb sich mit den Händen über das Gesicht und blinzelte heftig, als er ihn zu seinem Entsetzen leibhaftig vor sich sah. Verfluchte Scheiße, Henry hatte recht: Zach Cohen war zum Frühstück mit seinen Freunden aufgetaucht. Einer davon war wohl ein sehr guter Freund, bei der Art und Weise, wie der Mann ihn an den Schultern hielt und bei dem Kuss, den Zach dem Mann auf die Wange drückte. Wut und Enttäuschung kämpften in Sams Brust und zerdrückten sein Herz.

„Fuck, das ist er, hm?“

„Ja.“ Das war das einzige Wort, das er hervorbringen konnte. Seine Kiefermuskeln schmerzten vom Zähneknirschen. Selbst von der anderen Seite des Restaurants aus konnte Sam die tiefe Verbindung zwischen Zach und dem anderen Mann sehen. Der Kuss, den Zach ihm gegeben hatte, war mehr als einfache Zuneigung. Es spielte keine Rolle – Sam hatte nicht das Bedürfnis noch mehr zu sehen; es war wie ein Zugunglück, das sich direkt vor einem ereignete. Man wollte das Unglück nicht sehen, konnte aber nicht anders als hinzustarren.

„Wirst du rübergehen und etwas sagen?“

Er hatte keine Chance Henry zu antworten, weil in diesem Moment Zach seinen Blick erwiderte und Sam der Schock auf seinem Gesicht verriet, dass er nie erwartet hatte Sam wiederzusehen.

Ärger durchflutete ihn. Warum zur Hölle sollte er derjenige sein, der sich unbehaglich fühlte? Er war nicht derjenige, der seinen festen Freund betrog und dann hinaus in die Nacht rannte aufgrund der überwältigenden Schuldgefühle. Lustig, dass Sam darauf gewettet hätte, dass Zach nicht der Typ dafür war, aber er nahm an, nachdem er jahrelang betrogen worden war, dass seine Vision von dem, was eine echte Beziehung ausmachte, ein wenig verdreht war.

„Ja.“ Sam überraschte sich selbst, als er sich von seinem Platz erhob. „Ich denke, ich werde rübergehen und das glückliche Paar begrüßen.“

„Sam.“ Henrys untypisch düsterer Tonfall zog Sams Aufmerksamkeit auf sich.

„Was?“ Er wippte auf den Fersen, erpicht darauf, Zach zu konfrontieren. Aus dem Augenwinkel konnte Sam sehen, dass Zach nicht aufgehört hatte ihn anzustarren, obwohl der Arm seines Partners weiter um seine Schultern lag.

„Mach keine Szene. Er ist dir nichts schuldig und es ist seine Entscheidung, ob er dir seine Geschichte erzählt, nicht deine."
Es war weniger Ärger als Scham. Er hatte sich selbst wieder einmal dem falschen Mann gegenüber geöffnet. Die Gedanken drehten sich in seinem Kopf wie ein aus dem Takt geratenes Karussell, als er auf Zachs Tisch zuging. Alarmiert flackerten die blauen Augen auf und für einen Moment tat ihm Zach leid und er erinnerte sich an seine eigenartige Reaktion, als Sam ihn auf das Bett gedrückt und ihn auf der Promenade an der Schulter gepackt hatte.
Wurde Zach von diesem Kerl misshandelt? Warnsignale schrillten in Sams Kopf und der Ärger in ihm versickerte und wurde durch erhöhte Aufmerksamkeit ersetzt.
„Zach, hi. Erinnerst du dich an mich, Sam Stein?"
Kaum zu glauben, doch Zach runzelte die Stirn, als wäre er tief in Überlegungen versunken. Würde er wirklich dieses Spiel mit Sam spielen?
„Ähm, ja. Von der Convention letzten Monat, richtig? Sorry." Hinter der schwarzen Brille, die Sam so sexy fand, blinzelte Zach mit seinen großen blauen Augen. „Alles war so hektisch und ich habe ein fürchterliches Gesichtsgedächtnis."
Besonders, da du mit dem Gesicht nach unten auf dem Bett lagst, als ich meinen Schwanz in dich hineingetrieben habe, was? Erinnerst du dich daran?
Wie durch ein Wunder hielt Sam sein Temperament und seine Gedanken im Zaum. „Ja, von der Convention. Ich dachte mir, dass du das bist, aber ich weiß, was du meinst. Manchmal irre ich mich und denke, ich kenne jemanden,

während ich die ganze Zeit auf dem Holzweg war." Er und Zach starrten sich fest an und eine leichte Röte überzog Zachs Wangen.

Gut. Schwitz ein bisschen.

Der Klang von mehreren Stimmen, die sich räusperten, zog seine Aufmerksamkeit auf sich. Sam konzentrierte sich zuerst auf die beiden nebeneinandersitzenden Männer. Der blonde Mann warf ihm ein freundliches Lächeln zu. „Ich bin Julian Cornell und das ist mein Partner, Nick Fletcher."

Sam schenkte ihnen ein kurzes Lächeln. „Sam Stein, schön Sie kennenzulernen."

„Sind Sie auch ein Computergenie, wie Zach hier?" Das kam von dem gutaussehenden Mann, der immer noch seinen verfluchten Arm um Zach gelegt hatte. Sein glattes schwarzes Haar schimmerte im Sonnenlicht und seine wohlgeformten Wangenknochen und Lippen waren in perfekten Proportionen zu seinem Gesicht. Sam fand sich selbst als Zielperson der Musterung aus den harten, violettgrauen Augen des Mannes wieder und hielt den kalten, abschätzenden Blick mit seinem eigenen. Es lag nicht in seiner Natur, sich einschüchtern zu lassen, aber, Mann, wenn dieser Kerl nicht Sams Nackenhaare zu Berge stehen ließ.

„Nein, ich war ein Polizist. Jetzt bin ich pensioniert und arbeite als Privatermittler. Mein Freund Henry, mit dem ich hier bin, führt ein computerforensisches Ermittlungsunternehmen."

„Ich bin übrigens Marcus Feldman, schön Sie kennenzulernen."

Sam nahm automatisch die Hand, die Marcus ihm hinhielt, dann standen sie da, einander abschätzend, beide am überlegen, ob der andere gut genug war. Sam mochte Marcus' natürliche Vertraulichkeit mit Zach nicht, aber hatte nicht das Recht seine Meinung zum Ausdruck zu bringen.
„Gleichfalls."
„Also haben Sie und Zach sich letzten Monat kennengelernt?" Marcus stupste Zach an. „Du hast uns gar nichts erzählt. Du hast gesagt, die Convention wäre langweilig wie immer gewesen." Wieder war da dieser abschätzende Blick von Marcus. „Sam hier sieht alles andere als langweilig aus."
Und während Marcus nicht aufhören konnte ihn zu studieren, hielt Zach mit feuerrotem Gesicht seinen Blick abgewandt und weigerte sich standhaft Sam anzusehen. Stattdessen konzentrierte er sich auf seinen halb leergegessenen Teller mit Waffeln und das faszinierende Muster der Tischdecke. „Er und ich haben uns eine Weile unterhalten … ihr wisst ja, wie das läuft." Zach sprach so leise, dass Sam ihn beinahe nicht verstanden hätte. „Ich hätte nicht gedacht, dass er sich an mich erinnert."
Marcus' Augen verengten sich zu Schlitzen und Sam konnte beinahe seine Gedanken arbeiten sehen. „Ich verstehe. Keine große Sache." Er klopfte mit seinen Fingern auf die Tischplatte und als wäre er innerlich zu einer Entscheidung gekommen, griff in seine Hosentasche und zog eine schmale lederne Brieftasche heraus. „Hier, Sam." Marcus hielt ihm eine Karte hin, die er aus seinem Portmonnaie gezogen hatte.

Sam nahm die einfache schwarze Plastikkarte. Darauf stand nur SPARKS in dicken weißen Buchstaben und als er sie umdrehte, war da ein Streifen auf der Rückseite, weiter nichts.
„Äh, danke? Aber was …" Er drehte die Karte zwischen seinen Fingern.
„Das ist mein Club. Ich bin der Besitzer. Die Karte ist ein Pass. Wann immer Sie dorthin kommen, zeigen Sie sie dem Türsteher und Sie kommen rein, Ihre Freunde auch. Keine Gebühr, kein Warten."
„Ähm, danke." Noch eine Lüge von Zach Cohen. Der unwiderlegbare Beweis, dass der Mann ein Partygänger war, lag direkt in Sams Hand. Wenn dein verdammter Freund einen Club besitzt, verbringst du dort deine Zeit mit ihm. Er steckte sich die Karte in die Gesäßtasche. „Nun, schön, Sie alle kennengelernt zu haben. Danke für die Karte, Marcus."
„Kommen Sie heute Abend. Haben Sie Pläne?"
Zu Sams äußerster Überraschung erschien Henry neben ihm und antwortete für ihn. „Nein, hat er nicht und er wird da sein."
Er wusste nicht, wen er zuerst schlagen wollte.

KAPITEL ELF

„Ich weiß, dass ihr beide sauer auf mich seid."

Die dröhnende Musik mochte durch die geschlossene Tür, die Marcus' Büro vom Rest des Sparks trennte, gedämpft sein, aber der tiefe Bass brachte es immer noch fertig, den Boden unter ihren Füßen zum Beben zu bringen. Es war spät am Abend, ungefähr elf Uhr dreißig. Eine Uhrzeit, zu der Zach normalerweise zu Hause fernsehen oder am Computer herumspielen würde. Stattdessen befand er sich im Club, in ein Outfit gekleidet wieder, das Julian zur Verfügung gestellt hatte, bemüht, seine Feigheit vor seinen zwei besten Freunden zu verbergen, die ihm gegenübersaßen und ihn finster ansahen.

„Das ist nicht die verdammte neunte Klasse! Wir sind nicht böse auf dich." Marcus warf seinen Stift auf den Schreibtisch, sein Gesicht angespannt vor Ärger. Es gab nur wenig, das es jemals geschafft hatte, den immerwährenden Humor aus Marcus' Gesicht zu fegen. Über die Jahre war Zach Zeuge dieser gelegentlichen Entgleisungen geworden, und wenn es passierte, konnte es sehr schnell sehr ungemütlich werden.

„Ich kann nicht für Juli sprechen, aber worüber ich sauer bin, ist, dass du jemanden in A.C. getroffen hast, während du uns gesagt hast, du hättest das nicht. Also hast du gelogen. Du hast uns gesagt, es wäre keine große Sache gewesen, aber ich weiß, dass das sogar eine noch größere Lüge ist, bei der Art und Weise, wie Sam reagiert hat, als er dich gesehen hat. Warum? Warum lügst du darüber? Und was sonst hast du uns nicht erzählt – deinen besten

Freunden! Du weißt schon, das sind die, die alles für dich tun würden!“

Zu viel, wollte Zach sagen. *Alles*. Wie war es möglich, mit jemandem fast sein ganzes Leben befreundet zu sein und doch den wichtigsten Teil von sich zu verstecken? Geheimnisse, Lügen und Scham waren so lange Teil seines Make-ups gewesen, er konnte kaum noch die Wahrheit von Lüge unterscheiden. Die nackte Wahrheit blieb hart, selbst nach all diesen Jahren, so frisch und lebendig, dass er brannte. Er erinnerte sich an jedes schmerzhafte Wort, das ihm entgegengeschleudert worden war, an jede schmerzhafte Berührung seines Körpers. Zach fürchtete die Reaktion seiner Freunde, sollte er es ihnen jemals erzählen, also blieb er stumm. Besser so, als ihrer brausenden Empörung zuzuhören.

„Es hätte nirgendwohin geführt. Weißt du noch, es sollte eine kurze Affäre sein. Das war eine Wette.“

„Scheiß auf die verdammte Wette.“ Je wütender Marcus wurde, desto übler wurden seine Flüche. „Du triffst seit Ewigkeiten wieder einen verdammten Kerl und erzählst nichts davon. Du hast uns sogar angelogen, verflucht nochmal. Was für ein Scheiß ist das?“

„Warum hast du nichts gesagt, Zach? Du weißt, wir, oder zumindest Nick und ich, wollen, dass du jemanden kennenlernst. Wenn Sam dieser Mann ist –“

„Könnt ihr mich nicht einmal in Ruhe lassen? Das ist der Grund. Weil ihr einfach nicht aufhört.“ Die Spindel, auf die er all seinen Kummer gesponnen hatte, war so eng gewickelt gewesen, dass sie keine Lockerung zugelassen hatte, aber in den letzten Monaten hatte sie begonnen sich zu lösen. Und heute Abend war es mit Zachs Geduld vorbei. „Ich bin nicht euer Projekt, auf das ihr aufpassen könnt. Mein Leben ist keine Reality-Show, die ihr euch jede Woche ansehen und bewerten könnt.“ Der Ärger, den er all die Jahre zurückgehalten hatte, hatte sich aufgestaut und jetzt war der Vorhang endgültig gefallen und erlaubte seinem Schmerz und seiner Scham hindurchzusickern. „Ich brauche eure Hilfe nicht, ich habe nie danach gefragt, und ich will, dass ihr euch alle aus meinem Leben raushaltet. Für alles, was ich tue, habe ich einen Grund und ich schulde keinem von euch oder sonst irgendwem eine Erklärung. Kapiert?“

Der Raum drehte sich und ihm war kotzübel und doch fühlte er sich so frei wie seit Jahren nicht.

Marcus starrte ihn an, den Mund geöffnet, die Augen weit, so schockiert war er, aber Julian lehnte sich in seinem Stuhl zurück, ein kleines Lächeln umspielte seine Mundwinkel. „Wie lange hast du uns das schon sagen wollen?“

Schwer atmend ließ sich Zach zurück in seinen Stuhl fallen. „Weiß ich nicht“, gab er zu. „Vermutlich schon immer. Es tut mir leid –“

„Entschuldige dich nicht“, sagte Marcus. „Entschuldige dich niemals dafür, wie du dich fühlst, besonders nicht uns gegenüber. Deswegen sind wir schon so lange Freunde. Stimmt's?“

Und in all den Jahren, in denen sie befreundet waren, konnte sich Zach nicht daran erinnern, Marcus je so aufrichtig und ernst gesehen zu haben. Was er an seinen Freunden am meisten schätzte, war ihre Ehrlichkeit. Und dennoch hatte sich dieser kleine nagende Zweifel bezüglich

Nathan tief eingegraben. Er traute sich selbst nicht, seine Geschichte zu erzählen und seine Unehrlichkeit fraß an seinem Herzen.
„Ja, also lasst mich jetzt bitte in Ruhe mit der Sache um Sam, okay? Es hat nie was bedeutet, deswegen habe ich keinem von euch etwas erzählt."
Julian stand auf und streckte sich. „Ich halte mich an deine Bitte, aber du machst dir nur selber etwas vor. Wenn du den Mann magst, weißt du sicher, wie du ihn findest. Ich muss nach Hause. Nick geht es nicht gut, und ich habe versprochen, ihm etwas Hühnersuppe mitzubringen."
„Shit, du hast dich wirklich in einen glücklichen Hausmann verwandelt, was?" Marcus stand auf und ging um seinen Tisch herum. „Als Nächstes wirst du mir erzählen, dass du heiraten und Kinder haben willst."
Ausnahmsweise grinste Julian einmal nicht oder schluckte den Köder.
„Eines Tages, Marcus, würde ich gerne herausfinden, was dir zugestoßen ist, dass du so ein Zyniker geworden bist. Und", fügte Julian hinzu und lächelte wieder, „ich würde dir gerne zusehen, wenn du dich verliebst. Wenn das passiert, werde ich nicht sagen ‚Ich hab's dir ja gesagt', ich werde sagen ‚Jetzt verstehst du's.'"
„Verschwinde von hier und geh nach Hause zu deinem Freund." Mit einem liebevollen Schubser beförderte Marcus Julian in Richtung Tür. „Zach und ich werden heute Nacht etwas Spaß haben. Immerhin", sagte er grinsend und Zach wusste, dass er in Schwierigkeiten steckte, „wenn ich mich nicht irre, hat er die Wette verloren und muss Zeit mit mir verbringen."

Das Telefon klingelte und Marcus nahm das Gespräch entgegen, während Zach sich von Julian verabschiedete. Ein Glitzern verwandelte Marcus' Augen in ein dunkles Violett, als Zach sich zu ihm umdrehte, nachdem er die Tür hinter Julian geschlossen hatte.

„Bereit, da rauszugehen und zu feiern?"

Es gab keine Möglichkeit, Marcus zu entrinnen, wenn er einmal einen Entschluss gefasst hatte, und Zach hatte keine Kraft übrig, um zu kämpfen. Das Gute war, Zach wusste, er würde nur eine Stunde oder so im Club verbringen müssen, bis Marcus von einem hübschen Gesicht abgelenkt wäre und Zach vergessen würde. Dann konnte er nach Hause in sein leeres Bett und zu seinen Gedanken an Sam verschwinden. In letzter Zeit war alles, was er tun konnte, an diesen Mann zu denken und sich zu fragen, was hätte passieren können, hätte er den Mut besessen zu bleiben.

Aus seiner Teenagerzeit hatte Zach nicht viel Erfahrung mit Sex, von ein paar zögerlichen Küssen oder Berührungen abgesehen, und Nathan war der erste Mann gewesen, mit dem er Sex gehabt hatte. Kälte machte sich in ihm breit. Es war nicht der Zeitpunkt oder der Ort, um über Nathan und ihre gemeinsame Zeit nachzudenken. Diese Beziehung war toxisch gewesen; pures Gift. Er hatte zu lange gebraucht, um zu sehen, dass er missbraucht wurde und Besseres verdiente. Er hatte danach nur kurze Liebesabenteuer gehabt, aber erst durch Sam und ihr gemeinsames Wochenende hatte er den Unterschied zwischen ‚Sex haben' und ‚Liebe machen' entdeckt.

Seit diesem Wochenende war Zach jeden Morgen mit einem schmerzhaften Ständer aufgewacht und hatte über

die Nacht nachgedacht, die sie zusammen verbracht hatten. Er hatte so oft geduscht und sich einen runtergeholt wie damals, nachdem er als Teenager die Schwulenpornos im Internet entdeckt hatte.
Mit Sam hatte es kein Problem mit seiner Libido gegeben; selbst jetzt wollte er zurück in dieses Hotelzimmer und in Sams starke Arme gehüllt sein. Zach konnte noch immer nicht verstehen, wie ein Mann wie Sam ihn wollen konnte; von einem gut gefüllten Bankkonto abgesehen, hatte er kaum etwas zu bieten, wenn man ihn erst einmal kannte.
„Ja, lass es uns hinter uns bringen."
Marcus öffnete die Tür, Wellen der hämmernden Musik überfluteten sie. „Mit dieser Einstellung wird es ein Desaster werden." Er tanzte um Zach herum und wiegte seine Hüften. „Lass die Musik dich bewegen und dich alles vergessen lassen. Verlier dich in ihr. Ertrinke in ihr." Marcus tanzte weiter, stieß ihn mit seiner Brust an, rieb sich an ihm, während sie sich ihren Weg zum Anfang des Clubs bahnten.
„Ist es das, was du machst? Benutzt du das hier, um alles zu vergessen?"
Statt zu antworten nahm Marcus seine Hand und zog ihn auf die Tanzfläche, wo er auf eine beinahe obszöne Art und Weise damit fortfuhr sich zu wiegen und seine Hüften zu bewegen. Seine Arme schlangen sich um Zachs Nacken und seine Lippen strichen über Zachs Ohr.
„Schau jetzt nicht rüber, aber dein Kerl ist hier und so wie er mich anstarrt, ist er einen Schritt davon entfernt, auf die Tanzfläche zu stürmen und dich wie ein Neandertaler

abzuschleppen.“ Marcus tanzte von Zach weg, der sich plötzlich nicht mehr bewegen konnte.
Er blinzelte wie verrückt und sein Herzschlag war mit einem Mal schneller als der Takt der Musik. Fassungslos starrte Zach Marcus an. „Was?“ Er schluckte schwer. „Ich habe dich nicht verstanden.“
„Lüg nicht. Du bist total panisch und vor Angst wie gelähmt.“
Zach blieb stumm, es gab nichts zu sagen. Höchstwahrscheinlich hatte Marcus recht.
„Willst du ihn? Gib es verdammt noch mal endlich zu, Zach. Sag es dieses eine Mal.“ Marcus’ raue Stimme fühlte sich heiß an seinem Ohr an.
„Ja“, flüsterte Zach zurück, das erste Mal in seinem Leben verzweifelte er an seinen eigenen Bedürfnissen und seiner Sehnsucht. „Ich will ihn.“
Marcus’ Gesicht erhellte sich. Er schnappte sich Zach, zog ihn dicht an sich und küsste ihn. „Halleluja! Endlich. Dann lass uns sicherstellen, dass du ihn bekommst.“
Stroboskoplicht blitzte auf, erhellte die Tänzer auf dem Parkett in grellen Farben, und Zach hatte Probleme mit Marcus’ sich wiegendem Körper Schritt zu halten. Er war schon immer ein schlechter Tänzer gewesen, der den Rhythmus der Musik verpasste und sich in einem engen Kreis um sich selbst drehte. Als er einen kurzen Blick über seine Schulter warf, sah Zach, dass Sam nicht länger finster blickend am Rand der Tanzfläche war, wo er Momente zuvor noch gestanden hatte.
„Das hier bringt nichts“, brüllte Zach über die Musik. „Ich sehe ihn nicht mehr. Vielleicht ist er gegangen.“

Marcus nahm Zach bei der Hand und zog ihn an der Bar vorbei in den vorderen Teil des Clubs. Sam war nirgendwo zu entdecken und Zachs Zuversicht schwand. „Siehst du, du lagst falsch. Er war nicht interessiert.“
„Blödsinn. Ich lag noch nie falsch. Ich weiß, wenn jemand interessiert ist.“ Marcus ließ seinen Blick hin und her schweifen. „Ah“, sein Gesicht erhellte sich. „Da ist unser mysteriöser Mann. Sam!“ Er winkte und Zachs Puls beschleunigte sich. „Sam, hier drüben.“
Mit einem kaum sichtbaren Nicken nahm Sam sie zur Kenntnis und näherte sich. Das zusammengekniffene Lächeln, das er aufgesetzt hatte, half nicht, Zachs rasenden Herzschlag zu beruhigen.
„Wo wollten Sie hin?“, fragte Marcus. „Zach hat Sie gesucht.“
„Ach ja?“ Der Zweifel in Sams Stimme war nicht zu überhören. „Wieso?“
„Um … um mit dir zu reden. Ich hatte heute Morgen nicht wirklich die Gelegenheit mit dir zu sprechen.“
Als Sam nichts sagte, redete Zach schneller. „Es war schön, dich wiederzusehen. Ich bin froh, dass du Marcus’ Einladung angenommen hast und heute Abend hergekommen bist.“
„Ja, Sam“, sagte Marcus, sein omnipräsentes Lächeln wurde breiter. „Kommen Sie mit nach hinten und trinken Sie etwas mit uns.“
Sam ignorierte Marcus und richtete seine Aufmerksamkeit auf Zachs Gesicht. „Komisch, es wirkte nicht, als wärst du froh, mich zu sehen. Du hast dich verhalten, als würden wir uns kaum kennen. Ist das deswegen, weil du nicht wolltest,

dass Marcus herausfindet, dass wir uns kennen und miteinander geschlafen haben?“
Bevor Zach antworten konnte, packte ihn Marcus bei der Schulter und wirbelte ihn herum. „Ihr zwei hattet Sex? Das hast du uns nicht erzählt. Du hast gesagt, ihr würdet euch kaum kennen.“ Marcus vergrub beide Hände in Zachs Schultern und Zach zuckte zusammen.
„Hey, hör auf. Das tut weh.“
Ehe Zach sich versah, lag Marcus auf dem Boden, Sam stand über ihm und ließ seine Fingermuskeln spielen. „Wage es verdammt nochmal nicht, ihm wehzutun. Ich kenne Kerle wie dich: schmierige Bastarde, die immer andere Leute heruntermachen, von denen sie glauben, sie wären schwächer als sie.“ Zach stand wie angewurzelt da, immer noch schockiert, dass Sam Marcus geschlagen hatte.
„Hat er dir wehgetan?“ Sam trat näher an Zach heran, die Augen weich und die Stimme leise und ihre Wärme berührte Zach.
Es hätte für Zach nicht noch bizarrer sein können – Sam, der ihn gegen Marcus verteidigte? „Mir … mir geht es gut. Warum hast du ihn geschlagen?“ Die alte Loyalität brachte ihn dazu, sich neben Marcus auf den Boden zu knien.
„Bist du in Ordnung?“ Er berührte Marcus’ Schulter und hoffte, sein Freund würde sein berüchtigtes Temperament unter Kontrolle halten.
Zu seinem Erstaunen presste Marcus seine Fingerspitzen gegen seinen Kiefer und lachte schwach. „Was habe ich an mir, dass zuerst Julians Freund und jetzt deiner sich genötigt fühlen, mich zu schlagen?“ Er stand auf, blieb aber

vorsichtig und hielt sich aus Sams Schlagweite. „Ich bin ein netter Kerl, warum sieht das denn keiner?“
Sam ignorierte Marcus und wandte sich an Zach. „Du bist wirklich besorgt um ihn? Hat er dir so eine Gehirnwäsche verpasst, dass du dich darum sorgst, ob ich ihn verletzt habe, statt um die Tatsache, dass er Hand an dich gelegt hat?“
„Wovon zum Teufel redet er?“ Der gedämpfte Fluch von Marcus hinter ihm, ließ Zach zum Friedensstifter werden.
„Hört auf, alle beide.“ Zach stand zwischen den beiden Männern, sein Herz klopfte wie verrückt. „Sam, ich weiß nicht, wovon du redest. Marcus hat mir nicht wehgetan. Noch nie. Er ist mein bester Freund.“ Dabei überlegte er, wie es Sam bloß gelungen war, der Wahrheit so nahegekommen?
Sam verengte die Augen, sein grimmiger Gesichtsausdruck wie in Stein gemeißelt. „So nennst du das also? Mein bester Freund küsst mich nicht und springt mich nicht auf der Tanzfläche an.“
Zach versuchte alles aufzuklären. „Wir kennen uns schon unser Leben lang; Marcus ist wie ein Bruder für mich. Ich könnte nie an jemandem wie ihm Interesse haben.“
„Hey, Moment mal“, protestierte Marcus. „An mir gibt es nichts auszusetzen. Was meinst du mit ‚jemandem wie mir‘?”
Zach hob eine Braue. „Diese Frage zu beantworten könnte die ganze Nacht dauern. Darf ich meine Erklärung an Sam fortsetzen?“

Mit einem weitläufigen Wink seiner Hand wies Marcus auf Zach. „Unbedingt. Zuerst erklärst du Sam, dass wir nicht zusammen sind und dass ich dich niemals anfassen würde."
Der zweifelnde Ausdruck auf Sams Gesicht war besorgniserregend. Zach hatte Sams Vertrauen bereits verloren, indem er ihn verlassen und dann vorgegeben hatte, sich nicht an ihn zu erinnern. Er musste ihn dazu bringen, ihm zu glauben.
„Er sagt die Wahrheit. Marcus würde nie daran denken, mir wehzutun. Ich weiß nicht, wieso du das dachtest, aber da ist nichts zwischen uns außer einer langjährigen Freundschaft. Wir sind komplette Gegensätze, aber deswegen passen wir zusammen. Bitte", flehte Zach. Er fürchtete, wenn er Sam jetzt gehen ließ, könnte es das letzte Mal gewesen sein, dass er ihn sah. Jetzt, da er Sam wiedergesehen hatte, wusste er, wie unmöglich das für ihn sein würde. „Es tut mir leid, dass ich dich vorhin habe sitzenlassen, aber", er schluckte mit trockenem Mund, „ich bin so froh, dass du heute Abend hergekommen bist und ich … ich möchte, dass du bleibst."
Zach, der so viel persönliches Drama nicht gewohnt war, hatte das Gefühl, sich bei diesen Geständnissen übergeben zu müssen. Es war absolut möglich, dass Sam ihn stehenließ und verschwand. Als Sam daher, nachdem er ihn und Marcus gemustert hatte, lächelte und eine Hand ausstreckte, jubelte Zach innerlich auf und fiel durch den Stress gleichzeitig beinahe in Ohnmacht.
„Es tut mir leid, Marcus. Ich fühle mich wie ein Trottel, weil ich dich niedergestreckt habe, aber nachdem Zach und ich uns in der ersten Nacht kennengelernt hatten und alles super lief, machte er sich auf und davon. Ich dachte, er

hätte einen festen Freund und nun sein schlechtes Gewissen entdeckt.“

Zach liebte an Marcus, dass er nie nachtragend war, zumindest nicht, wenn es seine Freunde betraf. Es gab kein Zögern, als er Sams Entschuldigung akzeptierte und das Thema fallen ließ. Er schlang sogar einen Arm um Sam.

„Kein Problem. Komm mit nach hinten, dann können wir uns besser kennenlernen.“ Geschickt steuerte er Sam an die nächste Bar und bestellte bei dem hinreißenden Barmann zwei Bier. Die Männer, die Marcus für seinen Club anheuerte, waren einige der bestaussehenden Kerle, die Zach je gesehen hatte. Marcus hielt ihr unmöglich gutes Aussehen für selbstverständlich und bemerkte kaum die schwungvolle Geste, mit der der junge Mann die Flaschen und gekühlten Gläser präsentierte, vermutlich in der Hoffnung seinen Boss zu beeindrucken.

„Erzähl mir mehr von dir. Mehr als das, was ich schon weiß. Wenn Zach hier an dir Interesse zeigt, musst du jemand Besonderes sein.“

„Was ist das, ein Interview? Musst du nicht gerade irgendwo anders sein, jemand anderen belästigen?“ Jetzt, da Marcus Sam zum Bleiben überredet hatte, wollte Zach alleine mit ihm sprechen und hoffentlich etwas von der Magie von Atlantic City zurückgewinnen. Zum ersten Mal in seinem Leben wollte er, dass Marcus wegging.

„Ist schon okay, Zach, mir ist das egal.“ Sams Lächeln beschwichtigte ihn. „Ich war Polizist, habe letztes Jahr das Revier verlassen und bin in Rente gegangen, nachdem ich dort zwanzig Jahre gearbeitet habe.“

„Hast du bei der Polizei Probleme gehabt, weil du schwul bist? Wir wissen von Julians Freund Nick, der Feuerwehrmann ist, wie schwer es für homosexuelle Leute in Uniform ist, von ihren Kollegen respektiert zu werden."
Sam trank sein Bier und starrte auf die Flasche in seiner Hand. „Wir bekommen Respekt, aber verdienen ihn uns wesentlich langsamer als wir sollten. Mein Captain hat mich nie schikaniert, aber ich glaube auch nicht, dass er allzu begeistert davon war, einen schwulen Cop unter seinem Befehl zu haben."
Marcus bemerkte den Stimmungsumschwung und führte Sam zurück zu den banaleren Kennenlern-Fragen. „Wo lebst du, hier in der Stadt oder in einem der äußeren Stadtbezirke?"
„Ich lebe in Brooklyn, in Carroll Gardens."
Vorsehung, etwas, das selten auf Zach herablächelte, strahlte nun mit seinem hellen Licht direkt auf ihn.
„Ich auch." Er sprach zum ersten Mal, seitdem sie in das Innere des Clubs zurückgekehrt waren. „Mein ganzes Leben. Aber näher an Red Hook als Cobble Hill."
„Ja, ich auch. Es war das einzige Gebiet, das wir uns leisten konnten."
„Wir?" Marcus hob eine Braue. „Hast du einen Zimmergenossen?"
„Nein. Ich habe mit jemandem zusammengelebt, aber wir haben uns vor mehr als sechs Monaten getrennt."
Natürlich. Ein Mann wie Sam war nicht sein Leben lang Single gewesen. Er war nicht wie Zach zu ängstlich, den Platz, den das Leben ihm als Kind zugeteilt hatte, anzufechten. Er würde feste Freunde gehabt haben, vermutlich

viele. Normale Menschen hatten Beziehungen, sie versteckten sich nicht in ihren Kellern.
„Das ist hart. Na ja, gut, dass Zach hier unsere kleine Wette angenommen hat. Anderenfalls hättet ihr zwei euch wahrscheinlich nie kennengelernt."
„Wette?" Sam sah zu Zach hinüber, die Verwirrung stand ihm ins Gesicht geschrieben. „Welche Wette?"
„Nichts. Marcus erfindet Geschichten wie üblich." Zach zog an Sams Arm. „Warum suchen wir uns nicht hinten einen Tisch und machen es uns gemütlich?"
„Ich bin kein Lügner – warum zur Hölle sagst du das?" Marcus stellte sich Zach in die Quere und versperrte ihm den Weg. „Du hast die Wette nicht vergessen, ich kenne dich. Du triffst einen Kerl und bandelst mit ihm an, und ich muss drei Monate lang in Enthaltsamkeit leben." Sein Mund verzog sich zu einem boshaften Grinsen. „Du hast uns angelogen und gesagt, du hättest niemanden kennengelernt, also hast du, soweit es mich betrifft, die Wette verwirkt, und ich bin aus dem Schneider. Stimmst du mir da nicht zu, Sam?"
Seine Augen sprühten Feuer, als Sam seine Flasche zurück auf die Bar knallte. „Eine Wette? Es war alles ein abgekartetes Spiel für eine Wette?" Die Lampen über ihnen beleuchteten sein wütendes weißes Gesicht. „Du hast dich von mir ficken lassen, also warum noch länger bleiben?" Sein Blick glitt über einen verblüfften Marcus. „Es war alles ein Spiel für euch beide, was? Du kannst zur Hölle fahren und ihn mitnehmen." Sam stieß Zach mit dem Daumen an, und der wollte, dass sich ein Loch im Boden auftat. „Ich bin schon einmal in meinem Leben von jemandem ver-

arscht worden, den ich glaubte zu kennen. Ich brauche keinen Fremden, der das wiederholt."

Dann verschwand Sam, wurde von der sich windenden Menge von Tänzern verschluckt, als er sich seinen Weg durch den Club zum Hauptausgang bahnte.

„So war das gar nicht", flüsterte Zach an Sams sich entfernenden Rücken gewandt. „So ist das überhaupt nicht gewesen." Ohne weiter darüber nachzudenken, rannte Zach Sam hinterher, als wären ihm die Höllenhunde auf den Fersen.

KAPITEL ZWÖLF

„Eine Wette. Eine verdammte Wette." Sam ignorierte die entnervten Blicke der Leute, an denen er sich vorbeischob, als er den Club verließ und begann die Straße hinunterzustiefeln, ohne auf die Richtung zu achten. „Ich bin so ein verdammter Idiot." Er argumentierte weiter mit sich selbst, während er darauf wartete, dass die Ampel an der Straßenecke grün wurde.

Ich hätte wissen müssen, dass etwas nicht stimmte. Und da hatte ich Sorge, er würde misshandelt, während er mich die ganze Zeit zum Narren hielt.

„Sam." Mit rotem Gesicht und schwer atmend, beeilte sich Zach zu ihm aufzuschließen. „Lass mich das erklären." Schweiß von der schwülen Abendluft lief ihm über das Gesicht und die seidenen dunklen Locken klebten feucht an seinem Kopf.

Zweifel, Scham, Verlangen und Angst. All diese verdammten Emotionen tobten in Sam und er hasste es, hasste sich selbst, dass er auch nur eine Sekunde zögerte, dass er mit Zach reden wollte, auch wenn er dem Mann nicht zutraute, die Wahrheit zu sagen.

„Bitte." Zach berührte seinen Arm, Sam versteifte sich und entzog sich ihm. „Komm zurück in den Club mit mir und wenn es dir, nachdem ich es dir erklärt habe, immer noch egal ist, dann kannst du gehen und vergessen, dass wir uns je getroffen haben."

Zachs blaue Augen trafen auf seine und Sam wollte verdammt sein, wenn er ihn nicht wiederhaben wollte; und das machte ihn nur noch wütender. Aber diesmal war die Wut gegen sich selbst gerichtet. Der Untergrund seiner Beziehung mit Andy war auf Lügen und Betrug aufgebaut gewesen. Das Letzte, was er je tun wollte, war sich selbst zu erlauben wieder ins Schwanken gebracht zu werden, ganz gleich, wie schön Zachs blaue Augen waren oder wie heiß und süß seine Küsse schmeckten. Er würde sich nicht wieder in die Irre führen lassen.

„Sorry, aber ich habe kein Interesse. Alles schon mal dagewesen. Du hast Spaß daran, mit den Emotionen der Menschen zu spielen. Das ist es, was ihr Kerle tut.“

Der getroffene Ausdruck auf Zachs Gesicht hätte ihn beinahe umgestimmt, aber Sam blieb standhaft, er wusste, er wäre am Ende der Verlierer.

„Geh zurück zu deinem Freund und hab Spaß. Ich gehe nach Hause.“

Das Glück war heute ausnahmsweise auf seiner Seite. In dem Augenblick, in dem er seine Hand ausstreckte, hielt ein Taxi neben ihm. Ohne ein weiteres Wort sprang er hinein und gab dem Fahrer seine Adresse. Auch wenn er gesagt hatte, er wäre nicht interessiert, konnte er nicht anders, er drehte sich um, als sie die Straße hinunterfuhren. Warum fühlte er sich wie der Böse, als er einen verloren wirkenden Zach in der Ferne verschwinden sah?

Am nächsten Morgen erwachte Sam mit einer frischen Perspektive und entschloss sich Zach, seine Freunde und die gesamte verdammte Atlantic City Episode hinter sich zu lassen. Vielleicht würde er wieder anfangen sich zu verabreden, vielleicht nicht. Eines wusste Sam sicher: Bevor er sein Herz wieder einem Mann öffnete, würde er auf

Nummer sichergehen und ihn zuerst unter die Lupe nehmen. Es würde keine weiteren Abschleppaktionen an der Bar geben und er würde Henry nicht mehr erlauben, ihn zu einer schnellen Entscheidung zu nötigen. Genauso wenig würde er sich selbst von Lust blenden lassen. Nie wieder würde er sich von äußeren Erscheinungen beeinflussen lassen, ganz gleich, wie weich und nachgiebig der Mund des Mannes unter seinem eigenen sein würde.

Er war nicht umsonst Polizist gewesen. Als er unter der Dusche stand und sich einseifte, schwor Sam, dass es das nächste Mal, wenn er sich einen Liebhaber nahm, keine Überraschungen geben würde. Er mochte sein Leben gepflegt und ordentlich und hasste Überraschungen.

Jetzt, wo er sein Leben bereinigt hatte, war Sam hungrig. Nichts war an einem Sonntagmorgen mit einem frischen Kaffee besser als Gebäck von seinem favorisierten Bäcker in der Nachbarschaft, also steckte er seine Schlüssel und sein Handy in die Tasche. Er hatte mehrere Nachrichten von Henry, die er beschloss zu ignorieren, da ihm nicht danach war, die letzte Nacht so früh am Morgen wiederzukäuen. Dafür bräuchte er Koffein und eine Stärkung.

Aber der Gott der Überraschungen dachte nicht daran, seine Bedürfnisse in Betracht zu ziehen, als er in Carusos Bäckerei ging und Zach Cohen vorfand, der an einem der kleinen Rundtische saß, seine Tasse Cappuccino und die krümeligen Überreste eines Teilchens vor sich.

Ein hoffnungsvoller Blick traf quer durch den Laden auf seinen, aber Sam stählte sich selbst, um standhaft in seiner Entscheidung zu bleiben und Zach zu ignorieren. Also ging er direkt zur gläsernen Theke, die jede erdenkliche Art italienischer Delikatesse zeigte. Wenn man sein eigenes miserables Privatleben außen vor ließ, konnte man Sams Glück definitiv an Cannoli Creme und Früchtekuchen messen. Und niemand wusste, wie man ihn glücklicher machen konnte, als Mrs. Caruso.

„Ahh, Sammy, da ist mein Lieblingsmann", schwärmte sie. Fünfundsiebzig Jahre alt und seit dem Tod ihres Mannes vor fünf Jahren immer in Schwarz, führte Teresa Caruso den Nachbarschaftsladen seit mehr als vierzig Jahren. Ihre funkelnden schwarzen Augen, schärfer als die jedes Late-Night-Comedians, flackerten hinüber zu Zach, dann zu Sam zurück. „Ich glaube, du hast einen Bewunderer. Er kam vor etwa einer Stunde hierher und fragte, ob ich dich kennen würde." Als wären sie Kumpel, die einander Geheimnisse über einem Bier anvertrauten, lehnte sich Mrs. Caruso über den Tresen, um – zu Sams Bestürzung eher laut – zu flüstern, „Er ist ein Süßer, Sammy. Geh, setz dich zu ihm und ich bring dir deinen Espresso und ein paar Kleinigkeiten."

Er öffnete den Mund, aber Cupido, der heute Morgen die Gestalt einer weißhaarigen italienischen Großmutter in orthopädischen Schuhen angenommen hatte, weigerte sich seine Proteste anzuhören.

„Los, los. Keine Sorge. Du weißt, dass ich euch Jungs liebe. Ich plaudere nie aus dem Nähkästchen." Sie zwinkerte ihm zu und gegen seinen Willen lachte Sam mit erhobenem Zeigefinger. „Mrs. Caruso, Sie sind eine ganz Schlimme."

„Geh schon, setz dich. Bring diesen traurigen Mann zum Lächeln."

Mit einem innerlichen Seufzen ging Sam zu Zach hinüber, der zu ihm aufschaute, immer noch mit einem ernsten Ausdruck im Gesicht.

„Muss ich eine einstweilige Verfügung gegen dich erwirken? Denn ich erinnere mich, dir letzte Nacht gesagt zu haben, dass ich dich nicht wiedersehen will.“ Es mochte ein wenig schärfer herausgekommen sein, als er beabsichtigt hatte, und er sah, wie Zachs Gesicht in der frühen Morgensonne bleich wurde.

Er hatte nicht die Absicht ein Mistkerl zu sein, aber Sam traute sich selbst nicht, wenn Zach in der Nähe war. Der Blick auf das Stückchen Haut unter Zachs Hals, das, wie Sam aus persönlicher Erfahrung wusste, nach Salz und Hitze schmeckte und sich weich unter seiner Zunge anfühlte, machte seine Absichten, kalt und unpersönlich zu bleiben, zunichte. Wie konnte er sich zurückhalten, wenn sich sein Körper beim bloßen Anblick dieses Mannes verhärtete und sein Schwanz schmerzte?

„Ich habe mich daran erinnert, dass du diesen Ort erwähnt hast, als wir auf der Promenade waren, also ja, ich nehme an, dass du mich als Stalker bezeichnen kannst, wenn du willst.“ Zach redete mit dem Tisch, als könne er den Anblick von Sams Gesicht nicht ertragen. „Aber ich wollte einen letzten Versuch starten und herausfinden, ob du dir die komplette Wahrheit anhören würdest. Wenn du mir dann sagst, ich soll zur Hölle fahren, weiß ich zumindest, dass du alle Fakten hast.“

Er setzte sich gegenüber von Zach an den winzigen Tisch und während sein Gehirn ihm sagte, er verhielte sich wie ein Arschloch, feuerte sein Körper ihn an. Er war nie ein

Mann gewesen, der mit seinem Schwanz dachte, doch die rasant zunehmende Schwellung zwischen seinen Beinen bewies ihm das Gegenteil.
Mrs. Caruso stellte eine kleine Tasse Espresso und einen Teller mit Mini-Cannoli und Früchtekuchen, die mit Creme gefüllt waren, vor ihm ab. Die Süße des Zuckers vermischt mit dem starken Duft des Espressos brachten Sam dazu, seinen grimmigen Gesichtsausdruck zu einem Lächeln des Dankes für sie zu entspannen.
„Das sieht fantastisch aus, wie immer. Vielen Dank, Mrs. Caruso."
„Gern geschehen. Esst auf. Ich habe genug für dich und deinen Freund gebracht." Ein weiteres Zwinkern aus den schwarzen Augen, dann tätschelte sie Zach die Schultern.
„Weißt du, du bist viel süßer als dieser eine, mit dem Sammy seine Zeit vorher verschwendet hat." Mit dieser Erklärung verschwand sie zurück auf ihren Platz hinter dem Tresen, hörte ihre *Top 40* Hits im Radio und nippte an ihrem eigenen Kaffee.
Sam biss in einen Früchtekuchen und genoss die Explosion der Süße auf seiner Zunge. Er nippte an seinem Espresso und starrte aus dem Fenster, das einen Überblick auf die Luquer Street bot. Er wollte verdammt sein, wenn er derjenige war, der die Unterhaltung begann.
„Ich weiß, dass du sauer bist und du hast jedes Recht dazu. Aber du siehst mich komplett im falschen Licht. Ich bin so weit von einem Partygänger entfernt, wie du dir nur vorstellen kannst. Ich hasse diese Orte, Marcus zwingt mich hinzugehen."

Sam nahm einen weiteren Schluck Espresso und beäugte den Rest seines Küchleins, bevor er Zachs besorgten Blick traf. „Ja, deswegen hattest du eine Wette mit ihm, das Wochenende einen Kerl kennenzulernen und zu vögeln, und ich Glückspilz“, sagte er und lachte rau, „ich war dein ausgesuchtes Opfer. Aber die Sache ist die …“ Sam stellte die winzige Espressotasse auf den Tisch und stand auf. „Niemand fickt mich und hält mich zum Narren. Ich habe schon genug von dieser Scheiße. Also danke für die Erklärung, aber weißt du was? Es ist mir völlig schnuppe.“
Er nahm eine Zehn-Dollar-Note aus seiner Brieftasche und gab sie Mrs. Caruso, die ihn fragend ansah, aber ihre Lippen aufeinanderpresste, als er den Kopf schüttelte. „Bis die Tage.“ Die Türklingel bimmelte über seinem Kopf und er betrat die Straße in Richtung seines Apartments.
„Sam, warte.“
Es war ein Déjà Vu der letzten Nacht: Zach, der ihm hinterherrannte und ihn bat zu warten. Nur war er diesmal nur eine Querstraße von zu Hause entfernt und musste nicht auf ein Taxi warten. Seine langen, zielstrebigen Schritte machten es schwer für Zach Schritt zu halten, doch auf halbem Weg sah Sam mit einem Seitenblick, dass Zach ihn schwer atmend eingeholt hatte. Sam wurde etwas langsamer, blieb aber stumm; er wusste, Zach musste nur wieder zu Atem kommen, bevor er zu reden begann.
„Es hat nie wirklich eine Wette gegeben, zumindest nicht von meiner Seite. Meine Freunde haben rumgealbert, ich glaube mehr, um mir einen Anreiz zu geben, jemanden kennenzulernen, aber auch, um Marcus einen Strich zu spielen. Wenn du mich kennen würdest, wüsstest du, dass

ich der Letzte bin, der mit den Gefühlen anderer Leute spielt."
„Ich kenne dich überhaupt nicht."
„Dann lass mich das in Ordnung bringen." Zach legte Sam eine Hand auf den Arm. „Weißt du, h bin hier ziemlich weit von meiner Komfortzone entfernt. Noch nie bin ich einem Mann hinterhergelaufen; dafür bin ich nicht der Typ."
Das brachte Sam dazu, mitten auf dem Bürgersteig stehenzubleiben. „Ja? Also, warum ich? Ich bin nichts Besonderes. Warum hast du mich ausgewählt?"
Verdammt, Zach lief puterrot an, und, verdammt, wenn Sam das nicht anturnend fand.
„Ich … ich kann es nicht erklären. Du hast etwas an dir, wodurch ich mich sicher fühle", Zach leckte sich über die Lippen und Sam konnte es nicht verhindern, von seinem Mund angezogen zu werden, als er sich an seinen Geschmack erinnerte, „und trotzdem zur gleichen Zeit völlig leichtsinnig." Er flüsterte, damit die vorbeigehende Schar von Müttern mit Kinderwagen ihn nicht hören konnte. „Einem Kerl nachzujagen, ihn zu verfolgen – ich kann nicht glauben, dass ich das tue. Aber ich konnte diese Nacht einfach nicht vergessen. Vielleicht macht es mich zu einem Loser, dir das zu sagen, aber ich bin kein Spieler."
Zach hob den Blick, um Sam in die Augen zu sehen, und Sam wusste, dass der andere Mann aus seinem Herzen sprach. „Es ist komisch, dass ich ein Mann bin, der Millionen mit einer Dating-App verdient hat, und gleichzeitig der, bei dem es am unwahrscheinlichsten ist, dass ihn jemand will." Er scharrte mit den Füßen und hielt seinen

Blick gesenkt. „Aber du wolltest mich und wir haben uns so gut verstanden. Es tut mir so leid, dass ich dich in der Nacht versetzt habe. Es war falsch, ganz egal aus welchem Grund."

„Also bist du nicht in Marcus' Club gegangen?" Sam bewegte sich langsam auf Zach zu und konnte den Schweiß auf seiner Stirn sehen und seine nervöse Anspannung. „Warum bist du weggerannt?"

Sechs Hunde, die über ihre Leinen miteinander verbunden waren, drängten auf dem Gehweg an ihnen vorbei, ihre kalten Nasen stießen an Sams Knöchel. Das war keine Unterhaltung für die offene Straße, dachte er bei sich. Er beäugte Zach, bemerkte, wie seine Augen von Seite zu Seite huschten und dass seine Wangen von einer heftigen Schamesröte noch immer rosa überzogen waren, und überließ seinen Instinkten die Führung, als er beschloss, Zach eine letzte Chance zu geben.

„Hast du Lust, mit zu mir zu kommen, wo wir ungestörter reden können?"

„Ja?" Das zögernde, hoffnungsvolle Lächeln auf Zachs Gesicht verstärkte Sams Glauben, dass Zach ihm nun die Wahrheit sagte und Erleichterung durchflutete ihn.

„Okay, dann komm." Sam führte sie weiter die Straße hinunter, an den Sandsteinhäusern und den ordentlich gehaltenen Backsteinhäusern mit den schönen Vorgärten vorbei, zu dem kleinen Einzimmerapartment, das er sich gemietet hatte. Er wollte immer ein Haus haben, doch mit dem Gehalt eines Cops konnte er sich die Preise, die solche Heime heutzutage kosteten, nie leisten. Vor zwanzig

Jahren, ja, aber er hatte damals nicht daran gedacht, seine Zukunft zu planen.

„Komm herein." Er trat ein, warf seine Schlüssel in die Schale neben der Tür und ging in Richtung Küche. „Willst du Kaffee? Ich hatte keine Gelegenheit, meinen bei Carusos auszutrinken. Ich habe sogar meine Cannolis ausgelassen."

Zu seinem Entzücken hielt Zach eine weiße Papiertüte hoch, die er vorher nicht bemerkt hatte.

„Sind das –"

Mit einem schüchternen Grinsen und einem Funkeln in den Augen nickte Zach auf seine unausgesprochene Frage hin und das stechende Verlangen durchschoss Sam erneut.

„Ich habe sie von ihr in einer Tüte verstauen lassen, bevor ich dir nachgerannt bin. Auf keinen Fall konnte ich diese Leckereien zurücklassen." Zach gab ihm die Tüte, und ihre Finger berührten sich. Sein Grinsen verschwand, und er zog sich von Sam zurück, einen beunruhigten Ausdruck auf seinem schönen Gesicht.

„Ähm, äh, bitteschön." Er zog sich in das Wohnzimmer zurück, wo er sich auf das Sofa setzte und ins Nichts starrte.

Das war nicht derselbe Mann, den er letzten Monat kennengelernt hatte, entschied Sam, als er seinen Kaffeebecher füllte. Die Selbstsicherheit, die Zach während der Konferenz ausgestrahlt hatte, war verschwunden und hatte jemand Zögerliches zurückgelassen, nicht den coolen, selbstbewussten Mann, der er gewesen zu sein schien.

Sam erinnerte sich an die Zeit, als er und Zach am Rand der Promenade gesessen und über die Erwartungen der

Menschen an andere geredet hatten, und wie auch er vorgegeben hatte, eine Art Spieler zu sein, in dem Glauben, er würde dann in den Lebensstil passen, den Zach vorgab zu leben. Zu diesem Zeitpunkt war Sam nur daran interessiert gewesen, Zach wieder nackt zu sehen. Vielleicht hatte er sich geirrt, vielleicht hatten sie beide ein Spiel gespielt. All diese Gedanken schwirrten durch seinen Kopf, während er in seinen Küchenschränken nach Tassen und einem Teller kramte.

Zach hatte sich nicht von seinem Platz auf dem Sofa bewegt, als Sam in das Wohnzimmer zurückkehrte. Falls möglich wirkte er sogar noch unbehaglicher als zuvor.

„Hier." Sam gab ihm mit der einen Hand eine Tasse und deutete mit der anderen auf den Teller. „Nimm noch einen, denn, wenn du das nicht tust, werde ich sie alle alleine essen müssen."

Es waren ein halbes Dutzend Cannoli und drei Früchtekuchen auf dem Teller. Zach starrte ihn vielsagend an und Sam schmollte etwas.

„Was? Ich bin eine Naschkatze. Es gibt Schlimmeres im Leben."

Zach sagte nichts, allerdings zeigte sich ein kurzes Lächeln auf seinen Lippen, als er seine Kaffeetasse anhob. Er trank ein paar Schlucke, dann kam er offensichtlich zu einem Entschluss, als er seine Tasse auf dem Wohnzimmertisch abstellte und tief durchatmete.

„Schau mal, ich bin ein Versager bei persönlichen Beziehungen, deswegen halte ich mich an die Computer. Ich wollte schon vorher nach Atlantic City zur Konferenz gehen, und die Jungs haben herumgealbert und gesagt, ich sollte jemanden finden, den ich abschleppen könnte. Irgendwie hat es sich in eine Wette verwandelt. Und wenn Marcus verliert, sollte er eine Zeitlang keinen Sex mehr haben dürfen. Wenn du Marcus kennst, weißt du, dass sich bei ihm alles genau darum dreht."

„Also ist er der Spieler."

Zach entschloss sich endlich, ein Teilchen zu nehmen und er hatte seinen Früchtekuchen schon halb verputzt und sich die Zeit zum Schlucken genommen, bevor er antwortete.

„Ja. Ich liebe den Kerl, aber er hat keinen festen Freund. Und vielleicht wird er nie einen haben. Allerdings", Zach leckte über seine Lippen und befreite sie von Creme, „ist er der beste Freund, den ich je hatte und er würde mich nie verletzen."

Interessant. Sam nippte an seinem Kaffee und sagte nichts.

„Ich habe ihrer Wette nie zugestimmt, hatte aber bereits entschieden an diesem Wochenende jemand anderer zu sein. Wen konnte es schon verletzen? Ich wäre mit Leuten zusammen, die mein wahres Ich nicht kennen würden. Ich konnte einfach ein neuer Zach sein. Jemand, der keine Angst hatte, ein Risiko einzugehen; jemand, der bereit war, Spaß zu haben und kühn zu sein." Er sah auf seinen Schoß hinunter. „Jemand, den die Leute bemerken würden."

Nichts davon machte Sinn für Sam. „Aber warum? Du bist ein junger, unglaublich reicher, gutaussehender Kerl. Warum denkst du, dass du es nötig hast, so zu tun als ob? Jeder Kerl würde sich glücklich schätzen mit dir zusammen zu sein."

Das Kompliment brachte kein dankbares Lächeln hervor, Zach wurde nicht einmal rot. Sein Gesichtsausdruck wurde düsterer und er stand auf, dann ging er zum Fenster.
„Wahrnehmungen spiegeln selten die Wahrheit wider. Was du siehst, ist nicht, wie ich es sehe, und es ist nicht, wie mich die meisten Menschen mein Leben lang gesehen haben. Ich war nie bei irgendetwas selbstsicher, abgesehen von meiner Begabung in der Schule. Und wenn du zehn bist und nie für einen Sport ausgewählt wirst oder dreizehn und nie zu irgendwelchen Partys eingeladen wirst, stellt sich ein Muster für den Erwachsenen ein, der du sein wirst. Derjenige an den Seitenlinien; immer da, aber nie wahrgenommen. Wenn du ein unsichtbares Kind bist, tendierst du dazu, zu einem unsichtbaren Erwachsenen zu werden."
Wie falsch er bei Zach von Anfang an gelegen hatte. Da Sam jetzt wusste, was für eine liebenswürdige und freundliche Seele Zach war, fühlte er mit dem kleinen Jungen, der Zach gewesen war – und mit dem traurigen und einsamen Mann, der nun vor ihm stand.
„Siehst du dich so – als unsichtbar?" Sam folgte ihm ans Fenster und legte ihm eine Hand auf die Schulter, tat aber sonst nichts.
„So bin ich schon immer gewesen. Marcus hat immer versucht mich einzubeziehen, aber –"
„Weißt du was?" Sam ließ seinen Arm um Zach gleiten und drehte ihn, sodass sie einander ansahen. „Du denkst zu viel an Marcus." Sam nahm Zach die Brille ab und legte sie vorsichtig auf den Tisch. „Du redest auch zu viel von ihm. Willst du wissen, was ich sehe?"
Zach blinzelte und nickte.

„Ich sehe einen Mann, der liebenswert, klug und hartnäckig ist. Einen Mann, der keine Angst davor hat, herauszufinden, was er will, und das zu verfolgen." Sam beugte sich vor und berührte sanft Zachs Lippen mit seinen eigenen. Das genussvolle Seufzen von Zach brachte ihn zum Lächeln. Er zog sein T-Shirt aus und knöpfte Zachs Hemd auf, sodass sich ihre nackten Oberkörper aneinanderpressten. Sam streifte Zach das Hemd von den Schultern, sodass es zu Boden fiel und schob dann seine Hand über Zachs Rücken, der so warm und weich war, wie er ihn in Erinnerung hatte. Seine Finger breiteten sich auf der Haut, den Muskeln und Knochen aus, als er Zach dicht an sich drückte. Es war, als wären seine Hände dafür gemacht worden, Zach zu berühren. Das Gefühl seiner Haut war absolut richtig und perfekt.

„Verstell dich niemals vor mir, es gibt keinen Grund dafür. Ich bin nicht an jemandem interessiert, der in den Clubs abhängt und die Nächte abfeiert." Er vergrub seine Lippen in Zachs Haaren, seine Hände glitten die Wölbung von Zachs Wirbelsäule entlang, bis seine Finger unter den Bund von Zachs Jeans glitten, um ihn dort sanft zu streicheln.

Zach stöhnte, sein Atem heiß an Sams Schulter. Sein Atem ging schneller, als Sam fortfuhr, entlang des oberen Bundes seiner Jeans zu spielen und einen Finger tiefer gleiten zu lassen, um seine Pofalte zu necken, während ihre jeansbedeckten Erektionen aneinander rieben.

Sam nahm Zachs Gesicht zwischen beide Hände und küsste seine Lippen zuerst sanft, dann mit größerer Dringlichkeit, als er seine Zunge tief in Zachs Mund stieß. Er war genauso heiß und süß, wie Sam es in Erinnerung hatte, aber

jetzt war da mehr; eine neue Hoffnung, dass das noch nicht alles war. Nicht nur einfach Sex.
Zach wand seine Hand um Sams Nacken und ihre Küsse wurden leidenschaftlicher und verzweifelter. Sam vergaß seine besten Absichten, die Dinge langsam anzugehen, Zach zuerst besser kennenzulernen, bevor sie wieder ins Bett sprangen. Sie verschwanden, sobald sich Zachs weiche Lippen, die sich warm gegen seine eigenen bewegten, öffneten, und seine Zunge in Sams Mund glitt, sich windend und auf der Suche nach Sams.
Seine Hände zitterten leicht, als Sam den oberen Knopf an Zachs Hose öffnete und sie zusammen mit seinen Boxershorts hinunterzog. Während er seine Hände auf Sams Schultern abstützte, befreite sich Zach von seinen Flip-Flops und trat dann seine Klamotten beiseite, der dunkle, hungrige Ausdruck in seinen Augen geriet dabei nie ins Wanken. Sams Atem ging schneller bei dem Anblick von Zachs gut ausgestattetem Schwanz, der gerötet vor ihm stand; sogar noch perfekter als er ihn aus seinen Träumen in Erinnerung hatte. Jede Entschlossenheit, an die sich Sam geklammert hatte, verflüchtigte sich bei der Welle des Verlangens, die über ihm zusammenschlug und jedes Nervenende unter seiner Haut entflammte. Sam ging auf die Knie und nahm, während er sich an Zachs Hüften festhielt, Zachs Schwanz in seinen Mund und ließ ihn tief hineingleiten.
Die erste scharfe Probe von Zachs Geschmacks explodierte heiß auf seiner Zunge.

„Oh Gott“, stöhnte Zach, als er seine Beine weiter auseinanderschob und sich am Fenstersims hinter sich festklammerte. „Sam, Gott, bitte.“
Mit einer Hand hielt Sam Zachs Schwanzwurzel fest und saugte an der Spitze, ließ seine Zunge zuerst außen entlangwirbeln und leckte dann über die kleine Spalte. Zach erschauerte und schwankte unter Sams unerbittlichem Streicheln, Lecken und Saugen den Schaft hinauf und wieder hinunter, dann wieder zurück zur Krone. Sams freie Hand massierte sanft Zachs Oberschenkel, griff dann nach unten zu Zachs Eiern, umfasste erst das eine, dann das andere. Sams Finger glitt zurück, die empfindliche Haut des Damms entlang und bei dieser Berührung bäumte Zach sich auf, schrie und schoss seine heiße, cremige Sahne in Sams Mund. Der schluckte alles hinunter, eine Hand ruhte sacht auf Zachs Hüfte, die andere hielt Zach an der Wurzel, bis sein Schwanz wieder weich wurde und feucht zwischen seinen Lippen hervorglitt.
Ihr keuchender Atem vermischte sich mit dem Gezwitscher der Vögel hinter den offenen Fenstern und erzeugte eine eigenartig sinnliche Melodie. Sam fuhr mit seinen Händen Zachs nackte Beine hinauf, genoss das drahtige Haar und die festen Muskeln, bevor er seinen Hintern umfasste. Er presste seine Lippen in die Kuhle, in der Hüftknochen und Oberschenkel sich trafen, und atmete tief Zachs maskulinen Duft ein. Bei Zachs genüsslichem Seufzen sah Sam nach oben, und ihm stockte der Atem.
Ein Bild der gesättigten Glückseligkeit: Zachs Kopf ruhte am Fenster, seine schweren Lider und ein verträumtes Halblächeln verschlangen Sams Herz zu einem Knoten der

Unsicherheit. Er hätte dem körperlichen Vergnügen nicht so schnell erliegen dürfen. Er war nie ein Mann gewesen, der von seinem Schwanz anstelle seines Kopfs beherrscht worden war und trotzdem brauchte es nur ein Lächeln von Zach oder eine Berührung seiner Finger und Sams Gehirn hatte einen Kurzschluss und frittierte seinen gesunden Menschenverstand.

„Sam?“

Zachs zögerliche, fragende Stimme riss Sam aus seiner Selbstbeobachtung.

„Ja?“ Er blinzelte, um Zach zurück in seinen Fokus zu rücken, seine Stimme ein bisschen grober, als sie sein sollte, wenn man davon ausging, dass er vor einer Minute den Schwanz des Mannes in seinem Mund gehabt hatte. „Was ist los?“ Sein Tonfall jetzt etwas weicher, stand Sam auf und trat von Zach zurück, der seinen Stimmungsumschwung bemerkt haben musste, dem leicht bestürzten Ausdruck in seinen halb-benebelten Augen nach zu urteilen.

„Äh, ich ziehe mich zuerst wieder an, wenn du nichts dagegen hast.“ Da war diese verführerische Röte wieder. Sam sah zu, wie Zachs Wangen sich aufheizten, als er seine Boxershorts und Hose wieder anzog. „Ich kann besser reden, wenn ich nicht halbnackt bin.“ Zach setzte seine Brille auf, sah Sam aber nicht an.

War es möglich, dass Zach wirklich so schüchtern war, wie er wirkte?

Sam fand das – und Zach im Allgemeinen – ziemlich liebenswert. Sein Kopf tat weh vom ganzen Nachdenken

über Zachs ständige Verhaltensänderungen. Alles, was er wollte, war die Wahrheit. Das sollte nicht so schwer sein.
Eine leichte Brise durchfuhr Zachs Haar und berührten Sams Wangen mit überraschender Kühle. Vielleicht stand ein Sommersturm bevor; das wäre eine willkommene Abkühlung von der hohen Luftfeuchtigkeit der letzten zwei Tage. Jedoch hatte Sam irgendwie den Eindruck, dass Zach nicht über das Wetter reden wollte. Neugierig wartete er, dass Zach anfing zu sprechen.
„Können wir uns hinsetzen?“ Ohne eine Antwort abzuwarten, durchquerte Zach den Raum und machte es sich auf dem Sofa bequem. Vorsichtig, um ihm nicht zu nahe zu kommen, wählte Sam den Clubsessel ihm gegenüber, während er sich wie verrückt wünschte, sie würden nicht durch dieses Stadium des Misstrauens gehen müssen. Er wollte, dass es wieder so war wie in Atlantic City: das einfache Zusammenspiel, das Potenzial dessen, was sein könnte – die Welle der Leidenschaft, die zwischen ihnen immer höherschlug.
Jetzt, da sie einander gegenübersaßen, war Zach verstummt und Sams Frustration spitzte sich zu. Er war in seinem Privatleben immer genauso geradeheraus gewesen wie als Cop. Er hatte nie den Sinn dahinter verstanden, einem Problem aus dem Weg zu gehen.
„Also?“ Er hob eine Braue und verschränkte die Arme. „Werden wir jetzt reden, oder war’s das?“

KAPITEL DREIZEHN

Obwohl es Jahre her war, blieben die Erfahrungen, die er mit Nathan gemacht hatte, eine greifbare Präsenz, die an ihm haftete wie eine schwer abzulösende Eierschale, die nur Stückchen für Stückchen abgepellt werden konnte und eine raue Oberfläche und einen ungesunden Kern zurückließ. Es war Zach nicht in den Sinn gekommen, dass er Nathans Schikane wie ungewolltes Gewicht abschütteln konnte – dass er sich gegen seinen Angreifer wehren und zurückschlagen konnte. Zach war nie jemand gewesen, der sich behauptete und sich gegen die Menge wandte.

In der Vergangenheit war er immer zurückgewichen, wenn er mit dem Gedanken gespielt hatte, sich gegenüber Julian und Marcus wegen Nathan und seiner Misshandlungen zu öffnen. Diese zwei Männer, so stark und selbstsicher, würden Zachs schamvollen Fall in den Kaninchenbau nie verstehen. Es waren zu viele Jahre vergangen, in denen er die Geheimnisse und Lügen bewahrt hatte, die Demütigung, die ihn in der Vergangenheit verwurzelte, und den Schwung ausbremste, sich zu befreien, sein Leben zurückzuerobern, sich selbst umzudrehen und die Erinnerungen, die ihn zu der Person gemacht hatten, die er heute war, auszumerzen.

Stattdessen wählte er den Weg des Feiglings, wie er ihn definierte. Zufrieden, hinter den Kulissen zu bleiben. Einsam, aber auf ewig seinen Freunden und sogar seiner Mutter dankbar, dass sie ihn nie zu Erklärungen gedrängt hatten. Zach vergrub sich in seiner Arbeit und legte sein Herz und seine Libido still, damit zufrieden, stellvertretend durch Marcus' und Julians Liebesaffären zu leben, auch wenn er niemals aufgehört hatte von jemandem zu träumen, den er lieben und mit dem er sein Leben teilen konnte. Marcus' unerbittliche Sticheleien hatten ihn nie gestört. Schließlich war das, was er sagte, wahr. Zach war und würde immer ein Romantiker bleiben. Er glaubte an ein Happy End.

Julian hatte schließlich seines bekommen.

Zachs fade, farblose Welt war erschüttert worden, als er Sam getroffen hatte; hatte sich kopfüber um seine monotone Achse gedreht und sie mit Farbe, Licht und Sound belebt. Dieses eine Mal wollte jemand ihn – nur Zach. Sam schien ihn nicht ändern zu wollen oder ihn in jemand anderen zu formen. Kritik war bisher ausgeblieben; Zach musste nicht so tun, als wäre er jemand anderes. Sam schien nicht zu wollen, dass er jemand anderes als er selbst war.

Aber würde Sam ihn immer noch wollen, wenn er verstand, wieso Zach davongelaufen war? Es war eine Sache, schüchtern und nerdig zu sein. Es war etwas anderes zuzugeben, was er mit Nathan durchlebt hatte.

Und dann war da die Sache, dass Zach immer noch zu Hause lebte. Er richtete sich auf und wusste, auch wenn es ihn Sam kostete, er würde sich weigern über die enge Beziehung, die er mit seiner Mutter hatte, zu lügen. Vor langer Zeit hatte er die Entscheidung gefällt über sie zu wachen und das würde er für keinen Mann ändern.

„Ich glaube, ich fange am besten damit an, wieso ich in dieser Nacht in solcher Eile verschwunden bin."

Sam hob eine Braue. „Äh, ja. Aus diesem Grund reden wir gerade. Anderenfalls hätte ich dich gerade nackt in meinem Bett liegen.“

Zach hatte bei der Vorstellung Schwierigkeiten zu atmen, aber nach kurzem Zögern gewann er seine Beherrschung zurück und begann nochmal.

„Ich hatte die feste Absicht, die Nacht mit dir zu verbringen. Ich hatte mich darauf gefreut, besonders auf unseren Spaziergang am Strand. Aber dann habe ich einen Anruf erhalten und musste schnell in die Stadt zurück. Ich hatte nicht die Zeit, dich zu finden und es zu erklären.“

„Ja“, sagte Sam und setzte sich in seinem Stuhl zurück. „Ich dachte, du hättest deinen festen Freund betrogen und wärst zu ihm zurückgerannt, nachdem du kalte Füße bekommen hast oder er es herausgefunden hatte.“ Sam lachte schnaubend. „Ich dachte sogar, Marcus wäre der Freund.“

Obwohl sich Sams Lachen voll und ehrlich anhörte, spürte Zach, dass zu diesem Thema immer noch weitere Rückversicherung vonnöten war.

„Marcus war nie und wird auch niemals ein Mann sein, mit dem ich an mehr als Freundschaft interessiert bin. Ich liebe ihn, aber nicht auf diese Weise.“

Zach sah zu, wie die Erleichterung die reizenden Lachfältchen in Sams Augenwinkeln hervorbrachte. „Ich muss zugegeben, nachdem ich ihn jetzt getroffen habe, könnte ich mir euch zwei nicht zusammen vorstellen. Er ist offensichtlich jemand, der gerne unverbindlichen Spaß hat und nicht der Typ, der eine stabile Beziehung will.“

„Du hast so eine beeindruckende Menschenkenntnis, wenn man bedenkt, dass du nur ein paar Minuten mit ihm gesprochen hast.“

„Ich war zwanzig Jahre lang Cop“, murrte Sam. „Wenn ich das Verhalten der Menschen nicht wahrnehmen würde, hätte ich niemals so lange durchgehalten.“

„Wie kommt es, dass du in den Ruhestand gegangen bist? Du bist noch so jung.“

Es war eine unschuldige Frage, dachte Zach, bis ein kurzer Ausdruck des Schmerzes das Lachen in Sams Augen ersetzte, sie kalt und dunkel werden ließ und das neckende Grinsen, das auf seinen Lippen gelegen hatte, verblasste.

„Lenkst du die Unterhaltung von dir weg zu mir, sodass du keine Fragen beantworten musst?“ Sam verlagerte sein Gewicht in seinem Stuhl und runzelte die Stirn. „Es geht hier um dich und was passiert ist, nicht um meine berufliche Laufbahn.“

Sam mochte der Intuitive von ihnen sein, aber es brauchte keinen Experten, um zu bemerken, dass der Umschwung in der Luft nichts mit der kühlen Brise zu tun hatte, die durch die Fenster hineinwehte und auf Regen hindeutete. Zach war nicht der Einzige mit einer Vorgeschichte in seinem Leben, und er fragte sich, ob es mit dem Mann zu tun hatte, den Sam geliebt hatte, aber mit dem er nicht länger zusammenlebte.

Diese Unterhaltung würde für eine andere Diskussion auf die Tagesordnung gesetzt werden. Heute Nachmittag war es an Zach seine Seele zu offenbaren.

Nach Nathan hatte er entschieden, dass er in vielerlei Hinsicht ein Schwächling sein mochte, aber niemand würde ihm je wieder vorschreiben, wie er sein Leben zu leben hatte. Falls Sam verschwinden würde, weil Zach für seine Mutter sorgte, falls es ihn in Sams Augen zu einem geringeren Mann machte, dann war Sam nicht der Mann, den Zach glaubte, in ihm zu erkennen. Und dann war er auf keinen Fall der, den er wollte. Und falls Sam ausflippte, weil Zach immer noch zu Hause bei seiner Mutter lebte, war es besser, er würde es jetzt tun, und Zach könnte, natürlich nicht ohne etwas Bedauern, die Sache beenden.

„Ich habe einen Anruf erhalten, ja, aber nicht von einem anderen Mann. Von meiner Mutter."

„Ähm, okay. Deine Mutter rief an und du musstest gehen, weil …?"

Zachs Kiefer schmerzte, so heftig presste er die Zähne aufeinander. Er wollte nichts mehr, als mit diesem Gespräch zum Ende zu kommen, um zu dem Teil überzugehen, den Sam eben erwähnt hatte – nämlich, dass sie nackt in seinem Bett wären. „Sie dachte, sie hätte einen Einbrecher gehört, deswegen bekam sie Angst, hatte eine Panikattacke, rief an und fragte, ob ich nach Hause kommen könnte."

Sams Gesicht verdüsterte sich ungläubig. „Du bist hundertfünfzig Meilen an einem späten Sonntagabend gefahren, weil deine Mutter dich angerufen hat? Gab es keinen anderen, den sie hätte anrufen können?" Er lachte bitter. „Ich meine, es ist ja nicht so, als wärst du andauernd da. Was tut sie, lässt sie dich jede Nacht kurz haltmachen und ihr Haus überprüfen?"

Zach blickte Sam herausfordernd an. „Ich lebe dort. Mit ihr zusammen."

„Du lebst zu Hause – mit deiner Mutter?“ Neugierde färbte Sams Stimme, aber keine Verachtung, wie Zach befürchtet hatte. „In deinem Alter?“
Unfähig, weiter stillzusitzen, sprang Zach vom Sofa und ging in die Küche, um ein Glas Wasser zu holen. Während er es austrank, durchliefen ihn unzählige Emotionen: der Tod seines Vaters, die darauffolgende Bedürftigkeit seiner Mutter – hatte er einen Fehler gemacht, indem er ihr nicht die Hilfe besorgte, die sie brauchte? Er war nur ein Kind gewesen, als es passierte, kaum imstande mit seiner eigenen Trauer umzugehen. Dieses ganze Desaster, gepaart mit dem innerlichen Ringen seiner präpubertären Hormone, die ihn unaufhörlich zu Jungen anstatt zu Mädchen zogen – war es da ein Wunder, dass in ihm ein einziges Durcheinander war?
Gott sei Dank war Marcus, der seine eigene Sexualität bereits durchschaut und entsprechend gehandelt hatte, da gewesen, um ihm zu helfen seinen Weg zu finden, anderenfalls wäre Zach verloren gewesen.
Eine große, warme Präsenz trat langsam von hinten an ihn heran. Sam war ihm gefolgt.
„Wenn du nicht weiter darüber reden willst – ich dränge dich nicht.“
Werde erwachsen, argumentierte Zach mit sich selbst. Es war an der Zeit, den Müll, der in seinem Kopf umherwaberte, zu sortieren, bevor er Entscheidungen über seine Zukunft traf.
„Nein. Ich will darüber reden. Ja, ich lebe in meinem Elternhaus mit meiner Mutter. Als mein Vater starb, habe ich mir selbst versprochen, immer für sie zu sorgen. Sie

schwor, es wäre okay, wenn ich mir mit meinen Freunden in der Schule ein Zimmer mietete, und das tat ich und versuchte so oft wie möglich nach Hause zu kommen. Da wir in derselben Stadt waren, war das kein großes Problem." Er fuhr sich mit einer Hand durchs Haar. „Aber nachdem ich den Abschluss gemacht hatte, wurde es schlimmer." Zu seiner Demütigung schwoll sein Hals an und er hatte Schwierigkeiten weiterzureden.

„Schlimmer? Inwiefern?"

Ohne, dass Zach es bemerkt hatte, hatte Sam ihn zum Sofa geführt, aber diesmal saß er neben ihm, nahe genug, um Zach mit seiner Nähe zu umgeben.

„Sie wollte ständig wissen, wo ich war und was ich tat; ob ich an einem sicheren Ort mit Freunden war. Jahre waren vergangen, seitdem mein Vater gestorben war, und doch redete sie beim Abendessen weiter mit ihm und spätabends in ihrem Schlafzimmer."

Sam legte seine Hand auf Zachs. „Hört sich an, als hätte sie Hilfe gebraucht."

„Ich weiß, aber ich war gerade einmal zwanzig – ich habe das College früh abgeschlossen – und sie sagte, es ginge ihr gut; weigerte sich, mit einem Therapeuten zu reden." Er starrte blind auf seine Hand hinunter, die jetzt von Sams bedeckt war. „Alles, was sie brauchte, war ich, damit sie sich sicher fühlte. Das hat sie mir gesagt. Wie hätte ich Nein sagen können?"

Sam drückte beruhigend seine Hand. „Du musst nicht Nein sagen. Es gibt Wege, Dinge zu sagen und ihr die Hilfe zu beschaffen, die sie braucht, und dir die Privatsphäre, die du selbst brauchst."

Konnte er das, selbst nach all diesen Jahren, oder würde sie es als Verrat ansehen? Das Problem war, dass er nicht denken konnte, wenn Sam ihn berührte.

„Zurück zu der Atlantic City Geschichte, das ist, was in dieser Nacht passiert war. Sie dachte, sie hätte Leute gehört, die versuchten in das Haus einzubrechen und wurde panisch, also bin ich nach Hause gefahren, damit sie sich besser fühlt. Zu der Zeit, als ich es zurück nach Brooklyn geschafft hatte, war es natürlich fast zwei Stunden später."

„Also Krise gebannt."

Zach nickte. „Und wie immer fühlte sie sich schuldig und dumm." Seine Frustration wuchs, er fürchtete sich davor, was Sam denken mochte. „So in etwa, wie ich mich gerade fühle. Ich weiß, du denkst wahrscheinlich, ich würde sie verhätscheln und wäre unreif, weil ich noch immer zu Hause wohne. Aber", er blickte hoch ins Sams ernste Augen, „sie ist meine Mom."

„Ich denke, deine Mutter hat Glück dich zu haben, und du wiederum wärst vielleicht überrascht darüber, wieviel sie ertragen könnte."

Zach überraschte sich selbst und rückte näher an Sam. „Ich will nicht mehr über meine Mutter reden." Gierig danach, Sam wieder zu schmecken, ließ Zach seine Hand in Sams breiten Nacken gleiten und zog ihn nah an sich, um gegen seinen Mund zu flüstern: „Ich würde lieber gar nicht reden."

Sam öffnete seinen Mund unter Zachs Lippen und stahl Zach den Atem. Ohne zu zögern begegnete Zach Sams tief eintauchender Zunge mit seiner eigenen und sie küssten

sich, ihre Zungen tanzten umeinander. Zachs Hand vergrub sich im dicken lockigen Haar.
So verharrten sie, die Hitze und das Verlangen zwischen ihnen stieg an, bis Sam sich als Erstes losriss, sein Mund rot und geschwollen. Zach genoss es, das zu sehen und zu wissen, dass er dafür verantwortlich war.
„Lass uns im Schlafzimmer weitermachen, was meinst du?“ Sam zerrte ihn hoch und schob Zach vor sich her, hielt aber seinen Körper an Zachs Rücken gepresst, sodass Zach jeden Zentimeter von Sams Schwanz spüren konnte, der sich dick und fest an seinen Hintern drückte.
Zach stolperte und Sam hielt ihn nur noch dichter. „Ich könnte dich hochheben und über meine Schulter werfen, aber das behalte ich mir vor, wenn ich dich jagen muss, um zu bekommen, was ich will.“ Bei der Berührung von Sams Zunge in seinem Ohr zitterte Zach heftig. „Ich glaube, ich werde keine Schwierigkeiten haben, um dich nackt unter mich zu kriegen.“
Unfähig zu sprechen schüttelte Zach nur den Kopf. Er zog seine Sachen aus, überrascht, dass seine Finger ruhig genug waren, um die Knöpfe zu öffnen, und löste dabei nie seine Augen von Sam, der sich innerhalb von Sekunden ausgezogen und seine Kleidung auf einem Haufen neben seinem King-Size-Bett zurückgelassen hatte.
Sam rückte zu ihm vor und drückte ihn hinunter, sodass Zach nun direkt vor Sams Schwanz saß. Er war wunderschön und ohne eine Einladung zu brauchen, lehnte Zach sich vor und ließ ihn in seinen Mund gleiten.
„Fuuuck ….“ Sams Stöhnen verlor sich am Ende. Eine Hand fuhr Zach durchs Haar, die andere streichelte seinen

Kiefer mit einer leichten Berührung. Es war ein süßer, liebevoller Moment für Zach, der nie viel Zuneigung von einem Liebhaber zu spüren bekommen hatte. Er vergrub sich in Sams Haut, inhalierte ihn, wollte sich an diesen Duft und diese Geräusche für immer erinnern.

Zach leckte und saugte an Sams Schwanz, hielt ihn in der einen Hand, während er die schweren Hoden mit der anderen umfing. Er liebte die kleinen Laute der Befriedigung, die über Sams Lippen kamen. Zach erhöhte sein Tempo, wirbelte um die dicke Spitze herum und fuhr mit den Zähnen leicht über die Furche, während er den Schaft hinunterglitt.

„Ohhh." Sam zog sich mit einem hörbaren *plop* aus seinem Mund zurück. „Ich will in dir sein, ich will nicht in deinem Mund kommen."

Schmerzhaft und tief pulsierte das Verlangen in Zach. All die Jahre vereitelter Leidenschaft setzten ihn plötzlich in Flammen, er hätte vor Hunger schreien können, Sam wieder in sich zu haben. Er bewegte sich in Richtung Bettmitte und setzte sich, etwas unsicher darüber, was Sam wollte.

„Leg dich hin, Baby, und spreiz deine Beine. Ich hole uns, was wir brauchen."

Er gehorchte und liebkoste sich selbst ein paar Mal, während er wartete. Es fühlte sich so gut an, sich vorzustellen, es wären Sams Hände auf ihm, dass er nicht aufhören konnte. Und er schloss die Augen, als er fortfuhr, sich selbst zu befriedigen. Die Matratze senkte sich und Zach sah Sam dort sitzen und ihn mit dunklen, hungrigen Augen beobachten.

„Hör nicht auf, Baby, berühr dich weiter. Schön langsam.“ Zach hielt Sams Blick und ließ seine Hand weiter seinen angespannten Schwanz hoch- und runtergleiten. Er strich mit seinem Daumen über die feuchte Spitze und verteilte die Flüssigkeit auf seinem Schwanz. Seine andere Hand bewegte sich langsam nach unten und rollte seine Eier, zog sachte an ihnen und glitt dann weiter nach hinten, um über sein Loch zu streichen. Zach erschauderte von der Energie, die ihn durchfuhr, als die empfindlichen Nerven bei seiner Berührung erwachten.

„Mach weiter, hör nicht auf“, knurrte Sam und umfasste mit seinen Händen Zachs Hüften, die Rauheit seiner Berührung vermehrte die wahnsinnigen Empfindungen, die ihn bereits durchströmten.

„Bitte“, bettelte Zach, während er sich ungeniert emporwölbte, um Hautkontakt zwischen ihnen herzustellen. Er rieb sich an Sams Bauch, ihre Schwänze stießen gegeneinander, die Feuchtigkeit lieferte etwas Reibung, aber nicht genug – nicht ansatzweise – für ihn. „Sam, bitte berühr mich.“

„Mach du es.“ Sam kniete sich über ihn. „Tu so, als wäre deine Hand meine, wenn du deine Schwanzspitze zusammendrückst. Los, tu es.“

Und Zach, unfähig, seine Augen von Sam loszureißen, gehorchte und ein verzweifeltes Stöhnen entrang sich seinen Lippen.

„Jetzt hoch und runter. Hol dir einen runter, aber denk an mich, dass meine Hand dich berührt. Meine Finger in dir, die sich in deinem Arsch bewegen, deine Eier, die die ganze

Zeit schmerzen und du, der so dringend kommen will, dass alles in dir danach schreit."

Ihm war es inzwischen gleich, wie er aussah, also presste Zach seine Fersen auf das Bett und stieß in seine Hand, während er daran dachte, wie Sams Hand ihm das antat, verloren in einem Schleier des Verlangens. Ein Finger erforschte seinen Eingang, glitt dann hinein, kühl und glitschig bewegte er sich langsam, bis er sich den ganzen Weg hinein gebahnt hatte.

„Wie fühlt sich das an, Baby? Willst du, dass ich ihn bewege?"

Nur zu einem Wimmern fähig, drückte Zach sich gegen Sams Hand und sehnte sich danach, sich noch voller zu fühlen. Die Nacht, die sie zusammen verbracht hatten, kam ihm wieder in den Sinn, und Zach wollte diese Magie und die Art, wie Sam ihn zum Leben erweckte, wieder erleben.

„Mehr, härter." Zach wusste, dass er etwas stammelte, ohne zu wissen, was er sagte. Alles, was er wusste, war, dass er Sam wollte. „Bitte verlass mich nicht."

„Werde ich nicht. Lass los. Ich bin bei dir. Lass es frei. Los."

Und Sam entzog den einen Finger, nur um einen Moment später mit zweien zurückzugleiten. Zach konnte fühlen, wie sich der Orgasmus in ihm aufbaute, und versuchte durchzuhalten, wollte die Nähe verlängern, aber er war hilflos gegenüber der Macht seines Körpers. Es erschütterte ihn wie die Kollision mit einem Frachtzug, zerschmetterte ihn fast bis zur Besinnungslosigkeit. Und es dauerte, bis er sich zurück in die Realität kämpfte und nach Atem rang.

Einen Moment lang lag er still und registrierte die klebrige Flüssigkeit auf seiner Brust. „Ich will dich so sehr“, flüsterte her. „Ich brauche dich.“

„Du hast mich. Einen Moment.“ Sam streifte sich ein Kondom über und verteilte Gleitgel darauf. Er beugte sich über ihn und die Spitze seines Schwanzes stieß an Zachs Loch. „Leg deine Arme um mich.“ Seine Schwanzspitze schob sich in ihn hinein und Zach hätte vor Erleichterung weinen können.

Falls möglich, war es sogar noch besser als das erste Mal, als sie zusammen waren. Zach bemerkte kaum das anfängliche Brennen, als Sams Schwanz so tief versank, dass er jeden schmerzhaft leeren Winkel in seinem Körper ausfüllte. Zach fühlte sich eingenommen, eingewickelt und entspannt, sein Körper abgestimmt auf die Musik und den Rhythmus von Sams Bewegungen in ihm.

Er liebte es.

Mit den Händen auf beiden Seiten von Zachs Schultern abgestützt, wandte Sam nie seinen Blick von Zach, nicht einmal wenn er sich bewegte, hart und tief zustieß, so tief, dass Zach wusste, Sam würde auch, nachdem er gegangen war, für immer in Zachs Körper und Seele eingeprägt sein.

Sam spannte sich an und drückte sich gegen ihn und Zach reagierte, legte seine Beine auf seine Schultern, um Sam besseren Zugang zu gewähren. Sam presste seine Hände auf das Kopfende des Bettes, änderte seinen Winkel und traf Zachs Prostata, sodass ihn erneut elektrische Ströme durchzuckten.

„Oh Gott, bitte, bitte …“ Er wand sich unter Sam hin und her

Sams Gesicht wirkte eigenartig ernst und verletzlich, als er härter und schneller in Zach stieß, bis Zach vergaß, wo er war, welchen Tag sie hatten und beinahe auch seinen eigenen Namen. Verrückte Farben tanzten vor seinen Augen und er zerbarst, seine Haut wundgescheuert und kribbelnd bei jeder Berührung.

Mit etwas, das kein Schrei und kein Ächzen war, sondern vielmehr ein Klang der Verzweiflung warf Sam seinen Kopf zurück und kam, füllte das Kondom mit flüssiger Hitze, dann erschauerte er und brach über Zach zusammen, während ihm mit einem Zischen der stockende Atem entwich. Obwohl er gesättigt und schlapp war, begann Zach sofort wieder zu zittern. Sam rollte sich sofort von ihm herunter und legte sich auf den Rücken neben Zach, immer noch schwer atmend.

Es waren Momente wie dieser, in dem Zach einen Mann wollte, dem es nichts ausmachte zu kuscheln. Manchmal brauchte ein Mensch nichts weiter, als gehalten zu werden. Da war so viel in ihm, was er noch niemandem offenbart hatte, doch an diesem Punkt war er mit Sam noch nicht.

Dafür war es zu früh. Zach verlagerte sein Gewicht im Bett, wünschte sich menschlichen Kontakt, Haut an Haut, eine Berührung, eine Liebkosung. Er fragte sich, ob Sam zurückweichen würde, wenn er näherkam, um seinen Kopf auf Sams Schulter zu legen. Wie traurig es war, dass man mit jemandem schlafen, ihn in seinen Körper lassen konnte, und doch immer noch so unsicher war, wie es in seinem Herzen aussah. Sein ganzes Leben lang hatte er darauf gewartet, vom richtigen Mann gewollt zu werden. Jetzt, mit neunundzwanzig, war er nicht näher daran,

herauszufinden, wer es sein könnte, als er es mit neunzehn gewesen war.
Als Sam Zachs Hand in die seine nahm und ihre Finger miteinander verschränkte, war Zachs Überraschung daher so groß, dass er beinahe nicht mitbekommen hätte, was Sam ihm zuflüsterte.
„Ich laufe nicht davon. Also wann immer zu dich entschließt mehr zu erzählen, bin ich da."

KAPITEL VIERZEHN

Ein paar Wochen später trafen sich Sam und Henry im Park, um Basketball zu spielen. Es war schön, dass es so früh an einem Sonntagmorgen vergleichsweise leer war und sobald sie damit fertig waren, sich den Ball zuzuwerfen, setzten sie sich auf eine Bank im Schatten einer großen Eiche und brachten sich gegenseitig auf den neuesten Stand. Henry hatte ein neues Projekt in Arbeit, doch er wollte nicht über die Arbeit reden. Er war mehr daran interessiert, alle Informationen über Zach herauszufinden, die er aufspüren konnte.

„Ich sage dir, da ist noch etwas anderes, außer, dass Zach noch zu Hause lebt. Jung, Single und reich lebt nicht zu Hause mit Mama, außer es gibt noch weitere Probleme." Henry reichte ihm eine Wasserflasche aus der Kühlbox, die sie unter den Baum gestellt hatten.

Er und Zach hatten beinahe jeden Abend in seinem Apartment verbracht, seitdem Zach ihn in der Bäckerei gestellt hatte.

Als Zach letzte Nacht Sams Apartment verließ, um nach Hause zu gehen, hatte er beiläufig gefragt, ob er sich ihm und seinen Freunden zum Brunch anschließen wollte. Er erklärte, sie träfen sich zumindest einmal im Monat, um in Kontakt zu bleiben. Sam stimmte zu und freute sich darauf, mehr über die zwei Männer zu erfahren, die Zachs Leben so stark beeinflusst hatten. Vielleicht konnte er mit ihnen reden und herausfinden, was unter Zachs Oberfläche lauerte und ihn so sehr verängstigte.

Jetzt, da Sam Zach besser kannte, fühlte er einen starken Beschützerinstinkt gegenüber Zach, sodass ihm Henrys Kommentar zu schaffen machte, erst recht, als er sich daran erinnerte, wie er und Zach gestern die Zeit zusammen verbracht hatten. Sie hatten sich einen Film auf Netflix angesehen, eine Pizza bestellt und sich geliebt. Zach mochte dem Rest der Welt zurückhaltend und bescheiden vorkommen, aber Sam mochte es, der einzige Mann zu sein, der das versteckte Talent von Zachs sündhaftem Mund und seiner Zunge kannte und die Art, wie Zach Sams Namen stöhnte, kurz bevor er in seinen Armen kam.

Diese verlockende Eigenschaft – Zachs süße und komplette Unwissenheit über sein gutes Aussehen – turnte Sam mehr an, als er es je für möglich gehalten hätte. Er war so völlig anders als jeder andere Mann in Sams Leben.

Sechs Monate bevor er Zach kennengelernt hatte, hatte Sam eine Sackgasse erreicht – pensioniert, verärgert und irgendwie traurig – und schätzte, dass sein Leben so für ihn bestimmt war. Zu diesem Zeitpunkt hatte seine Verzweiflung ihn in eine Bar getrieben, um einen Fremden, irgendjemand Beliebigen, aufzulesen. Nur, um eine Berührung zu spüren. Dumm, töricht und gefährlich, obwohl er sich natürlich geschützt hatte.

Nachdem er erschöpft, verletzt und leicht angeekelt von sich selbst nach Hause gekommen war, hatte Sam geschworen abstinent zu bleiben. Und das hatte er durchgehalten, bis er in die Bar in Atlantic City gegangen und von blauen Augen, die er nicht vergessen konnte, und einem traurigen, aber süßen Lächeln angezogen worden war.

„Ich denke nicht, dass es so eigenartig ist." Er trank die halbe Flasche Wasser in einem Zug leer und wischte sich seinen Mund mit dem Ärmel ab. „Zach ist ein Familienmensch und seine Mutter ist Witwe. Es ist nur natürlich, dass er in der Nähe bleiben und auf sie aufpassen will."
Ein spekulativer Blick trat in Henrys Augen. „Du scheinst mehr über ihn zu wissen als das letzte Mal, als wir uns unterhalten haben." Er warf seine leere Wasserflasche in den Mülleimer. „Gibt es da etwas, das du mir mitteilen willst?"
Den Teufel würde er tun. „Ich weiß nicht, wovon du redest." Er blinzelte in Henrys Richtung und trank sein Wasser aus.
„Versuch nicht, mich anzublinzeln, als wärst du total unschuldig und so einen Quatsch." Henrys Grinsen wurde listig. „Sag schon, zwischen euch ist etwas, oder nicht?"
Zeit zu gehen, bevor Henry ihn wie ein Schakal vor einem Gerippe attackierte. Sam schwang sich seine Sporttasche über die Schulter und setzte sich sein Baseball-Cap ein wenig fester auf den Kopf.
„Ich muss gehen. Ich rufe dich an wegen des neuen Jobs, den du erwähnt hattest."
Bevor Henry antworten und sich für Details über seine Beziehung mit Zach auf ihn stürzen konnte, stürmte Sam aus dem Park und joggte die Straße hinunter. Es war neun Uhr dreißig und er brauchte eine Dusche und einen Klamottenwechsel, bevor er sich in etwa einer Stunde mit Zach traf. Es überraschte Sam, wie sehr er sich nicht nur darauf freute, mehr Zeit mit Zach zu verbringen, sondern

auch, seine Freunde zu treffen. Es war ein Schritt zurück in das soziale Leben, das er so eine lange Zeit gemieden hatte. Als er daran zurückdachte, wie er die letzten paar Monate verbracht hatte, verkrochen in seinem Apartment, nur mit dem Fernseher und dem bestellten Essen, die ihm Gesellschaft leisteten, wurde Sam bewusst, wie begrenzt und grau sein Leben geworden war. Selbstgewählte Isolation war nie eine Lösung und half auch nicht bei der Genesung. Ohne Henry, der mindestens einmal die Woche seinen Hintern aus der Wohnung zerrte, da war sich Sam sicher, hätte er eine permanente und ungesunde Bindung zu seinem Sofa aufgebaut.

Er betrat sein Apartment und ging sofort in Richtung Dusche, um den Schweiß und den Schmutz vom eins-gegen-eins Basketballspiel abzuwaschen, das Henry und er gespielt hatten. Das heiße Wasser rann über seine schmerzenden Muskeln wie kleine Massagefinger, und als er fertig war, hätte Sam nichts dagegen gehabt, den Tag ausgestreckt auf dem Bett zu verbringen, Zach neben ihm, unter ihm oder auf ihm drauf.

Niemand konnte ihm diesen Wunsch vorwerfen. Er grinste in sich hinein, als er sein nasses Haar kämmte und seine Shorts und ein Shirt anzog. Zach hatte gesagt, er wäre gegen elf da, also nahm Sam an, dass er er noch genug Zeit hatte, um seine E-Mails zu checken. Er scrollte an den Werbungen für Penisvergrößerungen, Viagra und XXX-Affären vorbei. Verdammt, er brauchte einen besseren Spamfilter.

Eine E-Mail, die kein Spam war, ließ ihn beim Scrollen innehalten. Warum zur Hölle mailte Andy ihm? Sie hatten

sich seit ihrer Trennung – als er auszog, um mit einem anderen Kerl zusammen zu sein – nicht mehr unterhalten.
Es klingelte und als er seine Armbanduhr überprüfte, war es genau elf Uhr. Es musste Zach sein, der ihn abholte. Aus einem unbestimmten Grund fühlte sich Sam schuldig in dem Wissen, dass Zach draußen auf ihn wartete, während er vor dem Computer saß und ihm eine E-Mail von Andy direkt ins Gesicht starrte.
Dann setzte sein gesunder Menschenverstand ein und trat ihm gegen den Schädel. Der Mann war ein notorischer Lügner, und Sam würde die vorsichtigen Anfänge von was auch immer er und Zach zusammen aufbauen mochten, nicht gefährden, um sich irgendeinen Mist anzuhören, den sich ein Meister-Geschichtenerzähler zusammenspann. Ohne einen weiteren Gedanken daran zu verschwenden, klickte er auf Löschen und beeilte sich, Zach hineinzulassen.
„Hi."
Er hielt die Tür auf und Zach ging an ihm vorbei ins Apartment.
„Bist du fertig? Marcus ist schon im Restaurant und Julian hat mir gerade geschrieben, dass er und Nick auf dem Weg sind."
Als Zach erwartungsvoll zu ihm hochblickte, schwelte ein unerklärliches Gefühl von Schuld in Sams Brust und ohne zu wissen, was er sonst dagegen tun konnte, packte er Zach an den Schultern und küsste ihn. Beinahe augenblicklich und ohne jedes Zögern sank Zach gegen ihn, ließ seine Hand an Sams Brust hinaufgleiten und schob seine Finger in das Haar, das sich an Sams Nackenansatz kräuselte.

„Hmmm." Zach schnurrte geradezu in Sams Mund hinein und riss sich dann los, um sich seine Kinnlinie entlangzuküssen, bevor er seine Halsbeuge liebkoste. „Was hat denn das verursacht? Nicht, dass ich mich beschweren wollte, natürlich."

Sam konnte den Schwung von Zachs Lippen an seiner Schulter spüren, als dieser lächelte, und er drückte Zach noch näher an seine Brust. Die Freude jemanden zu halten, der sich so besonders, so *richtig* in seinen Armen anfühlte, war solch eine neue Erfahrung für ihn, dass Sam Zach packen, ihn fest an sich pressen und ihn mit niemandem sonst teilen wollte.

„Warum nicht?" Sam ließ seinen Arm um Zach gleiten und führte ihn ins Wohnzimmer, wo sie sich nebeneinander aufs Sofa setzten. „Du siehst gut aus und ich wollte dich küssen."

„Nun", sagte Zach und lächelte, seine Augen funkelten hinter seiner schwarzgerahmten Brille. „Wer bin ich, dir dieses Vergnügen zu verweigern?"

Er liebte es, Zach so zu sehen: glücklich, leichtherzig und unglaublich begehrenswert.

„Gut", sagte Sam und lächelte zurück. „Weil ich im Begriff bin, es wieder zu tun." Er beugte sich vor und nahm Zachs Mund, als würde er ihn besitzen. Zach packte ihn an seinen Schultern, spreizte seine Hände auf Sams Rücken und erwiderte den Kuss mit gleicher Intensität. Sam konnte Zachs Verlangen in seinem Kuss schmecken.

Die nächsten paar Minuten pressten sich ihre Münder aufeinander, heiß und hart, Zungen glitten feucht aneinander entlang und Zähne trafen aufeinander, bis sie lachend und

keuchend auseinanderfuhren, mit wachsender Leidenschaft und mit dem Wissen, dass sie ihr Gefummel aufschieben mussten, aber nur ein bisschen.
Und Sam hielt nicht inne, um infrage zu stellen, wie sicher und glücklich er sich fühlte, weil er wusste, dass es ein Später geben würde.
„Komm“, sagte Zach und zog ihn Richtung Tür. „Wir müssen gehen, sonst werden wir niemals das Haus verlassen.“
„So schlimm wäre das gar nicht“, sagte Sam und klapste Zach auf den Hintern. Er nahm sein Handy und seine Schlüssel und verschloss die Tür hinter ihnen.

Statt zu gehen, entschieden sie sich den Zug zu nehmen und mussten fast eine halbe Stunde in der heißen und stickigen U-Bahn-Station warten, sodass Sam, als er und Zach das Restaurant erreichten, verschwitzt, gereizt und durstig war. Das hinderte ihn allerdings nicht daran zu lächeln, als Zach seine Hand in Sams gleiten ließ und sie leicht drückte, was er erwiderte.
„Da sind sie.“ Zach winkte den Männern am Tisch zu, seine Stimme unbeschwert vor Zufriedenheit. „Du erinnerst dich ja an Marcus. Julian ist der Blonde und sein fester Freund ist Nick.“
Sam erinnerte sich an sie alle. Julian beäugte ihn mit einem ernsten, abwägenden Ausdruck, während Nick freundlicher und einladender erschien.
„Hallo zusammen. Tut mir leid, dass wir zu spät sind, aber ihr kennt ja die Bahn.“ Zach setzte sich auf den Stuhl

neben Marcus, sodass Sam sich zwischen ihn und Julian setzen konnte. „Ihr erinnert euch alle an Sam, richtig?"
„Na ja, würde ich es nicht, täte es mein Kiefer sicherlich", sagte Marcus mit einem reuevollen Lächeln. „Wie geht's, Sam, oder muss ich überhaupt fragen, da ich Zach seit wer weiß wie lange nicht mehr so glücklich gesehen habe?" Er drehte sich zu Julian. „Stimmt's, Juli?"
Ein schwaches Lächeln trat auf Julians Lippen, doch in seinen dunkelgrünen Augen lag eine Spur Skepsis.
„Schön, dich wiederzusehen." Im Gegensatz zu Julians kühler Bestätigung lag jetzt ein aufrichtig warmes Lächeln der Freundschaft in seinem Gesicht, als er mit Zach sprach. „Zach, wie geht es dir? Wie geht's deiner Mom?"
„Ihr geht's gut, danke." Anscheinend war Zach sich der Anspannung zwischen Sam und Julian nicht bewusst. Er nahm sich ein Stück Brot aus dem Korb und strich Butter darauf, während er sprach.
„Jedes Mal, wenn du ihr etwas schickst, ist es für sie wie ein Geburtstag, ich weiß das wirklich zu schätzen." Zach beugte sich vor, um in Sams Ohr zu murmeln. „Julian schickt meiner Mom immer wunderschöne Seidenschals. Das ist die einzige Mode für Frauen, die er designt, und meine Mom bekommt sie exklusiv, bevor er sie in den Verkauf gibt."
„Das ist sehr nett von dir, Julian." Es war offensichtlich, wie sehr sich diese Männer als Familie betrachteten, ihre Leben miteinander verwoben. Weil er wusste, wie wichtig Zach diese Männer waren, hatte Sam gehofft, dass auch er ihr Freund werden konnte.

Stattdessen warf Julian Sam einen kurzen Blick zu und neigte seinen Kopf in stiller Bestätigung, dann wandte er sich an Nick.
Das letzte Mal war Julian wesentlich freundlicher gewesen. Sam hatte dem Mann nichts getan – warum behandelte er ihn wie einen Ausgestoßenen? Er wollte gerade seinen Mund öffnen und etwas dazu sagen, als Zach seinen Oberschenkel warnend drückte.
„Sag nichts. Es dauert eine Weile, bis Julian sich für jemanden erwärmt und ihm vertraut. Es ist nichts Persönliches. Er ist überfürsorglich bei den Menschen, die er liebt. Gib ihm die Chance, dich kennenzulernen."
Schließlich war es Nick, der das Eis brach.
„Ich höre, du und ich haben viel gemeinsam, Sam." Nick nahm ein großes, Bierglas mit einer Schaumkrone vom Kellner entgegen, der mit einer weiteren Runde Getränke eintraf. Sam wartete, bis der Kellner seine und Zachs Bestellung aufgenommen und sich entfernt hatte, bevor er antwortete.
„Nun, ja, wir tragen beide Uniform – zumindest tust du es immer noch", sagte er und eine Welle des Bedauerns durchfuhr ihn. Sam frage sich, ob ihn die Scham jemals verlassen würde. „Ich bin jetzt in Rente."
Nick trank zuerst sein Bier und lehnte sich dann in seinem Stuhl zurück. „Das auch, aber ich meinte nicht unsere Jobs." Seine Augen versprühten gute Stimmung und er grinste. „Ich habe davon geredet, Marcus eine reinzuhauen. Ich habe, als ich ihn das erste Mal getroffen habe, genau dasselbe gemacht."

Zach begann zu lachen und brach gegen Sam gelehnt zusammen, er schüttelte sich vor Lachen. Julian, der seinen versteinerten Gesichtsausdruck in diesem urkomischen Moment nicht beibehalten konnte, brauchte ebenfalls einen Augenblick, um wieder zu Atem zu kommen, bevor er sprechen konnte.
„Ich wünschte, ich hätte ein Foto von Marcus auf seinem Arsch auf der Tanzfläche im Sparks. Unbezahlbar."
„Ich weiß nicht, was daran so lustig ist." Marcus schnaubte und rieb seinen Kiefer, als würde er immer noch wehtun. „Ich bin der Geschädigte hier." Er blinzelte und schmollte.
Sam bemerkte, wie Marcus seinen Blick durch das Restaurant schweifen ließ, während sein Fuß unter dem Tisch wippte und seine Finger auf dem Tisch trommelten. Der Mann fühlte sich offenbar niemals wohl in seiner Haut oder in seiner Umgebung.
„Armes Baby." Zach tätschelte Marcus die Schulter, dann setzte er sich zurück, um den Kellner seinen Mimosa auf den Tisch stellen zu lassen. „Ich bin mir sicher, du hast jemanden gefunden, der deinen Kiefer geküsst, damit alles wieder gut wird."
„Nun, ja." Marcus stürzte seinen Drink in einem einzigen Zug hinunter und signalisierte dem Kellner, ihm einen weiteren zu bringen. „Das war noch nie ein Problem."
„Ich weiß", murmelte Zach vor sich hin. „Genau das ist das Problem."
Sam machte sich eine Notiz im Geiste, Zach nach Marcus' Hintergrundgeschichte zu fragen. Er hatte es im Gefühl, dass es da einen Berg von üblen Emotionen gab, der unter

Marcus' glänzendem, wunderschönem Äußeren verborgen lag.
„Wir haben die Story nie gehört", sagte ein etwas freundlicherer Julian. Zumindest war sein kaltes, reserviertes Benehmen verschwunden. „Warum hast du Marcus in sein wunderschönes Hinterteil getreten?"
„Ihr habt alle viel zu viel Spaß an dieser Unterhaltung", grummelte Marcus.
„Eigentlich war es sehr süß", sagte Zach und stieß Sam an, seine Augen leuchteten vor Zufriedenheit. „Ich lasse Sam es erzählen."
Sam verstand, dass Zach ihn drängte zu erzählen, damit er mit einbezogen wurde und er selber direkt mit den Jungs sprach. Zach glaubte an Harmonie und wollte Konfrontationen vermeiden, ganz wie Sam selbst, was auch der Grund dafür war, dass sie beide in ihren Beziehungen ausgenutzt worden waren. Auch wenn es zunächst nicht offensichtlich gewesen war, waren sie beide sich wesentlich ähnlicher, als sie anfangs bemerkt hatten. Wenn man bedachte, dass sie beide vorgegeben hatten Menschen zu sein, die sie im wahren Leben nicht waren, war das wenig überraschend.
„Ich bin in dieser Nacht, nachdem wir uns alle das erste Mal im Diner getroffen hatten, ins Sparks gegangen, um mit Zach zu reden. Ich konnte nicht verstehen, warum er mich hatte abblitzen lassen und so getan hatte, als würde er sich kaum an mich erinnern, obwohl wir doch einen ganzen Abend zusammen verbracht hatten."
„Und anscheinend zusammen im Bett wart, lasst uns diesen wichtigen Punkt nicht vergessen, einverstanden?", warf

Marcus ein, der anscheinend der Konversation lauschte, obwohl er angestrengt vorgab, mit den Gedanken woanders zu sein. „Das hat mich mit absoluter Sicherheit am Allermeisten schockiert."

Sam hatte Marcus nicht weiter beachtet, da er diesen Teil bereits in der Nacht im Sparks mit ihm durchgekaut hatte. Es war jetzt Julian, den er für sich gewinnen musste. Und es war Sam wichtig, dass er ein Teil dieser Gruppe wurde und sich so nahtlos einfügte, wie Nick es getan hatte. Der Grund dafür – etwas so Alarmierendes und doch so Wundervolles – war keiner, den Sam erwartet oder den er für sich selbst je für möglich gehalten hätte. Er brachte ihn dazu, kurz verschnaufen zu müssen und nachzudenken. Was für Zach wichtig war, war für ihn jetzt genauso wichtig.

„Für mich war offensichtlich, durch die Art und Weise, wie sie tanzten, dass Zach und Marcus ein Paar waren." Die Art, wie Marcus seine Hüften an Zach gerieben hatte, wurmte Sam noch immer, auch wenn er Zachs Logik nun verstand, dass das für Marcus' Verhältnisse ein akzeptables Verhalten war. „Ich konnte nicht verstehen, warum ich ins Sparks kommen sollte. Zach versuchte es zu erklären, aber ich mochte die Art nicht, wie Marcus Zach anfasste. Ich dachte, er würde Zach vielleicht körperlich misshandeln. Als ich dann herausfand, dass ihr Jungs gewettet hattet, ob er in Atlantic City mit jemandem schlafen würde, hatte ich genug und bin gegangen."

Das war die Wahrheit, aber es gab Dinge, von denen er hoffte, dass die anderen sie nicht aufgreifen würden. Dinge, die er und Zach persönlich bereden sollten. Zum Beispiel, wieso Sam wusste – ohne dass Zach ein Wort sagen musste –, dass Zach an einem Punkt seines Lebens misshandelt worden war. Er würde nicht herumschnüffeln, da er wusste, sobald Zach sich wohl genug fühlte, würde er Sam alles erzählen.

„Zu denken, Zach wäre misshandelt worden, und das auch noch von mir, ist verflucht verrückt." Der Unglaube in Marcus' Stimme war echt. „Es muss der Verstand des Polizisten sein, der denkt, es müsse immer was Schlimmes vor sich gehen."

Interessant. Hatte Zach mit seinen engsten Freunden nicht darüber geredet? Für Sam war das schlüssig, denn wenn er sein eigenes Leben betrachtete, verspürte er selbst nicht den Wunsch über Andy zu reden und über den Mist, der mit ihm passiert war und ihn zur Pensionierung gezwungen hatte. Er hielt den Mund und lehnte sich in seinem Sitz zurück, ließ seinen Arm auf der Lehne von Zachs Stuhl ruhen und fuhr mit seiner Geschichte fort.

„Ja, aber ich wusste das nicht, also bin ich abgehauen. Doch Zach verwandelte sich in eine Bulldogge und verfolgte mich am nächsten Tag und stellte mich in der Bäckerei in meiner Nachbarschaft."

„Zach? Verfolgte dich?" Ein offensichtlich schockierter Julian schüttelte ungläubig den Kopf, während er Zach anstarrte. „Wirklich? Du bist ihm gefolgt?"

„Es ist nicht so schlimm, wie es sich anhört." Zach lachte schwach. „Sam hatte den Namen seiner Lieblingsbäckerei mir gegenüber erwähnt, und ich wusste, wo sie war." Er rutschte auf seinem Sitz hin und her. „Ich bin hingegangen, um zu sehen, ob er auftauchen würde und habe sogar mit

der Besitzerin, Mrs. Caruso, geredet." Er stieß Sam an. „Sie hat dich übrigens sehr gern. Hat dich in den Himmel gelobt."
Wärme bereitete sich in seiner Brust aus. „Sie ist eine wundervolle Dame."
„Hört sich so an, als wärt du und Zach perfekt für einander. Ihn lieben die alten Damen auch", warf Marcus ein.
Zach wurde rot, und erneut verspürte Sam den Drang ihn zu beschützen.
„Es ist nichts falsch daran, freundlich zu anderen Menschen zu sein, ohne etwas im Gegenzug zu erwarten."
„Ich habe die Erfahrung gemacht, dass alle am Ende irgendetwas erwarten. Es gibt nur sehr wenige Heilige in dieser Welt und diejenigen, die es vorgeben zu sein, sind langweilig." Marcus warf ihnen allen ein charmantes und gleichzeitig diabolisches Grinsen zu. „Ich bevorzuge die Sünder. Sie wissen, wie man Spaß hat."
„Zurück zu Zach und Sam, bitte." Julian hob eine Braue. „Wir wissen bereits, dass du ein verdorbener Sünder bist."
„Es macht keinen Spaß mehr mit dir, Juli. Vielleicht sollte ich Nick ein paar Geschichten aus der guten alten Zeit erzählen, was, damit du dich daran erinnerst, dass du nicht besser bist als ich, nur weil du deine wahre *Liiieeebe* gefunden hast", frotzelte Marcus, doch Sam bemerkte die Anspannung zwischen den beiden Freunden.
Nick kicherte und klopfte Julian auf die Schulter. „Wir verstehen es, Babe. Keiner von euch ist ein Unschuldslamm. Wir hatten Glück, uns wiederzufinden, und von dem, was

ich höre, scheint es, als wären Zach und Sam mehr als Freunde?“

Zach versteifte sich augenblicklich neben ihm. Sam legte Zach seinen Arm um die Schultern, um jedem, inklusive Zach, zu zeigen, wo er hingehörte. Dann suchte er Zachs aufgeschreckten Blick. „Ich würde sagen, dass das eine sichere Annahme ist, meinst du nicht?“

KAPITEL FÜNFZEHN

„Ich habe mich gefreut, endlich alle kennenzulernen. Ich denke, es ist gut gelaufen, was meinst du?"

Die frühe Nachmittagssonne schien auf sie herab, als Zach und Sam aus der Stadt zurück in Richtung Carroll Gardens gingen. Sie hatten einstimmig beschlossen zu Sams Haus zurückzukehren, obwohl Zach wusste, dass seine Mutter sich fragen würde, wo er blieb. Unter normalen Umständen würde er nach Hause gehen, und sie würde ihm einen Kaffee einschenken, während er sie mit dem neusten Klatsch versorgte. Eine leichte, beunruhigende Schuld stieg in ihm auf, das Wissen, dass sie auf ihn wartete, während er sich dafür entschieden hatte, bei Sam zu bleiben.

„Ähm, ja." Er schob sich die verschwitzten Strähnen aus der Stirn und rückte seine Brille zurecht. „Ich wusste, sie würden dich mögen." Ein verstohlener Blick auf die Uhr sagte ihm, dass es kurz nach zwei war.

„Du wirkst abgelenkt. Was ist los?"

Sie waren an einer Ecke angekommen und mussten warten, bis die Ampel auf Grün sprang. Der Verkehr floss an ihnen vorbei, mit so vielen Leuten, die Dinge zu erledigen hatten. Zach wünschte, er könnte seine Mutter überreden, mehr zu tun, als freiwillig ein paar Mal die Woche im Seniorencenter auszuhelfen. Ja, sie hielt sich damit beschäftigt, aber alles andere lastete auf seinen Schultern. Und wieder nagte die Schuld an ihm. So sehr er auch mit Sam zusammen sein wollte, wusste er, er musste nach Hause gehen.

Er wartete, bis sie die Straße überquert hatten, dann wies Zach auf den Kinderspielplatz, der etwas entfernt von der

Straße lag. Die Hitze hatte heute Nachmittag viele Leute ferngehalten, daher gab es leere Bänke im Schatten der Bäume, die den Spielplatz umrandeten.
„Können wir uns eine Minute hinsetzen?“ Er zeigte auf den Spielplatz und legte seine Hand auf die Klinke des Eisentores.
„Sicher, was ist los?“
Zach blieb still und betrat den Spielplatz, während Sam ihm folgte. Er wählte eine Bank, weit genug von den anderen Menschen entfernt, um ihnen Privatsphäre zu geben, und setzte sich, während er die Kinder anstarrte, die durch den glitzernden Sprühregen eines Sprinklers rannten. Was er nicht dafür geben würde, wieder ein kleines Kind zu sein und ein frisches neues Leben vor sich zu haben.
„Wir haben schon darüber gesprochen, dass ich mit meiner Mutter zusammenlebe, und dass du nicht verstehst, wieso das ein Problem sein könnte.“
„Darum geht's also? Natürlich ist das kein Problem“, sagte Sam mit einem tröstenden Lächeln.
Zach blieb ernst und Sams Lächeln erstarb auf seinen Lippen. „Zach, was ist denn los?“
„Ich weiß, wir wollten jetzt zu dir nach Hause gehen, aber ich kann nicht. Nachdem ich mich mit den Jungs zum Frühstück getroffen habe, gehe ich immer zurück und rede mit ihr.“ Seine Wangen brannten, nicht nur von der Sonne, sondern auch vor Verlegenheit. Zach senkte den Kopf und beobachtete, wie ein Haufen Ameisen um die klebrigen Überreste eines weggeworfenen Stieleises zu seinen Füßen wuselte.

Mit neunundzwanzig sollte er unabhängiger sein, aber seine Mutter verließ sich auf ihn. Wie sollte er jemandem wie Sam, der so stark und unabhängig war, seine Verpflichtung verständlich machen, wenn er sie kaum selbst verstand und sich auch über sie ärgerte? Scham nagte an Zachs Gewissen wegen seiner Undankbarkeit.

„Sie freut sich darauf. Sie liebt es, all ihren Klatsch zu hören." Er zuckte die Achseln und konzentrierte sich auf alles außer Sams Gesicht. Er wollte Sams Enttäuschung nicht sehen.

Die Schatten des Laubes bewegten sich auf dem Beton des Spielplatzes, während das Bimmeln des Eiswagens ununterbrochen zu hören war, bis Zach dachte, er müsste seinen Verstand verlieren. Jeden Augenblick würde er aufstehen, Sam für seine Gesellschaft danken und sich dann verabschieden.

„Du bist fürchterlich weit weg. Kannst du herkommen und dich neben mich setzen?"

Ohne zu zögern bewegte sich Zach auf der Bank näher an Sam heran. Zachs Körper, der sich nun seltsam eingestellt hatte auf den von Sam, schmiegte sich perfekt an die tröstliche und doch harte Länge von Sams Hüfte und Oberschenkel. Sam nahm seine Hand und verschränkte ihre Finger, legte dann ihre ineinander verschlungenen Hände auf Zachs Oberschenkel. Nach so vielen Jahren, in denen er von außen auf Beziehungen geblickt hatte, befand sich Zach nun selbst in unbekannten Gewässern. Er wusste nicht, ob er lernen sollte zu schwimmen, um bei dem Versuch eventuell unterzugehen, oder ob er zur Sicherheit am Rand bleiben und sich an das Bekannte klammern sollte.

„Es gibt keinen Grund für dich verlegen zu sein, weil du mir erzählt hast, dass du zurückgehen und deine Mutter sehen willst." Sams Finger strichen über Zachs Knie, sendeten prickelnde Erregung durch ihn hindurch. „Ich werde dir aber sagen, was mir gefallen würde."

„Was?"

„Ich würde gerne mit dir kommen. Wäre das okay?"

Wie oft war Zach vom Frühstück nach Hause gegangen, vorbei an Pärchen, die in diesem Park oder auf der Straße Hand in Hand von ihm vorbeigelaufen waren. Er hatte ihre Gespräche gehört, ihre Pläne zum Abendessen, alltägliche Dinge aus ihrem Leben und sich vorgestellt, wie es wäre, selbst ein Teil so einer Eins-plus-Eins-Gleichung zu sein. Ganz zu sein, nicht nur eine Hälfte.

Sam wollte seine Mutter kennenlernen; diese Ankündigung wollte Zach kaum in den Kopf gehen. „Ja, das ist okay." Da er sich nicht traute Sam anzusehen, starrte er in die Ferne zu den Kindern, die auf dem Spielplatz herumrannten.

„Du hörst dich ein bisschen zögerlich an. Weiß deine Mutter, dass du schwul bist?"

Komisch, dass sie so intim miteinander hatten sein können, ohne je daran gedacht zu haben, über ihre Familien oder andere persönliche Details ihrer Leben zu reden. Sofort zerplatzte alle übersprudelnde Freude und versickerte.

„Nein. Ich weiß es, seit ich ein Kind bin. Aber mit meinen Eltern habe ich nie darüber geredet. Nachdem mein Vater gestorben war, dachte ich, dass meine Mutter schon genug durchmacht, ohne dass ich ihr zusätzlichen Ballast liefern muss."

Sam runzelte die Stirn. „Glaubst du wirklich, das würde sie aufregen? Sie könnte dich überraschen und stärker sein, als zu ihr zutraust."
Vielleicht hatte Sam recht. Er hatte seine Sexualität so lange verheimlicht, weil sie über die Jahre so viele subtile Andeutungen über ihn und seine Dates gemacht hatte. Und natürlich über das Thema Heiraten. Daher hatte er angenommen, sie würde nicht glücklich sein, wenn er sich outete. Aber vielleicht lag Sam richtig und sie würde es wie das völlig normale Ereignis betrachten, das es war.
„Ich bin mir nicht sicher. Ich wollte es nie erwähnen, um sie nicht aufzuregen."
Es war friedlich hier im Park, bemerkte Zach. Sogar das nervende Lied des Eiswagens hörte sich jetzt wie ein erfreulicher Song aus seiner Kindheit an. Sie saßen einen Moment da, hielten sich an den Händen und sahen den kleinen Kindern beim Spielen zu. Ein süßes Mädchen in einem pinkfarbenen Badeanzug kam zu ihnen herüber. Ihre braune Haut glänzte, nachdem sie durch die Sprinkler gerannt war, und ihre grünen Augen waren rund vor Neugier.
„Seid ihr verheiratet?" Ihre lockigen Haare waren zu zwei fusseligen Zöpfen gebunden, einen auf jeder Seite.
Zach sah zu Sam auf, dessen Lippen vor Heiterkeit zuckten, bevor er dem Kind ein freundliches Lächeln schenkte. „Nein, wir sind Freunde."
„Meine Mami sagt, Jungs können jetzt Jungs heiraten, und ich kann ein Mädchen heiraten, wenn ich will."
„Das stimmt."

„Die Leute gucken sie und meinen Papi komisch an und das macht mich böse.“ Eine Männerstimme rief und sie sah sich über die Schulter und quietschte. „Oh, da ist mein Papi. Tschüüüüss!“

Sie rannte über den Spielplatz, dass ihre rundlichen Beinchen nur so über den Boden fegten.

Zach sah zu, wie sie ihre Arme um einen großen blonden Mann warf, dessen Arme und Beine von Tattoos bedeckt waren. Neben ihm stand eine gertenschlanke schwarze Frau, ihre langen, welligen Haare waren zu einem Pferdeschwanz zusammengebunden.

Sam streichelte seine Wange mit einer leichten Berührung. „Was für eine Süße.“

Zach hatte immer ein Kind haben wollen – Junge oder Mädchen, ganz gleich. Er wollte eines adoptieren, in der Hoffnung, jemandem ein besseres Leben zu geben, der ihn vielleicht so sehr brauchte, wie er selbst jemanden zum Lieben brauchte.

„Ja, das ist sie.“

„Sollen wir jetzt zu dir nach Hause gehen, damit ich deine Mom kennenlernen kann?“ Sams Hand umfasste seinen Kiefer und zwang Zach in seine warmen, haselnussbraunen Augen zu schauen. „Ich wette, sie wird dich überraschen und sich freuen, mich kennenzulernen.“

„Ich bin mir ehrlich nicht sicher. Sie und ich stehen uns sehr nahe und obwohl sie sagt, dass ich ein eigenes Leben haben soll, hat sie Angst vor Veränderungen und klammert. Ich hätte vor Jahren versuchen sollen mich loszureißen, aber wie du vielleicht erraten hast, mag ich keine Konflikte, also war es leichter für mich, es sein zu lassen.“

„Aber das hat sich jetzt geändert, oder nicht?"
Sam ließ eine tröstende Hand seinen Nacken hinuntergleiten und auf seiner Schulter ruhen.
„Ja. Und ich weiß, es wird nicht leicht für sie. Aber unsere Beziehung muss sich in eine gesündere Richtung bewegen, eine, in der sie weniger abhängig von mir ist und mich wie einen Erwachsenen behandelt, und nicht wie Zach, das Kind." Er kaute auf seiner Lippe. „Sie ist so emotional – ich hoffe, sie hasst mich am Ende nicht."
„Unmöglich." Sams Hand legte sich fester um seine Schulter. „Wer könnte dich hassen?"
Bei Sams Worten flatterte etwas in seiner Brust und sein Herz zog sich gefährlich zusammen. Es versetzte ihn in Schrecken und erregte ihn zur gleichen Zeit. Die Vorsicht, die ihn sein ganzes Leben begleitet hatte, trat hervor, und Zach hörte die Warnung in seinen Ohren klingeln.
Sei vorsichtig. Du kennst ihn nicht wirklich. Du willst nicht wieder verletzt werden.
Aber diesmal drängte Zach sie zurück. Der Angst durfte in seinem Inneren kein Zuhause gewährt werden; sie war ein unwillkommener Besucher, dem er erlaubt hatte zu bleiben und der sich all die Jahre wie ein Hausbesetzer in seinem Blut, seinem Gehirn und seinem Herzen eingenistet hatte. Und wohin hatte es ihn gebracht? Er versteckte sich in einem Keller, allein und einsam, lebte stellvertretend durch die Leben seiner Freunde, während er sich die Courage wünschte, durch seine Mauern zu brechen.
Es war Zeit, Nathan hinter sich zu lassen. Zach war nicht länger der verängstigte kleine Studienanfänger, verzweifelt nach Liebe, in dem Glauben jede Aufmerksamkeit wäre

gute Aufmerksamkeit. Er drückte Sams Hand. Sie war warm, groß und fest. Tröstend. Sam war ein echter Mann, ohne das Bedürfnis andere runterzumachen und zu verletzen, damit er sich selbst besser fühlte.
„Ja.“ Zach lächelte. „Ich hoffe, du hast recht.“
Sie winkten dem kleinen Mädchen, das auf den Schultern ihres Vaters ritt und fröhlich lachte, und verließen den Park. Der Spaziergang zu seinem Haus dauerte nur etwa zwanzig Minuten, und als Zach sich näherte, konnte er sehen, dass seine Mutter angepflanzt hatte. Hellrote und pinke Geranien blühten in den weißen Gipstöpfen auf der Vorderstufe, und die Rosenbüsche zeigten sich in ihrer vollen, glorreichen Blüte und reichten bis oben an das Fenster des Frontzimmers.
Sam verlangsamte seinen Schritt vor dem Haus.
„Weißt du, was du ihr sagen wirst?“
Es wäre wahrscheinlich eine gute Idee vorher darüber nachzudenken, was er ihr sagen wollte. Nach all den Jahren des Wartens verdiente sie eine Erklärung.
„Äh, nicht so richtig. Ich war immer jünger als alle anderen in meiner Klasse, also hat sie mich nie sehr dazu gedrängt mich zu verabreden; nur ein paar Kommentare hier und da. Ich weiß, dass sie unbedingt Enkelkinder haben will. Das ist das Einzige, womit sie mir ständig in den Ohren liegt.“
„Ich glaube“, sagte Sam mit seiner leisen, besonnenen Stimme, „vor allem musst du ehrlich sein und vertrauen, dass sie sich dir gegenüber verhält wie sonst auch. Voller Liebe und Freundlichkeit. Nach dem, was du mir erzählt hast, erwarte ich da keine Probleme.“

„Ich hoffe, du hast recht“, sagte Zach und dachte, *wenn nicht jetzt, wann dann?* Die Zeit war gekommen.
Sam machte keine Anstalten hineinzugehen und lehnte sich stattdessen gegen den hüfthohen eisernen Zaun. „Sind sie dir wichtig? Kinder, meine ich.“
Zach atmete tief ein und offenbarte sich. „Ja. Ich habe das Geld und die Zeit, um sie einem Kind zu geben. Und ich will eines adoptieren. Meine eigenen zu haben ist nicht so wichtig für mich wie einem Kind eine zweite Chance zu geben, das nie eine erste hatte.“
„Hört sich nach einem Plan an.“
Er nickte. „Irgendwann.“
Zach ging an Sam vorbei, um das Tor zu öffnen, doch Sam legte ihm eine Hand auf den Arm.
„Ich denke, es ist wundervoll von dir, das für ein Kind tun zu wollen.“
Zach leckte sich über die Lippen. „Meinst du?“
„Ja“, sagte Sam und ließ seine Hand Zachs Schulter hinaufgleiten, um sein Gesicht zu umfassen, „das denke ich. Und andererseits denke ich, dass du ein ziemlich toller Kerl bist und ich nicht verstehe, wieso du allein bist.“
Die Spitze von Sams Daumen ruhte auf Zachs Lippen. „Aber jetzt bist du hier. Hast du vor, irgendwo anders hinzugehen?“ Er berührte mit seiner Zunge Sams Daumenkuppe und hörte, wie Sam scharf den Atem einsog.
Die Frage hing bedeutungsschwanger zwischen ihnen in der Luft. Sams Augen verdunkelten sich und er verharrte, seine Hand blieb auf Zachs Gesicht.
„Nein. Ich bin hier genau richtig, und ich habe nicht vor, irgendwo anders hinzugehen.“

Daraufhin verschob sich etwas zwischen ihnen und ihre Verbindung war mit einem Mal stärker als je zuvor. Von Anfang an, selbst damals in der ersten Nacht in Atlantic City, als sie nichts über einander wussten, hatte Zach sich gegenüber Sam in einer Weise entblößt, wie er es nie zuvor getan hatte, nicht einmal gegenüber seinen besten Freunden.

„Lass uns reingehen."

Zach ging voran, sich Sams Hand, die in seinem Kreuz lag, überaus bewusst. Er öffnete die Haustür und rief: „Mom?"

„Hier hinten, Liebling. In der Küche."

Mit Sam, der ihm folgte und ihn immer noch berührte, ging Zach in den hinteren Teil des Hauses. „Sie ist immer entweder in der Küche oder im Garten bei ihren Blumen."

„Schönes Haus. Es sieht ziemlich alt aus, aber gut erhalten."

„Mein Vater hat es gekauft, als sie frisch verheiratet waren, bevor diese Gegend ‚in Mode' kam. Nachdem ich mein erstes Geld verdient hatte, habe ich zuerst das Haus für sie renoviert."

Sie betraten die Küche, und Zach erblickte seine Mutter an dem Holztisch, eine volle Kanne Kaffee in der Mitte.

„Wo warst du? Ist alles in Ordnung? Ich habe die Milch weggeräumt – oh." Sie hörte auf zu reden, als sie ihn mit Sam sah. Ihr Blick richtete sich auf ihn und Zach trat zur Seite.

„Tut mir leid, dass ich zu spät bin. Ich möchte dir jemanden vorstellen."

Seine Mutter konnte nicht aufhören, Sam anzustarren, ein Ausdruck der Verwirrung lag auf ihrem Gesicht.

„Mom, das ist Sam Stein. Sam.“ Er drückte sanft Sams Arm. „Das ist meine Mom, Cheryl Cohen.“

„Freut mich Sie kennenzulernen, Mrs. Cohen. Zach hat mir so viel von Ihnen erzählt.“

Das Lächeln seiner Mutter erreichte nicht ihre Augen, aber nur jemand, der sie gut kannte, würde das bemerken.

„Hat er das? Wie nett. Bitte setzen Sie sich und trinken Sie einen Kaffee. Zach, hol Sam eine Tasse.“

Zach zog eine weitere Tasse aus dem Schrank und hörte, wie seine Mutter Sam ausfragte. Auf einmal schien es keine so gute Idee mehr zu sein, ihn mitzubringen.

„Also, erzählen Sie mal, Sam, nachdem mein Sohn keine Zeit gefunden hat, mir irgendetwas über sein Privatleben zu berichten, wie lange kennen Sie sich?“

Das hatte er erwartet. Zach hätte niemals zulassen sollen, dass es so weit kam, wie es jetzt bereits gekommen war. Er glitt auf den Stuhl neben Sam und schenkte ihm eine Tasse Kaffee ein. „Mom, bitte. Er ist mein Freund. Ich denke nicht, dass du ihn ausfragen musst.“

„Wieso ausfragen? Ich habe nur eine einfache Frage gestellt. Du bringst jemand Neues mit nach Hause und ich soll nichts sagen?“

Belustigung, kein Ärger, tanzte in Sams Augen und zum ersten Mal seit Stunden entspannte sich Zach. Ausnahmsweise schienen die Dinge für ihn einmal gut zu laufen.

„Wir haben uns an dem Wochenende kennengelernt, als Zach in Atlantic City war, aber haben uns erst kürzlich hier in der Stadt wieder getroffen.“ Sam nippte an seinem Kaffee. „Ich war heute mit ihm frühstücken und habe seine Freunde kennengelernt.“

„Oh." Zachs Freunde zu erwähnen brachte immer ein Lächeln auf ihr Gesicht. „Sie haben die Jungs getroffen? Sind sie nicht hinreißend?"
„Sie scheinen tolle Kerle zu sein."
Zach erschauderte und hätte beinahe laut aufgestöhnt. Seine Mutter verhielt sich, als wären sie noch auf der High-School und Sam würde ihn zum Abschlussball abholen. Er warf einen verstohlenen Blick auf Sam und war überrascht, ihn in das Gespräch vertieft und gar nicht genervt zu sehen.
„Was machen Sie beruflich, wenn es Ihnen nichts ausmacht, dass ich das frage?" Sie füllte Sams Kaffeetasse und ihre eigene erneut und ließ Zach zu seiner Überraschung außen vor. Er nahm die Kanne und schenkte sich selber ein.
„Ich habe mich von der Polizeiarbeit pensionieren lassen und arbeite nun als privater Ermittler." Sam trank einen weiteren Schluck Kaffee, sein Lächeln schwand hinter dem Tassenrand.
„Im Ruhestand? Aber Sie sind so jung." Sie schlug ihre Hand vor den Mund. „Oh, sind Sie verletzt worden? Hat man Sie verletzt und sie mussten sich pensionieren lassen? Sind Sie arbeitsunfähig?"
„Mom." Beschämt erhob Zach zum ersten Mal ihr gegenüber die Stimme. „Hör auf, Sam solche persönlichen Fragen zu stellen." Besonders, weil Zach selbst die Antworten nicht kannte. Es gab so viel von Sam, das er nicht wusste: ob seine Eltern noch lebten, ob er Brüder oder Schwestern hatte, seine vergangenen Liebhaber, obwohl Zach sich nicht sicher war, ob er das wissen wollte.

„Sam scheint ein sehr netter Mann zu sein. Sie haben nichts dagegen, oder?“ Als er die Achseln zuckte, tätschelte sie Sams Hand, dann stand sie auf und brachte ihre Tasse zur Spüle. „Siehst du? Schließlich sind wir hier eine Familie. Es gibt hier keine Geheimnisse.“
Zach fuhr zusammen, leerte seinen Kaffeebecher und ging zu seiner Mutter an die Spüle.
„Mom“, flüsterte er, leise genug, dass Sam es über dem laufenden Wasser nicht hören konnte. „Bitte hör auf, ihm all diese persönlichen Fragen zu stellen. Ich habe ihn nicht hergebracht, damit er verhört wird.“
„Warum ist er hier?“ Ihre Hände spülten systematisch ihre Tasse, obwohl sie bereits sauber war.
„Äh, ich, ähm …“ Er suchte ungeschickt nach Worten, die Coming-out Unterhaltung schien auf einmal nicht mehr so leicht. „Ich wusste, es war eine schlechte Idee“, murmelte er in sich hinein. „Ich hätte ihn nie herbringen dürfen.“
Ihre Lippen zitterten. „Du schämst dich für mich, nicht? Es tut mir leid, dass ich so eine Belastung bin.“ Sie stellte die Tasse auf die Anrichte, ließ aber das Wasser laufen.
„Natürlich nicht. Ich könnte mich nie für dich schämen. Du bist meine Mutter.“ Und das meinte er ernst. Seine Mutter war liebevoll, freundlich und sanftmütig. Er wusste, sie würde es akzeptieren. Doch es innerlich zu wissen und es laut ihr gegenüber auszusprechen, waren zwei Paar Schuhe. Man konnte sich nie sicher sein, bis die Worte ausgesprochen waren und die Seele blank lag.
„Also, was ist es? Was behältst du für dich, das dich verkrampfen und aussehen lässt, als wäre dir speiübel?“ Sie legte eine Hand auf seinen Arm und er sah sie fragend an.

„Was?"
„Geht es um Sam?" Sie sah zu Sam hinüber, der immer noch am Tisch saß. „Ist er dein fester Freund?"
Die Tasse, die er gehalten hatte, fiel scheppernd in die Spüle und sprang in ein halbes Dutzend Teile. „W-was?" Er leckte seine Lippen aus nervöser Angst. „Mein fester Freund?"
Sie stellte das Wasser ab und führte ihn zum Tisch und zu Sam zurück. „Setz dich." Sie deutete auf den Stuhl. „Anstatt diese Unterhaltung in der Küche an der Spüle zu führen, sollten wir uns wie Erwachsene hinsetzen, denke ich, meinst du nicht?"
Ihr Ton duldete keine Widerworte und wie das gehorsame Kind, das er war, fügte sich Zach. Er sah seiner Mutter über den alten Holztisch hinweg in die Augen, aber darin entdeckte er keine Verachtung, nur Liebe.
„Sam. Es tut mir leid, Sie in Verlegenheit zu bringen, aber gehen Sie mit meinem Sohn aus? Und falls Sie versuchen, einen guten Eindruck bei mir zu hinterlassen, lügen wäre gerade nicht so gut."
Sam warf ihm einen verblüfften Blick zu und rubbelte sich über das Kinn. „Ahh."
„Das hat Sam nicht zu beantworten, Mom. Vielleicht hätte ich ihn nicht herbringen sollen, ohne vorher mit dir zu reden, aber es fällt mir schwer, es alleine zu erklären, und Sam ist in der letzten Zeit zu einem wichtigen Teil meines Lebens geworden, also ist es an der Zeit, dass ihr euch kennenlernt."
Sie liebte Julian und Nick, und Zach vermutete schon lange, dass sie wusste, dass Marcus schwul war, aber sie

meinte, dass es ihr nicht zustand, über sein Sexleben zu reden. Seine Mutter glaubte an die wahre Liebe in jeder Form und für alle Menschen, daher hatte er große Hoffnung, dass sein Coming-out ihr gegenüber ihre Beziehung nicht zerstören würde.

Also öffnete er hier an dem Küchentisch, an dem er vom Tod seines Vaters erfahren hatte, seiner Mutter sein Herz.

„Ich bin schwul, Mom. Ich habe nicht geplant, es dir heute zu sagen, aber vielleicht ist es endlich an der Zeit." Sams Hand schlang sich um seine und er klammerte sich verzweifelt daran. „Nein, nicht vielleicht, es ist an der Zeit. Ich bin neunundzwanzig Jahre alt und fürchte mich immer noch vor dem, was meine Mutter sagen könnte, wenn ich ihr sage, dass ich schwul bin."

Ihr Blick wanderte von Sam zurück zu ihm und Zach hätte schwören können, dass sie mit ihrem unfehlbaren sechsten Sinn erkannte, wie fest seine Hand Sams umklammerte.

„Du hast dich vor mir gefürchtet? Was ich dazu sagen würde?" Sie blinzelte heftig und wischte sich mit einem Taschentuch, das sie aus den Taschen ihrer Shorts gezogen hatte, über die Augen. „Du bist mein Kind, ich liebe dich. Du erinnerst mich so sehr an deinen Vater, habe ich dir das je gesagt?" Sie berührte mit zitternden Händen seine Wange.

„Nein, Mom, das wusste ich nicht." Nachdem er gestorben war, hatte sie alle Fotos seines Vaters weggeräumt und nie wieder hervorgeholt. Sie behauptete, es würde zu sehr schmerzen, ihn jeden Tag zu sehen, wenn er doch nie wieder nach Hause kommen würde.

Als seine Mutter damals schlafen gegangen war, hatte Zach leise das Haus nach den Bildern durchforscht, auf der Suche nach irgendeinem Foto, das er behalten konnte. Außer einem vagen Bild von lachenden blaue Augen und dunklen Haaren hatte Zach keine Erinnerung daran, wie sein Vater ausgesehen hatte.

„Das tust du. Und er wäre so stolz auf dich gewesen, so wie ich es bin und immer sein werde. Nichts könnte daran je etwas ändern." Sie umfing sein Kinn. „Nichts. Hast du mich verstanden?"

Das Zittern seines Körpers wollte nicht aufhören, tatsächlich fröstelte er sogar. „Ich wollte dich nicht enttäuschen. Ich weiß, wie sehr du Enkelkinder haben wolltest, haben willst, meine ich."

Der Stuhl quietschte über den Boden, als sie abrupt aufstand, und er zuckte bei ihrem emotionalen Ausbruch zusammen. „Sag niemals, du wärst eine Enttäuschung für mich gewesen. Du bist das Einzige, das mich all die Jahre hat durchhalten lassen. Mein Alles."

Das war das Problem. Mit Sam zusammen zu sein, erforschen zu wollen, wohin die vorsichtigen Anfänge ihrer Beziehung sie führen könnten, bedeutete, dass er seiner Mutter Grenzen setzen musste, wofür es vorher nie Bedarf gegeben hatte.

„Ich kann das nicht mehr für dich sein, Mom." Sein gebrochenes Flüstern hallte in seinen Ohren. „Ich kann nicht dein Alles sein. Ich muss herausfinden, wer ich bin, und mein eigenes Alles finden."

Entsetzt starrte sie ihn und Sam an, der standhaft an seiner Seite saß und weiterhin seine Hand in einem festen Griff hielt. „Ich dachte, du würdest mich lieben."
„Das tue ich. Und weil ich dich liebe, müssen wir einander loslassen." Er ließ Sams Hand los, um die ihre zu ergreifen. „Unsere Beziehung ist nicht gesund, das musst du einsehen."
Als sie nichts sagte, fuhr er eilig fort. Die Worte flossen hastig aus ihm heraus, wie ein überfließender Fluss, der sein Leben lang darauf gewartet hatte, freigelassen zu werden.
„Ich war so jung, als Dad gestorben ist, dass ich nicht wusste, was ich tun sollte oder wie ich dir helfen konnte. Und ich wusste, dass du dabei warst, zu zerbrechen und ich hatte niemanden, an den ich mich wenden konnte. Nur Marcus hat mit mir geredet, aber ich wollte meine Mutter."
„Und ich war nicht da. Ich habe dich im Stich gelassen."
Es brachte ihn beinahe um, dieses Gespräch zu führen, aber er hatte die Hoffnung, dass sie sich vorwärtsbewegen konnten, sobald sie alles ausgesprochen hatten. Kein Verstecken mehr.
„Auf eine Art. Aber dann bin ich erwachsen geworden und habe nie versucht dir zu helfen, weil es leichter war, einfach hier zu bleiben und sich herauszureden. Es hat dich glücklich gemacht. Daher trifft mich genauso viel Schuld wie dich. Ich habe dich ebenfalls im Stich gelassen."
„Es tut mir leid."
„Mom, nicht –"
Sie fuhr fort, als hätte er gar nichts gesagt. „Ich glaubte, ich täte das Richtige. Ich habe nie erwartet, mein Kind alleine großziehen zu müssen. Und doch warst du so klug und

hattest Marcus als deinen Freund, also dachte ich, du kämst gut zurecht."

„Das kam ich, tue ich noch. Das weißt du jetzt."

„Aber zu welchem Preis? Du bist mein Sohn; du solltest mit mir über alles reden können. Angst davor zu haben, mir zu sagen, dass du schwul bist … du weißt, ich werde dich immer bedingungslos lieben. Ich kann es nicht glauben, dass du mir nicht genug vertraut hast."

Zach konnte nicht zulassen, dass seine Mutter sich für seine Fehler die Schuld gab.

„Es hatte nichts mit Vertrauen zu tun. Und ich weiß jetzt, dass ich falsch lag und alles, was ich tun kann, ist zu sagen, dass ich dir mit meinem Leben vertraue. Meine Fehler habe ich aus Liebe begangen, nicht aus einem Verlangen heraus, dich zu verletzen. Sondern um dich vor weiterem Schmerz und Verwirrung zu schützen. Weil ich nicht wusste, ob du noch mehr bewältigen kannst."

„Du warst das Kind und dennoch hast du versucht, mich zu beschützen."

„Ich denke, wir machen alle Fehler aus Liebe, weil wir das Schlimmste befürchten. Es ist die Angst vor dem Unbekannten, die uns nie die weisesten Entscheidungen treffen lässt."

Bevor er weiterreden konnte, überraschte ihn seine Mutter.

„Du hast recht. Wir sind programmiert, das Schlimmste zu denken, anstatt das Beste zu erwarten. Das ist keine Eigenschaft, die nur auf Kinder zutrifft. Erwachsene sind die größten Schuldigen, und ich schließe mich selbst da ein."

Jetzt, da alles gesagt war, empfand Zach die Freiheit als berauschend und doch wusste er, er musste Grenzen bestimmen, die nie zuvor gesetzt worden waren.
„Es gibt Teile meines Lebens, die ich nicht mit dir teilen werde, aber“, beeilte er sich hinzuzufügen, „das bedeutet nicht, dass ich dich nicht liebe, denn das werde ich immer tun.“ Er hob den Arm, um ihr die Tränen abzuwischen. „Mein Bedürfnis mit jemanden zusammen zu sein – mit Sam – kann nicht und wird nicht die Tatsache ändern, dass du meine Mutter bist und ich dich liebe.“
„Wann bist du so klug geworden?“ Sie schniefte und ließ seine Hand los, um sich ihre tränenden Augen mit einem Taschentuch abzuwischen.
„Ich hatte eine gute Lehrerin“, sagte Zach und lächelte vor Erleichterung. Der Tag, vor dem er sich immer gefürchtet hatte, war gekommen und sie hatten alle überlebt. Die Apokalypse war im Sande verlaufen. „Sie hat mich gelehrt zu lieben.“
Sie lächelten sich gegenseitig an, das einzige Geräusch war das beruhigende Ticken der Uhr auf der Küchentheke. Dann berührte Sams Hand seinen Oberschenkel und erinnerte ihn an die prickelnde Präsenz seines Liebhabers. „Ich hoffe, du und Sam könnt Freunde sein?“
Zach sah zu, wie Sam seiner Mutter über den Tisch hinweg zulächelte. „Ich weiß, dass ich mich darauf freue.“ Das Grinsen, das Zach liebte, dieses besondere, das Sams ganzes Gesicht erhellte, brach sich Bahn, und Zachs Herz zog sich fest zusammen. „Es ist Jahre her, seitdem ich zuletzt hausgemachte Hühnersuppe gegessen habe.“

Auch das Gesicht seiner Mutter erhellte sich. „Endlich jemand, den ich bekochen kann.“ Sie lächelte sie beide an. „Es wird wunderbar sein, Zach glücklich zu sehen. Und wenn du der Grund dafür bist, dann weiß ich, dass ich dich lieben werde.“

Niemand hatte Liebe erwähnt, aber weder er noch Sam würden jetzt dieses Gespräch führen. Neuanfänge und Glückseligkeit waren bereits perfekt.

KAPITEL SECHZEHN

Es war etwas Aufregendes daran, mit jemandem nach Hause zu gehen und nicht erwarten zu können, endlich im Bett zu landen. Zu wissen, dass man sich einander die Klamotten vom Leib reißen würde, sobald man die Haustür zugeschlagen hatte. Sam verstärkte seinen Griff um Zachs Hand und beschleunigte seine Schritte.
„Ich freue mich darauf, zu Hause anzukommen. Ich kann es kaum erwarten, dich ins Bett zu bekommen."
Statt des Lachens, das er erwartet hatte oder wenigstens einem Kuss, versteifte sich Zach und blieb auf dem Gehweg stehen. Er zog sich zurück, sodass sie sich gegenüberstanden.
„Ist das hier nur Sex? Ich dachte, es wäre mehr als das." Mit einem frustrierten Stups seines Fingers schob Zach seine Brille auf der Nase nach oben und runzelte die Stirn.
Gott, Sam könnte ihn vernaschen, so sauer, wie er aussah. Heute Nacht würde Zach nicht frustriert oder wütend sein, nachdem sie sich geliebt hatten. Sam würde sicherstellen, dass er außer seinem Lächeln und dieser Brille nichts tragen würde. Nichts hatte ihn jemals so schnell hart werden lassen wie Zachs große blaue Augen hinter dem schwarzen Brillengestellt, und der bezaubernde stinksaure Ausdruck auf seinem Gesicht war das Sahnehäubchen.
Und Sam liebte Kuchen mit viel Sahne.
„Was ist falsch an Sex? Wir haben viel Spaß zusammen im Bett." Sam wies die Straße hinunter. „Wir sind fast bei mir zu Hause, komm." Es gab keinen Grund, dieses Gespräch auf offener Straße zu führen. Er war den ganzen Tag heiß

gewesen. Sie konnten bis zum Morgengrauen über ihre Gefühle reden, aber zuerst wollte er Zach flachlegen. „Und außerdem habe ich dir und deiner Mutter gesagt, falls du es vergessen haben solltest, dass wir miteinander ausgehen würden. Und miteinander ausgehen bedeutet Sex." Er begann weiter die Straße entlangzulaufen.

Zach hielt mit ihm Schritt, fuhr aber damit fort, seinen Standpunkt klarzumachen. „Es mag Sex beinhalten, was wir zu einem anderen Zeitpunkt diskutieren können, weil ich mir nicht sicher bin, inwiefern ich das glaube, aber es gibt andere wichtigere Dinge, wenn man sich mit jemandem trifft."

„Wichtiger als Sex?" Sam kratzte sich am Kopf. „Wovon sprichst du?"

„Ahh." Zach stieß ein frustriertes Knurren aus. „Ich habe das Gefühl, ich würde mit Marcus reden! Ich weiß nichts über dich, und du scheinst alles daran zu setzen, dass es so bleibt."

Plötzlich fühlte Sam sich unbehaglich über die Richtung, die ihre Unterhaltung einschlug. Er versuchte sich an einem Scherz. „Gibt nicht viel zu wissen. Ich bin langweilig."

„Es war mir wichtig dir zu erzählen, dass ich immer noch bei meiner Mutter lebe und für sie sorge. Das wäre der perfekte Zeitpunkt für dich gewesen, um mir von deiner Familie zu erzählen, aber das hast du nicht." Zach klang unglücklich. „Ich weiß gar nichts über dich, außer, dass du ein pensionierter Cop bist, und jedes Mal, wenn jemand das erwähnt, wechselst du das Thema."

Sam biss die Zähne zusammen. „Ich halte nichts davon, die Vergangenheit wieder aufzuwärmen. Zu welchem Zweck?

Es ist vorbei, man kann das, was passiert ist, nicht ändern, also warum sich selbst mit diesen Dingen quälen?"
„Warum würdest du dich damit quälen? Manchmal ist es wichtig, dass jemand anders aus einem anderen Blickwinkel darauf sieht." Zach berührte seinen Arm, doch er blieb unnachgiebig. „Vielleicht war die Vergangenheit gar nicht so schlimm, wie du denkst."
Und ob sie das war. „Nummer eins, ich will diese Unterhaltung nicht führen. Nummer zwei, ich will diese Unterhaltung sicherlich nicht auf der Straße führen." Sie hatten endlich seinen Block erreicht und er holte seine Schlüssel hervor. „Können wir bitte reingehen?"
Dafür dass er mal gedacht hatte, Zach wäre folgsam und leicht zu beeinflussen, war der Mann unglaublich hartnäckig.
„Wieso denn? Wir gehen rein und ich lande mit dir im Bett, aber am Ende bedeutet es gar nichts. Ich könnte genauso gut mit einem Fremden schlafen."
Sie standen vor seinem Haus. Sein Apartment war eines von fünf in diesem Reihenhaus, seine Wohnung war die kleinste und günstigste. Die Vermieterin mochte es, einen ehemaligen Cop im Gebäude zu wissen und gab ihm einen ziemlich ansehnlichen Rabatt auf die Miete, und im Gegenzug hielt er ein Auge auf und machte kleine Reparaturen für sie.
„Ich verstehe, was du meinst. Lass uns reingehen, dann können wir reden."
Zach sah ihn skeptisch an. „Reden reden? Oder reden als Euphemismus für Sex?"

Früher am Abend wäre die Antwort die zweite Variante gewesen. Aber so wichtig, wie es jetzt für Zach geworden war, befand sich Sam im Krieg mit sich selbst: Zach ausschließen und ihn verlieren, wahrscheinlich für immer oder sich selbst öffnen und all den Mist, den er im vergangenen Jahr verdrängt hatte, hervorquellen lassen und sich damit offenbaren und bloßstellen.

Bevor er sich selbst aufhalten konnte, griff Sam nach Zachs Hand. „Reden wie unterhalten. Wenn du Fragen hast, verspreche ich, ich werde versuchen, sie zu beantworten."

Sam hätte gerne ein Lächeln von Zach gesehen nach dem, was er gesagt hatte, aber als nichts geschah, überkam ihn die Furcht, dass Zach ihn verlassen würde. Erleichterung durchströmte ihn, als Zach ihm zunickte, auch wenn es grimmig aussah, und ihm ins Apartment folgte.

Er hielt eine beträchtliche Distanz zwischen sich und Zach, als er in die Küche ging. „Möchtest du etwas trinken?" Er wusste, er brauchte ein Bier für das, was ihm bevorstand.

„Nein, danke", rief Zach, der im Wohnzimmer geblieben war.

Er stützte seine Ellenbogen für einen Moment auf der Küchentheke ab, sammelte seine zerstreuten Gedanken und sortierte danach, was er sagen und was er nicht sagen würde. Er konnte über seine Mutter und den Tod seines Vaters reden; das war ein neutrales Thema und würde nicht zu viel Zeit beanspruchen. Was die Arbeit, die Pensionierung, Andy betraf … würde er sehen, wie es lief. Bei dem Gedanken, Zach den Grund für seine Pensionierung zu nennen, wurde ihm übel.

Nach einem schnellen belebenden Schluck Bier ging Sam ins Wohnzimmer und fand Zach, der auf dem Sofa saß und in die Ferne starrte.
„Hey. Bist du sicher, dass du nichts willst?“ Er stand im Türrahmen, noch nicht bereit, den Raum zu betreten.
Das späte Nachmittagssonnenlicht fiel in das Zimmer, verfehlte Zach auf dem Sofa und versteckte sein Gesicht im schattigen Halbdunkel. In der kurzen Zeit, die sie zusammen gewesen waren, hatte Sam gelernt, dass Zachs Augen jede seiner Emotionen widerspiegelten. Sie gaben wahrhaftig einen Einblick in sein Herz und seine Seele. Jetzt gerade würde er jede Wette eingehen, dass sie dunkel vor Traurigkeit waren.
„Nein, danke“, sagte er leise und rutschte ins Sonnenlicht.
„Schau mal. Es tut mir leid, dass ich dich hierzu gezwungen habe. Ich habe nicht das recht, dich zu etwas zu drängen, das dir aus was auch immer für Gründen unangenehm ist.“
Sam setzte sich neben Zach auf die andere Seite des Sofas.
„Es ist dir wichtig. Ich bin nicht gut in diesen Dingen … über persönliche Probleme zu reden. Das ist eher der Job meines besten Freundes Henry. Er liebt all diesen Kram, er und seine Frau, Heather.“
„Kennst du ihn schon lange?“ Zach wickelte die Troddel des Sofakissens um seinen Finger. „Er war mit dir in Atlantic City, richtig?“
„Ja, zu beidem. Ich kenne Henry, seitdem wir Teenager sind. Er ist wie ein Bruder.“ Die Anspannung in seiner Brust ließ etwas nach. Er konnte es schaffen, das Gespräch leicht und zwanglos zu halten. „Er leitet die Computersicherheitsfirma, für die ich arbeite und er war derjenige, der

deine Brillanz anpries.“ Sam grinste. „Ich denke, er ist ein großer Fan von dir und schwärmt insgeheim für dich.“
„Von mir? Das ist verrückt“, spottete Zach, dann wurde er wieder ernst. „Hast du Geschwister? Eltern?“ Die Frage hing in der Luft.
Der Stich des schlechten Gewissens traf ihn, als Sam sich erinnerte, dass er seine Mutter seit Wochen nicht mehr angerufen hatte. Sie hatten eine eigenartige Beziehung, so anders als die eng zusammengewachsene liebende Beziehung, die er zwischen Zach und seiner Mutter beobachten konnte.
Sie war einmal liebevoll gewesen und wenn Sam hart genug in seinem Gedächtnis kramte, konnte er sich dunkel an Gute-Nacht-Küsse und Umarmungen von ihr erinnern.
Immer in Kleidung, die, wie Sam wusste, mehr für junge Frauen in ihren Zwanzigern waren, bekämpfte Barbara Stein den Alterungsprozess wie ein Fünf-Sterne-General Krieg führte. Und das war es für sie – der Marsch der Zeit und das Heranschleichen des Alters waren ein alltäglicher Kampf für sie und ließen wenig Zeit, ihren verwirrten, einsamen Sohn zu erziehen. Nachdem sein Vater gestorben war, verbrachte sie ihre Zeit trainierend im Fitnessstudio, im Friseursalon für ihre Haarverlängerungen, für Make-up und Maniküre und was sie sonst verkauften. Alles, um in der Singleszene zu bestehen und von Mann zu Mann zu hüpfen, jeder reicher als der vorherige.
„Mein Vater starb, als ich vierzehn war … jung wie du. Und genau wie du bin ich ein Einzelkind.“
„Was ist mit deiner Mutter? Lebt sie noch?“ Zach ließ das Kissen los, verstaute seine Füße unter sich auf dem Sofa

und ließ sich gegen die Armlehne sinken. Er sah Sam erwartungsvoll an.

„Ja. Sie lebt in Florida, daher sehe ich sie nicht besonders oft.“ Nicht, dass sich einer von ihnen darum bemühte.

Verzweifelt auf der Suche nach Geld, nachdem sein Vater gestorben war, brachte sie eine Reihe Männer in sein Leben, von denen keiner einen dauerhaften Eindruck hinterließ. Manche waren nett zu ihm, weil sie versuchten, sich bei seiner Mutter anzubiedern, andere ignorierten ihn, aber die meisten wollten ihn nur aus dem Weg haben. Alle beanspruchten die Zeit seiner Mutter und sie gewährte sie ihnen freigiebig, da sie es waren, die ihren Lebensstil mit ihren Geschenken bestehend aus teurer Kleidung, Juwelen und Abendessen finanzierten.

Der Einzige, für den sie nie Zeit hatte, war ihr Sohn.

„Ich habe versucht, meine Mutter davon zu überzeugen, nach Florida zu gehen. Ich dachte, sie würde wollen, dass ich ihr dort ein Haus für den Winter kaufe, aber das lief nicht sonderlich gut“, sagte Zach wehmütig.

„Vielleicht wird es jetzt anders, nachdem du reinen Tisch gemacht hast.“

„Vielleicht, aber ich denke, sie wird immer noch in meiner Nähe bleiben wollen. Eine jahrelange Angewohnheit wird sich nicht über Nacht ändern.“

Das war unfair in Sams Augen, aber er konnte kaum Zachs Mutter kritisieren, da er wusste, wie nah sie sich standen. Er ging vorsichtig vor und hoffte, seine Antwort war wertfrei.

„Du wirst dich wahrscheinlich hinsetzen und noch mal mit ihr reden müssen. Heute war allerdings ein guter Anfang.“

Zach blinzelte und funkelte ihn an. „Du hast es wieder geschafft, das Gespräch weg von dir und dafür zu mir zu lenken. Netter Versuch."

„Das war keine Absicht. Frag mich etwas anderes."

„Weißt du", sagte Zach und ein Funken Humor trat zurück in seine Augen, „ich bin nicht hier, um dich zu verhören. Ich wollte dich nur besser kennenlernen. Ich bin in diesem Bereich selber Neuling. Julian und Marcus sind nicht gerade das beste Vorbild für gesunde Beziehungen."

„Ich kann mir vorstellen, dass Marcus nie eine Beziehung mit jemandem hatte."

„Oh, er hatte Hunderte von Beziehungen. Das Problem ist, dass sie alle nur ein oder zwei Tage halten. Er liebt jeden."

Zachs gute Laune schwand. „Ich wünschte, ich wüsste, wie ich ihm helfen könnte. Er weigert sich, über sich oder irgendetwas Persönliches zu reden. Er war schon immer so."

„Dann wirst du warten müssen. Ihn zwingen zu reden wird eure Freundschaft ruinieren. Wenn er bereit ist, wird er auf dich zu kommen. Aber Julian und Nick scheinen ein solides Paar zu sein."

„Ja." Zachs Gesicht hellte sich auf. „Sie kannten einander schon auf der High-School und haben erst vor Kurzem wieder zueinander gefunden. Ich freue mich so für Julian. Er liebt Nick so sehr, das hat er immer."

Sam mochte diesen glücklichen, lächelnden Zach, bis der beiläufig fragte: „Bist du je in einer ernsten Beziehung gewesen?"

Fuck. Gedanken schwirrten in seinem Kopf umher, in dem Versuch herauszufinden, was er sagen sollte und was nicht.

Offenbar besaß Sam nicht länger das blanke Polizistengesicht, das er jahrelang perfektioniert hatte, da Zach ihn nun anstarrte, verkrampft und ernsthaft.
„Du musst mir nicht antworten." Er veränderte seine Position auf dem Sofa und stand auf. „Ich denke, ich werde jetzt gehen. Ich muss noch was erledigen. Arbeit …" Zach ging in Richtung Tür. Die unverkennbare Traurigkeit in seiner Stimme, die Endgültigkeit, mit der er zur Tür ging, holte Sam aus seiner Erstarrung. Wenn Zach jetzt ging, würde er ihn nie wiedersehen, das wusste Sam, und das war unvorstellbar. Er beeilte sich, Zach aufzuhalten und stellte sich so nach vor ihn, dass er Zachs Atem an seinem Hals spüren konnte.
„Geh nicht."
„Es hat keinen Sinn", sagte Zach müde. „Du hast mich ausgesperrt, sobald ich einen früheren Liebhaber erwähnt habe. Ich habe nie geglaubt, du wärst noch Jungfrau, Sam. Ich versuche nur herauszufinden, ob und wie wir zusammenpassen."
„Das tun wir. Besser, als ich jemals zuvor zu einem Menschen gepasst habe." Ehrlichkeit war die einzige Art, mit jemandem wie Zach umzugehen. Seine fürsorgliche Art war von dem Moment an, als sie sich getroffen hatten, offensichtlich gewesen. Das war es, was ihn als Erstes zu Zach gezogen hatte, nahm er an. In seiner Nähe zu sein, erfüllte ihn mit seinem warmen und sanften Wesen und seiner standhaften Loyalität. Es machte ihn zu dem Mann, den man unmöglich vergessen konnte.
„Erklär es mir. Sag mir wie. Nicht mit deinem Körper." Zach zog sich zurück, als sich Sam hinunterlehnte, um ihn

zu küssen. „Ich weiß bereits, dass der Sex mit dir unglaublich ist. Rede mit mir. Lass mich an deinen Gedanken teilhaben. Du solltest mittlerweile wissen, dass ich der am wenigsten voreingenommene Mensch bin, den du je treffen wirst."

„Ich war einmal glücklich." Seine Stimme kratzte und er räusperte sich. Shit. Schaffte er das wirklich? Wenn er wollte, dass Zach bei ihm blieb, ja. Und er brauchte Zach. Er wusste nicht, wie es geschehen war oder wieso es Zach war und nicht irgendein anderer Mann, aber er stellte die Launen des Schicksals nicht infrage. Dinge geschahen nun einmal.

„Ich war fast zwei Jahre in einer Beziehung. Wir waren komplette Gegensätze, aber haben darüber gelacht und gesagt, wir würden uns gut ergänzen. Und es war auch alles gut, bis er meiner überdrüssig wurde."

Irgendwie war Sam wieder auf dem Sofa gelandet, mit Zach dicht an seiner Seite.

„Andy fing an mit seinen Single-Freunden herumzuhängen. Er mochte Henry und seine Frau nie, sagte, sie wären langweilig. Er lebte nur noch für die Partyszene und die Clubs. Er ging aus, wenn ich auf Schicht oder zu müde war. Mir war es egal, weil ich im vertraut habe und die Clubs nie meine Szene waren."

„Das haben wir beide gemeinsam", sagte Zach und lächelte in Sams Halsbeuge. „Ich brauche nur das Sofa, Netflix und etwas Pad Thai."

Das hörte sich alles mehr als perfekt in Sams Ohren an. Das Einzige, was es noch besser machen würde, wäre, auf später heute Nacht vorzuspulen, wenn er hoffentlich nackt auf genau diesem Sofa lag und ein genauso nackter Zach ihn ritt. Der Gedanke sendete eine Welle der Erregung durch ihn und er legte seinen Arm um Zach und drückte ihn fest an sich.

„Ich denke, das lässt sich später arrangieren, was meinst du?"

„Ich sage, lass uns –" In Zachs Hosentasche vibrierte und klingelte es. „Hmm. Das ist Julian. Er ruft nie an, außer, es ist wichtig."

„Los, geh ran."

Zach warf ihm einen missbilligenden Blick zu und tippte auf den Bildschirm, damit sein Handy aufleuchtete. „Wir sind noch nicht fertig."

Das Bild von Zach, aufgespießt auf seinem Schwanz immer noch frisch in seinem Kopf, grinste Sam Zach anzüglich an. „Weiß ich."

„Idiot." Er sprach ins Telefon. „Julian, was ist los?"

Er wollte nicht lauschen, für den Fall, dass das Gespräch vertraulich war, daher stand Sam auf, doch Zach hielt ihn am Arm fest.

„Ihr seid WAS?" Seine Stimme wurde laut vor Aufregung. „Wann? Jetzt gerade? War das geplant?"

Was ist los?, formte Sam lautlos mit den Lippen.

„Nick und Julian haben sich verlobt." Zachs Gesicht strahlte vor Glück und er nickte, während er weiter zuhörte. „Ja, natürlich werde ich da sein." Dann warf er Sam einen schnellen Seitenblick zu und kaute auf seiner Lippe. „Ich werde ihn fragen."

„Mich was fragen?"

„Julian und Nick geben morgen Abend in ihrem Loft eine Party, um zu feiern. Es scheint, als hätte Nick alles als eine Überraschung für Julian geplant.“

„Das ist toll, aber was musst du mich fragen?“ Sam war planlos.

„Sie wollen wissen, ob du mitkommst. Mit mir zur Party, meine ich.“

Total überrumpelt, gaffte Sam Zach an. „Ich? Ich glaube nicht, dass Julian mich überhaupt mag, bist du sicher, dass er mich zu seiner Verlobungsparty einladen will?“

Zach sagte etwas ins Telefon, das Sam nicht verstand und beendete das Gespräch. „Eines musst du wissen: Julian sagt nie etwas, das er nicht so meint. Er lügt nicht oder verbirgt die Wahrheit. Sie wollen dich dabeihaben, und ich würde mich sehr freuen, wenn du mich begleiten würdest.“ Sein hoffnungsvolles Lächeln machte es unmöglich, ihm zu widerstehen.

Sam ließ sich von Zachs Lächeln anstecken. „Liebend gern.“ Er zog Zach dicht an sich und ließ seine Hände sacht auf Zachs schmalen Hüften ruhen. Dicht aneinander geschmiegt passten ihre Körper perfekt zusammen, so, als wären sie füreinander gemacht. Zachs Kopf ruhte auf Sams Schulter und auch das fühlte sich perfekt an. Erschreckend perfekt. „Also haben wir den kompletten Rest des Nachmittags und den Abend zusammen. Weißt du, was ich denke, was wir tun sollten?“

„Ich kann's mir lebhaft vorstellen“, sagte Zach, der Sarkasmus in seiner Stimme unüberhörbar. „Habe ich drei Rateversuche und die ersten beiden zählen nicht?“

Die Neckereien und Flachsereien waren angenehm. Normal und angenehm, wie es in einer Beziehung sein sollte, wenn man Pläne wie ein echtes Paar schmiedete. Er ließ seine Hände Zachs Rücken hinunterwandern und umfasste seinen Hintern. „Nun ja, du bist mir schon etwas schuldig."
„Hmm?", brummte Zach an seinem Hals. „Ich bin dir was schuldig?"
Der Mann machte ihn wild, verteilte kleine Küsse an seinem Schlüsselbein entlang, leckte seinen Hals hinauf. Sam musste eine unglaubliche Willenskraft aufbringen, um sich Zach nicht einfach über die Schulter zu werfen und ihn ins Bett zu schleifen. Doch da er nun einmal begonnen hatte, seine Geschichte zu erzählen, hatte er das plötzliche Verlangen, sich selbst von seiner Vergangenheit zu lösen. Sam wollte, dass Zach wusste, dass Andy aus seinem Leben verbannt worden war und er bereit war, nach vorne zu schauen. Zusammen.
„Ja. Du hast mir in Atlantic City einen Strandspaziergang versprochen. Ich werde heute Abend zwar nicht an die Küste von Jersey fahren, aber was hältst du von der Promenade auf Coney Island? Wir können dort am Strand entlanggehen und einen Hot Dog bei Nathan's oder ein paar frittierte Muscheln essen."
Als Zach nicht direkt antwortete, wurde Sam nervös. „Es ist nicht so etwas Besonderes wie das Hamptons, in das vermutlich deine Freunde gehen, aber –"
Zach unterbrach ihn mit einem Kuss und einer festen Umarmung. „Ich kann mir keine bessere Art vorstellen, den Tag zu verbringen."

KAPITEL SIEBZEHN

Als Sam erwähnte, nach Coney Island zu gehen, war sich Zach nicht bewusst, was das bedeutete. Es war Jahre her, seitdem er dort gewesen war; als Kind war er mit seinen Eltern hingefahren und sie hatten den ganzen Tag dort verbracht. Seine Mutter hatte unter dem Sonnenschirm gelesen und er war mit seinem Vater in die Wellen gesprungen. Sie hatten sich an den Händen gehalten, waren in die Wellen gesprungen oder die Felsen hinuntergeklettert, während sie ihre Eimer schwangen und auf der Suche nach Muscheln waren.

Als Erwachsener waren seine gewöhnlichen Strandbesuche nichts weiter gewesen als einsame Spaziergänge die Küstenlinie entlang, während seine Hosen hochgerollt waren und das Wasser um seine Füße schwappte. Er hatte seine Zeit damit verbracht, auf den endlosen Horizont oder in die Tiefen des Wassers zu starren und sich zu wünschen, es wäre jemand dort mit ihm.

Jetzt hatte er jemanden und Zach konnte die Aufregung nicht unterdrücken, die ihn durchlief. Er und Sam hatten Sams Auto mit einer Decke, einer Kühlbox mit Bier und Wasser, Tüten mit Chips und Früchten bepackt und sich auf den Weg gemacht. Sams Hände sahen auf dem Lenkrad stark und sicher aus und Zach verlor sich ein bisschen, als er auf seine Finger starrte. Er wollte sie auf seinem Körper, ihn streichelnd, berührend, er wollte, dass sie in ihn eindrangen.

Die Konversation plätscherte angenehm zwischen ihnen dahin. Zach erzählte die Geschichte von Nick und Julian, die nach all den Jahren, in denen sie getrennt gewesen waren, ihre Liebe wiedergefunden hatten, und über das Unternehmen, das Julian gegründet hatte, das wunderschöne Bandagen für Brandopfer kreierte.

„Das sind unglaubliche Geschichten – sowohl, dass Nick und Julian sich wiedergefunden haben, als auch, dass Julian solch ein bedeutungsvolles Unternehmen führt. Die meisten Menschen in dieser Branche interessiert nichts außer hübsche Gesichter und Perfektion. Julian muss ein ganz besonderer Mann sein."

„Das ist er, sind sie beide."

Sie fuhren eine Weile schweigend, bis Zach wieder sprach. „Die Leute vergeuden so viel Zeit damit, darüber nachzudenken, was vielleicht möglich wäre oder passieren könnte, dass sie vergessen in der Gegenwart zu leben, im Jetzt. Sie verpassen dadurch so viel."

„Wie ist es mit dir?" Sam warf ihm einen flüchtigen Blick zu, als er die Spur auf dem Belt Parkway wechselte. „Überlegst du zu viel, was in der Zukunft passieren könnte?"

Zach starrte aus dem Fenster und dachte über Sams Frage nach. Die Zukunft. Bis jetzt war seine Zukunft ein Abbild seiner Vergangenheit gewesen: Zeit, die sich endlos vor ihm erstreckte, von einem Tag zum anderen, während er stellvertretend die Erfolge seiner Freunde genoss. „Nein", sagte Zach. „Das war nicht mein Problem. Ich habe nie über die Zukunft nachgedacht oder sie geplant, weil ich dachte, ich hätte keine, die eines zweiten Gedankens würdig war. Es hatte immer nur meine Mutter und mich gegeben."

Ein Muskel in Sams Kiefer zuckte und seine Brauen zogen sich zusammen, als wäre er verärgert, doch er blieb still und fuhr weiter die Bundesstraße entlang unter der Verrazano Brücke hindurch. Die Nachmittagssonne schimmerte auf dem Wasser, Möwen schossen hinab, um die Oberfläche abzusuchen. Bunte Papierdrachen stiegen in den Himmel empor und Zach beobachtete begeistert, wie ihre Besitzer geschickt ihre Schnüre kontrollierten, wie ihre auffälligen Schwänze hoch in der Kulisse des strahlend blauen Himmels tanzten.

„Ich habe seit Jahren keine Drachen mehr steigen sehen. Ich habe vergessen, dass es ist, als würde man einem Künstler im Himmel beim Ballett zusehen, wenn man sie beobachtet."

Mit einem unerwarteten Schwenk des Lenkrads fuhr Sam den Wagen an den Rand und auf die kleine Parkfläche, die dort extra vorgesehen war. Ein begeisterter Schauer stieg in Zach auf, als Sam das Auto abstellte und sich mit einem breiten Grinsen in seine Richtung drehte.

„Lust, es auszuprobieren?"

„Meinst du das ernst?" Seine Aufregung wuchs und wie ein Kind konnte er nicht aufhören, Fragen in Sams Richtung abzufeuer. „Ich habe das noch nie gemacht – hast du einen Drachen? Weißt du, wie man einen fliegt? Ich wollte das schon immer versuchen."

Ohne zu antworten stieg Sam aus dem Auto und öffnete den Kofferraum. Er kramte eine Minute oder zwei herum, während Zach nicht sicher war, ob er sich beeilen sollte, oder lieber nicht, damit er die Vorfreude länger auskosten konnte. Selbst Sams gedämpftes Fluchen, als er die Gegenstände im Kofferraum beiseiteschob, konnte Zachs Freude an diesem wunderschönen Sommertag nicht beeinträchtigen.

„Aha!“ Sams Kopf lugte um die Ecke des offenen Kofferraumes herum. „Endlich gefunden. Ich wollte sichergehen, dass ich den Schwanz nicht demoliere.“

Zach blieb still und bewegungslos, er wollte in diesem Moment alles, was er konnte, einfangen. Den Hauch der salzigen Luft, das Platschen des Wassers gegen die Felsen, die Rufe der Kinder, die auf die Drachen zeigten, und die sich mit den rauen Rufen der Möwen über ihnen mischten – all das prägte er sich ein und es glättete die Narben in seinem Herzen, die er einmal für permanent gehalten hatte. Jetzt residierte dort nichts und niemand außer Sam.

„Geht es dir gut?“ Das Zuschlagen des Kofferraums holte ihn aus seinem Tagtraum und er kam wieder zu sich, als Sam mit einem besorgten Gesichtsausdruck seine Schulter anfasste. „Du hattest so einen eigenartigen Ausdruck im Gesicht, als hättest du einen Geist gesehen oder so.“

Impulsiv streckte sich Zach, um Sam zu küssen. „Keine Geister, zumindest jetzt nicht mehr.“ Er küsste ihn noch einmal und lehnte sich an Sams breite Brust. „Von jetzt an nur noch Träume.“

Sam warf ihm ein skeptisches Lächeln zu und umarmte ihn kurz, dann holte er den Drachen hervor. Er war knallrot, mit gelben Akzenten. Der lange Schwanz war rot, schwarz, blau und gelb.

Zachs Aufregung wuchs weiter, als er beobachtete, wie Sam geschickt die Schnur abwickelte. Er stand mit seinem Rücken zur Straße und wartete.

Der Wind hatte nach und nach zugenommen, sodass Zachs Haar um seine Stirn wehte und sich zwischen seinem Gesicht und der Brille verfing. Gereizt schob er die Haare beiseite, als Sam seinen Arm von hinten um ihn legte und ihm ins Ohr sprach. „Halt die Schnur mit mir. Wir lassen ihn zusammen steigen."

Mit Sams starken Armen um seine Schultern nahm Zach die Schnur entgegen. Der Drachen zog kräftig, als er aufstieg und Fahrt aufnahm. Sein Herz hämmerte, als Sams Hand seine bedeckte und sie beide sich im Takt bewegten, um den Drachen in Wellen hoch und wieder hinunter fliegen zu lassen. Mit einigen leichten Handgriffen brachte Sam den Drachen dazu, hinabzustoßen und die Luft zu durchschneiden, als würde er inmitten der Wolken tanzen.

Zach konnte nicht anders als zu lachen. Die Freude am Leben zu sein, durchströmte ihn und versetzte sein Herz in einen Rhythmus, in dem es nie zuvor geschlagen hatte. Er schaffte es nicht, den Schwall seiner Gefühle, der so intensiv und hell in seiner Brust tobte, in Worte zu fassen.

„Wir verlieren den Wind, ich hole ihn wieder ein, okay?" Sam übernahm die Kontrolle über die Schnur und Zach, immer noch unfähig zu sprechen, nickte und trat zurück, zufrieden damit, sein Geheimnis für sich zu behalten. Sam holte den Drachen herunter und wickelte die Schnur wieder auf den Halter. Sie gingen zum Auto zurück.

„Das hat Spaß gemacht, was?", sagte Sam, als er den Drachen auf den Rücksitz seines Wagens legte. „Ich habe das eine Weile nicht mehr gemacht, aber ich hatte auf genügend Wind gehofft, damit ich ihn steigen lassen und dir ein paar Tricks zeigen kann."

„Du warst toll. Sehr beeindruckend. Ich wollte es immer ausprobieren, aber habe nie daran gedacht, meine Eltern zu fragen, als ich ein Kind war. Ich wäre nie auf die Idee gekommen, es als Erwachsener auszuprobieren, aber vielleicht versuche ich es jetzt."

„Ich könnte es dir beibringen", sagte Sam und beugte sich vor für einen Kuss. „Wir könnten zusammen fliegen."

Zach blinzelte und schaffte es nur, zu nicken.

Sie fädelten sich wieder in den Verkehr der Bundesstraße ein. Es war viel los und sie brauchten etwa zwanzig Minuten, bis sie die Ausfahrt nehmen konnten und einen Platz in der Nähe des Strandes fanden. Sam balancierte die kleine Kühlbox auf seiner Hüfte, Zach nahm die Tasche mit den Handtüchern und der Decke, dann liefen sie über die Surf Avenue zu Nathan's Original auf Coney Island.

Zach schnupperte die Luft, den unverwechselbaren Geruch von Hot Dogs, fettigen Burgern, Salzwasser und Sonnenmilch, der in Kombination das typische Aroma des New York City Strandes bildete. Nichts in der Welt war damit vergleichbar.

„Komm schon", trieb er Sam an, als er zu einem leeren Tisch eilte, den er draußen entdeckt hatte. „Lass uns diesen Tisch nehmen."

Sam grunzte, hievte die Kühlbox hoch und folgte ihm. Er setzte die Box auf den Zement in den Schatten unter seinem Stuhl. „Ich hole uns das Essen. Bin gleich zurück."

Zach saß schon und nickte nur knapp, lehnte dann seinen Kopf zurück, um die Sonnenstrahlen aufzufangen. Irgendwann heute, Zach wusste nicht genau wann, hatten sich die Regeln seines Lebens verändert. Seine Bereitschaft, ein

Leben aus zweiter Hand zu leben, zufrieden damit zu sein, an der Seitenlinie zu sitzen, war verschwunden und hatte einen Mann, der, auch wenn er nicht perfekt war, seinen eigenen Selbstwert erkannte, zurückgelassen. Es war eine Offenbarung gewesen, spät zwar, aber immer noch möglich und nicht weniger verdient. Jahrelang war er von seinen Freunden belehrt und gedrängt worden, ein vollständiges Leben zu leben, nicht eines im Verborgenen. Sie hatten das getan ohne zu wissen, wieso und was ihn an diesen Punkt getrieben hatte.

Jetzt war es an der Zeit. Er beobachtete, wie Sam sich näherte und ein Tablett beladen mit Hot Dogs, Pommes, frittierten Muscheln und Bier, das über die Ränder der riesigen Plastikbecher schwappte, balancierte. Zach spürte, dass es sein Moment war, der ihm zu Füßen gelegt wurde, damit er ihn ergriff und nie wieder verstreichen ließ. Es war an der Zeit, seine Scham zu vergessen und diese neue, aufregende Zukunft anzunehmen.

‚Für immer' war eine zu lange Zeit, um mit Reue über einer Vergangenheit zu leben, die man nicht ändern konnte. Und wer sagte, dass diese Vergangenheit ihn nicht am Ende zu einem besseren Mann gemacht hatte.

„Mir ist scheißegal, dass es schlecht für mich ist, nichts schmeckt besser als dieses Zeug." Sam steckte sich ein Stück frittierte Muschel in den Mund, kaute und schluckte, dann stöhnte er vor Verzückung. „Fuck, das ist so verdammt gut und fettig. Ha." Er stürzte sein Bier hinunter.

Die Pommes waren heiß und knusprig und der Hot Dog hatte einen unvergleichlich leckeren Geschmack durch den Senf und das Sauerkraut. Er und Sam verschlangen das

Essen, als würde jeden Moment jemand ankommen und es ihnen wegschnappen. Zum Schluss waren nur noch die kleinen roten Plastikgabeln, die Papierbecher der Pommes und Muscheln und etwas Ketchup und Senf, der auf dem Papier verschmiert war, übrig.
„Verdammt, das war fast so gut wie Sex." Sam lehnte sich zurück und streckte sich. Zach beäugte seine Oberschenkel und seine Beine und wäre am liebsten auf ihn geklettert.
„Ach ja?", fragte er träge. „Ich bevorzuge Sex. Es sei denn, wir kombinieren das." Er hob eine Braue bei dem dunklen Ausdruck auf Sams Gesicht, den Zach jetzt als aufkeimende Lust erkannte, und lächelte. „Ich bin absolut dafür, im Bett zu essen."
„Fang nichts an, was du nicht beenden kannst. Zumindest nicht sofort."
Zach lachte über Sams erbärmlichen Versuch einer Drohung und bewarf ihn mit einer zusammengeknüllten Serviette. „Komm, wir gehen zum Strand. Ich will meinen Spaziergang am Wasser."
Sie räumten ihren Müll weg und bahnten sich ihren Weg durch die Menge, um die Promenade entlangzugehen. Obwohl es noch immer sehr voll war, sahen sie, dass die Familien mit kleinen Kindern begonnen hatten, zusammenzupacken und sich für die Heimfahrt im Auto oder in der U-Bahn mit sonnenverbrannten, erschöpften Kindern bereit zu machen. Zach beneidete sie nicht.
„Dort ist ein schöner Platz, lass uns da hingehen." Sam zeigte nach vorn.
Das Meer übte eine starke Anziehung auf Zach aus, je näher er ihm war. Seine Zehen gruben sich in den warmen

Sand und weder die Straßenhändler, die Wasser am Strand verkauften, noch die laute Musik, die aus einem Radio in der Nähe schallte, störten ihn in seinem Vergnügen. Hier war er am glücklichsten. Da war etwas im Wasser und im Sand, das nach ihm rief, und er entschloss sich, dies würde das Jahr werden, in dem er sein Traumhaus in der Nähe des Ozeans kaufte, das er immer haben wollte. Er wollte mit dem leisen Rauschen der Wellen einschlafen.

Sie schüttelten die Decke aus und breiteten sie auf dem Sand aus, zusammen mit den Handtüchern. Sam stellte die Kühlbox auf eines der Enden, um zu verhindern, dass die Decke in der Brise flatterte.

„Gut, nicht?“ Sam kickte sich die Flip-Flops von den Füßen und streckte seine Hand aus. „Lass uns ans Wasser gehen.“ Er winkte mit den Fingern und setzte sich mit der anderen Hand seine Sonnenbrille auf. „Dann können wir uns das ganze Essen abarbeiten und ich kann mich tugendhafter fühlen, als würde ich nur kugelrund im Sand sitzen.“

Die Sonne brannte sich heiß durch sein dünnes T-Shirt und Zach ließ die nun leere Tasche auf die Decke fallen. Das Geräusch der Wellen und Sam, wie er dastand und mit ausgestreckter Hand auf ihn wartete, umrahmt vom strahlend blauen Himmel und den sich auftürmenden Wellen, gaben ein perfektes Bild ab. Er klemmte sich ein Cap auf den Kopf, befreite sich von seinen Flip-Flops und nahm Sams Hand. „Los geht’s.“

Der Sand brannte an ihren nackten Füßen und er rannte mit Sam zum Meer, um sich in dem sich nähernden Strom abzukühlen. Wortlos standen sie da, das Wasser schwappte kühl um ihre Knöchel, ihre Zehen versanken im feuchten, matschigen Sand. Zu Zachs Überraschung bewegte Sam seinen Fuß langsam auf Zachs zu und kitzelte seine Zehen mit seinen eigenen.

„Du hast so einen friedvollen Gesichtsausdruck.“ Sein Daumen strich über Zachs Handfläche. „Als wäre alles richtig in der Welt.“

„Das ist es, wenn ich hier bin. Dieses Gefühl gibt mir der Strand“, gab er zu. „Wie ich dir schon erzählt habe, ist die glücklichste Erinnerung an meinen Vater und mich, eine vom Strand. Ich würde gerne glauben, dass er mich immer noch genauso geliebt hätte, selbst wenn ich ihm erzählte hätte, dass ich schwul bin.“

Einmal im Monat fuhr er zum Friedhof hinaus, um das Grab seines Vaters zu besuchen. Zach setzte sich auf die Bank, die er dort aufgestellt hatte und erzählte seinem Vater von seinem Leben, und wie sehr er ihn noch immer vermisste. Das Beharren seiner Mutter, das Grab wöchentlich zu besuchen, als er jünger war, hatte ihm eine andere Perspektive auf das Leben gegeben, als die meisten Kinder in seinem Alter hatten. In der meisten Zeit seines Lebens hatte der Tod eine wesentliche Rolle gespielt.

Traurigkeit, die sich wie ein Schleier über Sams Gesicht legte, vertrieb das Lächeln und den Humor aus seinen Augen. „Ich hatte nie die Chance, meinen Vater richtig kennenzulernen. Er war die meiste Zeit meines Lebens nicht da und starb im Einsatz.“

„Welchen Beruf hatte er, war er auch ein Cop?“

„Er war Undercoveragent im Rauschgiftdezernat des FBI.“

„Oh, Sam." Zach ließ seinen Arm um Sams Hüfte gleiten. „Es tut mir so leid. Das muss so schwer gewesen sein für dich und deine Mutter."

„Es hat sie nicht gekümmert", sagte er, eine Bitterkeit in seinen Worten, die wie eine anklagende Wolke zwischen ihnen hing. „Sie brauchte einen ganzen Monat, um zu trauern, bevor sie mit ihrem Leben weitermachte und mich und die Erinnerung an meinen Vater zurückließ." Sein Kiefer mahlte heftig. „Ich konnte ihn aber nie vergessen. Obwohl er so unregelmäßig nach Hause kam, war es wie Ferien, wenn ich einmal wach wurde und er da war. Dann hat er mich mit in den Park genommen und mit mir Ball gespielt ..."

„Das hört sich so an, als hätte er dich sehr geliebt."

Sam zuckte die Achseln und malte mit seinen Zehen im Sand. Die Strömung glättete ihn wieder zu seiner ursprünglichen makellosen Oberfläche zurück. Wenn doch nur das menschliche Herz und der Geist so einfach heilen würden.

„Keine Ahnung."

Zum ersten Mal hörte er sich in Zach Ohren unsicher an, wie ein verlorener kleiner Junge, der nach Hilfe suchte.

„Wie kannst du denken, dass er es nicht tat? Du bist ein großer, starker Kerl, du bist Polizist geworden. Ich bin mir sicher, er wäre stolz."

Wasserspritzer trafen sie in diesem Moment und ein paar kreischende Kinder rannten an ihnen vorbei und wirbelten das Wasser auf, als sie sich in die Wellen stürzten. Zach rückte an Sam heran und sah, wie sich die Linien auf seinem Gesicht vertieften, sein zusammengepresster Kiefer ein deutliches Zeichen für seinen inneren Tumult. Mit einer

sanften Berührung strich Zach Sam über den Rücken, zwischen seinen Schulterblättern. Zuerst verkrampfte er sich, dann entspannte er sich und brummte leise seine Zustimmung.
„Hört sich an, als hätten wir beide ungelöste Probleme, die diskutiert werden müssen, aber fürs Erste sollten wir das auf Eis legen. Was sagst du?“ Zach fuhr fort, Sam über den Rücken zu streichen, seine Finger in die Muskeln seiner Schultern zu drücken und die Wirbel von Sams Wirbelsäule nachzufahren.
Wie eine Katze in der Sonne streckte sich Sam seiner Berührung entgegen. „Fühlt sich gut an.“
„Ich massiere gut.“ Zach drückte Sams Schulter. „Wenn du lieb bist, bekommst du später eine Rückenmassage.“
Sam warf ihm ein amüsiertes Lächeln zu, sagte aber nichts und starrte dann weiter aufs Wasser hinaus. Zach ahnte, dass es in Sams Kopf arbeitete, also blieb er still und ließ ihm etwas Freiraum. Nicht länger im Zenit schien die Sonne noch immer heiß vom Himmel und Zach dachte darüber nach, sein Shirt auszuziehen, um sich abzukühlen.
Als es ersichtlich wurde, dass Sam nicht bereit war zu reden, zog Zach sein Shirt aus, warf es in den Sand und watete in die schäumende Brandung. Er hatte keine Skrupel seine Shorts nass zu machen; sie waren hauptsächlich aus Nylon und würden schnell trocknen. Außerdem waren sie am Strand – wie konnte er nicht ins Wasser gehen?
Kleine Wellen schlugen ihm entgegen, aber Zach überwand sie mit Leichtigkeit und ging weiter ins Wasser, bis es ihm an seine Brust reichte. Das bekannte Gefühl der Freiheit durchfuhr ihn und er lachte aus schierer Freude, an seinem

liebsten Ort auf der Welt zu sein. Er schloss die Augen und wandte sein Gesicht der Sonne und der Wärme entgegen.
Doch plötzlich wurde er ohne Vorwarnung unter Wasser gezogen, eine Welle riss ihn von den Füßen. Sein Mund füllte sich mit Salzwasser, er hustete, würgte. Seine Brille wurde ihm von der Nase gespült. Zach ruderte voller Panik umher, er konnte nicht atmen. Er schluckte etwas Wasser und kämpfte sich durch den Sog des Stroms hoch. Würde er nun sterben, nachdem er endlich Frieden mit seinem Leben geschlossen hatte? Außer sich vor Schreck strampelte er sich seinen Weg zurück an die Oberfläche.
Da packten ihn starke Arme und zogen ihn an die Oberfläche. Er hustete und spuckte Salzwasser, bevor er mehrfach tief durchatmen konnte. Gegen Sams nasses Shirt gepresst, sah Zach in sein besorgtes und aufgebrachtes Gesicht und lächelte schwach.
„Danke."
Sam presste seinen Mund auf Zachs in einem rauen, verzweifelten Kuss und Zach sackte gegen ihn, seine Arme um Sams Nacken geklammert. Die harte, beinahe wütende Weise, in der Sam ihn hielt, machte Zach Mut anstatt ihn in Panik zu versetzen. Falls Sam es noch nicht verstand, Zach tat es. Sams Angst verkörperte die tiefe emotionale Verbindung, die er noch nicht in Worte gefasst hatte, auf die Art und Weise, wie ihre Münder verschmolzen und sein Herz gegen das von Zach hämmerte.
Die Luft wurde kühl und Zach erzitterte trotz der Hitze, die von Sams Körper ausging. Sam unterbrach ihren Kuss und drückte Zach fest an seine Brust. „Zurück mit dir auf

die Decke. Es tut mir leid, dass ich deine Brille nicht retten konnte."

„Schon okay … Ich habe noch eine zu Hause." Er fröstelte wieder.

Sam zog Zach aus dem Wasser und schleppte ihn durch den Sand bis zu ihrer Decke. Dann legte er die zusätzlichen Handtücher um ihn, bis Zach sich in einem Berg aus Frottee begraben fand.

„Stopp", protestierte er. „Du hast mich vor dem Ertrinken gerettet und jetzt versuchst du mich zu ersticken?" Er rubbelte seinen Kopf mit einem der Handtücher trocken, um zu verhindern, dass das Wasser weiter in seine Augen und sein Gesicht hinunter tropfte.

„Ich … ich hatte Angst." Sam atmete schwer und setzte sich nah an ihn, aber nicht nah genug, um ihn zu berühren. „Ich dachte, du würdest ertrinken und dann habe ich dich gepackt –"

„Es ist okay. *Ich bin okay*", versicherte Zach Sam und warf das nasse Handtuch hinter sich auf die Decke.

„Ich habe dich rufen hören und es war das erschreckendste Geräusch, das ich je in meinem Leben gehört habe." Sams Brust hob und senkte sich schwer. „Als du von dieser Welle umgeworfen wurdest und verschwunden bist, dachte ich … ich würde dich verlieren." Er rieb sich mit den Händen über das Gesicht und Zach war nahe genug, um seine fahle Haut, die geweiteten Augen und das nasse Haar zu sehen, das flach Sams Kopf anlag. „Die Vorstellung, das Letzte, was ich von dir höre, könnte dein Hilferuf sein … hätte mich beinahe umgebracht. Das konnte ich nicht zulassen."

Um Hilfe zu bitten war nie leicht für Zach gewesen. Er hatte gelernt sein Leiden in sich zu verschließen oder seine Gefühle zu umgehen, ohne je unter die Oberfläche zu gelangen. Seine Probleme mit Julian und Marcus zu teilen, hätte keinen Zweck gehabt. Sie hatten Nathan nie gemocht und seine verbissene Hingabe nicht verstanden. Doch sie waren mit einem Gefühl für Selbstwert und Arroganz geboren worden. Zach war davon überzeugt seit seiner Geburt schüchtern zu sein. Manche Menschen sind geborene Führer und andere tendierten dazu, in deren Kielwasser zu fahren. Zach war immer ein Anhängsel gewesen, bis Sam ihm gezeigt hatte, wie es war, wenn man Seite an Seite ging.

„Er hat mich verletzt“, sagte Zach und platzte mit der hässlichen Wahrheit heraus, die er all die Jahre versteckt hatte. „Mein *Freund* im College, den ich so vergöttert habe, hat mich missbraucht und verbal gedemütigt. Ich dachte, ich würde ihn lieben. Ich habe zugelassen, dass er mich vor anderen Leuten verspottet und meine Selbstachtung zerstört, wann immer ich gelobt wurde.“ Beschämt darüber, was Sam von ihm denken musste, studierte Zach den nassen Sandklumpen zwischen seinen Zehen. „Nathan sagte, ich wäre zu sensibel und könnte keinen Spaß vertragen. Dann fing er an, mich körperlich zu missbrauchen. Niemand wusste es.“

„Du hast nie irgendjemandem irgendetwas davon gesagt? Nicht einmal Marcus oder Julian? Sie haben nie einen Verdacht gehabt?“ Sams Fragen waren freundlich, obwohl Zach die brodelnde Wut, die hinter seinen Worten lag, spüren konnte.

„Ich hatte Glück, dass Marcus und Julian mit mir befreundet sein wollten.“ Er stieß ein befangenes Lachen aus, doch selbst nach all diesen Jahren beherbergte ein kleiner Teil von Zach die Überzeugung, dass er nicht gut genug war.

„Ich war verängstigt und beschämt, also nein, um deine Frage zu beantworten, ich habe nie etwas gesagt. Welcher Mann würde das? In meinen Augen war ich kein richtiger Mann, weil ich mich so herumschubsen ließ. Es hat Jahre gedauert, bis ich das verarbeitet hatte.“ Der Kloß in seinem Hals machte es nahezu unmöglich, ohne Schmerzen zu schlucken, aber er zwang sich, Sams aufgewühltem Blick standzuhalten. „Deswegen war es perfekt, mich in meinem Keller herumzutreiben, in dem meine Mutter mich praktisch alleine ließ. Wenn Marcus und Julian mich drängten, mit ihnen in den Club zu kommen und andere Männer zu treffen, wollte ich zusammenschrumpfen und mich verstecken. Ich wollte andere Leute nicht näher an mich herankommen und mich berühren lassen. Warum sollten sie das auch wollen?“

All das schien vor so vielen Jahren einer anderen Person passiert zu sein. Vielleicht fühlte es sich jetzt so an, weil Zach sich nicht länger und nie wieder als so hilflos sehen konnte und wollte.

„Aber ich will, dass du weißt, dass, wenn du mich berührst, ich niemals möchte, dass du aufhörst. Das ist eine ganz andere Art von Angst.“

KAPITEL ACHTZEHN

Die Sonne stand hoch am Himmel wie ein saftiger, überreifer Pfirsich, der die Süße seiner spätnachmittäglichen Strahlen über das Wasser und den Sand warf. Der feurige Schein kündigte das Ende eines weiteren Sommertages an, der in die Bücher voller Erinnerungen eingehen würde. Aber Sam konnte in Zachs unkoordiniertem Blick sehen, dass er nicht die Schönheit der Natur bewunderte. Und er wollte sich auch nicht an seine Vergangenheit erinnern.

Doch Sam wusste, dass man sich nicht vor ihr verstecken konnte. Die Vergangenheit formt die Zukunft und weder Zach noch Sam konnten sich von ihren fehlgeschlagenen Beziehungen distanzieren. Sie waren beide unterschiedlich damit umgegangen und jeder auf seine eigene selbstzerstörerische Weise. Zach, der sich versteckte und glaubte, er wäre trotz all seiner Leistungen kein Mann, der es wert war, geliebt zu werden, und er selbst, indem er sich komplett von sozialen Kontakten abgeschnitten hatte.

„Hast du dir jemals Hilfe geholt?" Sam betete, Zach würde ja sagen, hatte aber wenig Hoffnung.

„Ja, habe ich, obwohl ich schon wusste, was sie mir sagen würden: geringes Selbstbewusstsein, im Kampf mit mir selbst, weil ich schwul bin, zu sehr auf meine Mutter fokussiert, bla bla bla." Zach schnitt eine Grimasse und versuchte den Sand von seinen Zehen zu schütteln.

„Manchmal ist der Blick von außen sehr hilfreich. Es ist gut, alles rauszulassen und jemanden zu haben, der sich mit einem hinsetzt und einem zuhört."

„Sie haben gar nichts gemacht." Zachs Augen sprühten Feuer, sein Gesicht verkrampfte, als er sich an den Schmerz erinnerte. „Ich saß da und habe ihnen mein Herz ausgeschüttet und alles, was sie getan haben, war, mir zu sagen, ich solle über die ungelösten Probleme mit meiner eigenen Sexualität hinwegkommen. Ich habe keine. Ich habe nie daran gezweifelt, wer ich bin." Er vergrub seine Fersen im Sand, bis seine Füße verdeckt waren. „Ich brauchte jemanden, der mir sagt, warum ich immer noch manchmal in Panik verfalle, wenn ich berührt werde. Warum mich jemand als unsichtbar bezeichnet, obwohl ich mit im Raum bin, warum ich nie einen bleibenden Eindruck hinterlasse."
Sein Gesicht war versteinert vor Schmerz und Wut. Zach sprang auf und ging zur Küstenlinie zurück, seine Silhouette wirkte verloren mit den rauschenden Wellen im Hintergrund.
Schockiert von diesem Ausbruch rappelte Sam sich auf und holte ihn ein. Zach sagte nichts, als sie weiter am Rand des Meeres entlangliefen.
„Ich glaube nicht, dass du das wirklich immer noch über dich denkst. Vielleicht hast du mit der falschen Person geredet."
Die Strömung preschte hervor und das Wasser wirbelte um ihre Knöchel, spritzte an ihren Beine hinauf. Sam nahm Zachs Hand und hielt sie fest, aus Angst, er könnte ihn an die Schatten seiner Vergangenheit verlieren.
„Nein, du hast recht, das tue ich nicht. Es hat damals so sehr geschmerzt und hat mich jahrelang in meinem Unsicherheiten bestärkt. Ich zweifele nicht mehr so sehr an mir,

aber ich glaube nicht, dass ich jemals das Selbstbewusstsein haben werde, das meine Freunde haben."

Sie liefen an dem sich schnell leerenden Strand entlang, verschwunden waren die schreienden kleinen Kinder und die laute Salsa-Musik aus den Radios.

„Wer sagt, dass du das haben musst?" Sam hielt an und drehte sich zu Zach. „Keine zwei Menschen sind gleich, das wäre todlangweilig. Es wäre dann ein Universum, in dem jeder gleich handelt und am Ende sogar gleich aussieht. Wer will eine Welt voller Roboter?" Er verstärkte seinen Griff um Zachs Hand und zog ihn zu sich. „Du musst dich nicht für mich verändern. Du hast mich schon von Anfang an fasziniert."

Zach blinzelte und befeuchtete seine Lippen. „Ich? Ich habe gar nichts gemacht."

Ohne das Wasser, das um ihre Beine schwappte und die steigende Flut zu bemerken, umfasste Sam Zachs Nacken und ließ seine Finger durch die vom Salz verhärteten Locken gleiten. „Genau das ist der Punkt. Du musst nichts tun. Du bist du. Und *du* wirst immer genug für mich sein."

Ihre Lippen trafen sich zögernd, unsicher und weich, aber dann erinnerten sich ihre Münder mit steigender Leidenschaft an die heißen, versengenden vergangenen Küsse. Zach schmolz an Sams Körper und dieser antwortete, indem er Zachs Mund härter nahm, während ihre Zungen sich aneinanderpressten und ihr Atem sich vermischten.

Es war leicht, die Zeit und den Ort aus den Augen zu verlieren, wenn er einen halbnackten Zach in den Armen hielt, das träge Streichen seiner Zunge wie nasse Seide gegen seine eigene, aber die steigende Flut und der Sonnenunter-

gang brachten sie schließlich in die Realität zurück. Mit großem Widerwillen beendete Sam den Kuss und bewunderte seine geschwollenen Lippen und den entrückten Ausdruck in Zachs Gesicht. Ihn weiter an sich gedrückt, fuhr Sam sachte mit seinen Fingern über Zachs stoppelige Kinnlinie und über seinen Mund.
Zach lächelte, seine Lippen wölbten sich unter Sams Fingern. „Das war schön. Leider muss ich nach Hause gehen und meine Klamotten wechseln."
Sam war alarmiert, denn er hatte nicht die Absicht, Zach heute Nacht allein schlafen zu lassen. Heute Nacht würde Sam ihn dicht bei sich halten und, sollten ihre Worte stocken oder ausbleiben, Zach mit seinem Körper zeigen, wie viel er ihm bedeutete. Vom ersten Augenblick an schien Sam den Mann unterschätzt zu haben. Was als unkomplizierter, einfacher One-Night-Stand auf einer Wochenendreise begonnen hatte, war zu einer Freundschaft geworden und jetzt zur Verflechtung ihrer Leben. Die kleinste Geste von Zach bewohnte den größten Teil von Sams Kopf und seinem Herzen. Er konnte die beiden nicht länger voneinander trennen, wenn es Zach betraf.
Er war von einer Liebesaffäre eingenommen worden, ohne es überhaupt zu bemerken.
„Äh, du kannst ein paar Klamotten auf dem Weg zu meinem Apartment holen. Ich denke, wir sollten jetzt gehen und dieses Gespräch bei mir zu Hause fortsetzen."
Zach blinzelte und rieb sich über die Augen. „Ich habe dir alles erzählt. Ich weiß, dass ich ein Problem habe." Er zeichnete mit dem Zeh in den Sand und Sam sah, dass es der Anfang eines Herzes war, bevor die Flut es wieder

davonspülte. „Ich dachte, ich könnte vielleicht einen Termin bei dem Arzt machen, zu dem Nick auch geht. Er hat ihm so sehr bei seiner Genesung nach 9/11 geholfen."
Sam hielt das für eine fantastische Idee, doch es war nicht seine Entscheidung. Die beste Art, Zach zu helfen, war, ihn zu unterstützen und für ihn da zu sein, wenn er ihn darum bat.
„Das ist keine schlechte Idee. Nick scheint in meinen Augen ziemlich glücklich zu sein." Sam legte seinen Arm um Zachs Hüfte, dann gingen sie langsam zur Decke zurück. Der Strand war nun zum größten Teil verlassen. Nur ein paar Pärchen waren geblieben und aus seiner Erfahrung als Cop, der einmal in dieser Gegend patrouilliert hatte, wusste Sam, dass sie auf den Einbruch der Nacht warteten, um zur Sache zu kommen und Sex zu haben.
„Das ist er", stimmte Zach zu und zog sich sein Shirt über den Kopf. „Er hatte Angst vor Aufzügen und geschlossenen Räumen, weil er damals eingesperrt gewesen war. Dr. Landau hat ihn langsam dazu gekriegt, dass es mittlerweile kein Problem mehr für ihn ist. Oder", korrigierte Zach sich selbst, „kein so großes Problem mehr, als dass er damit nicht umgehen könnte."
„Das freut mich für ihn."
Sie schüttelten die Decke aus, dann falteten sie sie zusammen und Zach stopfte sie in die Tasche zurück. Sam hievte sich die Kühlbox auf seine Hüfte und zog Zach auf: „Willst du meine Hand halten, jetzt, wo du nicht mehr sehen kannst, wo du hingehst?"

Zach rollte die Augen und schubste ihn spielerisch. „Witzbold. So viel, wie du heute gegessen hast, bist du breit genug, dass ich dich sehe."
Der Marsch zum Auto zurück benötigte weniger Zeit, da die dichte Menschenmenge verschwunden war. Sam lud die Box zusammen mit der Tasche von Zach im Kofferraum ab und schloss ihn wieder. Er ließ sich auf den Fahrersitz gleiten und startete das Auto.
„Also, jetzt fahren wir zu dir nach Hause und du holst deine Brille und ein paar Klamotten, richtig?" Er manövrierte sie aus der Parklücke und schloss sich der Autoschlange an, die aus Richtung Strand kam und sich wieder in den Verkehr des Belt Parkways einfädelte.
„Sicher."
Der Verkehr auf dem Weg nach Downtown Brooklyn kroch nur schleichend vorwärts und Sam verbrachte den Großteil seiner Zeit damit, die Fahrer, die ihn schnitten, durch das offene Fenster anzubrüllen und vor sich hinzufluchen. Nachdem Zach ihn nach dem dritten „Fick dich" aufhörte zu tadeln, nahm Sam an, dass er frustriert aufgegeben hatte.
„Du bist süß, wenn du versuchst, mich dazu zu bringen, nicht zu fluchen, weißt du das?"
Keine Antwort. Sam warf ihm einen schnellen Seitenblick zu, nur, um festzustellen, dass Zach eingeschlafen war, sein Mund leicht offen und den Kopf zur Seite geneigt, auf seinem Arm ruhend. Eine unerwartete Wärme durchströmte ihn. Er wünschte sich auf einmal, noch stundenlang weiterzufahren, nur um Zach weiter so angenehm entspannt zu sehen.

Sam wollte der Mann sein, an den Zach sich nach einem schlechten Tag wandte, der Mann, den Zach anrief, wenn er gute Neuigkeiten hatte, die er kaum erwarten konnte zu teilen. Er wollte Zach in seinem Bett, seinem Leben, seinem Herzen.
Fuck. Er war verliebt.

„Das war doch gar nicht so schlimm." Sam räumte die Kühlbox in der Spüle in der Küche aus und warf sich ein paar Trauben, die den Trip überlebt hatten, in den Mund. „Du hast deiner Mom gesagt, ich müsse draußen im Auto bleiben, damit ich kein Knöllchen kassiere, oder?" Er warf die unverwertbaren Früchte weg und packte die Dosen in die Spülmaschine. „Ich würde nicht wollen, dass sie denkt, ich wolle nicht reinkommen und Hallo sagen."
Zach lehnte am Türrahmen und gähnte. „Mm-hmmm. Sie hatte ein gemeinsames Eisessen im Seniorencenter, bei dem sie helfen musste, also hätten wir so oder so nicht lange bleiben können." Er kratzte sich am Kopf, ging ins Wohnzimmer zurück und ließ sich auf das Sofa sinken.
Sam wollte sich neben Zach setzen, zwei Bierflaschen in der Hand. „Beweg deine Füße."
Zach zog die Augenbrauen nach oben, hob seine Füße und legte sie sofort wieder auf Sams Schoß, sobald dieser sich hingesetzt hatte. Mit einem leichten Grinsen streckte er seine Hand aus. „Eins davon ist für mich, hoffe ich?"
Sam reichte ihm eine Flasche und nahm einen Schluck aus seiner eigenen. „Also", begann her, unsicher, wie er das Thema anschneiden sollte. „Du hast mir deine Geschichte erzählt, jetzt bin ich an der Reihe."

„Hey." Zach klang so ernst. „Das ist kein Wettbewerb. Wenn du nicht bereit bist zu reden, ist das okay. Ich gehe nirgendwohin."
„Es ist keine große Sache. Ich bausche es mehr auf als nötig. Ich habe zwei Jahre mit einem Mann zusammengelebt, und als ich herausfand, dass er mich betrog, haben wir uns getrennt." Das war nicht allzu schwer. Er trank mehr von seinem Bier. „Dinge passieren und wir beide haben uns verändert. Wie ich dir schon erzählt habe, wurde er zum großen Partygänger und das wurde ihm irgendwann wichtiger, als Zeit mit mir zu verbringen. Ich bin eher der häusliche Typ, ich muss nicht durch die Clubs ziehen und jemanden aufgabeln, um etwas zu beweisen, oder vor einem Jüngling mit meinem Arsch wackeln, in der Hoffnung, er würde ficken wollen. Sorry." Er sah Zach bei seiner Wortwahl zusammenzucken.
„Es stört dich wirklich, wenn man solche Ausdrücke verwendet, hm?"
Zach wurde rot und zuckte die Achseln.
„Ich werde versuchen, mich daran zu erinnern."
„Ich weiß, dass das komisch ist. Es ist die Art und Weise, wie meine Eltern mich erzogen haben und es ist bei mir hängen geblieben." Zach lächelte ihn schief an. „Bei dir ist es manchmal irgendwie süß, aber ja, ich würde es bevorzugen, wenn du es sein lässt." Er nahm einen Schluck Bier und schloss die Augen.
Sam lehnte sich auf dem Sofa zurück und fragte sich, ob es wohl zu früh wäre ins Bett zu gehen. Es war ein verdammt langer Tag gewesen, und er wollte einen großen Teil der Nacht damit verbringen, Zachs Körper zu erforschen. Er

strich mit der Hand Zach Bein hinauf und genoss das Spiel der Muskeln.
„Wann habt ihr Schluss gemacht?“
Seine Hand verharrte einen Moment, dann setzte sie ihre Entdeckungstour in Richtung Zachs Knie fort. „Vor etwas mehr als sechs Monaten.“
„Also als du pensioniert worden bist, richtig?“
„Ja.“ Die Unterhaltung bewegte sich auf gefährliches Terrain zu. Die einzige Person, der er von jener Nacht erzählt hatte, war Henry. Er musste Zach vertrauen, dass er zu keinem vorschnellen Urteil kommen würde und sich stattdessen anhörte, was für ein Chaos Sam in seinem Leben verursacht hatte.
Er atmete tief durch. „Ich wurde pensioniert, weil ich auf der Arbeit Scheiße gebaut habe und mich davon nicht erholen konnte. Und ja, ‚Scheiße gebaut‘ ist der einzig richtige Weg es zu beschreiben, also entschuldige, wenn ich wieder solche Ausdrücke verwende. Ich habe zugelassen, dass mein Privatleben mein Berufsleben behinderte und das hätte meinen Partner beinahe umgebracht.“
Henry war immer auf seiner Seite gewesen, aber er war sich nicht so sicher, ob Zach es verstehen würde. Sam warf ihm einen Blick zu und stellte fest, dass er sich keine Sorgen hätte machen müssen. Zachs Gesichtsausdruck – eine Kombination aus Bedauern und Kummer – brach bei Sam endgültig den Damm und die Worte, die er in sein Herz eingeschlossen hatte, purzelten hervor.
„Es lief schon eine Weile nicht mehr gut zwischen mir und Andy. Wie ich sagte, er war dem Party-Wahn verfallen und öfter unterwegs als zu Hause. Tatsächlich“, Sam rieb sich

über das Kinn, sah Zach an und hoffte, er würde das, was er nun sagen würde, nicht falsch verstehen, „erinnert mich Andy an deinen Freund Marcus."

„Nein." Zach Tonfall war endgültig. „Trotz all seines Wahnsinns würde Marcus niemals fremdgehen. Er hasst die Leute, die das tun. Er hat eine strenge Moral, was Paare betrifft, er glaubt nur nicht daran, sich selbst mit jemandem niederzulassen."

Sam zuckte mit den Schultern. „Wie auch immer, es waren zu viele Nächte vergangen, in denen Andy betrunken oder high nach Hause kam und nach Sex, Schweiß und fremdem Aftershave roch." Er konnte diese letzte Nacht nicht vergessen. Andy hatte gedacht, Sams Schwanz zu lutschen, als wäre er eine tropfende Eiswaffel an einem heißen Sommertag, wäre genug, um das Fremdgehen auszugleichen.

War es nicht. Sam hatte genug gehabt.

„Ich hatte keine Lust mehr auf seine Entschuldigungen, die Versuche Sex zu benutzen, um das wahre Problem zu umgehen, dass wir einander einfach nicht mehr liebten."

Das war das Traurigste überhaupt. Jemand, dem er einmal gesagt hatte, er würde ihn lieben und es so meinte, hatte achtlos alles für den Reiz eines frischen, heißen Mundes und eines willigen Arsches weggeworfen. Doch er war genauso daran schuld gewesen, weil er die Warnsignale nicht gesehen oder ignoriert hatte, wenn er ganz ehrlich zu sich selbst war.

„Ich war noch nie in einer richtigen Beziehung, daher bin ich nicht der Richtige, um darüber zu reden, aber es scheint, als wärst du bereit gewesen, ein Heim zu gründen, vielleicht eine Familie, aber er wollte nicht sesshaft werden."

Sam drehte sich zu Zach um. „Du hast recht, aber wie kann man sich sicher sein, dass es halten wird, dass die Person, die man liebt, sich nicht verändert?"

„Das weiß ich nicht." Zach lehnte seinen Kopf an Sams Schulter und Sam legte seinen Arm fester um ihn. „Ich glaube nicht, dass man das kann. Das Leben ist voller Veränderungen. Entwicklung, Reife, Dinge über sich selbst entdecken, die man noch nicht wusste." Er seufzte und ein leichter Atemhauch, den Sam kaum spürte, strich seinen Arm entlang. „Aber was hat das mit deiner Pensionierung und deinem Partner zu tun?"

„Andy verschwand nach unserem Streit und ich habe über eine Woche nichts von ihm gehört. Obwohl ich wusste, dass es zwischen uns vorbei war, habe ich mir immer noch Sorgen um ihn gemacht. Er ging nicht an sein Handy und niemand hatte ihn gesehen."

Es war eine schreckliche Woche gewesen. Sam wusste, Andy war so melodramatisch, dass er zu großen Gesten neigte, und er hatte befürchtet, er würde etwas Dummes oder Seltsames versuchen, um Aufmerksamkeit zu bekommen oder etwas zu beweisen und sich dabei selbst verletzen.

„Eines Nachts haben wir ein paar Undercover-Agenten bei einer Razzia unterstützt. Mein Partner war in der Nähe unserer Detectives und ich war auf der anderen Straßenseite, als ich den ersten Anruf von Andy seit über einer Woche erhielt."

Zachs Brauen zogen sich zusammen. „Es überrascht mich, dass es dir erlaubt war, dein Handy eingeschaltet zu lassen."
Scham durchfuhr Sam. „War es nicht. Das ist ein Verstoß gegen die Richtlinien. Mein erster Fehler, einer von vielen in dieser Nacht."
Sie rutschten auf dem Sofa herum, bis sie sich gegenübersaßen, dann nahm Zach seine beiden Hände. „Du bist rangegangen, oder?"
Sam nickte. „Ich hatte Angst, er würde etwas Dummes machen und der Verdächtige war bereits zwanzig Minuten zu spät für den Deal, den wir beobachten sollten. Ich habe meine Augen von meinem Partner abgewendet, um den Anruf anzunehmen. Es war nur eine Sekunde, aber dann fingen die Schüsse an."
„Oh, Sam."
Er hörte Zach kaum. Seine Gedanken waren auf die Wiederholung der Ereignisse jener Nacht fixiert. „Ich schoss ebenfalls und alles, was ich hören konnte, waren Sirenen und Schreie. Als ich nach meinem Partner suchte, lag er auf dem Boden, er blutete stark. Eine Kugel hatte sich in seinem Oberschenkel vergraben und sie waren nicht sicher, ob seine Oberschenkelarterie getroffen worden war."
Sam fand sich in Zachs Armen wieder. Es war das erste Mal seit einer Ewigkeit, dass er gehalten wurde und Sam erlaubte sich selbst einen Moment in diesem fast vergessenen Trost zu versinken.
„Ist er gestorben? Nein, du sagtest, du hättest beinahe deinen Partner getötet, also lebt er noch, richtig?"
Sam traute sich nicht zu sprechen, also nickte er und kämpfte, um Luft in seine Lungen zu pressen, vorbei an

der Trockenheit in seiner Kehle. Er hielt sich noch immer an Zach fest, wollte ihn nie wieder loslassen.

„Also war alles gut am Ende." Zach rieb in langsamen Kreisen über seinen Rücken.

Man konnte es Zivilisten schwer erklären – es war nicht gut, seine Waffe abzufeuern, außer, es war absolut notwendig. Kein Mensch sollte erschossen oder verletzt werden. Und die meisten Polizisten taten das auch niemals; in seinen zwanzig Jahren war es erst das zweite Mal gewesen, dass Sam in seiner Dienstzeit je seine Waffe abgefeuert hatte.

„Nein, war es nicht", sagte er rundheraus. „Jemand sah mich an meinem Handy, hat sogar ein Foto gemacht und es an meinen Vorgesetzten weitergeleitet. Aber weil ich im richtigen Alter war und eine makellose Akte hatte, haben sie mir erlaubt, in Rente zu gehen ohne Anklage gegen mich zu erheben."

„Oh."

Die Enttäuschung im Klang von Zachs einsilbiger Antwort tat verdammt weh, mehr als er erwartet hatte. Weil er Zachs Missbilligung fürchtete, tat Sam das, was er am besten konnte und zog sich zurück, sein Gesichtsausdruck eine Maske aus vorsichtiger, starrer Neutralität.

„Glücklicherweise überstand Santiago – mein Partner – das Ganze halbwegs. Ich habe mit ihm geredet, bevor ich in Rente gegangen bin."

„Ich bin mir sicher, er hat dich nicht dafür verantwortlich gemacht."

Sams unwirsches Lachen war absolut ungläubig. „Natürlich machte er mich dafür verantwortlich. Das haben sie alle,

mit gutem Recht. Ich habe es versaut, und er hat nur aus purem, unglaublichem Glück überlebt.“ Reue stach ihn ins Herz, doch Sam würde sich dadurch nicht brechen lassen.
„Vergebung ist etwas Wundervolles, es zeigt Herz und Mitgefühl. Ich bin mir sicher, dass Santiago dir vergeben hat.“
Sam stimmte widerwillig zu. „Er sagte, das hätte er …“
„Aber du glaubst es nicht, weil du dir selbst nicht vergeben hast. Dich verlangt es danach, dich selbst blutig zu schlagen, bis dein Leiden den Schmerz übertrifft, den du deinem Partner verursacht hast.“
Dazu wusste er nichts zu sagen, denn Zach hatte recht, deswegen verharrte er regungslos.
„Du sagst mir, ich solle mich nicht verstecken und sei wertvoller als ich denke und doch tust du dir exakt dasselbe an.“
„Es ist nicht dasselbe, du warst ein Opfer. Ich habe mein Problem selbst verursacht, indem ich nicht die Regeln befolgt habe. Und es hat mich alles gekostet.“ Seine Stimme brach. „Alles, was ich je wollte, war ein Cop zu sein. Ich kannte nichts anderes. Es war schwer genug, als schwuler Mann in diesem Beruf zu arbeiten. Aber zumindest dachte ich, mein Privatleben wäre geregelt. Doch selbst das ist fehlgeschlagen und jetzt habe ich gar nichts.“
„Bist du dir da sicher?“
Zachs Augen zogen ihn an. Rein und ehrlich schienen sie mit einer hellen Klarheit, die er vorher nicht gesehen hatte.
„Was meinst du?“
„Ich weiß nicht, ob du absichtlich begriffsstutzig bist oder ich mich so schlecht ausdrücke, dass du es wirklich nicht verstehst.“ Verärgert, aber mit dem Hauch eines Lächelns

im Gesicht, küsste Zach ihn. „Du hast mich, du großer Idiot. Hast du das immer noch nicht kapiert?“

KAPITEL NEUNZEHN

Obwohl er normalerweise nicht so offensiv war, schien die Zeit reif zu sein, dass Zach sich um Sam kümmerte und ihm mit seinem Körper zeigte, wie es in seinem Herzen aussah.

„Es hat Jahre gebraucht, bis ich den Punkt erreicht hatte und wieder gehalten und berührt werden wollte“, sagte er, als seine Finger sacht über die rauen Stoppeln von Sams Kinn strichen. Diese Rauheit zu berühren, ließ Zach vor aufkeimender Begierde schwach werden. „Und doch war es nie richtig gewesen, bis du derjenige warst, der mich berührt hat. Und jedes Mal, wenn wir zusammen sind, ist es besser als das Mal davor. Das jagt mir immer noch eine Heidenangst ein.“

Seine Lippen berührten Sams, seine Zunge fuhr die kräftige Linie von Sams Kinn nach. „Aber dich nicht zu haben ist nicht länger eine Option.“

„Du hast mich, Baby. Ich bin hier, für dich.“

Sein Puls beschleunigte sich und Zach senkte den Kopf für einen weiteren Kuss. Sams Lippen schmeckten nach Hoffnung und Sehnsucht und allem, was Zach je gewollt hatte. Gefangen in ihrem ansteigenden Feuer zogen sie einander die Kleidung aus, eilten ins Schlafzimmer und lagen anschließend nackt und schwer atmend auf dem Bett.

Mit einer Sicherheit, die er nie zuvor gezeigt hatte, küsste Zach einen Pfad über Sams Brust und hielt kurz inne, um über seine Nippel zu lecken und sie zu necken. Sam unter seinen Lippen stöhnen zu hören, spornte Zach an und er bewegte sich nach unten, bis er sich Sams Schwanz gegenübersah.

Er war wunderbar hart, die Spitze feucht und glitzernd. Zach verzehrte sich danach, ihn in sich zu spüren, aber zuerst wollte er eine Kostprobe von Sam in seinem Mund, also spielte er mit seiner Zunge um die dicke Spitze.

„Zach …“

Als er Sam seinen Namen seufzen hörte, ließ er seinen Blick zum Kopf des Bettes schweifen und lächelte bei dem Anblick seines Liebhabers. Mit offenem Mund und einem glücklichen Lächeln auf den Lippen war Sam wunderschön. Er schloss die Augen und umfing Sams Schwanz mit seinem Mund, während seine Lippen den dicken Schaft hinunterglitten. Er schmeckte nach bevorstehenden Versprechen und warmen Nächten, nach beinahe schmerzhaftem Verlangen und Leidenschaft.

Er schmeckte nach einem *Für Immer*.

„Zach.“ Sams erstickte Stimme, verbunden mit dem warnenden Zittern unter seinen Lippen und Fingern, kündigte Sams kurz bevorstehenden Orgasmus an. Mit einem letzten Saugen und einem Kuss zog Zach sich zurück und hockte sich auf die Fersen. Der harte Gesichtsausdruck, den Sam normalerweise wie eine Maske trug, war verschwunden und enthüllte eine Verletzlichkeit, die Zach nicht erwartet hatte.

„Ich … ich will dich.“ Er leckte sich die Lippen und Zachs Schwanz zuckte als Antwort darauf. „In mir.“

Erregung durchlief sein Rückgrat, sein Blut durchfloss ihn heißer als jemals zuvor, doch er stockte. „Ich habe noch nie …“

„Nein?“ Sam hob eine Braue. „Gut.“ Dann lächelte er breit und tastete nach seiner Hand. Zach nahm sie und zerrte ihn zu sich für einen weiteren schwindelerregenden Kuss.
„Wo sind deine Kondome?“ Zach erkannte die dominierende Stimme kaum als seine eigene wieder, doch heute war ein Tag voller Veränderungen, und dies war ein weiterer Schritt in seiner Verwandlung.
„Schublade“, sagte Sam, seine Stimme heiser vor Verlangen.
Zach kletterte zu der Nachttischschublade und holte einen Streifen Kondome und eine Tube Gleitgel hervor. Er rutschte zurück zu Sam, riss mit zitternden Fingern die Folie auf und streifte das Kondom über seinen Schwanz, dann tröpfelte er etwas Gleitgel darauf. Sam öffnete seine Beine, bot sich ihm dar und mit äußerster Vorsicht drang Zach in Sams Körper ein, Zentimeter für Zentimeter. Die Empfindung traf ihn unerwartet: so, als würde er in ein weiches, wildlederartiges Feuer sinken, das seinen Schwanz umklammerte. Er konnte sein befriedigtes Stöhnen nicht zurückhalten.
„Gott“, brummte Zach. „Gott *verdammt.*“ Seine Hände umfassten Sams Hüften, dann fuhren sie an seinen Rippen und an seiner Brust hinauf. „Das ist … unglaublich.“
Zach hielt sich an Sams Schultern fest, lehnte seinen Torso beinahe vollständig gegen Sams Brust, die Penetration so tief und überwältigend, dass das in ihm ansteigende Feuer ihn zum Zittern brachte. Er rollte seine Hüften, stieß tief hinein, während der Schweiß von seinem Körper tropfte und sich mit Sams vermischte.

„Härter!“ Sam rang nach Luft, als Zach wieder und wieder in ihn stieß. Schlüpfrige Flüssigkeit tropfte von Sams hartem Schwanz, der zwischen seinem Bauch und dem von Zach gefangen war. Zach schloss die Augen, um auf der Welle des Hungers, die in ihm aufwallte, zu reiten.

„Mach die Augen auf.“ Sam hob sich Zach und seinen Stößen entgegen.

Der exquisite Lustschmerz, den der Druck auf seinem Schwanz verursachte, ließ Zach in einen beinahe schlafwandlerischen Zustand taumeln. Er fühlte sich, als wäre er auf Droge, als er seine Augen öffnete, um festzustellen, dass Sams Blick ihn fest fixierte. Zach stockte der Atem – Sam war so glücklich, der vorsichtige Ausdruck in seinen Augen verschwunden, was ihn Jahre jünger wirken ließ. Unfähig, dem neckenden Lächeln auf Sams Lippen zu widerstehen, verflocht Zach seine Finger mit Sams und fing Sams Mund ein. Ihre Zähne stießen zusammen und Zungen glitten und pressten sich aneinander. Als sie sich wieder trennten, flüsterte Sam gegen Zachs Lippen. „Du gehörst mir.“

Sein Herz taumelte vor Freude und schlug in einem wilden Tempo. Er konnte Sam nur noch erneut küssen, bis sie sich voneinander losreißen mussten, um wieder zu Atem zu kommen.

Zach griff zwischen ihre Körper und umfasste Sams Schwanz mit seiner Hand, strich mit seinem Daumen über die Spitze und verrieb die Flüssigkeit, die aus dem Spalt trat. Sam ächzte und spannte seine Muskeln um Zachs Schwanz an.

Mit einem weiteren Rollen seiner Hüften, stieß Zach noch tiefer in Sam hinein, während er zur gleichen Zeit seinen Penis drückte. Ihm stockte der Atem, die Wellen heißer Lust durchströmten ihn von jedem Nervenende aus.
Seine Augen fest geschlossen, erzitterte Sam und stöhnte, während sein Samen sich über Zachs Finger ergoss. Nur einen Moment später versteifte sich Zach und kam dann mit einem heißen Pulsieren tief in Sams Körper. Erschöpft sacke er gegen Sams Brust, sein Körper fühlte sich schlaff und knochenlos an. Bedeckt von Schweiß lagen sie da, Zachs Gesicht vergraben in Sams Halsbeuge. Irgendwann wurde er weich und stemmte sich von Sams Brust hoch, um sich neben ihn zu legen. Seine Hände zitterten, während er sich von dem Kondom befreite und es wegwarf. Er atmete ein paar Mal tief durch, um Luft in seine Lungen zu pumpen, die er dringend benötigte, damit das Karussell in seinem Kopf aufhörte sich zu drehen. Nachdem er zurück ins Bett gekrabbelt war, legte er eine Hand auf Sams Brust und spürte, wie sich der wilde Herzschlag unter seinen Fingern langsam wieder beruhigte.
„Meins“, flüsterte Zach Sam ins Ohr, bevor sie einschliefen.

„Bist du sicher, dass es dir nichts ausmacht? Ich fühle mich komisch, wenn wir getrennt hinfahren.“ Zach fummelte an seiner Krawatte herum. Er hasste es, formelle Kleidung zu tragen, aber Julian hatte einen professionellen Fotografen für die Party engagiert und wollte nicht nur von sich und Nick Fotos machen lassen, sondern bestand darauf, dass

Zach und Marcus etwas früher kamen, damit auch sie fotografiert werden konnten.
„Sei nicht albern, das ist wirklich kein Problem." Sam fegte seine Bedenken beiseite und machte es sich auf dem Bett bequem. „Es gibt mir die Chance deine Mutter besser kennenzulernen."
Nach einem letzten Ziehen an seiner Krawatte blickte Zach finster in den Spiegel. „Ich hasse es, Krawatten zu tragen. Ich habe das Gefühl nicht atmen zu können."
„Du siehst ziemlich heiß aus, finde ich." Sam begegnete seinem Blick im Spiegel. „Obwohl ich dich lieber ohne Klamotten mag als mit."
So sehr er Julian und Nick liebte, sehnte sich Zach noch mehr danach, mit Sam alleine zu sein. Wehmütig sah er auf das Bett hinunter und wünschte sich, er könnte sich zu Sam gesellen. Der Drang ihn zu berühren, durchströmte seine Blutbahn heiß wie Feuer. „Ich, äh …" Zach leckte sich die Lippen. „Ich muss gehen. Du bist gegen sechs da, richtig? Meine Mom ist in einer Stunde aus dem Beauty-Salon zurück, das gibt euch beiden genug Zeit, es pünktlich zum Loft zu schaffen."
Sam sprang vom Bett und zog ihn für einen Kuss dicht an sich. „Hör auf, dir Sorgen zu machen, es wird schon alles gutgehen."
Und ausnahmsweise einmal dachte Zach nicht übergründlich nach, sondern ließ sich von Sams Kraft auffangen. „Okay", sagte er, sein Mund schwebte über dem von Sam. „Ich vertraue dir."

Eine Dreiviertelstunde später betrat er das Loft von Julian und Nick, erstaunt über seine Verwandlung. Eine Bar war an der Fensterfront aufgebaut worden und lange rechteckige Tische mit schneeweißen Tischdecken flankierten die Wand. Kellner warteten geduldig hinter einer Reihe silberner Speisewärmer, um das köstlich duftende Essen zu verteilen.

Julian, der ihn von der anderen Seite des Raumes entdeckte, winkte ihn heran. „Zach, komm hier rüber."

Nick und seine gesamte Familie hatten sich um ihn versammelt, zusammen mit seiner Assistentin Melanie. Einige von Nicks Kollegen waren auch da, ebenso die jungen Brandopfer, die sich von ihren Verletzungen erholten und die Teil von Julians Fashionshow im vergangenen Winter gewesen waren.

Zach ging an ihnen vorbei und lächelte ihnen kurz zu, wenn sie ihn erkannten. Er erwartete nicht, dass sie ihn kannten, da er nur ganz kurz an Julians Show teilgenommen hatte. Als er den kleinen Kreis von Nick und Julians Familie erreichte, umarmte Julian ihn, sein Atem süß von Champagner.

„Kannst du es glauben? Ich werde heiraten."

Ein Kloß formte sich in Zachs Hals, er konnte die ansteigenden Gefühle für das Glück seines Freundes kaum in Zaum halten. Er wusste, er war ein sentimentaler Softie, wie Marcus ihn oft genug nannte. Aber er wusste auch, wie lange Julian Nick geliebt und gedacht hatte, er wäre für immer verloren. Zach glaubte an diesen Traum von „Und sie lebten glücklich bis ans Ende ihrer Tage" und er blinzelte heftig, als Tränen seine Wimpern durchnässten.

Julian drückte ihn an sich. „Ich weiß. Und ich weiß, eines Tages wird es dir auch passieren, weil du, mehr als sonst jemand, es verdienst, von einem wundervollen Mann geliebt zu werden."
Mit seinem Handballen rieb Zach seine Augen trocken und lächelte seinen besten Freund an. „In dieser Nacht geht es um dich und Nick, nicht um mich. Ich kann dir gar nicht sagen, wie sehr ich mich für euch beide freue."
Nick trat hinter Julian und legte seine Arme um ihn. „Danke, Zach. Und danke, dass du so früh gekommen bist. Wir wollten ein paar Familienfotos machen, bevor es zu voll wird." Er sah über Zachs Schulter. „Ah, da ist der Fotograf." Nach einem kurzen Lächeln und einem Kuss für Julian eilte Nick davon.
„Wo ist deine Mom?" Julian leerte sein Glas und stellte es auf dem nächstbesten Tisch ab. „Sie kommt doch, oder?"
„Sam bringt sie mit", sagte Zach und wünschte sich, Sam wäre jetzt hier bei ihm. „Ich dachte, es wäre eine gute Gelegenheit für die beiden, sich besser kennenzulernen."
Der Glanz in Julians Augen erhellte sich und er winkte Marcus quer durch den Raum heran. Marcus schlenderte herbei. „Was ist?"
„Du hast Sam deiner Mutter vorgestellt?" Er stieß Marcus an. „Hast du das gehört? Zach hat Sam und Cheryl miteinander bekanntgemacht."
Marcus' dunkle Brauen schossen in die Höhe. „Ehrlich? Aber du hast ihr doch nie gesagt, dass du schwul bist, oder?"
„Ihr beiden kennt meine Mom." Wärme durchflutete Zach bei dem Gedanken, wie leicht seine Mutter seine Sexualität

akzeptiert hatte. Von seiner Arbeit mit ausgerissenen Teens im Schwulen- und Lesben-Zentrum der Stadt, in dem er freiwillig half, wusste Zach aus erster Hand, dass es so viel schlimmer hätte kommen können. „Sie will nur, dass ich glücklich bin."

Der spekulative Ausdruck war noch nicht aus Julians Augen verschwunden. „Und macht Sam dich glücklich?"

„Ich hoffe, ihr schützt euch, Liebes", neckte Marcus.

„Ihr zwei seid genauso schlimm wie die alten Damen im Seniorencenter. Habt ihr nichts Besseres zu tun, als euch in mein Sexleben hineinzusteigern?"

„Aha! Du gibst es also zu", krähte Marcus triumphierend. „Unser Zach hat endlich Sex."

Der Mann konnte eine Nonne auf die Palme bringen. „Entschuldigt mich. Ich habe Nicks Eltern noch nicht Hallo gesagt. Ich will nicht unhöflich sein." Er wandte seinen beiden Freunden den Rücken zu und schloss sich Nick, seinen Eltern und einem Mann an, den er nicht kannte. Vermutlich war er der Fotograf, angesichts der teuren Kamera, die er um den Hals trug.

„Mr. und Mrs. Fletcher, herzlichen Glückwunsch."

„Oh, Zach, dankeschön." Nick und seine Mutter hatten dasselbe freundliche Lächeln. „Und danke, dass Sie für die Fotos früher hergekommen sind. Wir wollten sicherstellen, dass alle von Nicks und Julians engsten Freunden hier sind, um mit uns zu feiern."

„Das wollte ich auf keinen Fall verpassen. Meine Mom kommt später, in etwa einer Stunde."

Zu seiner Überraschung lehnte sich Nicks Mutter vor und flüsterte: „Ich habe gehört, Sie haben selbst einen netten Mann kennengelernt. Ich freue mich sehr für Sie."
Hitze stieg in seinem Nacken empor. „Ähm, ja. Dankeschön."
„Zach." Katie umarmte ihn. „Ich freue mich so, dass du hier bist."
Überrumpelt erstarrte er. Er war einen so nahen persönlichen Kontakt mit jemandem, den er als einen Fremden betrachtete, nicht gewohnt. Katie zog sich zurück und er suchte nach einer Entschuldigung.
„Tut mir leid, du, äh, hast mich überrascht." Lahm und jämmerlich, selbst in seinen eigenen Ohren, doch es war die beste Entschuldigung, die er sich so schnell zurechtlegen konnte. Anscheinend hatte sich zu verlieben nicht all seine Probleme gelöst: Er war immer noch der ungelenke, schüchterne Zach, der er immer gewesen war.
„Schon in Ordnung", sagte Katie und schenkte ihm ein Lächeln, das eine Fülle von Verständnis enthielt. Und Zach erinnerte sich, dass Katie als Assistentin in der Abteilung für Sexualverbrechen im Büro des Bezirksstaatsanwalts arbeitete. Die verbale Schikane, der Hohn und die Demütigung, die er hatte ertragen müssen, verblassten im Vergleich zu dem, was sie jeden Tag sah.
„Wie hältst du das aus?", platzte es aus ihm heraus, dann hielt er inne, entsetzt, dass er eine solche Frage einer praktisch Fremden gestellt hatte.
„Halte ich was aus?" Ihre geraden Brauen zogen sich zusammen, dann nickte sie, als würde sie verstehen. „Oh, meinen Job?"

„Ja. Ist es nicht schwer, jeden Tag mit so viel Gewalt fertigwerden zu müssen? Ich kann mir das Leiden gar nicht vorstellen, das du bei den Opfern sehen musst."

„Es ist schwer, aber betrachte es einmal aus der anderen Perspektive." Gemeinsam gingen sie in eine ruhigere Ecke des Lofts. Es erstaunte Zach, wie ungezwungen er sich bei Katie fühlte, als wäre sie eine alte Freundin oder sogar die Schwester, die er nie hatte. Julian hatte Glück, eine Familie wie diese zu haben.

Sie setzten sich auf den breiten Fenstersims, von dem aus man die Delancey Street überblicken konnte. Der Himmel hatte ein Mitternachtsblau angenommen und der Mond schien zwischen den Wolken hindurch. So viele Leute drängten sich unten auf der Straße, Zach erinnerte sich, wie trostlos und verfallen diese Gegend gewesen war, als er aufwuchs und seine Eltern ihn mit zur Lower East Side genommen hatten, um frische Essiggurken von Guss' Pickles zu kaufen. Er schüttelte den Kopf bei der Erinnerung, die plötzlich in seinem Kopf auftauchte.

„Ich bringe nicht nur Leute ins Gefängnis, die andere verletzt haben, die schwächer sind als sie selbst, sondern helfe auch den Opfern." Sie strich sich eine Locke hinters Ohr und ihr farbenfroher Ohrring schwang hervor. „Sie können wieder durchatmen in dem Wissen, dass der lausige Bastard, der sie oder ihre Kinder verletzt hat, nicht mehr in der Lage dazu ist."

Wenn er zu sehr darüber nachdachte, würde er niemals den Mut haben zu fragen. Außerdem waren sie weit genug von den anderen entfernt und Katie wirkte, als würde sie ihr Gespräch vertraulich behandeln.

„Hattest du jemals einen Fall, in dem ein Mann der Misshandelte war? Dann müsste es sich allerdings um körperlichen Missbrauch handeln, oder?"
Sie hielt seinen Blick mit standhaften blauen Augen fest. „Männer können genauso leicht misshandelt werden wie Frauen, Zach. Und das bedeutet nicht, dass sie schwach sind oder es verdienen würden." Ihre Hände formten sich zu Fäusten und ruhten auf ihren Oberschenkeln. „Ich habe auch Fälle gesehen, in denen ein Mann von seiner Partnerin angegriffen worden ist. Das Problem ist, dass die meisten Männer zu beschämt sind, um es zu melden. Und auch wenn es in den Fällen, mit denen ich es zu tun hatte, um körperliche Misshandlung ging, beginnt es fast immer damit, dass das Opfer verbal gedemütigt wird."
Jetzt, so viele Jahre später, konnte Zach einen Schritt zurücktreten und dankbar dafür sein, dass Nathan gegangen war, und es mit ihm nicht noch weiter getrieben hatte. Zach erinnerte sich an den ängstlichen, aufgewühlten Jungen, der er im College gewesen war, der so behütet aufgewachsen war. Und er fragte sich, ob er den Mumm gehabt hätte, zu kämpfen, wenn aus dem verbalen Spott noch mehr geworden wäre, als das zu feste Zwirbeln seiner Brustwarzen und ihn mit dem Gesicht nach unten auf das Bett zu pressen. Wenn es sich zu ernsthafter Gewalt aufgeschaukelt hätte, hätte er irgendetwas zu irgendjemandem gesagt?
Zach vermutete nicht.
„Deine Arbeit stärkt auch die Opfer, habe ich recht?"
„Absolut." Sie wollte gerade noch etwas sagen, als der Fotograf auf sie zukam.

„Katie, wir wären jetzt für Sie bereit."
„Okay." Sie stand auf und küsste Zach auf die Wange. „Wann immer du reden möchtest, ich bin da. Wir sind jetzt eine Familie, Zach. Es ist schön, weitere Brüder zu haben."
Berührt und doch unbehaglich unter ihrem wissenden Blick lächelte er und nickte.
„Oh, also das ist Zach." Der abschätzende Blick des Fotografen taxierte Zach. „Julian hat mir erzählt, Sie seien ein Computergenie."
„Ich kenne mich hauptsächlich in der Entwicklung aus."
Er strich sich über seinen kurzgeschorenen Bart. „Sie, Marcus und Julian sind also schon seit einer langen Zeit *befreundet*. Das ist so interessant."
Die Betonung auf *befreundet* ließ die Worte des Fotografen obszön wirken, eine versteckte Andeutung, dass es zwischen ihm und den anderen etwas Sexuelles gab. Zach antwortete mit einem seltenen Wutausbruch.
„Es ist nichts Interessantes daran, Menschen in seinem Leben zu haben, um die man sich sorgt und auf die man zählen kann."
„Gut gesagt, Zach." Katie drückte leicht seinen Arm.
„Hey, ich habe mir nichts dabei gedacht. Ich bin übrigens Andrew, Andrew Trachtman." Er streckte ihm seine Hand entgegen.
„Zach Cohen."
Hätte ihn jemand nach dem Grund gefragt, er hätte nicht sagen können, warum die Berührung der Hand des Mannes Zach sich schmutzig fühlen ließ. Und er hatte das Bedürfnis, sie tief in Handdesinfektionsmittel zu tauchen und sie zu schrubben, bis seine Haut rot und wund wurde.

Es war unüblich für ihn, eine solch heftige Reaktion auf einen anderen Menschen zu haben und er riss sich förmlich los, eine Entschuldigung murmelnd.
„Ich kann es kaum erwarten, Sie zu fotografieren, Zach. Das Blau Ihrer Augen und des Shirts mit dem schwarz-weißen Hintergrund …“ Sein Grinsen wurde leicht wild. „Atemberaubend.“
„Ich denke, wir sollten anfangen“, sagte Katie. Sie warf Zach einen beunruhigten Blick zu. „Folgen Sie mir, Andrew. Mein Bruder und Julian werden Ihnen die Aufnahmen erklären, die sich unsere Familie wünscht.“
Andrew zwinkerte Zach zu und drückte seine Schulter, bevor er sich Katie anschloss. „Bis gleich, Zach. Sparen Sie sich Ihr Lächeln für mich auf.“
„Whoa, dieser Typ will deinen Arsch. Sieh besser zu, dass Sam nicht sieht, wie er mit dir flirtet.“ Marcus lehnte an einer Wand in der Nähe, ein Grinsen umspielte seine Lippen. „Dann hätten wir einen toten Fotografen und ich weiß, Julian wüsste Blut überall auf seinen schönen Holzdielen gar nicht zu schätzen.“
„Sei kein Idiot. Er war nur freundlich.“
„Freundlich, dass ich nicht lache. Ich erkenne einen Spieler.“
Marcus hatte nicht ganz unrecht.
„Spielt keine Rolle. Ich habe kein Interesse.“
Julians und Nicks Apartment war ein Loft, daher öffnete sich der Aufzug direkt innerhalb des Wohnraums und gnädigerweise beendete das Auftauchen von Sam und seiner Mutter ihr Gespräch.

„Da sind meine Mom und Sam. Bis später“, sagte er und hörte Marcus murmeln: „Verwette deinen Arsch darauf, dass wir uns noch sprechen.“

Nachdem er den beunruhigenden Vorfall aus seinen Gedanken verbannt hatte, eilte er zu seiner Mutter und Sam. „Hi.“ Er beugte sich hinunter, um seiner Mutter einen Kuss zu geben, doch seine Augen ruhten auf Sam, während er sein Gesicht, die breiten Schultern und die Stärke seiner Arme in sich aufnahm. Verlangen rauschte durch Zach, so überwältigend und stark, dass er sich durch den Drang seines Herzens körperlich schwach fühlte.

„Hi, Liebling. Sam war so wunderbar! Er hat mich vom Schönheitssalon abgeholt und mich zum Floristen gebracht, damit ich eine Pflanze für die Jungs abholen konnte, ein kleines Geschenk. Ich konnte doch nicht mit leeren Händen erscheinen. Wir hatten so viel Spaß auf dem Weg hierher.“

„Ist das so?“ Er umarmte sie. „Ich freue mich sehr, dass ihr zwei euch besser kennenlernt.“ Über den Kopf seiner Mutter hinweg formte er mit den Lippen ein Dankeschön an Sam gewandt, der ein wenig unbehaglich dastand und die Topfpflanze in den Händen hielt.

Und als Sam ihn durch die grünen Blätter anlächelte, so leicht, warm und süß, stieg die Glückseligkeit in Zach zu einem Crescendo an und brachte endgültig alle Selbstzweifel und Ängste vor der Bedeutungslosigkeit, die einmal ein unaufhörliches Lied in seinem Kopf gespielt hatten, zum Schweigen. Zach wusste, dass das Leben manchmal so hart werden konnte, dass man fiel, schlapp und entkräftet von all der Anstrengung. Dann blieb man lieber allein, versteckte sich im Bett unter der Decke und keine schmeichelnden Versprechen von Goldtöpfen am Ende des Regenbogens halfen mehr, wenn man von Anfang an nicht an Regenbögen glaubte.

Manchmal dauert es nur eine Minute, um diese eine Entscheidung zu fällen, die dein Leben verändert, auch wenn man es zu diesem Zeitpunkt noch nicht weiß.

Zach kannte das Leben und seine Zerbrechlichkeit – wie Sand am Strand rann es einem schnell durch die Finger und verschwand wie ein Traum, an den man sich kaum erinnerte.

Liebe war da nicht anders. Liebe konnte jahrelang so heiß und stürmisch brennen wie die Sonne, nur um am Ende zu qualmenden Ruinen zu zerfallen. Doch wenn Liebe als das kostbare Geschenk, das sie ist, erkannt und behandelt wurde, konnte sie die größte Belohnung des Lebens sein, dieser goldene Preis am Ende des Regenbogens, der Sieg auf der Spitze des Berges.

Er erwiderte Sams Lächeln, während sein Herz heftig und stolz in seiner Brust schlug, in dem Wissen diesen schwer fassbaren Preis gewonnen zu haben, es nach einem harten Kampf auf die Spitze des Berges geschafft zu haben. Er liebte Sam und heute Nacht, wenn sie zusammen waren, würde er es ihm sagen.

„Lass mich schnell Marilyn und Brian Hallo sagen. Ich weiß, wie glücklich sie sein müssen, dass Nick heiratet." Seine Mutter eilte zu Nicks Eltern hinüber und ließ ihn und Zach stehen. Sie grinsten sich an.

„Hi." Sam stellte die Pflanze auf einen niedrigen Tisch, der zur Seite geschoben worden war, um Platz für ein einfaches

Zusammensein der Gäste zu schaffen. „Es ist schön hier. Das würde man von der Außenseite des Gebäudes niemals denken. Das liebe ich an New York. Wenn man denkt, man wüsste alles, gibt es immer eine Überraschung, die einem das Gegenteil beweist."
„Wie bei den Menschen, oder? Man denkt, man würde sie kennen, und dann stellt sich heraus, man hat sie vorschnell beurteilt und sie sind das komplette Gegenteil von dem, was man erwartet hatte."
Sams Auge verdunkelten sich als Antwort und er legte eine Hand auf Zachs Hüfte und zog ihn dicht an sich. Seine Lippen strichen über Zachs Wangenknochen und kamen dann an seiner Schläfe zur Ruhe.
„Ich weiß, dass ich das bei dir gemacht habe und es hätte mich beinahe alles gekostet."
Ein schwaches Lachen entfloh Zach, sein Herz klopfte so wild, dass Sam seinen hüpfenden Rhythmus sicherlich gegen seine eigene Brust spüren konnte. „Unwahrscheinlich. Ich bin die Bulldogge, die dir nachgerannt ist. Ich wollte dich nicht gehen lassen, weißt du noch?"
Sam fuhr mit seiner Nase über Zachs Wange und Zach konnte den leisen Hauch seines Atems spüren. „Du denkst, ich würde mich nicht erinnern?" Ganz leicht berührten Sams Lippen die von Zach. „Ich vergesse niemals, was mir gehört."
Ein Schauer überlief Zach bei Sams besitzergreifendem Tonfall, seine Hände glitten Sams breiten Rücken hinauf, dann schmiegte er sich an seine Lieblingsstelle, Sams Halsbeuge, und inhalierte seinen Duft. Das Wissen, dass er für das rasante Tempo von Sams Herzschlag und das leichte

Stolpern seines Atems verantwortlich war, war ein mächtiges Aphrodisiakum. Es machte Zach besitzergreifend und er wollte nichts mehr als Sam weiter zu berühren.
„Und du bist meins, vergiss das nicht." Er massierte Sams Schultern.
„Hört auf ihr zwei oder sucht euch ein Zimmer", sagte Marcus gedehnt, als er zu ihnen stieß. „Meine Augen können dieses turteltaubenhafte Liebesgeplänkel nicht ertragen." Er feixte. „Das verursacht Hautausschlag bei mir."
„Geh lieber zum Arzt und lass das überprüfen." Zach stieß ihn mit dem Ellbogen an.
Marcus sah sich im Raum um. „Du hast dich noch nicht fotografieren lassen, oder? Ich glaube, der Fotograf ist immer noch bei Nicks Familie."
„Nope." Hand in Hand ging Zach mit Sam an die Bar, um sich einen Drink zu holen. „Ich dachte mir, dass wir die Letzten sein würden."
„Bei der Art, wie der Fotograf dich begafft hat, hätte ich erwartet, dass du der Erste wärst." Marcus grinste. „Sam sollte besser aufpassen."
Bier schwappte über Sams Becher, als dieser ihn hastig zurück auf die Bar stellte. „Was zur Hölle soll das bedeuten?" Seine Augen verdunkelten sich, als sich sein Blick in Zachs bohrte.
Er hatte nichts getan, für das er sich schuldig fühlen musste. In der Gegenwart des Fotografen hatte er sich von Anfang an unbehaglich gefühlt und er hatte nicht die Absicht, auf seine unverfrorenen Anspielungen einzugehen.

„Gar nichts." Wenn Blicke töten könnten, läge Marcus jetzt in Rückenlage auf dem Boden mit einem Bajonett in der Brust.

„Er", Zach zeigte auf Marcus, „ist nichts weiter als ein nervenaufreibender Idiot."

„Hey, es ist nicht meine Schuld, dass der Typ dich angebaggert und gesagt hat, wie hübsch deine Augen wären." Während seine eigenen Augen weit und unschuldig waren, ergänzte Marcus: „Da kommt er ja. Dann kann er es selbst erzählen." Mit einem selbstgefälligen Grinsen lehnte sich Marcus mit verschränkten Armen an die Bar.

Frustriert von Marcus' Neckerei und verärgert über Sam, weil der dachte, er würde die Aufmerksamkeit eines anderen Mannes begrüßen, zog Zach Sam hinüber auf die Seite.

„Du weißt, dass Marcus dich ködert. Fall nicht auf seine Tricks rein – er macht das mit jedem." Er ließ seine Hand Sams Arm hinaufgleiten und senkte seine Stimme, sodass nur sie beide es hören konnten. „Ich bin an niemand anderem interessiert."

„Zach, sind Sie bereit, fotografiert zu werden?" Der Fotograf stand hinter Sam und grinste breit. „Ich weiß, die Kamera wird Sie lieben."

Er wollte mehr Zeit, um Sam zu sagen, dass er sich albern verhielt. Nach dem Wochenende, das sie beide gerade miteinander verbracht hatten, gab es keinen Grund für Sam zu denken, dass er irgendwen anders ansehen würde, doch dies war Julians und Nicks Abend und er hatte nicht das Recht, ihnen dem Spaß zu verderben.

„Einen Moment, bitte."

Sams hochroter Kopf und sein wütender Gesichtsausdruck waren einem bleichen und regungslosen Ausdruck gewichen. Zach nickte dem Fotografen schwach zu und konzentrierte sich stattdessen auf Sam und den kränklichen Ausdruck in seinem Gesicht.
„Sam, was ist los?“
Die Augen weit aufgerissen vor Überraschung, ignorierte ihn nun der Fotograf, packte Sam bei der Schulter und drehte ihn zu sich um.
„Sammy?
Stirnrunzelnd entzog sich Sam dem Griff des Fotografen. „Hallo, Andy.“
Andy? Sams Exfreund Andy? Zach glaubte, ihm müsse schlecht werden.

KAPITEL ZWANZIG

„Sammy? Heilige Scheiße, du bist es wirklich.“

Bevor Sam einen weiteren Atemzug nehmen konnte, hatte Andy ihn gegen seine Brust gepresst. Sollten sich Andys Arme nicht vertraut anfühlen? Sie hatten ein Bett und ein Zuhause geteilt und es waren nur etwas mehr als sechs Monate vergangen, seitdem sie sich getrennt hatten. Stattdessen kam ihm sein Duft, das leichte Parfum, das er immer geliebt hatte, fremd vor, seine Lippen fühlten sich falsch an und die Stoppeln auf seinem Kinn irritierten Sams Wange.

Wäre er derselbe Mensch wie vor sechs Monaten gewesen, hätte Sam sich gefreut, mit Andy zu reden. Vielleicht hätte er sogar ein Abendessen vorgeschlagen, um zu sehen, ob es den Funken zwischen ihnen immer noch gab, um ihre Beziehung wieder aufleben zu lassen. Die sechs getrennten Monate wären eine Pause gewesen, die ihnen beiden gutgetan hatte. Aber dieser Mann war er nicht mehr.

Sam wollte Andy nicht. Sam wollte Zach.

Doch Zach war verschwunden und nun auf der anderen Seite des Zimmers bei seinen Freunden, die ihn umgaben wie die verdammte chinesische Mauer. Das verärgerte Sam. Sie mussten doch wissen, dass er nicht der Feind war.

Er entzog sich Andy. „Was machst du hier?“

Andy hob die teure Kamera an, die um seinen Nacken hing. „Ich bin eingesprungen. Der Typ, den Julian angeheuert hatte, ist heute Morgen am Flughafen LAX gestrandet, also rief er mich an und fragte, ob ich den Job übernehmen könnte.“

„Und dein Freund?“
„Wir haben einen Monat, nachdem ich nach D.C. gezogen war, Schluss gemacht. Ich hätte die Stadt nie verlassen sollen.“
„Vermutlich hat es einfach nicht sein sollen.“ Obwohl Sam ihn nicht länger liebte, konnte er den Hauch der Genugtuung nicht verhindern, die ihn bei Andys Worten durchfuhr.
„Ich muss diese Fotos schießen, aber ich würde später gerne mit dir reden.“
„Ich habe nichts zu sagen.“
„Aber ich –“
Sam hielt eine Hand hoch. „Als ich vor sechs Monaten mit dir reden wollte, hattest du darauf keinen Bock. Nun, sorry, aber ich bin beschäftigt.“
„Mit dem kleinen heißen Zach. Hast du ihn dir geangelt? Nicht schlecht.“ Andy zwinkerte ihm zu. „Vielleicht können wir einen Dreier machen – ich wette, er und seine zwei Freunde haben das irgendwann mal gemacht.“
„Geh und schieß deine Fotos.“ Angewidert von Andy nahm Sam sein Bier und setzte sich, während er die Geselligkeit um sich herum ignorierte. Er trank sein Bier in langen Zügen, immer noch ein bisschen verunsichert durch die Begegnung mit seinem Ex. Von seinem Blickwinkel vom Sofa beobachtete er, wie Andy die Gruppe fotografierte und wurde immer wütender und gereizter, als er sah, dass Andys Hand länger als nötig auf Zachs Schulter oder Hüfte ruhte, während er ihn in die gewünschte Position rückte. Einmal lehnte sich Andy hinüber und flüsterte Zach

etwas ins Ohr und Sam knüllte den leeren Plastikbecher in seiner Hand zusammen.
Nicht bereit zuzusehen, wie Andy Zach weiter belästigte, durchschritt Sam den Raum. Er vibrierte vor unterdrückter Anspannung und trieb sich am Rand der Gruppe herum. Er wollte keine Szene vor Nicks Familie und Julian machen und doch war er gleichzeitig unfähig, nur daneben zu stehen und zuzusehen, wie sein Ex Zach anmachte. Zu seiner absoluten Frustration war er nicht in der Lage, Zachs Blick auf sich zu lenken. Er war sich nicht sicher, ob Zach ihn absichtlich mied oder ob er sich das Ganze bloß einbildete.
Warum zur Hölle war er so aus dem Gleichgewicht gebracht? Er war nie besitzergreifend gewesen oder hatte eine eifersüchtige Ader bei seinen vorigen Partnern gehabt, und doch brachte es ihn fast um, zu sehen, wie Andy mit seinem Handrücken gegen Zachs Haar strich, während er vorgab das Licht einzustellen. Er wollte seinem Ex das Gesicht einschlagen. Niemand berührte Zach außer ihm.
„Ganz ruhig, Killer", sagte Marcus in sein Ohr.
„Ich traue ihm nicht", antwortete Sam.
„Ich weiß, dass du nicht von Zach redest, weil er der vertrauenswürdigste Mensch ist, dem du je begegnen wirst."
„Natürlich meine ich nicht Zach. Ich meine Andy."
„Du kennst ihn?"
„Er ist mein Ex. Ich weiß, wozu er fähig ist."
„Aber du kennst Zach und du weißt, wozu er nicht fähig ist."
Sam drehte sich um, um Marcus anzusehen. „Wovon sprichst du?"

„Zach, der Mann, der dich liebt, ist die anständigste Person, die ich je getroffen habe. Hast du eine Ahnung, was für ein verdammtes Glück du hast? Die Tatsache, dass er sich in dich verliebt hat, bedeutet, dass er dir alles gegeben hat. Sein Vertrauen, sein Herz. Er meint es ernst. Er wird niemals jemand anderen ansehen. Zach ist nicht imstande, dich zu betrügen oder dich absichtlich zu verletzen."

Sam sah in Marcus' dunkle Augen. „Du liebst ihn, oder?"

„Ich würde mein Leben für ihn geben, aber er würde mich nie um Hilfe bitten. Ja, ich liebe ihn", sagte er, sah zu Zach hinüber und dann zurück zu Sam. „Aber nicht so, wie du es kannst."

Sam verstand und hatte überraschenderweise Mitleid mit Marcus. Andere mochten nur das schnelle Leben und das attraktive Äußere sehen, doch er sah unter diesen Glanz und erkannte einen traurigen und einsamen Mann.

Es war, als blickte er in einen Spiegel, bevor Zach in sein Leben getreten war. Marcus war imstande seine Gefühle hinter den Partys und dem Sex zu verbergen, während Sam, den dieser Quatsch noch nie gereizt hatte, sich einfach zurückgezogen hatte, zufrieden mit seiner Einsamkeit.

„Eines Tages, mein Freund, wird jemand unter deine Haut kriechen."

„Dann lege ich mir wohl besser einen Vorrat an Mückenschutzmitteln an. Ich hasse krabbelnde Viecher."

Sie mussten beide lachen. „Es wird passieren. Du wirst irgendwo entlangspazieren, dich um deinen eigenen Kram kümmern, dann *bumm*. Und du wirst dich verlieben."

„Das habe ich nicht vor."

Zu Sams Überraschung schlang Marcus einen Arm um seinen Nacken. So standen sie da und sahen zu, wie Andy seine Fotos machte.
Sam fühlte sich endlich akzeptiert und als Teil von Zachs Gruppe. Er musste Zach Henry und Heather vorstellen, grübelte er. Sie würden ihn lieben.
„Genau das ist es. Du planst es nicht. Es passiert einfach; und dann siehst du dich um und lebst dein Leben weiter. Und du fragst dich, wie du jemals denken konntest, dass Nacht für Nacht allein zu sein dich glücklich machen würde."
Marcus zog seinen Arm zurück und schaute auf sein Handy, ein schwaches Lächeln umspielte seine Lippen. „Ich bin nachts niemals alleine. Entschuldige mich eine Minute." Während er auf seinem Telefon tippte, ging er davon.
Sam dachte nicht weiter über Marcus nach, sondern richtete seine Aufmerksamkeit wieder auf Zach. Ein strahlendweißer Hintergrund war aufgebaut worden und Sam musste zugeben, dass Andy, trotz all seiner Fehler als Mensch, ein exzellenter Fotograf war. Marcus wurde gerufen und nachdem er fertig getextet, oder sehr wahrscheinlich eher *gesextet* hatte, schloss er sich den dreien an. Andy ließ sie in einer Gruppe posieren, die Arme umeinander gelegt, und die Freude auf all ihren Gesichtern war greifbar.
Julian flüsterte Zach etwas zu und der Mann zuckte die Achseln, sein Gesicht eine ernste Maske.
„Sam." Julian winkte ihn zu sich. „Komm her."
Etwas überrascht, trat Sam zu den vieren vor den Hintergrund.

„Wir hätten dich auch gerne mit auf einem Foto." Julian lehnte sich an Nick, dessen Arme um Julians Taille geschlungen waren. Die zwei Männer waren eine perfekte Einheit; Sam konnte sich den einen nicht ohne den anderen vorstellen, doch er konnte sich daran erinnern, wie Zach ihm ihre Geschichte erzählte, dass sie jahrelang voneinander getrennt gewesen waren.
„Mich?" Sein Blick traf auf den von Zach. „Seid ihr euch sicher?"
Doch es war Julian, der antwortete, nicht Zach. „Wir haben das Gefühl, wir werden dich von jetzt an öfter bei Familienfeiern sehen, also ja, wir sind uns sicher."
Er warf Zach einen beunruhigten Blick zu. Doch der hatte sich zurückgezogen und stand ganz still da. Und Sam beschloss zu ignorieren, was auch immer Zach auf der Seele brannte. Er würde reden, wenn er soweit war.
„Es wäre mir eine Ehre, dankeschön. Es freut mich, einbezogen zu werden."
„Okay, Sammy." Andy nahm ihn bei den Schultern und positionierte ihn neben Zach. „Bleib hier stehen, neben deinem süßen Freund."
Ein prickelndes Grollen stieg bei Andys abfälligem Tonfall in Sam empor. Einen Teufel würde er tun und zulassen, dass sein Ex respektlos und unhöflich mit Zach umging Er hielt seinen steigenden Ärger unter Kontrolle, weil er keine Szene verursachen wollte, schwor sich jedoch, sich später mit Andy auseinanderzusetzen und beugte sich hinunter, um Zach ins Ohr zu flüstern.
„Ignoriere Andy, er ist ein Arsch."

„Spielt keine Rolle.“ Zach rückte seine Brille zurecht. „Lasst es uns hinter uns bringen.“

Was zur Hölle? Was hatte ihn so verärgert? Zu diesem Zeitpunkt fing Andy an, Anweisungen zu geben und Sams Konzentration fokussierte sich ausschließlich auf das Shooting. Er würde sich später um den temperamentvollen Zach kümmern.

Doch irgendwie traf dieses „später“ niemals ein. In den nachfolgenden Stunden war Sam nicht einmal alleine mit Zach, der sich gezielt so manövrierte, dass er immer von mindestens einem oder zweien seiner Freunde oder Familienmitgliedern von Nick umgeben war. Es schien, als hätten er und Nicks Schwester Katie Freundschaft geschlossen und zusammen mit Julians Assistentin Melanie hatten sie einen eigenen engen kleinen Kreis gebildet.

Auch jetzt saßen die drei an einem der kleinen runden Tische, die für die Leute, die es bevorzugten sitzend zu essen, statt sich unter die Menge zu begeben, aufgebaut worden waren. Sam sah sich um und bemerkte Cheryl, die mit Nicks Eltern und einigen weiteren älteren Pärchen zusammensaß. Vermutlich waren das Nicks Verwandte, da Zach Sam gesagt hatte, dass Julian keine eigene Familie besaß.

Das köstliche Essen und der wunderschöne Hintergrund des Nachthimmels durch die hohen Fenster waren an Sam verschwendet. Stattdessen war seine Konzentration ausschließlich auf Zach gerichtet, der vorgab, ein zufriedener Partygast zu sein, glücklich und voller Lachen. „Sieht so aus, als würde man dich ausschließen“, sagte Andy von hinten.

„Solltest du nicht arbeiten? Ich bin sicher, Nick und Julian bezahlen dich nicht, damit du ihre Gäste unterhältst.“
Ein spöttisches Lächeln überzog Andys Gesicht. „Ich habe gerade Pause“, sagte er und warf sich einen Käsewürfel in den Mund. „Willst du was?“ Er hielt ihm eine Gabel mit Pasta entgegen. „Du hast es früher genossen, wenn ich dich über den Tisch hinweg gefüttert habe.“
Das war Millionen Jahre her. Sam hatte Schwierigkeiten sich zu erinnern, wie es mit Andy gewesen war. Da war nichts als Leere. Anfangs hatten sie heißen Sex gehabt, aber nach einer Weile war auch der abgekühlt und die Glut dieses sterbenden Feuers hatten sie nicht erneut entfachen können. Sie hatten es nicht einmal versucht.
„Nein, danke.“
Ein Nachmittag, wie er und Zach ihn gestern verbracht hatten, den Drachen steigen zu lassen und am Strand zu sein, war alles, was er wollte. Letztendlich lief alles auf ihn und Zach hinaus. Er liebte Zach und wie der Ozean war es eine Naturgewalt, sie änderte sich laufend und blieb doch immer dieselbe. Kraftvoll, tief und stark.
Er hatte Zach nicht gesagt, dass er ihn liebte. Vielleicht verhielt er sich deswegen so seltsam heute Abend. Sam wusste, dass er nicht gut in diesen Dingen war, doch sogar er ahnte, so sehr Zach Julian und Nick auch liebte, musste es doch bittersüß sein zuzusehen, wie seine Freunde heirateten, während er dachte, dass er diese anhaltende Liebe selber nie finden würde.
Andy stellte seinen Teller ab und lehnte sich an die Wand. Leidenschaftslos betrachtete Sam Andys gebräunten, schlanken Körper, seine teure Armbanduhr und die Desig-

nerklamotten. Sein kastanienbraunes Haar leuchtete im Schein der Deckenleuchten. Er sah aus wie den Seiten eines Magazins entsprungen – charmant, reich und erfolgreich. Doch Sam kannte den Andy, den sonst niemand sah; seine leeren Augen erzählten ihre Geschichte. Es lag keine Wärme in ihren dunkelbraunen Tiefen. Sam konnte sich kaum vorstellen, wie viele Männer er seit ihrer Trennung verheizt haben mochte.

Es war nichts mehr zwischen ihnen, erkannte Sam nun, außer verblichenen Erinnerungen.

„Hör mal, warum treffen wir uns nach der Party nicht und trinken etwas zusammen? Du weißt schon, um der alten Zeiten willen, in Erinnerungen schwelgen." Das Lächeln, das Sam einmal für charmant gehalten hatte, stank nun nach Unaufrichtigkeit.

Vielleicht glaubte Andy noch immer, Sam würde zurück mit ihm ins Bett fallen und vermutlich, wäre er immer noch Single und nicht mit Zach zusammen, hätte diese Chance auch bestanden. Nächte waren lang und einsam ohne jemanden, den man in den Armen halten konnte.

Doch jetzt hatte Sam eine Kostprobe des wahren Lebens bekommen – einen Mann, der sich etwas aus ihm machte, die vorsichtigen Anfänge einer Freundschaft mit dieser engverbundenen Gruppe von Männern, die einander aufs Äußerste verteidigten, und ein Gefühl von Familie, von dem er nie gewusst hatte, dass er es wollte. Man konnte nichts wollen, von dessen Existenz man nichts wusste.

„Sorry, ich bin beschäftigt."

Andy sah flüchtig in die Richtung, in der Zach mit Nick und Julian saß, die nun zu ihm und den beiden Frauen gestoßen waren. „Mit Zach? Er ist niedlich. Nun, wie sieht es mit uns dreien aus?“ Er zwinkerte Sam zu. „Ich ficke ihn und du fickst mich.“ Er verengte seine Augen zu Schlitzen. „Ich hätte nichts dagegen, eine Kostprobe dieses Arsches zu bekommen.“

Sam verschluckte sich beinahe an seiner Rage, als er Andy an die Wand presste. „So redest du nicht von ihm. Er ist keiner deiner One-Night-Stands aus dem Club.“

„Whoa, Sammy. Papa-Bär lässt grüßen, was? Man könnte meinen, du würdest den Kerl lieben.“

„Das tue ich, du dämliches Arschloch. Wenn du einmal aufhören würdest, mit deinem Schwanz zu denken und über deinen eigenen Horizont hinauszublicken, könntest du es vielleicht verstehen.“

Ein fassungsloser Ausdruck erschien auf Andys Gesicht. „Ich habe nicht damit gerechnet, dass du so schnell jemanden findest würdest. Ich habe gedacht –“

„Ich weiß, was du gedacht hast.“ Er hatte nichts mehr für Andy übrig, nicht einmal Mitleid. „Du dachtest, ich würde darauf warten, dass du zu mir zurückkommst, oder nicht? Dass ich ein langweiliger Idiot wäre und du das Einzige an mir warst, das mich interessant gemacht hat. Du hättest nie damit gerechnet, dass ich dich hinter mir lassen und dass mich jemand anders wollen würde.“

Andys Kiefer mahlte mit einem störrischen Gesichtsausdruck. „Du wolltest nie etwas unternehmen oder irgendwohin gehen. Ich mochte es, auszugehen, aber du warst wie ein alter verheirateter Mann, der nur zu Hause sitzt und Fernsehen guckt und sich zum Abendessen mit seinen Freunden verabredet.“

Sam konnte sich an keine einzige ehrliche Unterhaltung zwischen ihnen während ihrer gemeinsamen Zeit erinnern. Jetzt, da sie sich vor ihren Emotionen einander gegenüber nicht mehr schützen mussten, waren sie frei und konnten die Wahrheit sagen.

Sam schlug einen etwas freundlicheren Tonfall an. „Wir hätten nie so lange zusammenbleiben dürfen, wie wir es getan haben, das weißt du so gut wie ich. Anfangs war es gut, aber zwischen uns war es lange vor dieser letzten Nacht eingeschlafen."

„Du hast vermutlich recht", sagte Andy, seine Augen gedankenverloren und zu Sams Überraschung ein wenig schwermütig. „Aber wir haben Spaß gehabt. Du kannst mir nicht weismachen, dass es am Anfang nicht gut war."

„Es war gut", sagte Sam, als er an Andy vorbeiging und seine Schulter drückte. „Aber dann war es das eine sehr lange Zeit nicht mehr. Und jetzt interessiert mich die Zukunft, nicht die Vergangenheit. Ich bin froh, dass wir die Chance hatten uns zu verabschieden. Viel Glück."

In der Zukunft ging es nur um Zach und es war an der Zeit, ihn das wissen zu lassen. Vorfreude erfasste ihn und überschwemmte seine Adern, als er sich Zach und der Gruppe näherte.

„Hey, darf ich mich zu euch gesellen?"

„Nimm meinen Platz", sagte Julian und stand auf. Nick schloss sich ihm an. „Nick und ich sollten uns unter das Volk mischen, besonders, weil einige seiner Verwandten bald gehen." Sie gingen davon und ließen Marcus, Katie und Melanie bei Zach und ihm zurück.

„Also das war dein Ex, was? Wirkt nicht gerade wie dein Typ.“ Marcus lehnte sich entspannt in seinem Stuhl zurück, einen Drink locker in seiner Hand.
Sam vergaß, dass sie sich bei ihrem vorangegangenen Gespräch nähergekommen waren, und sträubte sich. „Nichts für ungut, Marcus, aber was weißt du schon über mich? Und Zach und ich haben über Andy gesprochen. Er weiß alles.“
„Ich wusste nicht, dass er wieder in New York ist“, sagte Zach zurückhaltend.
„Ich auch nicht.“ Er hatte nichts zu verbergen und doch befand er sich in der Defensive. „Er war nicht der Fotograf, den Julian und Nick angeheuert hatten. Er ist für einen Freund eingesprungen, der in Los Angeles am Flughafen aufgehalten worden ist.“
Marcus leerte sein Glas. „Bleibt er in New York?“
„Das habe ich ihn nicht gefragt. Schau mal –“
„Ich bin mir sicher, er wollte sich mit dir treffen, du weißt schon, der guten alten Zeiten wegen.“ Zach rieb sich mit seinen Handflächen über seine Oberschenkel in einer klassischen nervösen Geste, die Sam aus seiner Zeit als Polizist kannte. „Das solltet ihr, weißt du. Ihr zwei standet euch für so eine lange Zeit so nah.“
Sein schiefes Grinsen verwirrte Sam.
„Warum sollte ich das tun wollen? Was ist los mit dir?“ Das Leben war zu kurz, um herumzusitzen und verwirrende Spielchen zu spielen.
„Gar nichts. Ich dachte, ihr zwei könntet euch auf den neuesten Stand bringen, während ich Zeit mit meinen Freunden verbringe.“

Er wurde von der Falschheit von Zachs Lächeln geblendet und Sam runzelte die Stirn. Zach zeigte sich von einer Seite, die er noch nicht kannte und die er nicht mochte.
„Entschuldigt uns bitte“, Sam nahm Zach beim Arm. „Wir müssen reden“, flüsterte er Zach zu und zog ihn auf die Beine.
Die beiden Frauen hatten denselben verwirrten Gesichtsausdruck, doch das war Sam gleich. Er würde es Marcus überlassen zu erklären, sollten sie fragen. Dem heimlichen Grinsen, das Marcus' Lippen umspielte, und dem beifälligen Leuchten in seinen Augen nach, verstand Marcus, worum es Sam ging.
„Ist doch alles gut“, sagte Zach mit einem aufgebrachten Zischen, als sie endlich eine ruhigere und privatere Ecke des Lofts erreichten. „Mir geht es gut. Außerdem muss ich bald gehen. Ich muss meine Mutter nach Hause bringen.“
„Deiner Mutter geht es gut, hör auf, sie als Entschuldigung vorzuschieben.“ Sam ließ seinen Blick durch das Loft schweifen, bis er Cheryl fand, die es sich bei einer Unterhaltung mit Nicks Mutter gemütlich gemacht hatte. „Ich werde dafür sorgen, dass sie jemand nach Hause fährt, aber du kommst mit mir. Wir müssen uns dringend unterhalten.“
„Ich gehe nach Hause. Es gibt nichts, über das wir reden müssten, alles ist bestens.“
Der störrische Zug um Zachs Kiefer überraschte Sam. Dafür, dass ihn alle für nett und liebenswürdig hielten, konnte Zach ein verdammter Sturkopf sein. Doch Sam musste zugeben, er mochte es, wenn sich Zach in einen fordernden Liebhaber verwandelte, seine Stärke zeigte und

die Kontrolle übernahm. Die Male, bei denen er seine und Sams Grenzen überschritt, hatten zum explosivsten Sex geführt, den Sam je gehabt hatte.

Das war eine Seite an Zach, die Sam nur in ihrem Schlafzimmer gesehen hatte und die Sam genauer erforschen wollte. Doch das ging nur, wenn er Zach zurück mit sich nach Hause nehmen konnte und sie alleine waren.

„Zach. Bitte." Sam brauchte all seine Kraft, Zach nicht gegen sich zu pressen und ihn zu küssen, bis er keine Luft mehr bekam. Jetzt musste Sam erst recht alles in Ordnung bringen, sodass Zach niemals Grund hatte, seine Gefühle anzuzweifeln. Er wusste, dass Zach sich nie angestrengt hatte. Er hatte sich einfach mit der Menge treiben lassen in dem Bemühen, alle zufriedenzustellen und hatte nie seine eigenen Wünsche und Hoffnungen zum Ausdruck gebracht.

Er verstand dieses Leben. Jahrelang hatte sich Sam in dem üblen Geruch der Unsicherheit gewälzt, während seine Beziehung taumelte, doch er hatte nicht die Willenskraft aufbringen können, weiterzumachen. Er würde nicht zulassen, dass das, was er für Zach fühlte, sein Leben aussaugte und er verwelkt und tot wie eine vergessene Pflanze in der Ecke endete.

Wer hätte gedacht, dass eine dumme Wette eine Kettenreaktion von Geschehnissen auslösen würde, die zu diesem Moment führten, in dem er mit Sicherheit wusste, dass er seine Zukunft entdeckt hatte. Sam musste sicherstellen, dass Zach ihm glaubte. Er ließ dem Zufall keine Chance – es ging um alles oder nichts. Um *für immer*.

„Erinnerst du dich, wie du mich verfolgt hast, nachdem ich dich habe sitzenlassen?“
Zachs versteinerter Ausdruck weichte etwas auf, dann errötete er. Sam nutzte seinen Vorteil, indem er Zach am Arm berührte und seine Hand hinaufgleiten ließ, bis sie Zachs Genick umfing. Seine glatte Haut war wie ein Balsam, der Sams Seele beruhigte. Lediglich Zach jetzt zu berühren brachte ihm einen Frieden, von dem er vergessen hatte, dass er existierte.
„Ich werde nicht zulassen, dass du vor mir davonrennst“, sagte Sam und die Worte kamen direkt von seinem Herzen. „Wenn du gehst, werde ich dir folgen, egal, wohin du gehst. Komm mit mir nach Hause. Bitte.“
Zachs Unsicherheit verdrehte Sams Herz in seiner Brust zu einem schmerzhaften Knoten. Er umfing Zachs Kiefer mit seiner Hand, seine Finger ruhten auf Zachs Gesicht. Zachs Augen ruhten auf seinen, leuchteten heiß und wild vor Emotionen, von denen Sam hoffte, dass er sie ebenfalls übermittelte. Als Zach nickte, entwich Sams Atem mit einem Zischen.
„Lass uns gehen.“

KAPITEL EINUNDZWANZIG

Hatte er einen Fehler gemacht? Er war hin- und hergerissen und hatte Schwierigkeiten, sich in seinem Sitz auf der Fahrt zurück nach Brooklyn zu entspannen. Als er sich von Julian und Marcus verabschiedet hatte, hatten ihm beide dasselbe gesagt: „*Ziehe keine voreiligen Schlüsse. Hör dir an, was Sam zu sagen hat.*“

Es war seine Mutter gewesen, die ihn am meisten überrascht hatte. Er war voller Beklommenheit zu ihr gegangen, besorgt um ihre Reaktion, wenn er ihr sagte, dass er mit Sam mitgehen und jemand anders sie nach Hause fahren würde.

„Nicks Eltern haben netterweise angeboten, mich nach Hause zu fahren, also mach dir keine Sorgen. Ich komme schon zurecht. Geh du nur mit Sam und hab etwas Spaß.“

„Ehrlich? Ich, äh, komme heute vielleicht nicht mehr nach Hause, oder es wird sehr spät werden, also warte nicht auf mich.“

Die Unsicherheit musste ihm anzusehen gewesen sein, denn ihre Augen tanzten vor Vergnügen.

„Ich denke, damit kann ich leben. Wenn ich mich nicht irre, liegen noch viele solcher Nächte vor uns.“

Nachdem er sie einen weiteren Moment ungläubig angestarrt hatte, gab Zach ihr einen Kuss auf die Wange. „Nichts hat sich geändert, weißt du.“

„Oh, Liebling, alles hat sich geändert, aber nur zum Guten. Heute Abend hier zu sein und zu sehen, wie glücklich Julian endlich ist, hat mir geholfen zu verstehen, um was ich dich betrogen habe.“

„Mom, nein –“
„Doch. Hör mir zu.“ Sie zog ihn mit sich an die Seite und geistig völlig abwesend folgte er ihr, unsicher, was sonst sie zu sagen haben mochte.
„Du gehst mit Sam und wirst glücklich werden, genau, wie du es verdienst. Jahrelang habe ich dich zurückgehalten, und behaupte nichts Gegenteiliges, ich weiß, dass ich das getan habe“, sagte sie, als er den Mund öffnete, um zu protestieren. Ihr Ausdruck blieb klar, ihre Augen standhaft in ihrer Aufrichtigkeit. „Ich sehe den Schaden, den ich angerichtet habe, und wie falsch ich gelegen habe. Ich sehe mich um und sehe, wie glücklich Julian jetzt mit Nick ist, und das will ich auch für dich. Du verdienst eine Beziehung und eine Familie. Du verdienst alles.“
„Ich liebe dich, Mom.“
„Ich liebe dich auch, aber du hast jetzt einen Mann und die Chance glücklich zu werden und ein gutes Leben zu haben. Verschwende diese Liebe nicht. Packe sie, halte sie fest und wisse sie zu schätzen. Man weiß nie, wie lange sie anhält. Hör auf dein Herz.“
Ihre Worte hallten auf der Fahrt zu Sam in seinem Kopf nach. Während er verstand, was sie sagte, hatte die Tatsache, Sam mit seinem ehemaligen Liebhaber zu sehen, all seine alten Unsicherheiten wieder hervorgebracht. Sie schlichen durch seinen Kopf, flüsterten ihm zu, dass er niemals mit einem Mann wie Andy mithalten könnte und brachten ihn dazu, sich zu fragen, wieso Sam ausgerechnet ihn wollte, jetzt, da sein alter Liebhaber zurück war.
Er hatte dagesessen und vorgegeben, seinen Freunden zuzuhören, während er verstohlen Sam mit Andy auf der

anderen Seite des Raumes beobachtete. Er konnte kaum den Schmerz hinunterschlucken, den Andy verursachte, indem er seine Hand auf Sams Brust legte und Sam seine Berührung akzeptierte. Das Essen in seinem Mund hatte wie Sägemehl geschmeckt und er hatte sich seine Zukunft erneut öde und einsam vorgestellt.

Seine Mutter sprach von Liebe, dachte Zach bitter, doch wer brauchte Liebe, wenn alles, was sie brachte, diese versengenden Zweifel und Ängste waren, die sich durch seine Nerven woben und ihn angespannt und gereizt machten? Kein Wunder, dass Marcus emotionale Bindung verachtete; am Ende war er doch der Schlaueste von ihnen allen.

Und doch … Zach sah Sam von der Seite an, sein Profil silhouettenhaft im dunklen Innenraum des Autos, und grübelte. Gestern, nachdem sie den Drachen hatten steigen lassen und nach ihrem Strandspaziergang, hatte er sich Sam näher gefühlt als je zuvor einem anderen Menschen. Er hatte sogar gewagt zu denken, dass Sam vielleicht sagen würde, dass er ihn liebte.

War es falsch von ihm, zuzulassen, dass seine alten Selbstzweifel sein neugewonnenes und noch immer wackliges Selbstvertrauen anfraßen? Andys Rückkehr bedeutete nicht, dass Sam ihre Beziehung wiederbeleben wollte. Letzte Nacht hatte Sam nicht nur mit seinem Körper, sondern auch mit seinen Worten klargestellt, dass die Beziehung tot war und er Zach wollte.

Meins. Zach würde nie vergessen, wie Sam dieses eine Wort zu ihm gesagt hatte.

„Was?“ Sam warf ihm einen Blick zu.

„Nichts.“

Sam umklammerte das Lenkrad und sein Kiefer mahlte, als versuchte er Worte zurückzuhalten, die hervorbrechen wollten. Sie hatten eine grüne Welle, nachdem sie die Brooklyn Bridge erreicht hatten und so bogen sie in weniger als zehn Minuten auf den Parkplatz des Vorhofs ein, der für Sams Auto reserviert war. Schweigend folgte er Sam ins Haus, während seine Frustration wuchs.

„Wieso hast du mich hergebracht, wenn du nicht mit mir reden willst?"

„Was hast du im Auto gemeint?", sagte Sam, seine Frage ignorierend.

Verwirrt ging Zach die wenigen Gesprächsfetzen durch. „Wovon sprichst du? Wir haben kaum geredet."

Sam drehte sich auf dem Absatz um und trieb ihn gegen die Wand. Er berührte ihn nicht, machte es aber für Zach unmöglich sich zu bewegen. Er hatte keine Angst – stattdessen stockte Zach der Atem und eine Welle des Verlangens rauschte durch sein Blut und ließ seinen Schwanz steif werden. Ein unlesbarer Ausdruck blieb auf Sams Gesicht, sein heißer Atem traf auf Zachs Wange.

„Meins." Sams Lippen schwebten nah über seinen. „Du sagtest ‚meins' im Auto. Was hast du gemeint?"

Oh. Verdammt. Zum ersten Mal wünschte sich Zach, er wäre mehr wie Marcus, der jetzt einfach einen Schwall Flüche von sich geben würde. Hatte er das wirklich laut ausgesprochen?

„Äh." Er leckte sich über die Lippen. „Ich … ich erinnere mich nicht, das gesagt zu haben."

„Aber das hast du", sagte Sam, seine Stimme ein tiefes Knurren voller Versprechen. „Hast du es so gemeint, wie

du es letzte Nacht gemeint hast? Wie ich es gemeint habe?“
Die Berührung seiner Lippen machte Zach betrunken, in seinem Gehirn entstand ein Kurzschluss, es übersteuerte und zog ihn mit sich.
Zach schnappte nach Luft, die Berührung von Sams Fingern sendete schmerzhafte Schocks durch seinen ganzen Körper. „Tust du es noch immer?“ Es wurde immer schwerer auf den Beinen zu bleiben und er sackte gegen die Wand, gefangen zwischen ihr und Sams großer Gestalt.
„Noch immer was?“ Sam strich mit der Nase über Zachs Hals.
Zach unterdrückte ein Stöhnen und sagte heiser, seine Stimme voller Verlangen: „Mich wollen?“
Er spürte die Wärme von Sams Gesicht; so standen sie da, im Mondlicht des Raumes und hielten einander. Sams Lippen hinterließen eine Spur von heißen Küssen seinen Hals hinunter und endeten in seiner Halsbeuge. „Ich habe nie damit aufgehört.“
Zachs Blut pulsierte stark und heiß. „Ich dachte –“
„Stopp.“ Sams Mund schwebte über seinem. „Ich kann es nicht ertragen, von dir zu hören, dass du dachtest, ich wollte dich nicht mehr, weil das so weit entfernt von der Wahrheit ist, wie es nur geht.“
Ungesagte Worte hingen in der Luft, warteten darauf ausgesprochen zu werden und doch blieb Sam still. Die schmerzhafte Stille hallte im Apartment wider, und Zach wartete, hoffte, dass seine Instinkte ihn nicht getäuscht hatten.

„Andy ist weg. Ich habe ihm gesagt, dass da nichts mehr zwischen uns ist. Dass ich dich will.“ Seine Lippen strichen über die von Zach. „Dass ich dich liebe.“
Endlich – die Worte, die Magie hervorriefen und dem Wahnsinn Einhalt geboten.
„Das wusste ich nicht.“
„Und das tut mir leid.“ Sam nahm ihn bei der Hand und führte ihn zum Sofa, auf das sie sich beide setzten, Sam ganz dicht neben ihm. „Ich hätte mich selbst nicht zurückhalten sollen, aber ich bin nicht gut darin.“
Zach musste über Sams Frustration lächeln. „Darin? Was? Zu sagen, dass du mich liebst, oder mich zu küssen? Denn das Küssen hast du echt drauf, da werden von mir keine Beschwerden kommen.“
Doch Sam lächelte nicht zurück. „Ich möchte es richtigmachen, weil ich weiß, wie viel dir Worte bedeuten und ich will keine Schei… keinen Mist bauen.“
Mit jedem Wort zog sich Zachs Herz ein bisschen mehr zusammen. Es war unmöglich, Sam mehr zu lieben, als er es in diesem Augenblick tat; die absolute Ehrlichkeit und seine zögerliche Stimme trafen Zach bis ins Mark.
„Ich habe nie gedacht, dass ich eine Chance für die Liebe bekommen würde. Ich habe mich versteckt. Nicht einmal meine Freunde konnten mich dazu zwingen oder davon überzeugen, mich zu ändern.“
„Dieser Bastard hat dich ganz schön fertiggemacht“, sagte Sam, während er seine Hand Zachs Arm hinuntergleiten ließ.
Heißes Verlangen überlief Zachs Haut, sein Körper erwachte aus seinem langen Tiefschlaf, auf dem Weg zu

neuer Blüte. „Doch du hast all das geändert und mir wieder Vertrauen gegeben. Vertrauen nicht nur in dich, dass du mich nicht verletzen würdest, sondern auch in mich selbst als Mann."

Sam packte seine Schulter und Zach starrte in sein ernstes Gesicht.

„Was?"

Bei allen öffentlichen Auftritten hatte Sam sich als zäher und harter Ex-Cop präsentiert, immer achtsam und kontrolliert. Doch das war weit entfernt von dem Mann, den Zach nun vor sich hatte. Die harten Linien auf seiner Stirn glätteten sich und Sams Verletzlichkeit war zum ersten Mal für Zach vollständig zu sehen. Die Enge in seiner Brust kehrte zurück, zusammen mit aufsteigenden Tränen voller Liebe, von einem Ort so tief in ihm, dass Zach sich noch nie mit ihm befasst hatte.

„Sag es mir. Du hast es noch nicht ausgesprochen und du bist nicht der Einzige, der das hier braucht. Ich muss es genauso dringend hören wie du."

Zach glitt mit seiner Hand über Sams Brust und ließ sie über seinem Herzen ruhen. „Ich liebe dich. Ich weiß, das Leben ist kein Film und auch, dass uns nicht immer ein Happy End versprochen werden kann. Doch wir haben jetzt eine Chance, geboren aus den verrücktesten Umständen, zusammen etwas zu kreieren, und ich möchte das festhalten und immer nah bei mir tragen."

„Du liebst mich." Sam bedeckte seine Hand mit seiner eigenen.

„Das tue ich. Und du liebst mich."

Ein Lächeln stahl sich auf Sams Gesicht. „Das tue ich. Ich liebe dich. Ich hatte aufgegeben, darauf zu vertrauen, dass sich das Leben verhalten würde, so wie ich es von ihm erwartete, also habe ich nichts weiter getan. Von dem Moment an, in dem du in dieser Nacht in Atlantic City in mein Leben gestürmt bist, hatte ich keine Kontrolle mehr."
Es war, als würden sie sich gegenseitig geheime Schwüre leisten. Worte mussten nicht länger laut ausgesprochen werden. „Du bringst mich auch dazu, die Kontrolle zu verlieren." Zach hatte sich noch nie so unbekümmert und so frei gefühlt.
Sams Mund fand den seinen und er war weich und heiß, seine Lippen unglaublich zart. Seine Zungenspitze fuhr zwischen Zachs Lippen und Zach öffnete sie instinktiv und gewährte ihr Einlass. Sie war heiß und samtig und erforschte ihn tief und Zach, dessen hartnäckiger Schmerz in seiner Brust stetig zu pochendem Verlangen anwuchs, presste seinen Mund fest gegen Sams und trank von ihm. Die harten Umrisse von Sams Erektion pressten gegen Zachs Oberschenkel und in einer geschmeidigen Bewegung drehte sich Zach, sodass er sich gegen sie rieb, während er nie den Kontakt zu Sams Lippen unterbrach.
Das Vergnügen wuchs an, sie blieben auf dem Sofa und küssten sich, während Zach damit fortfuhr, sich an Sams Schwanz zu reiben, bis dieser sich keuchend losriss, sein Mund feucht und glänzend. „Lass uns im Bett weitermachen. Ich kann hier auf der Couch nicht das mit dir machen, was ich mit dir machen will."
Zachs Beine zitterten so sehr, dass er kaum stehen konnte; er musste sich an Sam lehnen, damit dieser ihn aufrecht

hielt. Sie stolperten ins Schlafzimmer, während sie sich küssten und sich auf dem Weg dorthin ihrer Kleidung entledigten. Als sie das Schlafzimmer erreichten, keuchten sie beide. Sie waren nackt und der Hunger, Sam in sich zu spüren, war kaum noch zu ertragen.

„Beeil dich." Er packte Sams Arm und zog seinen Kopf zu einem weiteren suchenden Kuss zu sich herunter. Sein Schwanz, steif und schmerzend, glitt an Sams Erektion entlang und Zach wimmerte, die exquisite Qual des Lustschmerzes seiner Begierde beinahe zu viel.

Zu seiner Überraschung hatte Sam keine Eile, ihn auf das Bett zu drücken. Stattdessen fuhr Sam damit fort, ihn zu küssen, lange, träge Küsse, die Zach atemlos und zittrig machten. Hunger machte sich in seinem Unterleib breit und er klammerte sich fester an Sam, wollte, dass ihre Körper verschmolzen, bis es unmöglich war, sie wieder voneinander zu trennen.

Sam hob ihn hoch und legte ihn auf das Bett, dann setzte er sich rittlings auf seine Hüften, sein Gesicht immer noch eine unlesbare Maske. Zach blieb bewegungslos liegen, sein Körper schmerzte, sein Herz schlug wild wie die Wellen des Meeres, die gegen die Felsen stießen.

„Was ist los?"

„Nichts. Ich schaue mir an, wie du hier liegst, so verdammt perfekt, und denke, dass du eines Tages aufwachen wirst und dich fragst, wieso du den Fehler begangen hast, dich mit einem abgewrackten Ex-Cop wie mir einzulassen."

Durch die halb offenen Jalousien drangen leuchtende Strahlen des Mondlichts ins Zimmer. Das schwache Licht

bewegte sich etwas und hob die Umrisse von Sams ernstem Gesicht gestochen scharf hervor.
„So einen Menschen sehe ich nicht. Ich sehe nur den Mann, den ich liebe, der mich auffängt, sollte ich fallen, und mich festhält. Ich bin nicht perfekt. Nicht einmal ansatzweise, das ist niemand.“
„Ich will nicht, dass du etwas bereust.“
„Wie könnte ich dich bereuen? Das wäre so, als würde ich den besten Teil von mir verleugnen.“ Zach hob die Hand und fuhr mit seinen Fingern über Sams stoppeligen Kiefer. „Ich liebe dich so sehr, Sam. Wir sind nur für so eine kurze Zeit hier, wir müssen sicherstellen, dass wir die Liebe erkennen, wenn wir sie finden, und nicht darauf warten zu leben und Erinnerungen zu sammeln. Das Einzige, was ich bereuen würde, wäre, meine Erinnerungen nicht zusammen mit dir zu gestalten.“
„Oh, Baby.“ Sam stöhnte und beugte seinen Kopf hinunter. Zach packte ihn bei den Schultern und traf begierig auf seine Lippen, dann öffnete er seinen Mund für Sams tastende Zunge. Sams Schwanz lag warm und schwer auf Zachs Bauch und der Drang Sam in seinen Körper aufzunehmen, entpuppte sich als zu unwiderstehlich, als dass Zach noch länger hätte warten können.
„Jetzt.“ Mehr musste zwischen ihnen nicht gesagt werden. Er lehnte sich zurück und öffnete seine Beine, bot sich selbst Sam dar. Nachdem er sich selbst sowohl mit Kondom als auch Gleitgel vorbereitet hatte, positionierte sich Sam und stieß in ihn hinein.
„Gott“, entfuhr es Sam, als er Zentimeter um Zentimeter in ihn eindrang. „So verdammt perfekt.“

Zach zuckte bei dem anfänglichen Schmerz kurz zusammen. Doch dann stemmte er sich Sam entgegen und atmete aus, er akzeptierte Sam, zog ihn tief in seinen Körper. Als er aufblickte, sah er das Spiel der Emotionen auf Sams Gesicht, die Kraft seines zusammengepressten Kiefers, das Muskelspiel in seinen Schultern, und eine Woge der Lust erfasste Zach. Er bewegte sich unter Sam, zwang ihn noch tiefer in seinen Körper und umklammerte dabei fest seinen Schwanz.

Ein dunkles Grollen entfuhr Sam. „Herr im Himmel, du bringst mich um."

Zach fühlte das Pulsieren und die Gier in seinem eigenen Körper und brannte darauf, Sam noch härter, noch tiefer zu spüren. Er packte Sams Oberschenkel, spornte ihn an, presste sich seinen Stößen entgegen und verschränkte seine Fersen hinter Sams Rücken.

„Härter … da", flüsterte Zach, als Sam den Winkel seiner Stöße änderte und damit seine Prostata traf. Elektrische Funken flogen Zachs Wirbelsäule hinauf und hinab. Ein Beben erfasste ihn tief in seinem Inneren und Zach kämpfte dagegen an. Er wollte den wilden Orgasmus, der sich in ihm bildete, noch etwas aufschieben.

Sie bewegten sich in einem eigenen Rhythmus, während Zach immer schwächer wurde durch den Kampf, sich selbst noch etwas zurückzunehmen. Doch es war nicht aufzuhalten – Zachs Orgasmus war wie ein brechender Damm und Feuerräder weißen Lichts wirbelten vor seinen Augen. Das hier war eine Flutwelle, in der er gerne ertrinken würde und während er in die weiche, einladende Dunkelheit sank, dachte er an die französische Redensart

petite mort – „der kleine Tod“ – und wusste, dass sie wahr war.
Er schloss seine Augen und ergab sich.
Zu zerschlagen, um sich zu bewegen, erkannte Zach dennoch genau den Zeitpunkt, als Sam den Punkt erreichte, an dem es kein Zurück mehr gab. Die eindrucksvollen Muskeln auf Sams Rücken zuckten und sein Körper versteifte sich, sein Schwanz pulsierte heftig und ergoss sich heiß und schwer in das Kondom.
Keuchend lagen sie da, aneinandergeschmiegt, Zachs Gesicht gegen Sams Hals gepresst, seine Lippen schmeckten das Salz von Sams Schweiß auf der überraschend glatten Haut seiner Schulter. Keiner von ihnen rührte sich, nicht, nachdem sich ihre Atmung wieder normalisiert hatte und auch nicht, als ihre Herzen ihren gewohnten Rhythmus wieder aufgenommen hatten. Sie waren sich beide der schweren Reise bewusst, die sie unternommen hatten, um diesen Moment zu erreichen, und beide weigerten sich, einander loszulassen.
Sam hob den Kopf, ein träges Lächeln umspielte seine Lippen. „Hey.“ Ohne auf eine Antwort von Zach zu warten, küsste er ihn. Seine Lippen geisterten über die von Zach, sanft und weich; es bestand keine Notwendigkeit für aufeinander krachende Zähne oder forschende Zungen. Dies war ein Kuss voller Zärtlichkeit und Liebe. Ein Kuss, der frühe Vormittage und späte Abende versprach. Ein Kuss für die Ewigkeit.
All die Jahre war er zu Hause geblieben, hatte die oberflächlichen Clubs und bedeutungslosen Partys gemieden, zu denen ihn seine Freunde eingeladen hatten. Es waren

Momente wie dieser, von denen Zach wusste, dass er sie wollte und sich erhofft hatte; einen Mann für immer und eine Liebe für immer. Er hatte sich jemanden vorgestellt, der seine Träume von Familie und Zusammensein teilte. Die vergangenen Monate Julian dabei zu beobachten – den Zach immer für so kühl und zurückgezogen gehalten hatte – wie er Nick fand und sich wieder in ihn verliebte, hatten bewiesen, dass es möglich war.

Jetzt Sam hier in seinen Armen zu haben, der ihm seine Liebe zuflüsterte, hatte Zach das Vertrauen in sich selbst und seine Träume voller Glückseligkeit zurückgegeben. Vielleicht geschah alles im Leben doch aus einem Grund und er war dazu bestimmt gewesen, den schwierigen Pfaden mit Nathan zu folgen, um stärker und belastbarer daraus hervorzugehen.

Er zuckte zusammen, als Sam sich zurückzog, rollte sich auf die Seite und genoss den angenehmen Schmerz. Sam kam mit einem Handtuch aus dem Bad zurück und setzte sich wieder zu ihm auf das Bett. Zach liebte die liebevollen Bewegungen von Sams Händen auf seinem Körper. Es hatte etwas für sich, verhätschelt und gestreichelt zu werden, dachte sich Zach, während er die Linien von Sams breiten Schultern und Brust bewunderte.

„Danke." Zach küsste Sam, streckte sich neben ihm aus und überlegte, wie schön es wäre, sein Bett jede Nacht zu teilen.

„Du bleibst heute Nacht hier."

Weniger eine Frage als eine Forderung. Zach grinste, und in dem Wissen, dass Sam sein Gesicht nicht sehen konnte, beschloss er ihn zu ärgern.

„Du bist ziemlich herrisch. Ein Mann zieht es vor, gefragt zu werden, weißt du?“
Offensichtlich hatte Sam den Witz nicht verstanden, er rollte sich auf Zach, seine Augen dunkel. „Du gehörst mir und damit hierhin. Ende der Geschichte.“
„Ja“, sagte Zach und umfasste Sams Nacken, um ihn für einen Kuss heranzuziehen. „Ich gehöre dir.“

KAPITEL ZWEIUNDZWANZIG

Er wollte Zach umbringen. Sam sah über den Tisch, sah das breite Lächeln und die hoffnungsvollen Augen seines Liebhabers und bedauerte es, dass sie kurz vor ihrem ersten Streit standen. Wenn man bedachte, dass sie den letzten Monat beinahe unzertrennlich gewesen waren, musste es so kommen, doch Sam hasste es, Zach unglücklich zu sehen. Diesmal jedoch konnte er es nicht vermeiden.

Jetzt, da er darüber nachdachte, war Zach nicht so harmlos, wie er Sam glauben machen wollte. Er hatte vermutlich Sams Reaktion auf die Neuigkeiten, die er gerade verkündet hatte, richtig eingeschätzt und ihn deswegen darum gebeten, sich mit ihm in der Bäckerei Caruso's zu treffen, anstatt in Sams Apartment. Zach hatte sicher vermutet, hier würde er nicht die Beherrschung verlieren und wie ein wütender Elefant herumposaunen. Oder Dinge werfen.

„Du hast was gemacht? Ich weiß, dass ich dich missverstanden haben muss."

Zach nippte an seinem Cappuccino und leckte sich den Schaum von der Oberlippe. Normalerweise würde Sam es genießen, das für ihn zu übernehmen, doch gerade war er zu wütend.

„Ich habe deine Mutter unten in Florida angerufen. Es schien mir nicht richtig, dass du seit Monaten nicht mit ihr gesprochen hast, wo du dich doch so gut mit meiner Mutter verstehst."

Einatmen, ausatmen. Der warme Duft von Mandeln, gerösteten Kaffee und Vanille hätten ihn beruhigen sollen. Mittlerweile hatte er ein paar Cannoli und einen Espresso verputzt, doch sein Appetit, sogar der für seine Lieblingsleckereien, hatte ihn verlassen, was zeigte, wie aufgebracht er wirklich war.

Das Lustige daran war, dass er Cheryl wirklich mochte. Nachdem sie gesehen hatte, wie viel Zach Sam wirklich bedeutete, hatte sie selbst angefangen, vorsichtige Schritte zu unternehmen, wieder hinaus in die Welt zu gehen und Bekanntschaften mit den anderen Freiwilligen im Seniorencenter aufzubauen. Mit leichtem Zuspruch, daran hatte Sam keinen Zweifel, würde sie bald wieder ein reichhaltiges Leben führen – eines, das sich nicht mehr nur um Zach drehte.

Doch Cheryl Cohen war nicht Barbara Stein. Seine Mutter hatte sich nie einen Dreck um jemand anderen geschert als um sich selbst. Eines Nachts hatte er gegenüber Zach erwähnt, dass sie in Florida lebte und dass sie sich ziemlich entfremdet hatten. Er lachte bitter in sich hinein. Ja, genau, entfremdet. Vielmehr wusste sie gerade so, dass sie einen Sohn hatte. Er hätte in seinen wildesten Träumen nie damit gerechnet, dass Zach es nicht nur auf sich nehmen würde, seine Mutter anzurufen und mit ihr zu sprechen, sondern sie auch auf seine Kosten nach New York einfliegen lassen und arrangieren würde, dass sie redeten.

„Ich habe dich so oft darum gebeten sie anzurufen, aber das hast du nie getan, also habe ich mir gedacht, ich könnte helfen."

„Hast du denn nicht einmal darüber nachgedacht", sagte Sam, der mühsam versuchte sich zusammenzureißen, damit er nicht im Gefängnis landete, weil er seinen Liebhaber

getötet und die Bäckerei zerstört hatte, „dass es eventuell einen Grund geben könnte, warum ich nicht mit ihr rede?“
Das Konzept einer nicht intakten Familie war Zach, der immer gewusst hatte, dass seine Mutter und sein Vater ihn liebten, fremd.
Das liebenswerte Lächeln auf Zachs Gesicht erstarb. „Nun, ich habe irgendwie gedacht –“
„Nein“, sagte Sam und schüttelte den Kopf. „Du hast nicht nachgedacht. Lass mich dir eine Frage stellen. Hast du dich ihr gegenüber als mein fester Freund vorgestellt? Gesagt, du wärst mein Liebhaber?“
„Ähm, ich sagte, ich wäre ein enger Freund.“ Er runzelte in Gedanken vertieft die Stirn. „Sie hat mich eigentlich gar nichts gefragt.“
Das war nicht weiter überraschend. Sie hatte vermutlich aufgehört zuzuhören, nachdem Zach die magischen Worte „auf meine Kosten“ ausgesprochen hatte.
„Versuchst du, mir damit etwas zu sagen? Wie zum Beispiel, dass du deiner Mutter nie gesagt hast, dass du schwul bist?“ Hinter seiner Brille blinzelten Zachs blaue Augen Sam ungläubig an.
Wäre er nicht so sauer auf Zach, würde er ihn küssen, weil er so hinreißend fassungslos aussah.
Genau in diesem Moment bimmelte die Klingel über der Tür und Sam vernahm eine vertraute Stimme hinter sich.
„Siehst du, ich habe dir doch gesagt, er ist hier. Sammy, wo zur Hölle hast du dich die ganze Zeit versteckt?“
Henry umrundete den Tisch, um sich vor Sam und Zach zu stellen, seinen Arm um seine Frau gelegt. Sonnenlicht glitzerte in Heathers langen roten Haaren und vergoldete die

Sommersprossen, die ihr Gesicht sprenkelten. Ihre blauen Augen leuchteten vor Neugierde.

„Sam Stein. Du hast uns seit über einem Monat nicht angerufen oder besucht, und jetzt sehe ich, warum." Ihr intelligenter Blick wanderte von Sam zu Zach. „Hi, ich bin Heather, Henrys Frau."

„Äh, hi, ich bin Zach, Zach Cohen."

Sam liebte Heather und wollte schon längst angerufen und Zach mit seinen besten Freunden bekannt gemacht haben, aber die Zeit war davongerannt. Zeit, die er mit Zach verbracht hatte – mit Liebe machen, Strandspaziergängen oder damit, ihm zu zeigen, wie man einen Drachen steigen ließ. Sam hoffte, Zach würde sich nicht wieder in sein Schneckenhaus verkriechen, aus dem er erst vor Kurzem hervorgekommen war. Er wollte, dass sein Liebhaber und seine Freunde miteinander auskamen.

Sam hätte sich keine Sorgen machen müssen, denn Heather war der herzlichste Mensch, den er je getroffen hatte. Henry brachte zwei weitere Stühle heran, und innerhalb von Minuten lachten sie alle über ihre verrückten Geschichten von ihrer Arbeit in der Zahnarztpraxis.

„Ich habe ihr gesagt: Babe, die einzigen Löcher, um die du dir bei mir Sorgen machen musst, sind meine." Er zwinkerte ihnen zu. „Und ich revanchiere mich dafür jede Nacht."

„Oh Gott, Henry, du bist wirklich schrecklich." Heather knuffte ihn in die Schulter. „Jetzt wird Zach denken, wir wären wie Sexteufel."

Das unbefangene Geplänkel zwischen ihnen stellte Sams gute Laune wieder her. Dann hatte Zach also mit seiner

Mutter gesprochen, na und? Das bedeutete nicht, dass sie heute Abend in einen Flieger steigen würde. Wenn man bedachte, dass es mehr als ein Jahr her war, seitdem er sie gesehen hatte, war die Wahrscheinlichkeit, dass sie ihn sofort sehen wollte, gering.

Er entspannte sich und zog Zachs Hand in seinen Schoß, spielte mit seinen Fingern. Zach warf ihm ein Lächeln zu.

Henry saß da, den Arm um die Lehne von Heathers Stuhl gelegt und spielte mit einer sich kräuselnden Strähne ihres Haares. Mrs. Caruso wuselte herbei und gab ihnen beiden einen Kuss auf die Wange.

„Ah, mein Lieblingspärchen. Seht ihr? Ich habe dir den Cappuccino und die Früchtekuchen gebracht, die du so sehr magst. Und für dich, mein wunderschönes Mädchen, habe ich das Tiramisu, das du liebst, ist ganz frisch."

Sie stellte die Teller vor ihnen auf den Tisch und kam kurz darauf mit Gabeln und dem Kaffee zurück. Dann trat sie einen Schritt von dem Tisch zurück und betrachtete sie alle vier mit einem zufriedenen Gesichtsausdruck.

„Das sehe ich gerne, meine zwei gutaussehenden Jungs und mein hinreißendes Pärchen, das mir hoffentlich eines Tages, sollte ich so lange leben, ein Baby bringen wird." Ohne auf eine Antwort zu warten, verschwand sie zurück hinter den Tresen.

„Sie hört niemals auf, oder?", fragte Henry und nahm die Gabel, um sie in Heathers Tiramisu zu tauchen. „Hier, Babe." Er bot Heather den Kuchen dar.

Wenn Sam etwas an Henry liebte, dann war es, dass er nichts auf die Meinung anderer Leute gab. Als Sam sich als schwul outete, hatte Henry nicht einmal geblinzelt und ihn nie irgendwie anders behandelt. In dem Augenblick, als er Heather im Collage kennenlernte, hatte er sich in sie verliebt und als er sie Sam das erste Mal vorgestellt hatte, wusste Sam auch, wieso. Ihr wunderschönes Gesicht wurde nur noch durch die Reinheit ihres Herzens übertroffen. Henry war es gleich, dass sie keine Größe 34 trug; er liebte jede Kurve ihres Körpers. Wäre Sam nicht schwul, würde er eine Frau wie Heather wollen.

„Gehst du nicht mehr zu deinem Lifestyle-Coach, Sam?" Sie leckte genüsslich die Vanillesauce von ihrer Gabel.

Abgesehen davon.

„Mir geht es gut. Kein blockiertes Chi mehr."

Henry schnaubte. „Ich würde wetten, dass nichts mehr blockiert wird."

Henry biss in seinen Früchtekuchen und kaute mit Genuss, unfähig, sich ein dämliches Grinsen zu verkneifen.

„Halt den Mund, Henry."

Ein leises schnaubendes Lachen kam aus Zachs Richtung und Sam stupste seinen Oberschenkel an. „Was? Du auch? Du solltest eigentlich auf meiner Seite stehen."

„Bin ich ja." Zach biss sich auf die Lippe, doch Sam sah die Anstrengung, mit der er versuchte sein Lachen unter Kontrolle zu halten. „Das erinnert mich an Marcus, Julian und mich beim Frühstück. Marcus, der immer versucht, Julian aufzuziehen, und Juli, der ihm sagt, er solle die Klappe halten." Ein wehmütiger Ausdruck huschte Zach über das Gesicht. „Ich vermisse sie. Wir hatten lange keine Gelegenheit mehr, uns zu treffen."

„Julian und Nick sind damit beschäftigt, ihre Hochzeit zu planen. Ich bin mir sicher, sobald sich alles beruhigt, werden die Dinge wieder normal.“ Er stieß mit seinem Knie Zachs an und erwiderte Zachs dankbares Lächeln voller Verständnis.

„Ich weiß, du hast recht. Und das gibt uns die Gelegenheit, den Besuch deiner Mutter vorzubereiten.“

„Was?“, würgte Henry hervor. „Barbara kommt nach New York?“ Er nahm hastig einen Schluck Cappuccino. „Wann? Reserviert mir einen Ringplatz. Das darf ich nicht verpassen.“

Tod durch Cannoli. Hörte sich nach dem perfekten Namen für ein mörderisches Mysterium an, obwohl es kein Mysterium wäre, wer Henry töten würde. Sobald er seine Story erzählt hätte, würde ihn keine Jury mehr verurteilen, da war sich Sam sicher.

Es war unmöglich, auch nur ein Lächeln vorzutäuschen, ohne wie der Tod persönlich auszusehen. „Zach hat sie eingeladen. Ich hatte davon keine Ahnung.“ All sein vorheriges Wohlwollen löste sich auf. Er hatte nicht länger die Zuversicht, seine Mutter eher später als früher zu sehen. „Wann kommt sie an? Bitte sag nicht heute Abend.“ Er brauchte mindestens eine Woche, um sich darauf vorzubereiten.

Henry und Heather saßen ihnen gegenüber, ihre Blicke flackerten zwischen ihm und Zach hin und her.

„Nein, natürlich nicht.“

Gott sei Dank.

„Morgen Abend.“

„Ich will sterben.“

***

„Ich weiß nicht, wieso du dir solche Sorgen machst. Alles wird gut werden."

Sie hatten den ganzen Morgen damit verbracht, sein Apartment in Vorbereitung für den Besuch seiner Mutter zu putzen, und Sam war mürrisch und müde. Alles, was er wollte, war ein Bier, das Sofa und Zach.

Man musste Zach zugutehalten, dass er sich um alles gekümmert hatte. Er hatte alle mysteriösen Gegenstände entsorgt, die sich im Kühlschrank eingenistet hatten und das Badezimmer sauber geschrubbt. Sie waren in die Stadt gefahren und hatten neue Bezüge und eine Decke für das Bett und neue Handtücher gekauft.

Das hatte er tun wollen, seitdem Andy gegangen war. Doch er hatte sich nicht die Mühe gemacht, da Hausdinge für ihn nicht von Belang waren. Zu viele Nächte in der Vergangenheit war er auf der Couch eingeschlafen, während er geschaut hatte, was auch immer er als ansatzweise interessant empfand. Er hasste es ohnehin, alleine zu schlafen.

Doch er verstand Zachs Unbehagen, in einem Bett aufzuwachen, das Sam mit einem anderen Mann geteilt hatte, sich mit Handtüchern abzutrocknen, die dieser Mann benutzt hatte. Obwohl er keine Bindung zu solchen Dingen aufbaute, wusste er, dass Zach bei so etwas sensibler war.

Und Sam entdeckte, dass er es mochte mit Zach zu shoppen. Er warf die Gegenstände nicht einfach in den Einkaufskorb, sondern nahm sich Zeit, um über Dinge wie Farben und Texturen nachzudenken und Sam nach seiner Meinung zu der Weichheit der Bettbezüge zu fragen. Es wirkte, als würden sie ein neues Leben beginnen – zusammen.

Und auch das mochte Sam.
Das Flugzeug seiner Mutter würde nicht vor neun Uhr an diesem Abend landen, und Zach hatte ein Auto bestellt, das sie vom Flughafen abholte. Sie fuhren zurück nach Hause, der Kofferraum des Taxis vollgestopft mit ihren Taschen und Sam schleppte einige von ihnen hinein, während Zach den Fahrer bezahlte. Beladen mit den übrigen Taschen, stapfte Zach die Stufen hoch und folgte ihm ins Apartment. Sie standen im schmalen Eingangsbereich, umgeben von einem berghohen Haufen an Taschen.
„Verdammt, wir haben eine Menge Zeug gekauft."
„Du hast viel Zeug gebraucht", sagte Zach, als er die erste Tasche öffnete und ein Set Geschirrspültücher herausnahm. „Deine Wohnung ist nicht nur seit Ewigkeiten nicht geputzt worden, du hast auch keine einzige Gabel und keinen einzigen Löffel, die zusammenpassen." Er öffnete eine Schachtel mit Besteck. „Jetzt können wir wie Erwachsene essen, nicht wie Verbindungsstudenten, die alle ihre Utensilien von einem Fast-Food-Restaurant gestohlen haben."
„Hey", sagte Sam, der den Anblick von Zach, der seine Küche einrichtete, genoss. „Es ist ja nicht so, als hätte ich Dinner-Partys gegeben oder so. Es gab nur mich."
„Nun, jetzt gibt es uns." Zach kam zu ihm zurück, um ihn zu küssen, und Sam drückte ihn fest an sich und vertiefte den Kuss. Zach vergrub sich regelrecht in ihm und Sam führte ihn rückwärts, bis Zachs Rücken flach gegen die Wand gedrückt wurde.
„Uns, wie?"
„Ja, uns. Dich und mich, richtig?"

Wahrheit brannte in Zachs Augen. Das war nicht mehr derselbe Mann, den Sam vor all diesen Monaten zum Sommeranfang in Atlantic City kennengelernt hatte. Damals hatte ein Schleier der Unsicherheit verbunden mit akuter Schwermut über Zach gehangen. Er hatte ausgesehen wie ein Mann, den das Leben stark gebeutelt hatte.
Doch jetzt leuchteten die blauen Augen, die Sam von Anfang an so in ihren Bann gezogen hatten, hell und schienen in einem optimistischen inneren Licht. Und Sam erinnerte sich an noch etwas.
„Richtig. Und weißt du, was noch?“ Sam rieb seinen Schritt über den von Zach und wurde mit einem Lächeln belohnt, das seine schmutzigsten Fantasien ansprach.
„Was?“
„Ich will dich immer noch an diese Wand pressen und nehmen, während du nur diese Brille und dieses Lächeln trägst.“
„Dann tu es.“
Schockiert starrte Sam Zach an, der verträumte Ausdruck in seinen Augen war ersetzt worden durch einen, der von wachsendem Hunger sprach. Sams Körper wurde hart als Reaktion darauf.
„Ja?“ Seine Stimme kratzte in seinem Hals.
Ohne zu antworten zog Zach sich das T-Shirt über den Kopf und seine Hosen hinunter. Sein Schwanz sprang hervor, bereits hart, und Sam erkannte die Röte der Lust, die über Zachs Brust kroch.
„Ja.“
Das musste Sam nicht zweimal hören. Er trat die Einkaufstaschen beiseite und kniete sich vor Zach, während er an an

den Hüften packte. Die Haut unter seinen Fingern war so glatt und perfekt, um berührt, geküsst … geleckt zu werden. Sam presste seinen Mund gegen Zachs Hüftknochen und inhalierte seinen Geruch.

„Mach schon“, sagte Zach und schob sein Becken vor.

Als Zach schaudernd die Luft einsog, sah Sam nach oben und war völlig fasziniert: Zachs Augen waren geschlossen, sein Kopf zurückgeworfen, das schwarze Brillengestell leicht verrutscht. Sein Mund war ein wenig geöffnet und sein Atem kam in kurzen Stößen.

Jesus. Sam hatte ihn kaum berührt und doch sah Zach so aus, als wäre er bereit zu explodieren. Und Sams Fantasie änderte sich. Er wollte Zach nicht gegen die Wand gedrückt in einem harten und hastigen Fick nehmen. Er hatte andere Pläne.

„Hey.“

Zach öffnete die Augen, seine Lider schwer vor Lust.

„Schlafzimmer.“

Ohne seine Hand von Zachs Hüfte zu nehmen, stand Sam auf und zog ihn nah an sich, dann gingen sie ins Schlafzimmer. Auf dem Weg dorthin schnappte sich Sam eine Tasche mit Bettbezügen und einem kleinen Überwurf aus künstlichem Schafsfell, den sie gekauft hatten, um ihn im Winter auf den Holzboden zu legen.

Bevor sie an diesem Morgen das Apartment verlassen hatten, hatte Zach das Bett abgezogen, sodass außer der nackten Matratze und einem Matratzenschoner nichts mehr übriggeblieben war. Sam warf den kleinen Fellteppich auf die Matratze und schob Zach darauf. Da lag er nun, wartend, die Begierde offensichtlich, durch seinen geöffneten

Mund, die erhitzte Haut und den keuchenden Atem. Sam hatte sich noch nie so begehrt gefühlt; noch nie hatte jemand so nach ihm *gehungert*. Er zog sich aus und gesellte sich zu Zach.

Zu seiner Überraschung rollte Zach sich herum und sah ihn an. Ihre Schwänze stießen aneinander und Sam presste sich gegen Zach, als sie sich küssten. Der Geschmack von Zachs Mund, der ihn süchtig machte, intensivierte das Verlangen tief in Sam nach stärkerer Intimität.

Er fuhr damit fort, sich Zachs Hals hinunter zu küssen, die empfindliche Haut seines Nackens entlang zu lecken und an ihr zu saugen. Zach rutschte unruhig hin und her, während er seine Hände nach unten führte, um sich selbst zu berühren, doch Sam schlug seine Hände weg.

„Nein."

Zach hörte auf, sich zu bewegen. „Fass mich an." Verzweiflung spiegelte sich in seiner Stimme wider.

Sam sah auf Zach hinunter, der ausgestreckt unter ihm lag, und konnte sich nicht länger zurückhalten. Er beugte sich nach unten und nahm Zachs angespannten Schwanz in den Mund, bis hin zum Ansatz.

Langsam begann er, sich nach oben zu arbeiten, ließ seine Zunge um die dicke Spitze gleiten und schnalzte gegen die Unterseite, während er ein gleichmäßiges Pumpen mit seiner Hand aufrechterhielt.

Der erdige Geschmack von Zach berauschte ihn und er fuhr damit fort zu saugen und Zachs Keuchen und Stöhnen zu lauschen. Sam liebte diese kleinen, verzweifelten Geräusche, liebte es, derjenige zu sein, der Zach in den Wahnsinn trieb, und es spornte ihn weiter an. Er griff nach Zachs Eiern, umschloss sie, rollte sie in seiner Handfläche und drückte sie sachte. Als Zach scharf einatmete, glitt Sam mit seinen Fingern hinter Zachs Eier und fuhr über die Spalte von Zachs Hintern.

„Mehr …“ Zach stöhnte und warf den Kopf auf dem Bett hin und her. „Bitte.“

Während sein Mund immer noch mit Zachs Penis beschäftigt war, spielte Sam am Rand von Zachs Eingang. Seine Fingerspitze glitt nur bis kurz hinter die Öffnung hinein, dann zog er ihn wieder zurück. Die erste Kostprobe von Zachs Lust landeten auf seiner Zunge und Sam saugte hart, während er gleichzeitig seinen Finger in Zach hineinstieß.

„Oh Gott.“ Ein Beben erfasste Zachs Körper, sein rauer Aufschrei hallte im Zimmer wider, während er kam und Ströme von Ejakulat Sams Hals hinunterschickte. Das war Sams liebster Moment: wenn er die heiße, salzige Essenz von Zach, die seinen Mund füllte, hinunterschluckte, während er seinen bebenden Körper fest an sich drückte. Er wartete, bis Zachs Schwanz sich in seinem Mund beruhigt hatte, bevor er ihn entließ und nach oben kroch, um sich neben ihn zu legen.

Der Akt, Zach Vergnügen zu bereiten, war zu einer süchtig machenden Begierde geworden, doch es waren die Nachwirkungen, die Sam liebte.

Diese Nähe, die intimen Berührungen ihrer Lippen und Körper, brachte ihm Frieden. Er vergrub seine Lippen in Zachs feuchten Locken und seufzte voller Zufriedenheit.

Seine Augen immer noch geschlossen, lag Zach entspannt neben ihm, seine Lippen zu einem Lächeln verzogen. „Das war unglaublich.“ Er öffnete die Augen. „Komm näher.“

Überrascht rollte sich Sam näher an ihn heran und passte sich Zachs Körper an, während seine Hand über Zachs Gesicht glitt, um seinen Kiefer zu umfangen. Er zog ihn an sich und küsste ihn.

„Hmm“, brummte Zach in seinen Mund, schlang dann seine Arme um Sams Nacken und warf sein Bein über Sams Hüfte, sodass sich ihre Becken gegeneinander wiegten.

Es geschah nicht oft, dass Zach während des Sex die Führung übernahm, doch Sam genoss seine aggressivere Seite. Er wollte Zach wieder in sich spüren.

„Dreh dich um.“

„Was?“ Er blinzelte, als er versuchte, Zachs Gesicht zu lesen und die Gedanken hinter dem leicht amüsierten und doch gefährlichen Grinsen.

„Ich sagte, dreh dich um.“ Zach gab seiner Schulter einen Schubs und küsste seinen Mundwinkel. „Vertraust du mir nicht?“

Mit seinem Leben. „Natürlich vertraue ich dir. Das weißt du.“

Zach hob seine Augenbrauen und blieb stumm, bis Sam gehorchte. Die weiche Oberfläche des Teppichs strich gegen seinen Schwanz, warm und sinnlich, und Sam umfasste sich selbst, stieß in seine Faust. Mit jedem Pumpen drückte er seine Schwanzspitze, während er beim Aufwärtsstreichen seinen Schwanz leicht verdrehte.

Zachs warme Hände strichen seinen Rücken hinauf, gefolgt von seinen noch wärmeren Lippen. Es fühlte sich so gut an, berührt zu werden. Sam hatte vor langer Zeit die Hoffnung aufgegeben, geliebt zu werden. Nachdem er lange von dem Betrug und dem Schmerz seiner Vergangenheit begraben worden war, schmeckte Sam nun etwas Neues und Angsteinflößendes. Etwas, das sein *Für Immer* werden konnte, falls er sich dazu entschloss, das Geschenk zu akzeptieren.

Vergebung. Hoffnung. Liebe.

Er verharrte, die Wange gegen das weiche Schafsfell gedrückt und verlor sich in Zachs heilender Berührung.

„Hör nicht auf, berühr dich weiter." Die Wärme von Zachs Atem strich über seine Schulter. Kleine Feuerzungen leckten unter Sams Hautoberfläche, als Zachs Küsse sich von seinem Rückenansatz seinen Rücken hinunterbewegten, bis sie seinen Arsch erreichten.

Sam fing wieder an, sich selbst zu streicheln. Er schloss die Augen, stellte sich vor, Zachs Mund würde an ihm saugen, als er spürte, wie Zach zuerst einen Kuss auf seine rechte, dann auf seine linke Backe presste. Beim ersten Lecken von Zachs feuchter, warmer Zunge über den Ansatz seiner Pofalte stockte Sam der Atem in der Brust.

„Was zum –?" Er griff nach hinten, um Zach zu packen, doch er verfehlte ihn.

„Still." Eine weitere Bewegung von Zachs Zunge, diesmal über seinen Arsch und dann fuhr Zach mit einem Finger die Spalte entlang, ließ ihn zwischen die Rundungen von Sams Hintern gleiten und fand sein Loch.

Jedes Nervenende in Sams Körper leuchtete auf, alle Gedanken, bis auf den, dass Zach ihn wieder berührte, genau dort, *jetzt sofort*, verflüchtigten sich. Er rutschte ein Stück zurück und spreizte seine Beine weiter, in seinem Kopf ein dunkler Strudel des Verlangens.

„Zach." Seine Stimme krächzte heiser, doch Sam kümmerte es nicht, wie verzweifelt und bedürftig er sich anhörte. Falls Zach ihn nicht schnell – sofort – wieder berührte, würden die Dinge ungemütlich werden.
„Hmm, gefällt dir das?" Zachs Fingerspitze berührte sein Loch, dann umkreiste sie dessen Kranz. „Was ist hiermit?" Seine Fingerspitze glitt so gerade in ihn hinein und neckte Sam.
Feuer durchjagte ihn erneut und Sam hätte beinahe gewimmert. Die Gier, berührt zu werden, durchdrang ihn und durchweichte ihn bis hin zum Kern seiner Seele.
„Hör nicht auf", flehte er, ohne sich für seine Bettelei, seine bedürftigen Bitten zu schämen. „Bitte."
Dann war Zachs Mund überall, seine Zähne zwickten seinen Hintern, seine Lippen küssten den Schmerz weg und besänftigten die Haut. Zachs raue, stoppelige Wange schabte auf herrliche Weise über Sams Haut und steigerte das Vergnügen und den Schmerz. Mit fester Hand knetete Zach Sams Hintern, dann spreizte er ihn weit und wechselte zwischen festen Strichen über seine Öffnung und schonungslosen Stößen seiner Zunge in Sams Loch hinein, was ein Knistern von weißglühender Elektrizität in den Teil von Sams Gehirn schoss, der bisher noch funktioniert hatte.
„Fick mich. Gott verdammt." Sams Fluchen stieg exponentiell mit jedem neckenden Lecken. „Genau da, shit …!" Er sehnte sich nach der Reibung, also hob sich Sam den feuchten Stößen von Zachs sündhafter Zunge entgegen, seine empfänglichen Nervenenden von jedem Stoß mehr unter Strom gesetzt. Sam war machtlos gegen die wach-

sende Welle der Leidenschaft, die durch ihn hindurch raste. Er wand sich unter der erbarmungslosen, schockierenden Attacke von Zachs Mund.

Viele Jahre lang hatte er ohne diese Art von Leidenschaft gelebt, hatte sich mit einem Leben voller unentdeckter Möglichkeiten zufriedengegeben. Zachs stürmische, liebevolle Berührungen verbrannten die von allen vorangegangenen Liebhabern; alles zuvor war Sex lediglich um des Höhepunkts willen gewesen. Was er mit Zach hatte – Sex als eine Erweiterung der Liebe, die sie teilten – machte aus jeder Berührung eine Erinnerung und jeden Kuss zu einer Lebenslinie zu seinem Herzen.

Ein goldener Schleier legte sich wie ein Vorhang vor seine Augen, der alles in seinem Blickfeld zum Schimmern brachte. Sein Körper zog sich zusammen und in seinem Kopf drehte sich alles in schwindelerregenden Kreisen. Sam stockte der Atem, dann ließ er sich selbst fliegen.

Die Macht seines Orgasmus erschütterte ihn, dann kam er, heiße Ströme in seine Hand und auf den flauschigen neuen Teppich vergießend. Seine freie Hand tastete auf der Suche nach Halt auf der Matratze umher und es wurde ihm undeutlich bewusst, dass Zach ihn in einer Umarmung umfing und ihn festhielt. Feuchtigkeit tropfte ihm von den Wangen.

„Ich liebe dich.“ Zachs Lippen schwebten über seinem Ohr, sein Körper ein warmes und tröstendes Gewicht auf ihm.

„Ich liebe dich auch.“

„Es tut mir leid, dass ich nicht mit dir gesprochen habe, bevor ich mit deiner Mutter geredet habe“, flüsterte Zach.

Sam lächelte in den Teppich hinein. „Also dachtest du, du machst es wieder gut, indem du mich um den Verstand bringst, hm?“ Er verschränkte seine Finger fest mit Zachs.
Zach murmelte gegen seine Schulter gedrückt: „Der Gedanke war mir gekommen, ja.“ Sam konnte das Lachen in seiner Stimme hören und wollte, dass Zach jeden Tag glücklich war. Wenn dafür der Besuch seiner Mutter vonnöten war, würde er ihr jedes verdammte Wochenende ein Flugticket kaufen.
Er drehte sich, hielt Zach aber weiter an sich gedrückt. „Mit heißem Sex wird dir jedes Mal vergeben werden.“ Sam folgte mit den Fingern Zachs Rückgrat und fuhr über jeden einzelnen Wirbel. Der Sex war anders, nicht so, wie Andy ihn benutzt hatte. Zwischen ihm und Zach ging es um Geben und Nehmen. Er wusste, das, was er in den Armen hielt, war sein *Für Immer*. Zach würde ihn nie hintergehen.
„Du bist so eine leichte Beute.“ Zach fuhr mit seiner Nase über Sams Nacken. „Ich wette, wenn ich ein halbes Dutzend Cannoli dazu packen würde, wärst du mein Sklave.“
Er drückte Zachs Hintern, dann gab er ihm einen Klaps und musste über Zachs entrüsteten Aufschrei lachen. „Warum versuchst du nicht, es herauszufinden?“
Ein schneller Seitenblick auf die Uhr auf dem Nachttisch verriet ihm die Zeit – sieben Uhr dreißig. Shit. Seine Mutter würde in etwas mehr als einer Stunde landen und sein Apartment war immer noch ein einziges Chaos. Und er musste noch duschen, auch wenn er es mochte, wenn ihm Zachs Duft überall anhaftete.
Verdammt. Ihn hatte es ganz schön erwischt.

Er strich über den leicht geröteten Fleck auf Zachs Hintern, wo sein Klaps gelandet war. „Ich verspreche, die Stelle zu küssen und es wiedergutzumachen. Lass uns duschen gehen, meine Mutter wird schneller hier sein, als wir denken."

Zach krabbelte aus dem Bett und machte sich auf den Weg in Richtung Badezimmer. „Ja dann, komm schon, alter Mann."

Alter Mann? „Wen nennst du hier alt?" Er sprang aus dem Bett und rannte einem lachenden Zach hinterher, der ihm die Tür vor der Nase zuschlug.

Sam stemmte sie auf und stellte fest, dass Zach schon das Wasser angestellt hatte und gerade dabei war, in die Duschkabine zu steigen. Er reckte sein Gesicht dem Wasser entgegen und ließ es über sein Gesicht und seine Schultern strömen.

Sam gesellte sich zu ihm unter den Strahl und drückte ihn gegen die geflieste Wand. „Wenn wir die Zeit hätten, würde ich dir zeigen, wie dieser alte Mann hier dich ficken würde, bis du dich nicht mehr bewegen kannst."

Wassertropfen rannen Zachs Gesicht hinunter und hingen wie kleine Tränen an seinen dunklen Wimpern. Er lächelte zu Sam hinauf. „Dann werden wir das wohl einfach ein anderes Mal machen müssen."

Sam küsste ihn heftig, dann griff er nach dem Shampoo. „Ja. Merk dir, wo wir stehengeblieben sind, bis meine Mutter wieder zurückfliegt." Da sie in seinem Apartment einquartiert war, würde Zach nicht bei ihm übernachten.

„Es wird schon gut laufen. Das weiß ich.“ Zach nahm etwas von dem Duschgel und fing an, sich die Haare zu waschen.

Anderthalb Stunden später saßen sie in einem sauberen Apartment und hielten die Ohren offen, um zu hören, wenn sich das Auto näherte. Zach drückte seine Hand.
„Keine Sorge.“
„Ich bin fast vierzig Jahre alt. Ich war ein Cop, um Himmels willen. Ich habe Mist durchlebt, den die meisten Leute niemals sehen werden, und doch …“ Selbst sich Zach zu offenbaren, der seiner eigenen Mutter nicht erzählt hatte, dass er schwul war, war schwer. Er hatte es nicht getan aus Angst vor Zurückweisung, sondern wegen ihres eigenen persönlichen Kummers. Zach war sich ihrer Liebe immer sicher gewesen. „Ich bin nervös.“
Es war ihm unangenehm, sich so zu öffnen, als würde er seine Brust aufschneiden und seine Eingeweide und sein Herz offenlegen. Er wusste, Zach hatte es gut gemeint, aber im Augenblick konnte sich Sam nur auf das Negative konzentrieren.
Scheinwerfer fielen durch die Fenster und das Geräusch eines Autos, das sich näherte, holte ihn aus seinem inneren Monolog. Eine Autotür wurde zugeschlagen.
„Sie ist da.“
Zach nahm ihn bei den Schultern und küsste ihn hart.
„Alles wird gut.“
„Ich weiß.“ Er erwiderte Zachs Kuss und zusammen gingen sie zur Tür. Sam öffnete sie, bevor seine Mutter anklopfen konnte. Sie stand am Treppenansatz, kleiner, als

er sie von seinem kurzen Besuch letztes Jahr in Erinnerung hatte. Ihr langes blondes Haar war nach hinten gestrichen und wurde von einer großen dunklen Sonnenbrille fixiert. Ihre stark geschminkten Augen fanden seine in dem Schein des Oberlichts.

„Sammy." Ein zögerliches Lächeln trat auf ihre Lippen. „Hi."

War es möglich, dass sie genauso nervös war wie er? Der Gedanke war ihm nicht gekommen, irgendwie beruhigte ihn das und machte es leichter, mit der Situation umzugehen.

„Hi Mom." Er ging die Treppe hinunter, um sie zu begrüßen. Sie küssten oder umarmten sich nicht; das war nicht ihre Art. „Komm herein. Ich nehme deinen Koffer."

Er hob ihn an und ließ sie an sich vorbeigehen. Der schwere Duft ihres Parfums schwebte durch die Luft. Wie es für Sandsteinhäuser typisch war, waren die Stufen zum Eingang breit und steil und ohne ein Geländer. Auf der ersten Stufe schwankte sie ein wenig und Zach eilte nach unten, um ihr zu helfen.

„Mrs. Stein, ich bin Zach. Wir haben telefoniert."

Mit einem dankbaren Lächeln nahm sie seinen Arm. „Ja, dankeschön. Und danke dafür, dass Sie das hier für mich arrangiert haben."

Sam sah, wie sie sich an Zachs Arm abstützte.

Sie gingen weiter ins Haus und während Sam ihren Koffer im Schlafzimmer abstellte, brachte Zach seine Mutter mit einem Glas Wein zum Clubsessel. Sie hatten bereits eine Platte mit Käse, Crackern und Hummus vorbereitet, bevor sie angekommen war. Er nahm das Glas Wein entgegen,

das Zach ihm reichte und setzte sich neben ihn auf die Couch.
„Wie war dein Flug?“ Smalltalk wie bei Fremden, die sich wenig zu sagen hatten.
„Gut, danke. Nicht einmal drei Stunden.“ Sie blickte in die Tiefen ihres Weinglases. Ohne einen Schluck zu nehmen stellte sie es auf dem Couchtisch ab und verschränkte ihre Finger.
Für ein paar Minuten saßen sie da in unbehaglichem Schweigen.
„Ist es sehr heiß in Florida, Mrs. Stein? Ich vermute, die Luftfeuchtigkeit ist dort viel schlimmer als hier.“ Sam konnte Zachs Verzweiflung spüren, die Unterhaltung am Leben zu halten. Alles, um ihn und seine Mutter dazu zu bringen, miteinander zu reden. Doch Zach kannte ihre Vergangenheit nicht.
Ohne ihre Augen von Sam zu nehmen antwortete sie Zach.
„Es ist furchtbar. Ich schalte meine Klimaanlage niemals ab. Und die Tropenstürme sind das Schlimmste.“ Ihre Lippen kräuselten sich zu einem kurzen Lächeln.
„Erinnerst du dich daran, wie sehr dich Blitze erschreckt haben, als du klein warst, Sam? Du bist immer zu mir ins Schlafzimmer gekommen und hast gefragt, ob du bei mir schlafen könntest.“
Das überraschte ihn. „Daran kann ich mich nicht erinnern, tut mir leid, Mom.“ Er nahm einen Schluck Wein. „Das muss schon sehr lange her sein.“
Vielleicht dachte sie, er würde sich erinnern oder zumindest so tun als ob, um das Unbehagen zu vertreiben, doch das

konnte er nicht. Ihr Lächeln erstarb und sie nahm ihre Sonnenbrille vom Kopf und legte sie in ihren Schoß.
„Sam, warum hat dein Freund mich angerufen und eingeladen? Was ist los?“ Obwohl sie Zach ein kurzes Lächeln zuwarf, lag ihre Aufmerksamkeit einzig auf Sam. „Nicht, dass er nicht nett wirkt, aber wer ist Zach für dich?“
„Zach ist mein Liebhaber.“ Es gab keinen Grund, um den heißen Brei zu reden. Er war kein Teenager mehr, der sich sorgte, ob ihn seine Mutter noch lieben oder akzeptieren würde, wie er war. Dennoch konnte er den trotzigen Ton in seiner Stimme nicht unterdrücken oder verhindern, dass er die Zähne zusammenbiss, als würde er sich für einen Streit wappnen. „Ich liebe ihn.“
Er hörte, wie sie hastig ausatmete. „Ich habe mich schon gefragt, ob du es mir jemals sagen würdest.“
Fassungslos starrte er sie an. „Was?“ Sein Mund klappte auf vor lauter Überraschung.
Bedauern schimmerte in ihren Augen. „Ich wusste es nicht, als du ein Kind warst, doch als du während der High-School nie über Mädchen geredet oder eine Verabredung erwähnt hast, habe ich es vermutet. Du hast nie mit mir darüber gesprochen und warst immer so wütend, also habe ich dich in Ruhe gelassen.“ Ihre rot lackierten Finger verschränkten sich und öffneten sich wieder in ihrem Schoß. „Jetzt weiß ich, wie falsch ich lag.“
„Ich war nicht speziell wütend auf dich. Ich war wütend auf die ganze Welt. Auf Dad, weil er gestorben war, und auf mich selbst wegen der Gefühle in mir, von denen ich wusste, dass sie anders waren. All die anderen Jungs haben sich die Mädchen angesehen und getuschelt, während ich

merkwürdige Gedanken zu Männern hatte.“ Das Weinglas in seiner Hand zitterte und Zach nahm es ihm wortlos ab.
„Ich konnte mit dir nicht über Sex reden – du warst meine Mutter. Dad war weg, und jedes Mal, wenn ich fast soweit war, mit einem Lehrer oder einem Vertrauenslehrer in der Schule zu sprechen, hörte ich jemanden einen Homo-Witz machen und habe es gleich wieder verworfen.“
Sie hob ihren gequälten Blick und sah ihn an. „Ich habe dich im Stich gelassen und das tut mir leid. Dein Vater und ich haben so jung geheiratet und dann war er die meiste Zeit weg.“ Ihre Augen füllten sich mit Tränen. „Ich war die ganze Zeit so einsam. Nachdem er gestorben war, bin ich etwas durchgedreht, das weiß ich. Ich musste mich wieder geliebt fühlen und tat alles, was ich konnte, um mich für die Männer attraktiv zu machen.“
Merkwürdig, wie sich Ansichten mit einer kurzen Unterhaltung und etwas Einblick ändern konnten. Wenn jemand Sam gestern darum gebeten hätte, seine Mutter zu beschreiben, hätte er in seinem Kopf ein Bild einer schwachen Frau heraufbeschworen, die ihr Alter nicht wahrhaben wollte und sich unangemessen kleidete und verhielt.
Doch nach dem persönlichsten Gespräch, das sie jemals hatten, wirkte sie nicht wie eine verzweifelte Frau, die sich weigerte, ihre Jugend aufzugeben, indem sie sich für ihr Alter unangemessen anzog. Vielleicht hatten ihr ihre Kleider und ihr Make-up ein Gefühl der Stärke verliehen. Oder vielleicht versteckte sie sich hinter den auffälligen Farben, um die Dunkelheit ihrer Gedanken in Schach zu halten.
Er hatte nicht das Recht, sie zu verurteilen.

Bevor Zach in sein Leben getreten war, war seine Existenz größtenteils farblos gewesen; eine Mischung neutraler Farben, die alle ineinander überliefen ohne jede Leuchtkraft. Er hatte sich mit Henry mitgeschleppt und sich selbst dazu gezwungen, Sport zu treiben, doch in Wahrheit wäre er sehr wahrscheinlich damit zufrieden gewesen, für den Rest seines Lebens ein Stubenhocker zu sein.

Jeder ging mit Trauer anders um; wie er sich als vierzehnjähriger Junge gefühlt hatte, als er seinen Vater verlor, den er angehimmelt hatte, unterschied sich von den Gefühlen seiner Mutter, die den Mann verloren hatte, den sie liebte.

„Hatten du und Dad eine gute Ehe? Hast du ihn geliebt? Hat er dich geliebt?"

Bei diesen Fragen musste seine Mutter einen weiteren Schluck Wein nehmen. „Ich habe ihn mit einer Verzweiflung geliebt, mit der ein einundzwanzigjähriges Mädchen einen Mann liebt, der ihr sagt, sie sei wunderschön und dass er sie will. Ich war so glücklich, als wir heirateten und ich direkt schwanger wurde. Doch dann, als er für das FBI undercover arbeitete und die meiste Zeit fort war, fühlte es sich an, als wären wir zu Fremden geworden." Ihre Augen nahmen einen abwesenden Ausdruck an. „Er kam alle drei oder vier Monate nach Hause und wir saßen ruhig da, als hätten wir vergessen, wieso wir verheiratet waren. Sobald wir anfingen, vertrauter miteinander zu werden, war es für ihn an der Zeit, wieder zu verschwinden."

Sie blinzelte, dann lächelte sie ihn an. „Aber er hat dich geliebt. So sehr. Erinnerst du dich daran, wie er dich mit zum Strand genommen hat oder mit dir den Drachen hat steigen lassen?"

Sam konnte nicht antworten, daher nickte er. Sein Hals war zu eng zum Schlucken, geschweige denn zum Sprechen. Zach nahm seine Hand und drückte sie sanft.
„Sam und ich haben vor Kurzem Drachen steigen lassen", sagte Zach. „Für mich war es das erste Mal, aber Sam ist ein Profi."
„Du hast deinen Drachen immer noch?"
„Ja", sagte Sam schroff und räusperte sich. „Ich habe ihn sehr lange nicht steigen lassen, aber in letzter Zeit habe ich viel an ihn gedacht …"
„Es hätte ihm nichts ausgemacht."
Das Herz flatterte ihm in der Brust. „Hätte es nicht?" Es war unerlässlich für Sam geworden, das bisschen, das er von seinem Vater wusste, zu verstehen, und dies war ein weiteres Bruchstück seines Lebens.
„Nein", sagte seine Mutter und schüttelte den Kopf. „Nichts hätte jemals ändern können, wie sehr er dich geliebt hat. Ich erinnere mich", sie wischte sich die Tränen mit ihren Fingern ab und verschmierte ihr Make-up, „ich habe ihm einmal gesagt, ich würde mir Sorgen machen, dich großzuziehen, während er nicht da ist. Ich wollte, dass du einen starken männlichen Ansprechpartner hattest." Sie lächelte durch ihre Tränen hindurch. „Er sagte: ‚Sei nicht albern, Barbara. Sammy wird zu dem Mann heranwachsen, der in ihm schlummert, ganz gleich, ob du oder ich ihn alleine großziehen oder zusammen. Sein Herz ist das, was am wichtigsten ist'."
Das hatte er all diese Jahre nie gewusst. „Ich bin so wütend, dass er nicht hier ist."

„Das bin ich auch. Ich war so wütend, dass ich, nachdem er gestorben war, durchgedreht bin, all diesen Männern hinterherlief auf der Suche nach einem Ersatz. Ich war überfordert und dachte, niemand würde mich je wieder lieben."
Wenn sie sich schon wie Erwachsene unterhielten und komplett ehrlich miteinander waren, würde er es auch nicht beschönigen.
„Es war, als hätte ich euch beide verloren. Dad war tot und du warst zu sehr mit anderen Männern beschäftigt." Er schüttelte den Kopf und versuchte seine bruchstückhaften Erinnerungen zusammenzusetzen. „Ich sah dich immer nur, wenn du nach Hause kamst, um dich für ein weiteres Date umzuziehen. Erst als ich Henry traf, hatte ich wieder jemanden gefunden, mit dem ich reden konnte."
Sie waren noch nie zuvor so ehrlich zueinander gewesen; andererseits hatten sie auch noch nie geredet. Er hatte seine Verbitterung in sich hineingefressen und in wütender Stille gelebt, während sie ein ebenso einsames Leben geführt hatte, umgeben von Fremden und Männern, die ihr niemals die Liebe, die sie verloren hatte, zurückgeben konnten. Er wartete schweigend, dass sie wieder sprach.
„Wir können die Vergangenheit nicht ändern. Was geschehen ist, ist geschehen. Das war der Lieblingsspruch meiner Mutter und er ist wahr. Falls ich nach diesem Wochenende mit nichts anderem nach Hause fliege, lass mich zumindest wissen, ob du darüber nachdenkst, mir zu vergeben."
Sam musste Zachs Gesicht nicht sehen, um zu wissen, was er dachte; er konnte die Schluchzer auf seiner linken Seite hören. Die Möglichkeiten lagen auf der Hand. Sam konnte

an seiner Verbitterung festhalten, sich durch diesen gestelzten Besuch quälen und seine Mutter zurück nach Florida schicken, sodass sie weitermachten wie die Jahre zuvor. Würde er das tun, wäre es offensichtlich, dass keiner von ihnen gewann. Oder er konnte seine Bitterkeit hinunterschlucken und die Situation durch die Augen seiner Mutter betrachten, versuchen zu verstehen.
„Ich habe den größten Teil meines Lebens damit verbracht, wütend zu sein; wütend, dass mein Vater starb, als ich noch so jung war, und wütend auf dich …"
„Sam."
Niemand, nicht einmal Zach, würde ihn davon abhalten, endlich seinen Teil zu sagen. Er brauchte das, verstand das denn keiner?
„Ich weiß, was ich tue."
„Lassen Sie ihn reden, Zach." Der Blick seiner Mutter hielt seinen fest. „Ich habe das Gefühl, er hat sein ganzes Leben darauf gewartet, zu sagen, was er zu sagen hat."
„Ich war wütend auf dich, weil du mich nicht mehr beachtet hast, nachdem Dad gestorben war, ich habe dich sogar gehasst. Dann, als ich erwachsen wurde und du weg-zogst, schien unsere Art von Beziehung unausweichlich, vorherbestimmt zu sein. Du hattest dein Leben und ich hatte meines, und einmal im Jahr würden wir einander für einen kurzen Besuch schon ertragen können."
„Mrs. Stein, es muss nicht so sein", unterbrach Zach das Gespräch. Sam musste beinahe in sich hinein schmunzeln, dass Zach es geschafft hatte, sich so lange zurückzuhalten.

„Ich glaube, mein Sohn hat ziemlich klargestellt, wie er sich fühlt. Doch ich weiß Ihren Versuch zu schätzen." Sie schenkte Zach ein mattes Lächeln.
„Und gestern hatte ich noch die volle Absicht, es dabei zu belassen", sagte Sam und überraschte sie beide damit, ihren erstaunten Gesichtsausdrücken nach zu urteilen. Scheiße, er hatte sich damit selbst überrascht. Doch es war die Wahrheit. „Ich habe nie erwartet, dass sich das ändern würde, doch durch Zach hat es das. Ich denke, dass es lange genug so gewesen ist. Wir haben uns selber wegen einer Vergangenheit fertiggemacht, die wir nicht ändern können. Doch ich habe in meinem Leben genug Mist erlebt, und ich bin bereit, nach vorne zu sehen. Mir ist kürzlich beigebracht worden, dass ich der Zukunft entgegenblicken sollte."
Zachs leuchtende Augen und sein herzliches Lächeln voller Bestätigung gaben ihm den Mut weiterzumachen.
„Also, wenn du mir vergeben kannst, ein absolut nicht perfekter Sohn zu sein, kann ich dir vergeben, was in der Vergangenheit passiert ist." Er zögerte einen Augenblick. „Ich denke, dass Dad es so nicht gewollt hätte, oder?"
Als seine Mutter nickte, ging er zu ihr hinüber und bekam endlich die Umarmungen, die er in seiner Kindheit vermisst hatte. Es mochte vielleicht niemals perfekt sein, doch für ihn war es gut genug, und dem Lächeln auf dem Gesicht seiner Mutter nach, schien es auch bei ihr seine Magie zu entfalten.
„Das war wunderschön." Zach warf seine Arme um Sam und drückte ihn. Dann, als würde er bemerken, was er da tat, wischte er sich mit dem Arm über sein Gesicht, um die Tränen zu trocknen, und ließ Sam los. „Sorry."

Sam küsste ihn auf die Wange. „Entschuldige dich niemals dafür, du selbst zu sein. Ich glaube nicht, dass meine Mutter ein Problem damit hat. Schließlich haben wir all das nur dir zu verdanken."

„Nein. Du hast nun endlich Liebe in dein Herz gelassen, anstatt sie von dir zu schieben."

Sam küsste Zach erneut und hielt ihn fest. Wenn es um Liebe ging, verdankte er alles Zach.

KAPITEL DREIUNDZWANZIG

„Seid ihr nervös?“

Zach konnte kaum glauben, dass Julian und Nick morgen heiraten würden. Der vergangene Monat war ein Wirbelwind voller Pläne, Smoking-Einkäufe und Menü-Planungen gewesen und er, Marcus und Julian hatten kaum eine Chance, sich zu schreiben und Hallo zu sagen, geschweige denn sich zu ihrem wöchentlichen Frühstück zu treffen.

Als ihm Marcus also heute früh am Morgen mit den überraschenden Neuigkeiten, dass Julian und Nick sich zum Frühstück verabreden wollten, geschrieben hatte, war er vor Vorfreude beinahe vom Bett gehüpft. Natürlich hatte das Sam geweckt und Zach hatte das griesgrämige Biest besänftigen müssen, was unglaublich heißen Sex erfordert hatte.

Zach kam nicht umhin, verblüfft zu sein. Wenn er Sam jetzt ansah – unbeeindruckt von dem Lärm um sie herum in dem Restaurant, während er an seinem Drink nippte – war es schwer sich vorzustellen, dass er nur wenige Stunden zuvor auf dem Bauch im Bett gelegen hatte, zitternd und Zachs Namen rufend.

Als würde er Zachs Augen auf sich spüren, sah Sam zu ihm herüber und sie grinsten sich an. Er glitt mit seiner Handfläche Zachs jeansbedeckten Oberschenkel hinunter und ließ sie kurz über dem Knie ruhen. Es erinnerte Zach daran, dass er vor nicht einmal einem Jahr genau hier mit seinen Freunden gesessen hatte, deprimiert und allein, in dem Glauben niemals jemanden zu finden, den er lieben konnte.

Jetzt hatte er nicht nur jemanden, der ihn liebte, sondern sie planten auch eine gemeinsame Zukunft.
Julians Finger klopften einen schnellen Takt auf der Tischplatte. „Ich bin nervös, er nicht“, antwortete er und wies mit einem Kopfnicken auf Nick. „Er ist so abgeklärt in dieser ganzen Situation, dass ich hoffe, er vergisst es nicht.“
„Sehr unwahrscheinlich, Juli. So wie du alles und jeden bis auf die Minute geplant und verplant hat.“ Marcus widmete sich seinem Rührei. Er grinste, während er kaute und dann schluckte. „Sag mal, Nick, legt er auch eure Zeiten für Sex fest?“ Marcus sah auf seine Armbanduhr. „Ah, 11:15, Zeit für einen Blowjob.“
Nick verschluckte sich an seinem Bier, während Julian Marcus anfunkelte. „Sei kein Arschloch.“ Das Funkeln wurde zu einem selbstgefälligen Grinsen. „Außerdem höre ich keine Beschwerden.“
Marcus hob eine Hand hoch. „Stopp. Zachs Ohren sind zu zart für die grausigen Einzelheiten.“
Nick schnaubte. „Was für ein Schwachsinn. Guckt sie euch an – Sam grinst wie ein Honigkuchenpferd und Zach ist, seitdem ich ihn kenne, das erste Mal glücklich.“ Er lehnte sich entspannt in seinem Sitz zurück und stieß Julian an. „Sieht so aus, als hätte er sein Leben im Griff, ohne dass ihr Jungs euch einmischt.“
Hitze stieg seinen Nacken hinauf bei Julians durchdringendem Blick, doch Zach kümmerte es nicht länger. Das Gewicht von Sams Hand ruhte warm und beruhigend auf seinem Oberschenkel und er legte seine Hand darüber und verschränkte seine Finger mit Sams.
„Tatsächlich“, sagte Nick. „wette ich –“

„Oh, halt verdammt nochmal die Klappe. Wage es nicht, dieses Wort noch einmal zu erwähnen.“ Marcus lehnte sich schmollend in seinem Stuhl zurück. „Du bist der Grund für diese dumme Wette. Jetzt kriegt Zach einen heißen Cop und ihr zwingt mich ins Zölibat. Das ist unnatürlich.“

„Du bist sauer, weil wir dich erwischt haben, als du mit einem Kellner schummeln wolltest. Versuch mal, dich zu entspannen.“ Julian lachte voller hemmungsloser Freude. „Das ganze Stirnrunzeln verursacht dir nur Falten.“

Obwohl Zach mitlachen wollte, gab er sich Mühe, seinen Freund zu beschwichtigen. „So schlimm ist es gar nicht. Vielleicht gibt es dir mal die Möglichkeit, eine Bilanz aus deinem bisherigen Leben zu ziehen.“

„Mein Leben war in Ordnung. Das hier bringt mich um, verdammt.“ Marcus wandte sich ihm mit einem stechend schwarzen Blick zu. „Und ja, ich werde weiter fluchen. Wenn ich enthaltsam bleiben muss, ist das der Preis, den du zu zahlen hast.“

„Das wird es wert sein“, sagte Zach. „Vielleicht wirst du jemanden treffen und tatsächlich mal zuerst mit ihm reden, anstatt gleich mit ihm ins Bett zu springen.“

„Wofür?“, sagte Marcus, offensichtlich entsetzt von dieser Idee. „Ich habe den Typen nichts zu sagen.“

Eines Tages, mein Freund, Zach schüttelte innerlich seinen Kopf, voller Verzweiflung für Marcus. *Eines Tages wirst du jemanden treffen, und alles, was du zu wissen glaubtest, wird auf den Kopf gestellt werden.*

„Ich wollte euch beiden danken, dass ihr meine Mutter zu eurer Hochzeit eingeladen habt. Es hat sie wirklich berührt

und bedeutet ihr viel. Mir auch." Sam prostete Nick und Julian zu und Zach war noch nie glücklicher gewesen.
„Ja. Barbara hat ihre Reise verlängert und sie übernachtet bei meiner Mom." Die beiden Frauen hatten sich auf Anhieb sehr gut verstanden und Barbara begleitete Cheryl sogar zu ihrer Freiwilligenarbeit im Seniorencenter. Sie bei seiner Mutter einzuquartieren war ein Geniestreich von Sam gewesen. Sie hatten jetzt jede Nacht die Privatsphäre, die sie sich gewünscht hatten.
„Und das gibt dir die Freiheit bei Sam zu bleiben, was?" Marcus grinste. „Schätze, am Ende hat für dich doch alles noch geklappt."
Sam drückte Zachs Hand. „Ich würde sagen, das hat es für uns beide."
„Also dann." Julian und Nick standen auf. „Wir sehen uns morgen Nachmittag."
Die Hochzeit. Zach konnte es kaum erwarten.

„Auf die Bräutigame!" Marcus prostete ihnen mit einer Flasche Champagner zu, er hatte verkündet, ein Glas wäre nicht gut genug. „Möget ihr ein langes und glückliches Leben zusammen haben. Nun macht schon und küsst euch."
Zu jedermanns Überraschung packte Julian einen verdutzten Marcus und küsste ihn direkt auf den Mund. „Danke dir. Für alles, aber vor allem dafür, dass du unser Freund bist." Als Nächstes umarmte Nick Marcus – dann küssten er und Julian sich unter anerkennenden Pfiffen und Zurufen.

Musik wurde aufgelegt und Zach fand sich kurzerhand, von Marcus abgeschleppt, in der Mitte der Tanzfläche wieder, wo Julian und Nick bereits tanzten, die Arme umeinander geschlungen.
Er sah sich nach Sam um, der ihm schlicht zulächelte, ihm mit seinem Champagnerglas zuprostete und sich dann umdrehte, um mit seiner Mutter zu sprechen.
Marcus drückte ihn an sich. „Deine Mutter wirkt jetzt glücklicher. Sie mag Sam, oder?"
Seitdem sie Kinder auf dem Spielplatz gewesen waren, hatte Marcus auf ihn aufgepasst, daher wirkte die Frage auf Zach nicht eigenartig.
„Ja, sie liebt ihn."
„So wie du, oder?"
Zach wusste, dass Marcus die Frage gestellt hatte, damit er endlich hörte, wie Zach es aussprach.
„Ja." Es gab keinen Grund es abzustreiten. „Und er liebt mich auch. Ich wünschte mir nur, dass du eines Tages genauso glücklich sein könntest."
Marcus zog sich zurück und warf ihm einen ironischen Blick zu. „Warum denkt jeder, sich als exklusives Pärchen zusammenzutun wäre ein Garant für Glückseligkeit?" Ein bitteres Lachen entwich ihm. „Wenn ich eines in meinem Leben gelernt habe, dann, dass eine Person niemals genügt, um befriedigend zu sein. Ich hoffe, dass das auf Juli nicht zutrifft." Er drückte Zach wieder an sich und sie wiegten sich zusammen für einen Augenblick hin und her, bevor Marcus wieder anfing zu sprechen.
„Du weißt, dass ich dich immer geliebt habe. Aber ich könnte niemals der Mann sein, den du verdienst." Zach

erstarrte, sein Herz verkrampfte sich schmerzhaft. Er konnte kaum glauben, dass das hier Marcus war, der das erste Mal in den vielen Jahren ihrer Freundschaft sein Herz ausschüttete.
„So wie ich mich kenne, würde ich dich am Ende nur enttäuschen. Das könnte ich dir oder mir nicht antun. Ich wäre niemals bereit zu riskieren dich zu verlieren. Unsere Freundschaft bedeutet mir zu viel … alles."
„Mir auch", sagte Zach endlich, die Worte hervorzwingend. „Und ich liebe dich wie einen Bruder."
Er und Marcus hielten einander fest, überflutet von Erinnerungen. Dann fühlte er ein Klopfen auf seiner Schulter und sah auf, direkt in Sams Augen.
„Was dagegen, wenn ich übernehme?"
Marcus drückte kurz Zachs Schulter, dann trat er zurück. „Nein, gar nicht. Ich habe ihn nur aufgewärmt. Du bist die Hauptattraktion." Er verschwand in der Menschenmenge.
Und sobald Sam ihn einmal hielt, vergaß Zach alles außer dem berauschenden Vergnügen von dem Mann, den er liebte, berührt zu werden. Eine Weile lang bewegten sie sich zusammen zu den Klängen der Big Band Musik, die Nick und Julian ausgewählt hatten. Zach sagte nichts, vollkommen zufrieden damit, den Rest des Abends hier in Sams Armen zu verbringen.
„Weißt du, was schön wäre?", flüsterte Sam ihm ins Ohr.
„Ja, aber das kann ich nicht in der Öffentlichkeit machen." Er grinste gegen Sams Wange. „Marcus würde es befürworten, aber Julian und Nick würden es vielleicht nicht verstehen."

„Halte, was auch immer du gerade denkst, in deinem brillanten Köpfchen.“ Sam gluckste und Zach grinste. „Ich denke, wir sollten jeweils mit unseren Müttern tanzen, besonders, da meine in einer Woche nach Florida zurückkehrt.“

Wow. Damit hatte er überhaupt nicht gerechnet, doch je länger er darüber nachdachte, desto perfekter erschien ihm die Idee. Ein schneller Blick zur Seite zeigte seine Mutter und Barbara Stein, wie sie nebeneinanderstanden und sie mit einem identischen Lächeln auf den Gesichtern beobachteten.

„Ich liebe die Idee. Und dann mittendrin wechseln wir die Partner.“

Sie gingen Händchen haltend von der Tanzfläche und blieben jeweils vor ihrer Mutter stehen. Zach streckte seine Hand aus.

„Mom, darf ich um diesen Tanz bitten?“

Cheryls Augen wurden feucht, doch sie riss sich zusammen und nickte. „Liebend gern.“ Sie gingen zur Tanzfläche, und es erregte ihn zu wissen, dass Sam und Barbara nur einen Schritt hinter ihnen waren.

Zach blickte hinunter in die Augen seiner Mutter. „Hast du Spaß?“

„Es ist eine wunderschöne Hochzeit, und Julian und Nick sind so glücklich. Ich wünschte nur, du und Sam würdet genauso glücklich sein wie sie.“

„Nicht.“ Zach schüttelte den Kopf. „Ich will ihr Glück nicht, ich will mein eigenes für Sam und mich. Aber“, sagte Zach hastig. „ich verstehe, was du meinst und ich liebe dich.“

Seine Mutter blieb stumm und sie tanzten eine Weile zusammen und lauschten der Musik. „Ich liebe dich auch, und ich bin nicht besorgt."
„Bist du nicht?"
„Nein. Weißt du, ich habe mit den Therapeuten drüben im Seniorencenter geredet und sie waren sehr hilfsbereit, haben mir geholfen zu erkennen, wie ich mein Leben verbessern und unabhängiger werden kann."
„Das sind die besten Neuigkeiten, die ich seit Jahren gehört habe, Mom." Er küsste sie auf die Wange und sie umarmten sich.
Das Leben war zu keinem von ihnen fair gewesen, doch niemandem waren seichte, ungestörte Gewässer garantiert. Eine dumme Wette, die mehr dazu gedacht war, Marcus zu ärgern, als Zach einen Freund zu bescheren, hatte die Weichen gestellt für den effektvollen Wirbelwind, der zu diesem Moment geführt hatte: Zach verliebt in Sam und seine Mutter auf dem Wege in Richtung Genesung und einem Leben unabhängig von seinem.
„Darf ich übernehmen?"
Zach blinzelte, dann rückte Sam in den Focus, Barbara an seiner Seite.
„Natürlich. Ich freue mich, mit den beiden entzückendsten Damen auf der Hochzeit tanzen zu dürfen."
Zach wirbelte Barbara herum und sie beide lachten über ihre schlechten Dates in der Vergangenheit. Er neckte sie sogar, dass er ihr einen Familienrabatt für seine Dating-Website einräumen würde.

Das Dinner war ausgelassen und laut, mit Marcus, der anzügliche Toasts aussprach und alle fünf Minuten die Bräutigame zum Küssen aufforderte.

„Wenn ich schon nichts bekomme, kann ich doch zumindest sicherstellen, dass Juli und Nick so viel Spaß wie möglich haben."

„Ich glaube, der Sexmangel hat Marcus wahnhaft werden lassen", sagte Zach, als er sich in Sams Armen zurücklehnte. Julian und Nick schnitten die kleine Torte an und fütterten sich damit, was zu weiterem Applaus und Fotogeknipse führte.

„Können wir gehen?" Sams Atem berührte Zachs Schläfe. „Es kommt hier langsam zum Ende und ich möchte dich wohin entführen."

„Ja?" Zach lächelte zu ihm auf. „Ich denke schon. Die Jungs hätten sicher nichts dagegen." Er sah über die Schulter zu Nick und Julian, die Champagner tranken und nur Augen füreinander hatten.

„Ich glaube nicht, dass sie uns überhaupt vermissen würden."

„Komm." Sam nahm seine Hand, und sie bahnten sich ihren Weg durch die Menge. Sie hielten nur kurz inne, um sich sowohl von seiner als auch Sams Mutter zu verabschieden. Jetzt doch neugierig, da Sam in solcher Eile zu sein schien, löcherte ihn Zach mit Fragen.

„Wo gehen wir hin? Du bist so in Eile; können wir nicht zuerst nach Hause gehen und uns umziehen?" Zach lockerte seine Krawatte und öffnete den ersten Knopf seines Hemdkragens, als sie das Sparks verließen. Die Sonne schien hell im Glanz des späten Nachmittags durch die aufgelockerten Wolken und eine leichte Brise brachte das Laub an den Bäumen zum Rascheln.

„Nope. Keine Zeit." Sam übergab sein Ticket dem Parkservice, den Marcus arrangiert hatte. Es dauerte nur ein paar Minuten, dann sah Zach, wie Sams Auto vor dem Eingang des Clubs vorfuhr. „Lass uns gehen."

Der Parkservice öffnete seine Tür und Zach glitt in den Sitz. Sam startete das Auto und fuhr weg, ohne nur eine von Zachs Fragen beantwortet zu haben.

„Du kannst dort sitzen und schmollen so viel du willst, aber ich werde meine Meinung nicht ändern." Ein winziges Lächeln umspielte Sams Lippen. „Du bist so ungeduldig. Spar dir das fürs Schlafzimmer auf."

„Da wird auch nichts laufen, wenn du mich weiter so ärgerst." Zach starrte aus dem Fenster und beobachtete, wie die Landschaft sich änderte, als sie über die Brooklyn Bridge fuhren, den Gowanus Expressway passierten und

sich dann auf dem Belt Parkway in Richtung Long Island einfädelten.
Die Anspannung in Zach wuchs stetig, während die Kilometer vorbeisausten und das Wasser in Sicht kam. Als Sam in den jetzt vertrauten kleinen Parkplatz einbog und das Auto abstellte, öffnete Zach die Tür und rannte in die offene Graslandschaft hinaus. Er reckte seinen Kopf dem brillantblauen Himmel entgegen.
Es waren mindestens zwanzig Drachen hoch in der Luft, die wieder hinabtauchten oder herabschossen, mit langen Schwänzen, die wie bunte Kometen hinter ihnen her schwebten. Mehrere Minuten lang stand Zach schweigend da und bewunderte die Fingerfertigkeit der Personen, die die Leinen hielten.
Er und Sam hatten viele Stunden an den Wochenenden hier verbracht, nachdem Sam ihn das erste Mal hierhergebracht hatte. Sam hatte ihm die viele Kniffe beigebracht, wie er den Drachen dazu brachte, hoch in die Lüfte zu steigen, ohne den anderen in die Quere zu kommen. Nachdem er Sam einige Male beobachtet hatte, hatte Zach seinen eigenen Drachen gekauft, und selbst wenn Sam einmal für Henry arbeitete, war er ohne ihn hergekommen, entschlossen, auch alleine Erfahrung zu sammeln.
Nichts hätte ihn jetzt auf den Anblick vorbereiten können, den Sam ihm bot, als er mit beiden Drachen in der einen und einer Flasche Champagner in der anderen Hand auf ihn zukam. Sein Herzschlag beschleunigte sich, er liebte das sorglose und glückliche Funkeln in Sams Augen, das die misstrauische Traurigkeit ersetzt hatte, die ihnen innegewohnt hatte, als sie sich das erste Mal begegnet waren.

Sam hatte seine Krawatte abgelegt und seine Ärmel hochgekrempelt und Zachs Augen wurden von den schimmernden goldenen Haaren auf seinen starken Armen angezogen. Sehnsucht rollte durch ihn hindurch wie die Wellen in der Bucht: leise, stark und unendlich.

„Wenn du mich weiter so ansiehst, werden wir nach Hause gehen müssen." Sam beugte sich hinunter und küsste ihn, seine Lippen weich und leicht nach Champagner schmeckend. „Ich will dich auch, Baby, bezweifele das nicht."

Zach klammerte sich an ihn, sein Mund öffnete sich unter dem von Sam, ihre Zungen tanzten miteinander. Die Champagnerflasche prallte kalt und hart gegen seinen Rücken, als Sams Arme ihn fest umschlangen und ihn an seinen harten Körper drückten. Ihre Küsse vertieften sich und Zach wünschte sich, alle anderen um sie herum würden verschwinden. Er presste sich noch näher an ihn, versuchte in ihn hineinzukriechen.

Sam stöhnte auf und riss sich keuchend los. „Verdammt, du musst aufhören und das für später aufheben."

„Hmm", brummte Zach in Sams Halsbeuge. „Lass uns das ‚später' sofort machen und dann nach Hause gehen." Er neigte seinen Kopf, um Sam in die Augen zu starren.

„Führe mich nicht in Versuchung", sagte Sam und ein schmerzerfüllter Gesichtsausdruck huschte ihm über das Gesicht. Er studierte weiter Zachs Gesicht.

„Was?"

„Nichts." Sam ließ ihn los und klemmte sich die Flasche unter den Arm. „Lass uns fliegen, Baby."

Während er sich so glücklich wie noch nie fühlte, überprüfte Zach den Wind und ließ seinen Drachen los, der den

Aufwind erwischte. Er bewegte sich rückwärts, wickelte die Spule langsam Zentimeter für Zentimeter ab, bis sein Drachen weit über ihm schwebte, höher als er je zuvor gewesen war.
Pure Freude wallte in ihm auf, als der Wind stärker wurde und sein Drache weiter stieg, während sein grünblauer Schwanz im Wind herumwirbelte. Er lachte, drehte seine Handgelenke, wie Sam es ihm gezeigt hatte, um den Drachen sich senken und Pirouetten drehen zu lassen. Hoffentlich sah Sam ihm zu; Zach wollte ihm zeigen, wie sehr er sich während des letzten Monats verbessert hatte.
Ein Stück entfernt begannen mehrere Leute zu klatschen und zu pfeifen; Zach sah sich um, doch nichts Ungewöhnliches sprang ihm ins Auge. Bald klatschten alle und deuteten hinauf in den Himmel. Zach sah hoch, und sein Herz überschlug sich.
Hoch oben am Himmel flog ein einsamer Drachen – Sams Drachen, doch er war verändert. Am Kopf und am Ende war ein Banner befestigt, das im Wind flatterte, doch Zach hatte keine Probleme die Worte zu lesen, die er niemals zu sehen erwartet hatte.

Zach – willst du mich heiraten?

Er ließ seine Leinen fallen und wirbelte herum auf der Suche nach Sam. Er fand ihm am Rand der Graslandschaft. Ihre Blicke verhakten sich und Zach rannte auf ihn zu, ohne zu beachten, dass sein eigener Drachen davonsegelte.
„Meinst du das ernst?“
Sam nahm ihn bei den Schultern. „Ich liebe dich.“

„Ich liebe dich auch." Die Worte bedeuteten nun mehr, waren dauerhafter. „Aber ich habe nie geglaubt, dass ich jemanden finden würde … dass ich ausreichen würde."

„Du bist mehr als ausreichend. Du bist alles." Sam küsste ihn daraufhin, ganz vorsichtig und sachte. „Also, ist das ein Ja?"

„Natürlich ist das ein Ja." Zach warf seine Arme um Sam und schlug ihm damit den Drachen aus der Hand. Leben, Liebe … jeder Tag war ein Glücksspiel. Wenn es eines gab, das er entdeckt hatte, dann war es, dass man manchmal ein Risiko eingehen musste, das man sich selbst niemals zugetraut hätte, um den größten Preis zu gewinnen.

Für immer.

Zach brauchte nicht Sams *Alles* zu sein. Sam zu lieben und von ihm zurückgeliebt zu werden, war die konstante Größe – die eine Tatsache, die immer für ihn da war wie die Sonne, der Mond und die Gezeiten.

„Lass uns nach Hause gehen." Er küsste Sam und nahm seine Hand.

„Ich bin ganz deiner Meinung", sagte Sam und hob die Champagnerflasche auf. „Aber wir fahren nicht nach Hause, wir werden für ein paar Tage verschwinden."

„Werden wir? Wohin?"

Sie gingen zu Sams Drachen, um ihn aufzuheben und nahmen die Glückwünsche der anderen Drachenflieger entgegen.

„Das ist ein Geheimnis. Aber ich wette, es wird dir gefallen."

Während der gesamten Fahrt aus der Stadt, bombardierte Zach Sam mit Fragen, doch sein starrköpfiger Mann gab nichts preis. Erst, als Zach das Schild für The Garden State Parkway sah, wurde ihm alles klar.

„Wir fahren zurück? Nach Atlantic City?“ Es war unmöglich die Aufregung aus seiner Stimme zu halten.

Sams Lächeln war Antwort genug. Was für ein Tag es doch gewesen war: Zuerst hatten seine Freunde geheiratet und dann hatte Sam ihm einen Antrag gemacht – der beste Tag seines Lebens. Nachdem er sich so viele Jahre abgesondert hatte, war es, als würde er aus der Dunkelheit in ein helles Licht treten.

Den Rest der Fahrt verbrachten sie in geselligem Schweigen, hörten Radio und schrien beide gleichzeitig auf, wie es nur zwei Leute aus der Großstadt konnten, als sie ein Reh am Straßenrand grasen sahen. Die Sonne ging langsam unter und tauchte alles in ein lavendelblaues Licht. Die Dämmerung war immer die magischste Zeit eines Tages und Zach konnte es kaum erwarten, ans Meer zu gelangen.

Zach fuhr mit seiner Hand über Sams Oberschenkel. „Es ist wunderbar. Du hast an alles gedacht.“

„Aber nur für den Fall, dass du Ja sagen würdest.“ Einen Moment lang nahm Sam seine Hand vom Steuer, um sie auf Zachs zu legen. „Hättest du Nein gesagt, hätte ich nichts gehabt.“

„Keine Chance.“ Zach drehte seine Hand mit der Fläche nach oben, um die von Sam zu drücken, dann ließ er sie los, damit Sam die Ausfahrt nehmen konnte. In der Ferne konnte man bereits die hohen Bauten und Hotels sehen und innerhalb von zwanzig Minuten fuhren sie vor dem Tropicana vor.

Sam übergab den Wagen dem Parkservice, nachdem er zwei Koffer daraus hervorgeholt hatte, seinen und den von Zach. Bei dem Anblick seines Koffers hob Zach fragend eine Braue.

„Ich habe ganz früh heute Morgen für dich gepackt, während du noch geschlafen hast, und ihn ins Auto geladen, zusammen mit den Drachen."

Verblüfft von Sams Planung und gerührt von dem sentimentalen Charakterzug, den er unter seinem zähen Äußeren verbarg, schüttelte Zach den Kopf und folgte Sam zur Rezeption. Es dauerte nicht lange, dann hatten sie in ihre Suite mit Meerblick eingecheckt. Derselbe Lift schoss mit ihnen hoch auf ihre Etage.

„Das ist wunderschön."

Weil er die Lichter der Casinos und noch dringender den Ozean sehen musste, schob Zach die Vorhänge auseinander. Dort unten an der Promenade blitzten die Hotellichter auf und leuchteten in die nahende Dunkelheit.

„Komm, ziehen wir uns um und gehen an den Strand." Sam küsste ihn auf den Kopf. „Wie wir es in unserer ersten Nacht getan haben."

„Warte nur, bis ich allen davon erzählt habe. Sie machen sich immer über mich lustig, weil ich rührselig und sentimental bin." Er tauschte seine Hosen gegen ein Paar Cargo Shorts und seine Schuhe gegen Flipflops.

„Ich werde alles abstreiten", sagte Sam grinsend, während er sich umzog. „Versuch mal, das zu beweisen."

Hand in Hand verließen sie ihr Zimmer und fuhren schweigend im Aufzug hinunter, zusammen mit einem älteren Pärchen, das ständig unbehagliche Blicke auf ihre verschränkten Hände warf. Doch als sie auf die Promenade traten und der Duft des Ozeans ihn umgab, vergaß Zach sie wieder und konzentrierte sich ausschließlich auf Sam und die Magie der Nacht. Er streifte seine Schuhe ab, raste die Stufen zum Sand hinunter und ließ einen verdutzten Sam zurück.

„Hey, warte auf mich." Sam rannte ihm hinterher, doch Zach lief weiter dem Wasser entgegen. Seine Füße hatten beinahe das Wasser erreicht, als Sam ihn am Hemdzipfel erwischte und ihn zurückriss. Zach fiel in Sams Arme und umarmte ihn fest.

„Was hattest du vor – hineinrennen und von einer weiteren Welle umgehauen werden?" Sams Stimme war von Gelächter gefärbt, doch er lockerte seinen festen Griff um Zach nicht.

Seine Augen funkelten im Mondlicht und Zach küsste seinen Hals, bevor er antwortete. „Und selbst wenn, dann weiß ich, dass du immer für mich da sein wirst. Um mich aufzufangen, wenn ich falle, richtig?"

Sams Griff um ihn verstärkte sich. „Darauf kannst du wetten."

„Und ich werde für dich da sein. Für immer."

Zach nahm seine Hand und sie spazierten die Küste entlang, während das Mondlicht ihnen den Weg wies.

Leseprobe

Barbara Corsten
Der Klippenspringer

Stunden später – die Sonne war gerade untergegangen – schrak Ante auf, als ihn eine Stimme ansprach: „Du bist immer noch hier? Ein Glück, ich wollte nämlich mit dir reden."
Kristijan!
Antes Körper schaltete sofort auf Fluchtinstinkt, worauf der andere Junge beschwichtigend die Hände hob.
„Keine Angst! Ich habe dir noch nie etwas getan und werde dir niemals etwas tun."
Ante ließ sich wieder zurücksinken, lag mit dem Rücken im Gras und beobachtete den dunkler werdenden Himmel.
Es stimmte, Kristijan hatte ihm noch niemals wehgetan. Zudem war er größer und wahrscheinlich wesentlich schneller als Ante. Flucht war zwecklos. Also, was wollte Kristijan von ihm?
Die Frage wurde ihm umgehend beantwortet: „Warum lässt du dir so viel von den anderen gefallen? Wehr dich endlich, dann lassen sie dich in Ruhe!"
Ante schnaubte leise. Wehren? Lächerlich!
„Weißt du, körperliche Kraft ist nicht alles. Zeig ihnen, was in dir steckt. Mach sie mundtot. Sei du selbst und versteck dich nicht … so wie heute!"

„So wie heute? Hast du mich mal genau angesehen? Josos Fäuste hätte ich heute kein zweites Mal ertragen. Irgendwann schlägt er mich tot.“
„Weil du ein leichtes Opfer bist. Mach ihm klar, dass du ein fühlender, schmerzempfindender Mensch bist … Mit allen Hoffnungen und Träumen, die auch er hat.“
Träume, welche Träume? Ante antwortete nicht, sondern floh. Floh vor der winzigen Hoffnung, die diese Worte geweckt hatten. Floh vor Kristijan, der bei ihm Herzklopfen verursachte, und floh vor der vagen Chance, seinem Leben eine andere Richtung geben zu können.
Kristijans Worte blieben jedoch in seinem Herzen, setzten eine Saat, die bereit war aufzublühen, wenn man sie nur ließe …
Doch Antes Angst saß zu tief.

Einige Wochen später war es wieder so weit. Große Plakate verkündeten den nächsten Sprung des bekannten Klippenspringers Kristijan Vucovic. Einige Charterboote brachten die Touristen hinaus zur Klippe, wo sie den Sprung vom Wasser aus beobachten konnten. Andere Touristen und Einheimische wiederum sammelten sich oben auf der Klippe, beobachteten den athletischen jungen Mann, der konzentriert seine Vorbereitungen traf.
Auch Ante war vor Ort, wollte sehen, wie der Junge, der seit Tagen sein Herz beschäftigte, sprang. Er wusste nicht, warum alleine Kristijans Anblick reichte, seinen Pulsschlag zu erhöhen und ihm ein Lächeln ins Gesicht zu zaubern. Eben dieses Lächeln, das nun abrupt verblasste, als eine allzu bekannte Stimme hinter ihm sagte: „Na, Ante? Jetzt

sag nicht, du wolltest auch mal springen? Aber was sag ich da? Kleine Schwuchteln wie du finden niemals den Mut dazu."
Schon krallte sich eine Hand in sein Haar und wirbelte ihn herum. Ein Schwinger landete in seinem Bauch. Keuchend krümmte sich Ante vor Schmerz zusammen.
„Starr Kristijan nicht so gierig an", zischte Joso, „sonst steche ich dir die Augen aus, verstanden?"
Wieder einmal sah niemand hin. Die paar Touristen, welche die Schlägerei beobachteten, schienen eher unangenehm berührt, oder trauten sich wegen der Sprachbarriere nicht einzugreifen.
Der nächste Schlag traf Antes Kinn. Fest schlugen seine Zähne aufeinander. Er spürte, wie ein Zahn beinahe brach.
Was hatte Kristijan gesagt? Joso sei ein Mensch mit Träumen? Dann wollte Ante keine Träume haben, denn so ein Mensch wollte er nicht sein. Und träumen tat er selbst schon lange nicht mehr. Zugegeben … die letzten Tage und Nächte geisterte öfters ein bestimmtes Gesicht durch seinen Verstand. Doch waren das schon Träume? Und nein, ganz bestimmt keine Hoffnung!
Er riss sich los, spuckte Joso mit Blut vermengten Speichel ins Gesicht. Dann rannte er auf die Klippe zu, an einem erstaunt blickenden Kristijan vorbei.
Schnell entledigte Ante sich seines Shirts, streifte die Sandalen von den Füßen und warf einen Blick zurück. Joso war dicht hinter ihm, seine Miene kündigte Mord an. Als er allerdings sah, wie dicht Ante vor der Kante der Klippe stand, glitt ein höhnisches Lächeln über sein Gesicht. „Das traust du Ratte dich sowieso nicht!"

Ante nahm ihn nicht mehr wahr. Sein Blick war von Kristijans Augen gefangen, die ihn voller Sorge beobachteten.
„Tu es nicht, Ante! Es wird dich dein Leben kosten! Bitte, spring nicht!"
Ein süßes Lächeln voll tiefster Traurigkeit glitt über das hübsche Gesicht des Jungen, den man einmal zu oft gequält hatte. „Du hast selbst gesagt, überzeuge sie mit deinen Taten. Weißt du, viel zu lange lag mein Weg in Grau gezeichnet vor mir. Ich habe eine Abzweigung gefunden. Ich weiß nur noch nicht, wohin sie führt."
Joso feuerte ihn an: „Spring, spring, spring …", während Kristijan einen verzweifelten Satz nach vorne machte.
Noch einmal schenkte Ante ihm ein Lächeln. Bevor ihn Kristijan jedoch erreichen konnte, streckte er seinen Körper, hob die Arme in die Luft – so, wie er es bei Kristijan gesehen hatte – und sprang …